我心深处

WOODY
ALLEN
ON
ALLEN
WOODY

［美］伍迪·艾伦 ［瑞典］史提格·比约克曼 著

周欣祺 译

湖南文艺出版社
HUNAN LITERATURE AND ART PUBLISHING HOUSE

博集天卷
CS-BOOKY

雅众文化 出品

致　谢

首先要感谢伍迪。感谢他在本书筹备过程中赋予的信任和大度，使我有幸得以一窥他的创作历程。

感谢伍迪的私人助理劳伦·吉布森不厌其烦地安排会面日程，解决了本书第一版的各种实际问题。同样感谢后来的助理莎拉·艾伦塔奇在后续工作中给予我建议及帮助。还要感谢伍迪最亲密的工作伙伴：凯·查宾、卡洛·迪·帕尔马、杰克·罗林斯和茱莉叶·泰勒拨冗接受我的采访。感谢苏珊·莫尔斯给予我许多启发性的建议，并向在曼哈顿电影中心策划了一系列电影的小卡尔·特恩奎斯特致以我的谢意。

最后，要感谢霍尔格和塞拉·劳里岑为电影研究提供的资金支持，是他们的帮助使这本书的问世成为可能。

目 录

前　言

在应邀写本书以前，我只见过伍迪·艾伦一次。那是1986年的春天，《汉娜姐妹》受邀参加戛纳电影节的非竞赛片单元。对从来不愿离开纽约的伍迪·艾伦来说，和自己的电影一起在公共场合露面的可能性更是微乎其微，因此他没有出席电影的放映式，但尽管如此，戛纳电影节还是找上了门。

电影节邀请让－吕克·戈达尔去纽约拍摄一个访谈，和伍迪·艾伦聊一聊他的电影。出于机缘巧合，我参与了那次访谈的拍摄，当时负责拍摄的制片人汤姆·拉蒂恰好是我的朋友，请我担任剧照摄影师。两位导演都接受了这一安排，但选用哪张照片作为剧照的最终决定权在伍迪。

拍摄是在伍迪·艾伦位于纽约曼哈顿电影中心工作室的私人影院里进行的，那儿设施简陋，只有一张沙发、几把扶手椅和一张矮桌。较宽的那一面墙边的架子上摆放着伍迪的部分电影收藏，边上挨着一架老钢琴。放映屏则在较窄的那一面墙上，被黑色的幕帘遮盖着。

访谈持续了一个小时，非常顺利，两位名导几乎同样害羞。拍摄结束的时候，我为两人留了影，最后把胶卷给了伍迪。

那次拍摄结束之后我和伍迪鲜少联络，直到1991年夏天，我向伍迪提出做一本访谈录的想法，旨在探讨他的多重身份：作家、综艺名人、演员，以及最重要的——导演。不久之后我得到了一个婉转的答复：时机不对。当时伍迪一如往常地忙于筹备他的下一部电影，但他表示愿意以后再谈合作。

1992年1月，我受邀去纽约参加即将首映的《影与雾》的访谈拍摄，在哥伦比亚电影的放映室里观看了这部电影。第二天我作为欧洲影评人之一会见伍迪，一名女记者友好地、同时气喘吁吁地提醒我只有四十五分钟时间，因为"艾伦先生非常繁忙"。

我再一次踏进伍迪工作室的私人影院。还是那个宽敞的房间，还是那把柔软的宽扶手椅，除了架子上那摆伍迪从中获取灵感的收藏影碟的数量增加了不少以外，一切都不曾改变。架子下面是《丈夫、太太与情人》的录音磁带，伍迪正忙于进行这部影片的剪辑工作。

我到得很早，也可能是伍迪晚了，就在我准备录音笔的时候，突然听见几声咳嗽，紧接着是"对不起，我迟到了"。是伍迪，他的动静如此之小，就像《俄狄浦斯的烦恼》或《影与雾》中那种魔术师般的登场方式，从黑暗的角落突然出现，又像《开罗紫玫瑰》里那个从银幕上走下来的男演员。

我们的对谈开始了，主要围绕《影与雾》，也谈到伍迪最初与电影有关的经历和他早期的电影事业。时间过得飞快，伍迪的秘书进来提醒我们四十五分钟已经到了，但伍迪朝她摆了摆手，而后我们的谈话又持续了半个小时。

临别前我又向伍迪提起访谈录的计划，他暂时无法给出答复，说得等到春天再讨论这个项目。之后又经过几次沟通，我终于在6月初得到了确定的答复：7月至8月之间，趁着新片《曼哈顿谋杀疑案》的拍摄开始之前，伍迪可以抽出几周时间与我合作。

我们的访谈按照时间顺序回顾了伍迪的职业生涯，有时也会跳开去聊些别的。其实在访谈开始之前，我就向伍迪保证，他可以限制谈论的话题，拒绝任何他不想回答的问题，但这从未发生过。伍迪唯一的要求是这本书要有一个好看的封面。

会面通常安排在上午，我和伍迪坐在曼哈顿电影中心的影院一角，录音笔记录着我们的谈话，每次大约两小时。伍迪同时还在筹备《曼哈顿谋杀疑案》。

8月13日，纽约报纸的头条爆出伍迪·艾伦已与米亚·法罗分居、双方就子女的抚养权提起诉讼的消息。两人原本从不抛头露面的私生活以一种冷酷至极的方式暴露在公众的视线之下。

这一事件对伍迪的私生活和职业生涯来说无疑意味着双重的负面影响，我担心我们的合作会因此推延，但这只是暂时的，两天后伍迪就恢复了我们的会面，不过这一次的会面地点改为伍迪位于中央公园附近的顶层公寓中。

颇为讽刺的是，当时我们的访谈恰好进行到伍迪于同一时期执导的两部电影——《仲夏夜性喜剧》和《西力传》。米亚·法罗正是从这两部影片开始与伍迪交往的。对于那些无法回避的问题，诸如两人是如何相遇并开始这段漫长的感情的，伍迪像面对其他问题一样给出了毫不避讳的回答。

然而，由于围绕伍迪私生活的种种传闻纷纷扬扬，再加上《曼哈顿谋杀疑案》的准备工作也愈加耗时，我们的谈话不得不中止。聊完《汉娜姐妹》后，访谈暂且告一段落，我回到瑞典，开始着手整理大量的采访材料。

1993年1月，我们恢复了对谈。如过去一样，地点安排在曼哈顿电影中心或是伍迪的家中。其中一些更全面、细致的谈话内容，诸如与《情怀九月天》和《罪与错》有关的章节，都是在伍迪家中进行的，也许是因为安静、隔绝的氛围能让人变得更专注，也更坦诚的缘故吧。而关于《无线电时代》的那次对谈则是在相对混乱的环境下进行的，当时是《曼哈顿谋杀疑案》拍摄的最后阶段，我们的谈话是在片场的移动拖车上进行的。

1月的那几天，我得以有机会跟随伍迪的电影拍摄，令我印象深刻的是片场轻松愉快的氛围。拍电影是一项复杂艰巨的事业，但在伍迪的片场却丝毫不见通常充斥着的那种紧张和压抑。伍迪的幕后工作人员多年来不曾变过，大家都很熟悉，早已习惯彼此的工作模式，交流甚至都不需要语言，一个手势、一个眼神，就足以心领神会。

接下来的一年我又有机会接触工作时的伍迪，这一回是《子弹横飞百老汇》的拍摄。伍迪对演员的尊重和信任令我感到意外，即使是在指导演员的时候也不露痕迹。伍迪在拍摄时全然专注，而在拍摄间隙却让人感觉不到他在场。难怪有一些演员说，从未感觉到伍迪真正指导过自己什么，也许这就是他的秘密所在。伍迪完全依靠演员自身的潜能，为其提供极大的发挥空间，把自由与责任同时赋予演员，以此建立信任关系，也许这就足以解释为何众多著名演员都想加入伍迪的电影。

2001年秋天，我与伍迪再次见面，继续我们的谈话，谈电影和生活、艺术和音乐。伍迪繁忙依旧，私人生活的轩然大波丝毫没有影响到他的创作日程。自本书的第一版面世以来，伍迪又相继编写和执导了九部影片，即将于2002年5月公映的《好莱坞结局》也已经完成。

也许是为了平衡电影以外的生活的戏剧性，伍迪后期的作品变得更放松，也更自然。要采访伍迪也不再是一件困难的事，他频繁地搬家，离开了堡垒般的曼哈顿，甚至开始出席奥斯卡颁奖典礼和戛纳电影节。

当我们再一次坐在曼哈顿电影中心的时候，一切都是老样子。破旧的沙发和扶手椅还在原来的地方，我甚至怀疑我们所坐的位置也和从前一模一样，伍迪坐在沙发的角落里，我坐在椅子上，中间隔着一支录音笔。曾经的工作人员中有一些已被新面孔替代，这些新人看起来同样真诚，他们将跟随伍迪一起迎接之后的电影旅程。我们的谈话于2002年5月正式结束，伍迪同时还在筹备一部目前被称为《伍迪·艾伦的春日计划》的电影，也许下一部电影的剧本也早已完成，正静静地躺在他的抽屉里。

伍迪·艾伦在电影界的地位是独一无二的。他与制片人签订的合约是每年至少编写和执导一部电影，只要不超出计划的预算范围，从电影的主题、剧本到演员、工作人员和最终的剪辑等等，伍迪都享有全权的自由。

我通过这本书所了解的伍迪·艾伦，与银幕上为大众熟知的那个伍迪大相径庭——那个怪异独行、对任何遭遇都表现出无可救药的神经质的人，那个自怜自艾、以近乎受虐的快感表现他的忧郁、固执、优柔寡断，以及其他种种症状的人，不是真的伍迪。我所认识的伍迪，是一名自律的创作者和决策者，一个不断要求自己、对艺术和想象力绝不妥协的严肃自觉的艺术家。

伍迪的私人生活是我们不得而知的一部分，而他暴露在公众视线下的生活也已被缩减到最小程度。唯一雷打不动的是每周一晚上伍迪都会准时出现在迈克尔俱乐部，在一支传统爵士乐队中吹奏单簧管。现在演出已迁移至卡利勒咖啡馆，还是老时间：每周一晚上。只要没有电影拍摄，他就会去卡利勒吹单簧管。音乐也许是伍迪最重要的灵感来源之一吧，而这，以及伍迪其他灵感与创作的源头都将在本书中一一呈现。

2002年5月
于斯德哥尔摩

序　章

胖男人："你在学校的时候研究过拍电影吗？"

桑迪："没有，在学校我什么都没研究，是他们研究我。"

——《星尘往事》

史提格：既然我们将要谈到你的电影生涯，不如就按时间顺序来回顾吧，当然也可以意识流地跳跃着来谈，类似于某种"闪回"[1]的方式。

离开瑞典前，我做的最后一件事是重看《爱丽丝》的开头。我很爱这部电影，看了很多遍。在我的印象中，影片的开场是一个早晨，爱丽丝和她的丈夫、孩子们在一起……但其实并不是那样，真正的开场是爱丽丝和她未来的情人在水族馆的一场戏，这件事让我知道记忆并不总是可靠的，对细节应该永远保持小心。

伍迪：的确是这样，人在回忆看过的电影时往往会有偏差。

史提格：但这恰好符合你的电影所传达的意识流风格，那种建构的自由。我想知道对此你怎么看。

---

1. 闪回：在传统电影手法中，用闪回的短暂形象来表现人物精神活动、心理状态和情感起伏的一种艺术手法。现代电影中，闪回已经不仅仅局限在表现某个角色的回忆或追诉，导演可能会将叙事顺序故意打乱。（本书注释皆为译者注）

伍迪：电影的美妙就在于此。有点像写散文，没有限制，你可以随意地处理时间，真是一件很美妙的事情。

有些人按照严格的线性叙事拍出了好电影，也有人喜欢不那么线性的、不紧扣主题的思维方式，我比较倾向于后者。我喜欢自由穿梭于时间之中，这是很自发的行为，并非下意识的。

史提格：那些看似无关的情节也是在剧本中就已构思好的内容吗？

伍迪：大部分是的，还包括我在剪辑室里或拍摄时的种种想法，但总的来说都是早已内在于电影结构中的东西。

史提格：现在要开启"闪回"模式了。你最初关于电影的记忆是怎样的？还记得你看的第一部电影吗？

伍迪：很难说，我想可能是《白雪公主》或类似的迪士尼电影。我记得那是1940年、1941年或1942年，从那之后我就成了经常光顾电影院的影迷。

史提格：那时你才五六岁或六七岁吧……

伍迪：是啊，我是1935年12月1日出生的，差不多五岁的时候就被带去看电影了，然后一发不可收拾地迷上了电影。我小时候住在布鲁克林的中下阶层居住的地方，周围步行就能到的电影院有二十五家，所以我花了很多很多时间看电影。那时候每年都有大量新片上映，你可以在同一个月里看詹姆斯·卡格尼、亨弗莱·鲍嘉、加里·库珀、弗雷德·阿斯泰尔的电影和迪士尼电影等等，实在是惊人地丰富。

史提格：我也很早就成为影迷了，但是比你晚些。我第一次看电

影是在十一岁的时候，对我来说第一次进电影院更像是一种启示，一次近乎宗教性的体验。那是米高梅[1]的一部音乐剧，我瞬间就迷上了女主角简·鲍威尔，此后我几乎每天都看电影。

伍迪：你看的是《玉女嬉春》吗？

史提格：不，是《海上璇宫》。你父母不反对你喜欢电影吗？有没有阻止过你看电影？

伍迪：从来没有。小时候有个比我大一点的表姐每周带我去一次电影院。后来等我大一些的时候，有些邻居小孩的家长的确反对他们去电影院，大人们总是说"夏天到了，出去呼吸新鲜空气，去阳光下玩耍，做些体育运动，去游泳"。那时有传言说看电影对眼睛不好什么的。我讨厌夏天，讨厌燥热的天气，讨厌阳光，所以经常到电影院去吹空调。我每周去四至六天，有时甚至每天都去，只要我能凑到足够的钱。那时总有双片连映，我很喜欢！但冬天的时候要上学，就只能周末去，我通常周六和周日去，有时周五下午一放学就去。

史提格：只要是上映的电影你都会看吗？还是选择性地看？有没有偏爱的电影类型？

伍迪：刚开始不管什么电影，只要电影院放我就看，后来长大一些开始迷爱情喜剧，那种高雅喜剧[2]。我喜欢马克斯兄弟[3]和悬疑谋杀类电影。

史提格：马克斯兄弟对一个小孩来说有些品味超前吧？

---

1. 米高梅：好莱坞五大电影公司之一。
2. 高雅喜剧：一种喜剧类型，与低俗喜剧相对。高雅喜剧通常包含较为深刻的主题，人物塑造多元化，而不是通过丑化角色来制造笑点。
3. 马克斯兄弟：美国喜剧演员团队，成员五人都是亲生兄弟，分别为哈勃·马克斯、格劳乔·马克斯、奇科·马克斯、甘默·马克斯和泽伯·马克斯。

伍迪：我的喜剧口味一直都偏成熟，即使在很小的时候也不太喜欢低俗喜剧[1]。不像费里尼，我从来不喜欢小丑，这可能是因为美国人眼中的小丑和欧洲人眼中的小丑根本不是一个概念吧。我从没喜欢过马戏团小丑，对低俗喜剧也欣赏不来，反倒是一下子就被高雅喜剧吸引住了。普雷斯顿·斯特奇斯和20世纪40年代早期的一些高雅喜剧是我的最爱。马克斯兄弟大概属于异类，他们很通俗，也像小丑，但又极其复杂高雅、诙谐机智。直到今天我都不太喜欢劳莱和哈台[2]，但我那一代人和我的朋友们都觉得他们很棒，总是试图向我解释我错过了什么。其实我并不讨厌劳莱和哈台，只是他们无法让我产生共鸣，因为我从来都不喜欢低俗喜剧。

史提格：我很喜欢《音乐盒》，我觉得那可以算一部杰作。

伍迪：他们的确有一些很滑稽的东西，但总的来说，我对无声低俗喜剧无感。我对卓别林本人感兴趣，因为我觉得他是一个非常滑稽的人，他的幽默、搞怪和真诚都无与伦比。我不觉得巴斯特·基顿有多滑稽，他的电影固然是上乘的大师之作，是经过精心设计、天衣无缝的，但他本人无法引我发笑。相反，当卓别林走在街上，他身上就有一种恶作剧的感觉，只要他粘上那撮胡子，就仿佛换了一个人。相比之下，基顿则无法激起类似的感觉。客观地说，如果单从技巧方面来评判，基顿的电影无疑是优秀的，但如果从感觉和对观众的影响来判断高下，我认为卓别林更幽默，也更有趣。我喜欢《城市之光》胜过任何一部基顿的电影，虽然我在看《船长二世》和《将军号》时，也能看出它们很棒，毫无疑问是一流的作品。

---

1. 低俗喜剧：一种喜剧类型，通过丑化人物或用夸张的肢体动作制造喜剧效果，代表人物有劳莱和哈台。
2. 劳莱与哈台：成员为斯坦·劳莱和奥利弗·哈台，喜剧电影史上出名的二人组合，曾师从喜剧之王卓别林，是好莱坞颇有声望的喜剧演员。

史提格：他的电影给人一种严谨之感。

伍迪：是的，我敬佩和欣赏那种精巧，但那与卓别林带给我的情感上的共鸣，以及他与观众之间的精神联系，却不可相提并论。

史提格：马克斯兄弟哪里吸引了你？

伍迪：他们才思敏捷，那种荒诞、超现实，还有难以言喻、动机不明的疯狂都太美妙了。奇科和哈勃都才华横溢，而格劳乔是他们中最棒的一个。他们极具天赋，每一个动作都有某种幽默在里头，就如同基因一样。我经常做这样的类比，假如你让毕加索那样的人画一只兔子，普通的小兔子，然后再让一个还在上学的小孩画一只同样的兔子，毕加索的线条中肯定有某种独特的东西。他不需要做多余的事情，不需要依靠某个多了不起的想法，但在他的线条里就是有那么一种东西，让你能感受到它的美。同样，有些人演奏小提琴，一样是照着乐谱，但那种感觉、那种声调就是动人。格劳乔也是如此，如果你和他吃一顿饭，听他讲话，你就能感受到他的幽默，并不是他故意要变得幽默，也不是他所讲的内容有多幽默，是他的节奏和声调里有某种幽默。我是马克斯兄弟的头号影迷，他们的电影充满活力，又荒诞不经。

史提格：你会一遍又一遍地看他们的电影吗？

伍迪：是的，只要附近的电影院放，我就一定会去看。我经常反复看一部电影，喜欢的电影我会年复一年地看，从来不会厌倦。

史提格：你和格劳乔很熟吗？

伍迪：是的，我和他相处过很长一段时间，他人很好。当然也有人说他早年是个令人生畏的家伙，我认识他的时候他已经变得柔和了。也许是那样吧，我不知道，但在我的印象中他非常友善，满脑子奇闻逸事。我们都很欣赏对方，他在某些方面简直就像你在家庭聚会上碰到的、总是满口俏皮话的那种舅舅。大多数舅舅虽然比不上喜剧演员，但他们总会讲一些幽默的俏皮话。格劳乔就很像那种你会在亲戚的婚礼、葬礼或是别的什么聚会上碰到的舅舅，站在自助餐桌旁一边拣鸡肉一边讲笑话。

史提格：你认识格劳乔的时候，其他四个兄弟都已经去世了吗？

伍迪：不，我见过哈勃。有一次我在某个酒吧演出的时候，哈勃来看过我，但我不认识奇科和另外两个兄弟——甘默和泽伯。

史提格：在《开罗紫玫瑰》的开头，米亚·法罗饰演的塞西莉亚和她的妹妹在谈论电影和电影明星，她们看起来不仅对电影感兴趣，还对影星在银幕之外的生活感兴趣，你刚开始迷电影的时候也是如此吗？

伍迪：我不太关心明星的私生活。小时候我能认出电影里的每一个演员，八九岁的时候就基本上没有我不知道的演员了，因为我看了太多电影，研究了很多电影杂志，但我对八卦从来不感兴趣。

史提格：那时你注意到电影幕后的那些人了吗？那些真正制作电影的人，比如导演什么的？

伍迪：那是我后来才注意到的。我长大的那个年代流行明星制，美国尤其如此，没有多少人关心导演是谁。我是后来才开始明白导演到底是做什么的。

史提格：除了马克斯兄弟，还有哪些影星是你想在银幕上看到的？

伍迪：太多了，我喜欢弗雷德·阿斯泰尔、亨弗莱·鲍嘉、詹姆斯·卡格尼、爱德华·罗宾逊，还有大家都喜欢的詹姆斯·斯图尔特、加里·库珀、艾伦·拉德等等，我全都爱看。

史提格：你是从什么时候开始注意到电影导演这一角色的？

伍迪：直到十几岁我才开始意识到有些导演比其他导演更胜一筹。大概在我十五岁的时候，我家周围开始出现一批外国电影馆。"二战"的时候是看不到多少外国电影的，战后我才开始接触到一些一流的欧洲电影，因为那时只有最好的欧洲电影才能被引入美国。于是我开始留意那些极好的意大利导演，还有法国导演和德国导演。有一天我看了一部伯格曼的电影，但那是更晚一些的时候了。

史提格：还记得是哪一部吗？

伍迪：《不良少女莫妮卡》。那部电影太美了，绝对美妙。然后我又看了《小丑之夜》，被彻底迷住，太惊人了。当时美国有过一阵"伯格曼热潮"，《野草莓》《第七封印》，还有《面孔》，20世纪50年代的时候，伯格曼的票在这边的艺术剧院非常抢手。

史提格：这些外国电影与你看过的美国电影有什么不同？

伍迪：当然很不一样。我和朋友一下子就爱上了外国电影，因为它们远比美国电影更成熟。当时的美国电影基本上都是娱乐性的、逃避现实的，而欧洲电影——至少我们看过的欧洲电影——更具抵抗性，也更成熟，不像那种愚蠢的西部牛仔片，也不是讲一个男孩遇到一个女孩，失去她最后又重新得到她的那种无聊的娱乐片，所以我们喜欢欧洲电影，那是一种大开眼界的美妙体验，对我们影响很深，也激发了我们对导演和电影历史的兴趣。

史提格： 你刚才说"你和朋友"，是你前面提到过的那个表姐吗？

伍迪： 不是。小时候是表姐带我去看美国电影，但大一点的时候我就和同学一起去了。我们非常喜欢外国电影，发现外国喜剧也很有趣。

史提格： 比如哪一部？

伍迪： 我记得有不少，比如《花开骑士》[1]和雅克·塔蒂的早期作品，还看了不少好玩的英国电影。还有雷内·克莱尔！第一次看《我们等待自由》[2]的时候太震撼了。不过严肃的电影才真正具有启发性，比如《偷自行车的人》[3]，那种感觉无法言表。让·雷诺阿的电影也很棒：《游戏规则》《大幻影》，还有他的短片《乡间一日》。那时还接触到一些早期的费里尼的作品，但我并不记得看过很早期的伯格曼。对我来说，伯格曼的风格始于《不良少女莫妮卡》，他在那之前拍的电影让我觉得类似美国电影的风格，像拍得很棒的美国电影，但自从哈里特·安德森出演《不良少女莫妮卡》之后，伯格曼的电影就开始转向诗性风格了。

史提格： 伯格曼的电影生涯是从编剧开始的。他在20世纪40年代早中期的时候为瑞典最大的电影公司创作了许多剧本。他和其他编剧看了大量的美国电影，因为他们被要求研究和复制美国剧本的创作方式，那是制片人的要求，所以他早期的电影里有美国电影的痕迹是很自然的。对电影的兴趣有没有让你产生过成为一名电影制作人员的

1.《花开骑士》：导演克里斯蒂安－雅克的作品，他因本作品获得1952年戛纳电影节最佳导演奖。

2.《我们等待自由》：雷内·克莱尔的作品。

3.《偷自行车的人》：由意大利导演维托里奥·德·西卡执导，朗培尔托·马齐奥拉尼和恩佐·斯泰奥拉等人主演的剧情类电影。

想法？

伍迪：那倒没有，但小时候有一回在看一部海盗电影的时候，我心想："天，我也可以那么干，我也能拍一部那样的电影。"那时候才七八岁吧，就像做白日梦一样。

史提格：还记得是哪一部电影吗？

伍迪：是泰隆·鲍华演的《黑天鹅》[1]。我也不知道怎么会产生那样的想法，因为我看过的电影太多了。也许是因为它的色彩，或是别的什么地方比其他电影更有趣吧。我的确想过要成为一名作家、剧作家，那时我还不知道拍电影是怎么一回事，只想成为剧作家。

史提格：你很早就开始写作了，为喜剧演员写台词，为报纸写故事，为电视节目写段子，等等。你是从什么时候开始写作的？我是指在你把它寄给别人看或出版之前。

伍迪：我一直在写，即使在我很小，甚至还不太会阅读的时候，我就挺擅长讲故事的。我一直说我写作早于阅读。十六岁还在念书的时候，我就靠写作挣钱了，他们雇我写一些笑话和段子，之后我开始为电台、电视和喜剧演员写作，再后来我成了喜剧演员，就为自己写作，再后来我开始写电影剧本，最后拍电影。

史提格：写作使你愉悦吗？还是说看到空白的纸页会让你感到焦虑？

伍迪：完全不会焦虑。这一点我和毕加索很像，他曾经说，当他看到一块空白的地方，就会想去填满它。我也是如此，没有什么比展开一张巨大的黄色或白色的纸更让我兴奋的了，我迫不及待地想填满

1.《黑天鹅》：由亨利·金导演，1943 年获奥斯卡金像奖彩色片最佳摄影奖。

它！我爱这个过程。

史提格：你是从什么时候开始创作故事的？最开始的时候你只是为自己和其他一些喜剧演员创作笑话和小品吧？

伍迪：距离开始写作的几年之后吧。无所事事的时候我就写一些小剧本，但写得并不好。

史提格：为什么说自己写得不好？

伍迪：那时我还没有经验。我没有受过很好的教育，很早就被赶出了学校。我不懂文学，也没有良好的阅读习惯。我花了很长时间给自己充电，大量阅读，看了很多剧作。之后我又为夏季剧场创作故事梗概，通过观察观众的反应学到了很多。随着渐渐长大和成熟，我在创作方面也比从前更得心应手一些了。

史提格：当我们问一个作家，他是如何学会写作的时候，得到的答案往往是通过阅读。导演也是如此，学会拍电影是通过看大量的电影。然而现在有了电影学院，还有一些创意写作之类的课程。你是否认为这种创作技能应当通过个人经验的积累而不是学校的教育来获得？

伍迪：没错，这是苏格拉底式的，它通过一种完全不同的方式感染你。比如，想要成为一名爵士音乐家，你必须听很多很多爵士乐，这说明你足够热爱。你不能这样想：我是为了学才听它。你是因为热爱才去听，你不停地听，不停地听……最终就能学会。你能从耳濡目染中学到一切，写剧本、拍电影和演戏都是如此。你要么爱上阅读，要么爱上看电影，要么爱上音乐，到了一定的程度，一段时间以后，不需要任何企图，它自然就浸润在你的血液和神经纤维之中了。不应该把学习变成烦琐的任务。比如一些演员在刚入行的时候看马龙·白兰度，他们就是爱看他的电影，一遍又一遍地看，然后潜移默化地吸收了他的表演风格。你会发现音乐也是这么一回事，有的人听查理·帕克[1]，因为喜欢所以反复地听，当这个人学习吹奏萨克斯的时候，听起来就会像他！当然之后就得暂停这种模仿，摸索属于自己的风格，但这一切都是从个人的激情与兴趣开始的。如果你想教某人拍电影，只需要对他说："去看电影吧，不断地看，你自然就知道怎么拍了。"

史提格：你之前说自己很晚才开始阅读文学作品，最开始的时候你读的是哪些作家的？

伍迪：刚开始阅读的时候，我读欧内斯特·海明威、威廉·福克纳、弗朗西斯·斯科特·菲茨杰拉德，还有约翰·斯坦贝克这类作家。

史提格：那是在你几岁的时候？

伍迪：我直到十几岁的最后几年才开始阅读，因为我从来都不太喜欢看书。我现在也会读很多书，但从来都没有很享受过。我读书是因为我知道阅读很重要。我也会时不时地读到一些有趣的东西，但阅读对我来说始终是一种负担。

史提格：《风流绅士》是你创作的第一个电影剧本，参与那部电影是不是出于偶然？

伍迪：是的。当时我在一个小酒吧演出，有几个人来看我，觉得我还不错，也许是觉得"这个人的台词都是他自己写的，让他来写剧本应该也不错"，于是就雇了我。我写了一个自己挺满意的本子，但

---

1. 查理·帕克：美国著名的黑人爵士乐手，外号"大鸟"（Yardbird）。

他们却不知道该拿它怎么办，他们根本不懂怎么拍电影，最后把它拍成了我非常讨厌的电影。当时我就发誓今后再也不写电影剧本，除非让我当导演。

史提格：那时候你知道怎么拍电影吗？你想过自己来执导《风流绅士》吗？

伍迪：没有，我那么说只是出于自卫。我发现没有人真的知道应该怎么拍电影。《风流绅士》的导演克里夫·唐纳是很不错的导演，但他缺乏威信，所有工作人员都在拖延，明星们也纠缠着他，逼着他满足自己的条件。要不是他，我的处境可能会更糟。

史提格：他当时被视为最受关注、最有前途的英国年轻导演之一，你在与他合作之前有没有看过他的其他作品？

伍迪：我看过《伦敦奇案》。我喜欢那部电影，也欣赏他本人。我认为他很努力地做自己的工作，但是其他人处处都要插一脚，不给他任何自由发挥的空间。

史提格：《风流绅士》的哪些地方是你讨厌的？如果让你修改这部作品，你会怎么改？

伍迪：我的剧本在当时是很不合拍的，和商业电影背道而驰。它不应该是那种生产线上的电影，但是拿到这个剧本的制片人却是典型的好莱坞制造机。他们用好莱坞电影中所有令人生厌的特质包装那部电影，让毫无幽默感的人评判哪里好笑哪里不好笑，把自己的女朋友也拉进来演电影。为了迎合电影明星，他们无端地添加角色，根本不顾那些角色有没有存在的必要。一切都是你能想象得到的最可怕的样子，每一个决定都是错的。比如我想写一场戏，讲一个男人让电梯停在两层楼之间，然后和一个女人做爱。想象一下，如果这一幕发生在纽约最繁忙的办公楼里，那该多有趣。但是制片人在巴黎找了一栋带电梯的建筑，华丽得像宾馆的新婚套房一样，这一幕就变得一点也不好笑了。停下来在那样的电梯里做爱有什么意义？制片人根本没理解剧本，一点都不懂。我一点发言权都没有，即使我说出自己的看法，他们也会无视我，把我支开。所以我讨厌那次经历，也讨厌那部电影。

史提格：我能理解你与制片人查尔斯·费德曼之间的争执，但是你和克里夫·唐纳有没有尝试通过合约之类的途径来阻止他的影响？

伍迪：有，我们试尽各种方法，能做的都做了。但每个人对待电影的态度是不一样的：有的人是严肃的，无论是喜剧片、音乐剧还是严肃题材的电影；而另一些人把电影当成一种生活方式，他们花一年时间和作家吃饭，和男演员、女演员吃饭，找漂亮的女星试镜，和她们上床。他们社交，不停寻找新的作者，就这样浪费一年，甚至两年的时间。等到电影终于开拍的时候，他们又和摄影师吃饭，和导演、作者吃饭，带各种不懂电影的朋友过来，任他们乱搅和。有时制片人会跑进来说"我要那个女演员一上场就给个大特写"，然后人们开始争论起来，演员们不服气，因为他们觉得别人的角色比自己重要或者台词比自己的更出彩，就这么没完没了地争吵下去。那不是拍电影。那样可能也有一点点概率能拍出好电影，但百分之九十九都是灾难。电影不是那么拍的，那只是社交、聚会。

史提格：《风流绅士》是你第一次参演电影，感觉如何？

伍迪：害怕。我不知道怎么把握表演的度。很难。因为我不可以回头看样片中的自己，然后说"好的，现在我知道要怎么演了，明天我会改进"。不是那样的，我只有一次机会，只能演一次，不能重新来过。我已经尽力了，但我非常不自信。

史提格： 并不是所有演员都可以看到样片的，但以你编剧的身份应该可以看吧？

伍迪： 是的，我看了样片，但我一点也不喜欢。我一直在说"这太糟糕了"，但他们总让我"安静点"。

史提格： 在《风流绅士》中与你演对手戏的是我很喜欢的女演员——罗密·施奈德。你对这位合作过的女演员印象如何？

伍迪： 以前我就喜欢她的电影，《风流绅士》里我和她的接触其实很少。她很友善，但是我们的差距太大了，那时我还从未出演过电影，而她已经是一个大明星了。因为身份的差距，我们没怎么接触过，但合作的时候她对我非常友好。

史提格： 你的第二次"触电"经历是出演《007笑传：铁金刚勇破皇家夜总会》，这次经历与第一次有什么不同之处？

伍迪： 这一次我只当演员。他们给了我很多钱，但那其实只是一个很小的角色。我的经纪人说："为什么不演呢？没准这部电影会大获成功，然后你就有机会一直演电影了，何况片酬丰厚。"所以我就去了伦敦，领着很高的片酬和丰厚的津贴，他们拍我根本用不了六个月，但我待在那儿六个月的费用都是他们出的，现在你知道他们有多奢侈浪费了吧，这还只是一小部分。

史提格： 那六个月里你都在做些什么呢？

伍迪： 我写了一个名为《别喝生水》的剧本，此外也进行社交、打牌、赌博，我很喜欢伦敦。等到六个月快结束的时候，他们才把我叫去拍我那一点点戏份，拍完就回家了！我认为那是家愚蠢至极的公司，浪费了大量的胶片和无数的钱。这就是我又一次可怕的电影经历。

史提格：在参与那两部电影的同时，你是不是还写了点别的东西，比如短篇故事什么的？

伍迪：是的，那时我给《纽约客》写小故事，在美国那是本非常高端的文学杂志。他们愿意出版我的文章，我感到非常激动，因为每一个我认识的人都想在上面发表文章，而我第一次把我的故事寄给他们，就给登出来了。

史提格：那是什么时候？

伍迪：大约是在拍《风流绅士》的时候，20世纪60年代中期吧。那之后他们就一直刊登我的作品，我也一直给他们写。我很享受这个过程。

史提格：这些故事后来以书的形式出版过吗？

伍迪：是的，《扯平》《副作用》和《无羽无毛》里都有收录。

史提格：之后你制作了你的第一部电影——但并非你导演的第一部电影——《出了什么事，老虎百合？》[1]。这是一部日本电影，你为它配了音，顺带着彻底改变了原先的故事。

伍迪：是的，那又是一次不堪回首的经历。有人买了一部日本电影，问我能不能让那些日本演员说英语，我就和朋友一起去了配音棚，配合屏幕里日本演员的口型说了一些英语。那是家又愚蠢又幼稚的公司。就在电影上映之前我告了那个制片人，试图阻止电影上映，因为我实在不堪忍受他对电影的改动。但就在那起诉讼还在受理中的时候，电影上映了，居然还获得了评论界的好评，我就撤诉了，因为肯定没有胜算。尽管如此，我也从来不认为那部电影有任何可圈可点

1.《出了什么事，老虎百合？》：由谷口千吉导演，三桥达也主演的电影，日本版007的冒险喜剧。

之处。那是一次肤浅的尝试。

史提格：当时这部日本电影的原作者做何反应呢？

伍迪：不知道，对此我一无所知。

《傻瓜入狱记》

"我们喜欢你的电影，尤其是早期的喜剧片。"

——《星尘往事》

史提格：《傻瓜入狱记》是你导演生涯的第一部作品。

伍迪：是的，那是我第一次感觉到自己的电影生涯要开始了，而之前的经历都让我不想踏足这个领域。

史提格：这部电影的缘起是怎样的？

伍迪：我和好友米基·罗斯合写了《傻瓜入狱记》的剧本。我们都觉得这个故事挺有趣，于是我就把剧本给了英国导演瓦尔·杰斯特，因为我觉得他可能会愿意导演这部电影，《007笑传：铁金刚勇破皇家夜总会》里我的那部分就是他拍的。当时我压根儿没想过自己能当导演。杰斯特说他很乐意导演这部电影，但电影公司不希望他这么做。后来我又把剧本给了很有经验的喜剧导演杰瑞·刘易斯，他也很想导这部电影，但电影公司还是不让，所以这个计划就搁浅了。

史提格：你邀请杰瑞·刘易斯来当导演，肯定看过他的电影吧？

伍迪：我看过他的电影，觉得非常有意思。虽然称不上他的影迷，但我觉得他很有才华，让他来导演我的电影应该不错。刘易斯的任何一部作品，哪怕电影本身走偏了，也总会有一些闪光点，因为他有一种非常天然又富有活力的才华。

史提格：我非常喜欢他早期导演的作品，他在视觉方面很有感觉，擅长构图[1]。

伍迪：是的，他的电影很棒，技术处理得很好，尽管在我看来还不够成熟，但他本人毋庸置疑是相当出色的。

史提格：《傻瓜入狱记》最终还是如愿被拍成了电影。

伍迪：是的，后来有一个新的电影公司成立了，叫帕洛马影业公司。当时这家电影公司才刚刚起步，还没有任何知名导演加入。他们问我能不能用不到一百万美元的预算把电影拍出来，我说可以，他们就决定让我试试，因为之前我已经写了《风流绅士》的剧本，而且我也为剧院写剧本，我自己的演出也是自导自演。可能我看起来不像是那种会卷走他们的钱去赌博的人吧，所以他们说"好吧，就让你试试"。他们非常信任我，一点也没有为难我，给我全权的自由，从不打扰我。我有最终剪辑权，一切都如我所愿。那是一次非常愉快的经历，从那以后我在电影上一直很顺利，再也没人干涉我的想法。

史提格：《傻瓜入狱记》和后来的《香蕉》都是你和米基·罗斯合写的，他是谁？

伍迪：他是我上学时的老朋友。我们一起长大，一起上学，参加同一支网球队。后来他搬去了加利福尼亚州，直到现在每隔一两年我们都会通电话。

---

1. 构图：电影构图是结合被拍摄对象（动态的和静态的）和摄影造型要素，按照时间顺序和空间位置有重点地分布、组织在一系列活动的电影画面中，形成统一的画面形式。

史提格： 他也是作家吗？

伍迪： 是的，他是个非常有趣的人，和他合作相当愉快。

史提格：当你和另一个作家合写剧本的时候，你们具体是如何操作的？坐一块儿写，还是各写各的然后合在一起？

伍迪： 写这两个剧本的时候，我和米基·罗斯是在同一个房间工作的。我们用同一台打字机，逐字逐句地往下写。后来我和马歇尔·布瑞克曼（《安妮·霍尔》和《曼哈顿》）的合作方式就不一样，我们首先讨论情节和细节，等他走了之后我来写剧本的草稿，他看了草稿之后给我意见，告诉我他喜欢哪里，不喜欢哪里。一个人写速度比较快，由我来写是因为最后台词得由我来说，所以我写比较容易。

史提格：这些年来你创作剧本的方式应该一直在改变吧，但有什么不曾改变的地方吗？比如，你倾向于高效率地集中写作，还是考虑很久才动笔？

伍迪： 我写起来很快，非常快。假如有时产生了某个想法而无法马上写下来，就比如说现在，我正在准备另一部电影，那么一旦那部电影完成，我就会马上开始写新的剧本，你也可以说这个想法一直在我脑子里。但也有上一部电影已经拍完而我完全没有新想法的时候，那样的话我会在工作室待一上午，思考，逼着自己工作。

史提格：你会为新的拍摄计划做笔记吗？

伍迪： 不会。如果今天我有了一个关于笑话或者故事的想法，我会迅速写下来，然后扔进抽屉。我不习惯做笔记，我更倾向于直接写剧本。

史提格：也就是说一旦有时间，你就会坐下来一次性写完？

伍迪：是的，我一旦有了某个想法，就会想很多，我要确定它是完整的，有进展的。然后，我就坐下来开始写。我不喜欢写提纲摘要之类的东西，我直接写剧本。

史提格：你的抽屉里有没有没能拍成电影的剧本？

伍迪：有，有几个剧本出于种种原因我觉得还不足以拍成电影。

史提格：在拍《傻瓜入狱记》之前，你有没有向那些比你有经验的导演请教过拍片经验，或是其他相关的准备？

伍迪：说实话，我从没碰到过束手无策的情况。我知道我想在影片里看到什么，所以很简单，没有什么诀窍。我很清楚地知道要让这个男人走进一间房间，然后拿出一支枪，做到这一点并不需要特殊的才能。我和阿瑟·佩恩一起吃过午饭，我并不认识他，但他很友善。他的确教了我一些东西，但都是比较实际性的建议，比如他拍第一部电影的时候，他请了一百个临时演员，但最后只用到十个，他为此倍感内疚，因为一百个临时演员的费用都是电影公司支付的，于是他试着把这一百个人统统放到电影里去。但他告诉我，过了一会儿他就意识到不能那么做。最后他还是只用了十个演员，其余的只能浪费了。他告诉我类似于那样的一些事情，还教了我关于影片的色彩校正[1]之类的细节问题，但并不多。我从来没想过这部电影会遇到任何问题，我只觉得这是一件很有意思的事情。

史提格：你没有和佩恩探讨过具体的技术问题吗？比如怎么剪接一场戏之类的？

1.色彩校正:摄影后期的专用技术术语，其目的是准确还原人眼感受到的拍摄现场的色调。

伍迪：没有。对我来说，只要我能让这个角色说话，我就知道该怎么做。这是常识，因为我很清楚我希望在银幕上看到什么。

史提格：你是怎么决定与哪些人合作的，比如摄影师和其他技术人员？你第一部电影的工作人员是你挑选的还是制片人事先安排好的？

伍迪：除了造型师、摄影师和美术指导是我挑选的，其他人基本上都是事先安排好的，但当时的我并不太清楚自己在做什么，我只是尽量做我能做的。对于真正的问题，当时我还完全没有概念，不过很快就发现了，因为紧接着我就解雇了我找来的摄影师和造型师。

史提格：最后的摄影师就是演职人员表中提到的那一个吗？

伍迪：是的，他很不错，非常专业。

史提格：你之前有没有看过他的作品？

伍迪：没有。在解雇了第一个摄影师之后，他是我在最短时间内找到的摄影师，之前从未听说过他。其实我在拍第一部电影的时候曾经给卡洛·迪·帕尔马发过电报，至今他还保存着，那封电报是这么写的："你能过来帮我拍我的第一部电影吗？"显然他没有答应，直到二十年后我才有机会与他合作。

史提格：你看过他和安东尼奥尼合作的电影吗？

伍迪：我看过《放大》和《红色沙漠》，非常喜欢。当时得知他不能来拍我的电影后，我还试图找过一个和黑泽明合作的日本摄影师，我想不起他的名字了，可见我当时的野心有多么大。但是最终我雇的都是普通的工作人员，我也很庆幸自己那么做了，因为多年以后我开始与戈登·威利斯[1]合作，他真的是伟大的摄影师。如果我的第一部电影就请他或者卡洛·迪·帕尔马来拍，反而是一个错误，因为我不知道该怎么让他们发挥才华，只会导致争执。我很清楚地知道我想要什么，我按照我的想法去做，最后得到的结果也是我想要的，开始的几部电影就是以这种方式完成的。因此当我第一次和威利斯合作《安妮·霍尔》的时候，我才有足够的自信。戈登才华横溢，他会对我说："听着，哪怕画面很暗很暗，暗到什么都看不见也不要紧，观众还是会觉得有趣的。"他的话让我决定冒险，我心中之所以有一些把握，是因为当时我已经拍过四五部电影了。后来我突然意识到，原来说话的人并不是非得出现在镜头里。真的，我的电影成熟期是在与戈登·威利斯的合作中开启的，在那之前我拍的电影是幽默、充满活力的，是我竭尽所能努力做到最好的，但我并不是真的知道自己在做什么。我只是在摸索，所有的一切都依赖于幽默，如果电影足够滑稽，那就成功了，如果不够有趣，那就失败了。我有能力一直保持幽默，那是我能够控制的，所以一切都靠笑点支撑，所谓电影其实只是一连串的笑话。然而到了《安妮·霍尔》，我变得更有抱负，学着运用电影的手段，从没完没了的笑话里得到了喘息。我尝试把电影做得更有深度，开始探索其他的价值，转变就是那样开始的。

史提格：其实仍然有一些痕迹可以追溯到你最早期的作品，比如《香蕉》里你和露易丝·拉塞尔的很多场戏都让我联想到《安妮·霍尔》，并不只是对话，在布景方面也有着某种共同之处。

伍迪：没错，但那都是我从生活中了解到的东西：公寓、餐厅、人行道，我很了解城市生活。《香蕉》也是一部很有趣的电影，但一切都牺牲给了笑点。

1.戈登·威利斯：被誉为美国有史以来最伟大的摄影师，因善用阴影和低调灯光而享有"阴影大师"之名。

史提格：之前我们谈到了摄影师及其重要性，我想摄影师是幕后与你交流最多的工作人员吧？

伍迪：当然。电影是什么？电影就是摄影。和摄影师保持同步非常重要。

史提格：你与戈登·威利斯的合作持续了很长时间，而后来主要都是与欧洲摄影师合作。

伍迪：戈登·威利斯是美国最伟大的摄影师之一，我和他合作了十年之久，后来因为他没空来拍我的电影，于是我就和卡洛·迪·帕尔马合作拍了一部，等那部电影完成的时候，戈登又在忙另一部电影的拍摄了。不过我还是很想再度与他合作，因为他真的很棒。我和卡洛的合作也非常愉快，但他后来动了一次胃癌手术，将近两年不能工作。于是我又和我一直欣赏的摄影师斯文·尼夫基斯特[1]合作了两部半电影。

史提格：我想知道是不是欧洲摄影师在对光线的把握上有某种特殊的东西吸引了你？

伍迪：是的。总体来说，我认为欧洲摄影师比美国摄影师更出色——当然也有像戈登这样一流的美国摄影师，但戈登是自成一派的。欧洲电影的拍摄方式和风格本身要比美国电影有趣得多，百分之九十八的美国电影基本上都是流水线产品，而欧洲电影人没那么多钱，因此他们会不断尝试创新。除此之外，欧洲导演和演员的受尊重程度也更高，整个欧洲电影的环境都更好一些。我尤其欣赏欧洲电影的风格。

---

1. 斯文·尼夫基斯特：瑞典摄影师，英格玛·伯格曼的"御用掌镜者"之一。

史提格： 我认为总的来说，欧洲电影摄影师对光线更苛刻，热衷于光影和明暗的对比关系，而美国电影往往偏爱明亮的光线，整个场景都是敞亮的。

伍迪： 但戈登拍出来的就不是那样，他是光影和明暗对比的大师。幸运的是，戈登影响了一批美国摄影师，因此现在逐渐有向光影和空间转变的趋势。的确有一段时间就像你说的：每一样东西、每一张脸都得看得一清二楚才行。

史提格：还记得《傻瓜入狱记》拍摄第一天的情景吗？

伍迪： 当然，我记得非常清楚。我兴奋极了，一点也不紧张。兴奋是出于两个原因：首先，这是我头一回拍电影；其次，是因为拍摄将在加利福尼亚的圣昆廷监狱里进行，一想到要去那座著名的监狱我就兴奋不已。我太激动了，以致在刮脸的时候割破了鼻子。如果你注意看《傻瓜入狱记》在监狱里的那个片段，可以看到我鼻子上有那个早晨留下的伤疤。那可能是我拍的第一场戏，但我一秒钟都没有担心过，一切都很顺利，我走进去，很清楚自己想要什么样的效果。比如把机位设在这个位置能让笑话看起来更好笑，这是常识。我仍然记得那种激动，有趣极了。犯人们都很友好，非常合作，每个人都很享受这个过程。

史提格：你还记得第一天的时候拍了几条吗？你觉得作为导演你的工作效率如何？

伍迪： 我拍了很多条，因为我那时以为好的导演作为一个注重细节的完美主义者，就应该拍很多条的。我最初的那些电影因为缺乏安全感，都拍了很多条，还印[1]了许多，但现在我不会那么做了。现

---

1. 指印片，原画底上的影像通过印片机的光源投射系统和光色与光通量调节控制系统，透射到承印胶片上转印成正像（潜影）。

在我会一条拍很长，因为我更有信心了。那段时间我还会拍很多备用镜头[1]，从各种不同的角度重拍，现在我差不多已经有十年不拍备用镜头了。当我和《傻瓜入狱记》的剪辑师合作的时候，他说"永远记得多拍备用镜头，这样在剪辑室里才有足够的素材"。因此，《香蕉》《性爱宝典》和《傻瓜大闹科学城》这三部电影，为了保险起见，我拍了很多备用镜头，后来我决定不这么干了，因为那实在很蠢。

史提格：拍《傻瓜入狱记》的时候，你和露易丝·拉塞尔结婚了吗？

伍迪：是的。

史提格：但和你演对手戏的却是珍妮特·玛戈林，你有考虑过让露易丝·拉塞尔演女主角吗？

伍迪：没有，也许是因为缺乏电影资历，她当时的名气还不足以支撑那个角色，但她确实出现在电影里了！接近尾声的时候她出演了一个小角色。

史提格：这部电影的结构，以及这种半纪实式的或者说是伪纪录片式的风格，都是早就在剧本中构思好的吗？

伍迪：是的，我想过要把它拍成黑白电影，让它看起来像真的纪录片，就像我后来在《西力传》里做的那样，但这种想法没能实现。我尽我最大的努力去做了，这种纪录片式的风格的确是事先的构想。

史提格：我猜片中接受采访的那对父母伪装成格劳乔·马克斯的样子应该是你有意安排的吧？

---

1. 备用镜头：一个场面的额外镜头，万一计划中影片的长度没有按计划剪辑，可以用来衔接各种过渡。通常是保持一个场面总体连续性的长镜头。

伍迪：我们在商店里看见那种面具，觉得很滑稽，就买了两副给演员戴上。

史提格：但最后的效果看起来却像是有出处的，《傻瓜入狱记》里可以发现很多电影的影子。

伍迪：是的，我以前经常那么做。

史提格：你的银幕形象其实在之前的两部非你执导的电影——《风流绅士》和《007笑传：铁金刚勇破皇家夜总会》中就已经确立了，在这部电影中可以说得到了进一步深化。

伍迪：对喜剧演员而言，这其实是一个典型的银幕形象——个贪恋女色的懦夫，有一副好心肠，但笨手笨脚、慌里慌张。查理·卓别林、W. C. 菲尔兹或是格劳乔·马克斯塑造的角色里也有类似的东西，只是表现方式不同而已，但在我看来是同质的。

史提格：据我所知，鲍勃·霍普也是你很欣赏的喜剧演员之一。他什么地方吸引着你？

伍迪：你知道吗，每当我告诉别人（我喜欢鲍勃）的时候，他们都以为我疯了。但有一段时间他在电影中的表现的确非常出色。即使电影本身的质量参差不齐，他扮演的角色却始终很棒。后来他在电视上的表现就不那么成功，所以那些从电视上知道他的人就会想："你在说什么？他一点也不好玩。"但如果你去看《理发师万岁》[1]，会发现他真的是一个非常好玩的人，他的口才在很多电影中得到了发挥。他风格轻快，妙语连珠，说的俏皮话像空气一样自然，但要是换了别人这么做，就会显得异常沉闷。他的风格难以描述，也很难

1.《理发师万岁》：乔治·马歇尔导演的喜剧。

模仿。有一段时间我喜欢他甚至超过喜欢格劳乔。那几部公路电影[1]我不太喜欢，但是他在《理发师万岁》和《伟大的情人》[2]里面出奇地诙谐。这是喜剧演员经常遇到的情况：电影本身也许不怎么样，但演员的表演异常精彩，这时就给了他们展示演技的机会。W. C. 菲尔兹也是这样，电影本身也许不太令人满意，但有他的那些部分很棒。卓别林很擅长讲故事，那是他的兴趣所在，他早期的短片只是些单调的小故事，并不怎么有趣，但他的表演很有意思。

史提格：就在来纽约之前，我在瑞典电视台看了一部鲍勃·霍普的电影。我不记得名字了，但有点像是对《夜长梦多》[3]这类电影的戏仿，他在里面梦想着成为一名侦探。

伍迪：那是《美艳亲王》！非常好笑的电影，他有一把枪，但子弹散落一地，然后他们把他关进了精神病院。

史提格：他的幽默时常包含着某种"错置"，比如在《理发师万岁》里，他把一个当代的笑话安排在历史的语境当中。

伍迪：是的，他的确爱那么干，效果不错，因为你不会计较的。《公主与海盗》和《花花公子》以及那一时期的其他电影中他都那么干，他在《冒牌卡萨诺瓦》里的表演尤其精彩，一起出演的还有琼·芳登和巴兹尔·雷斯伯恩。他喜欢用错置的手法达到令人捧腹的效果。

史提格：他是不是你的灵感源泉之一？你的确也有一些类似的笑

---

1. 包括《乌托邦之路》《摩洛哥之路》等。
2.《伟大的情人》：亚历山大·赫尔导演的歌舞喜剧。
3.《夜长梦多》：由霍华德·霍克斯导演、亨弗莱·鲍嘉主演的侦探电影，改编自雷蒙德·钱德勒的小说《长眠不醒》。

料，比如《性爱宝典》的第一段，以及《爱与死》。

伍迪：当然，我也喜欢错置，这对我来说完全不是问题。如果你要拍这种类型的电影，就必须抛弃所有约定俗成的东西。这当然有得有失，你拥有了更大的表现笑料的空间，但也失去了那些保守的观众。看的人知道这不是真的，所以他等待着一条接着一条的笑料出现。你看现在的喜剧，比如《空前绝后满天飞》和《白头神探》[1]，笑料都是一个接着一个，到了一定程度，电影自然就成功了。他们也的确做到了这一点，成功是必然的。这一时期的喜剧面临两种选择：要么不走幽默路线，通过对价值意义的追求吸引观众；要么走搞笑路线，不去考虑观众会如何反应。鲍勃·霍普就属于后者，你知道主人公死不了，而且你也不在乎他的死活，这类喜剧有点类似于一个加长版小品。

史提格：你认为鲍勃·霍普之后的喜剧艺术家怎样，比如丹尼·凯耶？

伍迪：我年轻时很喜欢丹尼·凯耶的电影。我对《军中春色》印象很深，第一次看的时候彻底沦陷了——他太棒了。他在《梦里乾坤》《柯特·杰斯特》和《吉人天相》里都很棒。他在那些电影里的表现都非常出色，但后来好像就从银幕上消失了。他的才华毋庸置疑，非常纯粹，独一无二。

史提格：他在音乐方面也颇有才华。

伍迪：是的，我想那是他最擅长的东西。

史提格：在埃里克·拉克斯所著的关于你的传记中，你提到过一

---

1. 两部均为美国经典无厘头喜剧。

个并不闻名遐迩，但显然对你影响颇深的非美籍演员毛特·斯尔。能不能谈谈这个人，以及他对你的影响？

伍迪：美国的单口相声演员，无论是电视喜剧演员还是在"罗宋汤"旅馆群表演的喜剧演员，都有过在酒馆演出的经历。"罗宋汤"旅馆群是犹太人在卡茨基尔山的避暑胜地，所有犹太家庭都会去那里度假，他们都喝罗宋汤，所以那个地方被称为"罗宋汤"旅馆群。许多喜剧演员都会在那儿演出：丹尼·凯耶、席德·西泽等等，你能想到的喜剧演员都会出现在那里。那儿还有电视和各种夜总会。这些喜剧演员全都像例行公事一般，穿着晚礼服，说声"女士们、先生们，晚上好"，一点诚意也没有，然后开始讲些无聊的笑料。他们拿当时的美国总统艾森豪威尔开玩笑，说些关于高尔夫的俏皮话，因为总统打高尔夫球。然而就在这时，小酒馆里走进来一个喜剧演员，他就是毛特·斯尔。他穿着宽松长裤和毛衣，夹着一份《纽约时报》。他潇洒机灵，活力四射，几乎像一个躁狂症患者。他是个聪明的段子手，侃侃而谈，一登台就俘获了所有观众，但绝不是"女士们、先生们，晚上好"那一套。他以一种闻所未闻的方式谈论文化、政治、艺术家和情侣关系，不是那种高尔夫球的笑料，而是对政治、对社会中两性关系的天才般的洞见。他和你见过的任何人都不一样，浑然天成，令其他喜剧演员心生嫉妒。他们过去这样谈论他："凭什么人们都喜欢他？他只是在讲话而已，根本算不上表演。"他才思泉涌，滔滔不绝，有一种类似爵士的节奏感。他喜欢旁征博引，从艾森豪威尔讲到美国联邦调查局，再从他的经历讲到电子监视器，又从组合音响讲到女人，最后回到艾森豪威尔。他如此与众不同，却又毫不造作。我对埃里克·拉克斯说过，这就像查理·帕克一出现，爵士乐便自动进入一个全新的世界一样，毛特·斯尔为喜剧表演打开了一扇新大门。他曾经轰动一时，上过《时代》杂志的封面，但他的辉煌被一些私人问题毁掉了。我想没有一个天才是完美的吧，像他就被私人问题影响了。

史提格： 他现在已经从喜剧舞台上退隐了吗？

伍迪：不，他还在，时不时会出现，还是很棒，但和当年的红极一时不可同日而语了。虽然还是一如既往地出色，但他现在只在酒吧里演出，不再拍电影了，最多在一两部电影里露个脸，没什么特别的戏份。可他充满智慧，就像马克·吐温一样。

史提格： 你是怎么认识他的？你看过他的表演吗？

伍迪：有人邀请我去看过，那是我有生以来看过的最棒的一场演出。

史提格： 在你刚开始成为一名喜剧演员的时候，他是否在某种程度上对你有所启发？

伍迪：当然。要不是他，我可能永远都不会成为一名喜剧演员。在那以前我只是个作家，对表演兴趣寥寥，但在看到他之后，我才意识到这是一件值得去做的事。他像是为我打开了一扇门，让我知道并不是所有喜剧演员都是老套过时的，喜剧应该是更真实的。他的表演里就有一种真实。

史提格： 你看过兰尼·布鲁斯的表演吗？你觉得他怎么样，有没有受过他的影响？

伍迪：我称不上他的影迷吧，虽然现在我觉得他很棒，但那时他对我还谈不上有什么影响。我钦佩毛特·斯尔、迈克·尼科尔斯和伊莲·梅，还有乔纳森·温特斯，我认为他们三个——其实是四个——是天才。兰尼·布鲁斯也很好，但称不上最好。我想中产阶级之所以狂热地追捧他，是因为他说脏话、吸毒，而这在当时是被禁止的。他的观众中有很大一部分人是自以为不走寻常路的中产异性恋者，他们自认为无所不知、时髦反叛，听到与大麻有关的段子就私下窃笑，好像他们真的知道那是怎么一回事一样，标榜着自己是他的同路人。我认为他很有才华，但狂妄自大，当然有时的确幽默。我并不想把他说得一文不值。我认为他是有才华的喜剧演员，但不能与我提到的那几位相提并论。

史提格：在成为导演以前，你在酒吧当过很多年的喜剧演员。你在早期电影作品中为自己塑造的形象是否是这一角色的延伸？

伍迪：是的，有时我就以自己为原型，按自己想说的来说。所有喜剧演员都是这么开始的。鲍勃·霍普也是如此。生存的恐慌、焦虑、对女性的猜疑、爱无能、恐惧、懦弱，这全是查理·卓别林和巴斯特·基顿演绎过的形象，这是典型的喜剧形象。

史提格：你在酒吧的表演都是即兴创作的吗？

伍迪：不，都是有剧本的。我先把表演材料写好，然后演，很少有即兴创作。有时必须有即兴，因为毕竟是现场演出，但通常都是有准备的。

史提格：我们还是说回到你的第一部电影。之前我们简略地谈到了你和杰克·罗林斯、查尔斯·H.约菲的合作，他们至今仍在制作你的电影。这段漫长的合作关系可以说是独一无二的，能不能谈谈你们是怎么相识的，以及你们的合作这些年来经历过哪些变化？

伍迪：刚开始他们是我的代理经纪人，在我还是作家的时候他们会帮我处理一些事务。后来我告诉他们，有时我也考虑要不要上台，成为像毛特·斯尔一样的喜剧演员。他们抓住这个机会，叫我不要放弃这个想法，最后把我推上了舞台。

史提格：对于上台表演这件事，你犹豫过吗？

伍迪：当然，我非常犹豫，心里矛盾极了。我对上台表演有点恐惧，毕竟我已经在安静的屋子里写作了很多年。但我一上台就收到了不错的反响，于是他们就不愿让我停下了。我经常对他们说"这真的不适合我"，但他们还是每天晚上陪我一起去酒馆，每天鼓励我，让我上台。他们告诉我，一旦成为演员，其他一切都会纷至沓来的。事实证明他们没错，我的确得到了更多的约稿，之后还得到了导演的机会，这一切都得益于我的演员身份，是它让更多人知道了我。

史提格：第一次上台表演是在什么地方？

伍迪：第一次演出是在纽约的"蓝色天使"，那是个享有盛名的老牌夜总会。"双层公寓"的楼上也是我磨炼演技的地方，那是一位名叫简·沃尔曼的了不起的女士开的酒吧，她每天晚上都鼓励我上台表演。除了她以外，那里还有一名喜剧演员、一名歌手以及几位新人。我在那儿工作了很久，没有薪水。之后我又在格林尼治村一个叫"苦难结局"的地方演出，在那里慢慢获得了知名度，渐渐有媒体开始关注我，于是我顺理成章地成了一名喜剧演员。后来当我开始拍电影的时候，我们都觉得让我的两个经纪人当我的制片人是个不错的主意，他们能帮助我获得更多的电影控制权，我也不必和不认识的制片人打交道，于是罗林斯和约菲就成了我的制片人。

史提格：在你的电影生涯刚刚起步的时候，你会和他们讨论你的项目吗？他们会替你找项目吗？

伍迪：我会和他们讨论。我们讨论表演素材，每天晚上都会坐下来花很长时间聊这个。后来，当我开始拍电影的时候，我会把想法告诉他们，但他们从不替我找项目。现在我不必像以前那样向他们汇报我的项目了，虽然我们仍然是朋友和工作伙伴，但近十年来，当我完成一部电影，我感到不必再去问其他人"你觉得怎么样"了，我只在需要他人意见时才这么做。但当电影完成的时候，我还是会想给他们看，希望了解他们的看法。

史提格：最开始的时候他们会参与电影的制作吗？

伍迪：不，他们从不干涉电影的制作，包括我的第一部电影也是如此。他们只在开始的时候参与，我给他们看剧本，问他们"我应该把它拍成电影吗？你们觉得我能执导它吗？"，然后我们就此讨论一番。随后我再给他们看另一个剧本，问同样的问题，看他们是否觉得有趣。但随着我信心的逐渐增长，我不再依赖他们的看法了。杰克·罗林斯常常说，经纪人这一职业的可悲之处在于，他的工作越成功，他的客户就越不需要他。起初的时候客户就像刚出生的小鸡一样不知所措，但当他逐渐强壮，声名鹊起，工作邀约不断，等到他经验丰富起来，对艺术越来越有自信，就不再需要经纪人了。经纪人的工作就是让自己失业，在演艺圈，经纪人被解雇是很常见的事情。

史提格：但我想在你和这两位制片人之间一定存在着某种强烈的信任关系吧。

伍迪：是的，没错。

史提格：我能理解你在《傻瓜入狱记》进行到剪辑部分的时候碰到的困境，能谈谈你的感受吗？

伍迪：当时我和一位剪辑师正准备进行电影的剪辑工作，我很清楚自己希望看到怎样的效果，但并没有意识到在剪辑室里看起来很无趣的一切，实际上是很好笑的。所以我把片子越剪越短，不停地删东西，最终一片狼藉，什么都不剩了。于是制片人对我说："让拉夫·罗森布鲁姆来吧，他是有名的剪辑师，非常有才华，也许你需要换换脑子，你已经为此忙了几个月了。"后来拉夫来了，非常亲切，他看了所有的材料，包括被我剪掉的那些，然后他说"这些全都好极了，你在干什么？你把所有的好东西都扔掉了"，随后帮助我搞定了电影。我和他合作了几年，从他身上学到无数东西，他是个伟大的剪辑师。

史提格：能举一些具体的例子吗？当你感到某个笑话或某个场景没能达到你希望的效果，是因为它的呈现方式出了问题吗？

伍迪：当我觉得一个场景看起来一点都不好笑的时候，拉夫会对我说："听着，你要做的是把音效放到这个场景里去。你现在之所以不觉得它好笑，是因为你没听到任何声音。比如用台球棒砸灯的那场戏，你现在没听见任何声音，但如果你听到一声'啪'，紧接着进来一段音乐，就有了生命力！"随后他放了一盘磁带作为背景音效，果然完全变了一种感觉。我太没经验了，有很多类似这样的经历。比如我会按照写作的方式去费力地剪一场戏，这时拉夫就说："为什么浪费时间干这个？直接用初次剪辑和最终剪辑，中间的都不要。你不需要看着角色每一步怎么演，直接剪就好了。"拉夫教了我很多很多，特别是之前我从来没有用到过音乐，一上来就开始剪片子。但是他告诉我："在你剪辑的时候，放两盘磁带——不一定非得在电影里用上，就把它们当作背景音乐那样放着。"

史提格：《傻瓜入狱记》的配乐是由马文·哈姆利奇担任的。

伍迪：是的。刚开始拍电影的时候，我以为这只是一个老掉牙的套路，每个导演都请别人配乐。我觉得这个小孩儿很有天赋，于是就请他担任我头两部电影的配乐。后来，我渐渐地开始意识到每次剪辑的时候我都会在场景里穿插唱片，而且我喜欢这种感觉，我喜欢唱片的声音，我可以控制它，可以自己做音乐，就在这间剪辑室里。这里有我所有的唱片，世界上最美妙的音乐唾手可得，想要什么样的音乐都可以，无需技巧，直接播放就可以了，想什么时候暂停就什么时候暂停。于是我一发不可收拾，再也没有停下来过。

史提格：有没有遇到过你挑选的音乐或歌曲没能派上用场的情况？

伍迪：有，这种情况挺常见的，这时就会选用别的音乐。有的时候，出于特殊原因，我也会请人配乐。比如《曼哈顿》就用了配乐，因为我想请爱乐乐团来演奏，头脑中恰好有这么一段旋律。《开罗紫玫瑰》也是如此，但总的来说我很少用到配乐。在我全部的这二十几部电影中用到配乐的大概只有五部，最多六部。最近的《丈夫、太太与情人》用的是唱片音乐，我正在制作的这一部电影也是。

史提格：你说"我正在制作的这一部电影也是"，你在拍电影之前就已经选好音乐了吗？

伍迪：是的，我准备了几首歌曲，我觉得它们会很适合这部电影。

史提格：这是因为你想用特定的音乐去奠定电影的情感基调吗？

伍迪：是的，有时我事先就知道。比如在拍《曼哈顿》之前，我就知道我会用到格什温[1]的音乐。我拍了一些看上去没有多大意义的场景，但我知道把音乐加进去之后会产生很好的效果。

史提格：你会在片场拍摄的时候使用音乐吗？

伍迪：不会，除非情节需要。

---

1. 乔治·格什温：美国作曲家，把古典乐风格与爵士乐和布鲁斯的风格结合了起来。

史提格：费里尼经常在现场用音乐，为场景制造某种他希望达到的氛围和效果。

伍迪：费里尼从来不做同期录音，所以他可以那么做。

史提格：你会在电影里采用同期录音吗，还是会用到很多后期？

伍迪：我从来不做后期录音合成，也从来不做所谓的循环合成[1]，我不依赖这种技术。这些年的确碰到过一些很严重的干扰，可能有一两个单词我需要用这种方式把它们放到电影里，但总的来说我不做任何后期录音。

史提格：《傻瓜入狱记》其实已经展露出某种精神分析的气息，主角弗吉尔·洛克威尔还没躺在心理医生的沙发上，那位医生就开始在采访中谈论他的私人问题和行为表现了。你本人也很早就接触了精神分析，最初是出于什么目的呢？

伍迪：我去找精神分析师是因为年轻的时候感到自己存在一些问题，想看看这些问题能不能解决。这些年我经常和各种精神分析、心理疗法打交道，有时我觉得的确有帮助，有时没什么收获，各种情形都有。

史提格：既然你对精神分析感兴趣，有没有阅读过相关著作？你研究过罗纳德·莱恩[2]、大卫·库柏[3]或者爱丽丝·米勒[4]的理论吗？

伍迪：没有，我的兴趣并不是学术性的。当然，每个受过教育的人都读过弗洛伊德，我也读过一些精神疾病方面的著作，但我从来都

---

1. 循环合成：演员后期观看一段循环播放的画面，听原始录音，配合口型重新录制台词。
2. 罗纳德·莱恩：苏格兰著名的生存论心理学家。
3. 大卫·库柏：南非反精神病学运动中表现卓越的精神病学家。
4. 爱丽丝·米勒：瑞士著名儿童心理学家。

不想成为医生，我很乐意当一名病人。

史提格：在《傻瓜入狱记》之后，是不是有一部你没能有机会把它拍成电影的作品，叫《爵士宝贝》？

伍迪：是的。

史提格：那个项目是怎么回事？为什么没能拍成电影？

伍迪：第一部电影刚刚完成的时候我和联美公司[1]签了一份合同，他们说："写你想写的任何东西，做你想做的任何事情。"这正是我一直以来梦寐以求的，于是我写了《爵士宝贝》。联美公司的主管读了这个剧本之后傻眼了，因为他们希望看到的是一出类似《傻瓜入狱记》的喜剧，而《爵士宝贝》是一个严肃的故事。他们感到很为难，对我说："我知道合同里说你可以做任何事情，但我们真的不喜欢这个剧本，我们真的没料到。"于是我说："这是我们合作的第一部电影，如果你们不喜欢，我不会因为签了合同就逼着你们配合我，我不想拍一部你们全都讨厌的电影，让我回去重新写一个剧本，或者修改一些台词，我们再试试看。"于是我回到家，很快就写出了《香蕉》，根本没花多少时间。

史提格：《爵士宝贝》是一个当代的故事吗？

伍迪：不，是发生在过去的爵士故事，也许我的野心太大了。

史提格：爵士是你早期养成的兴趣爱好之一。

伍迪：爵士是我的最爱。

---

1. 联美公司：1919 年由卓别林、范朋克、毕克馥、格里菲斯出资创建，逐步发展成为控制美国电影生产和发行的八大公司之一。在 1981 年并入米高梅公司，改称为米高梅 – 联美娱乐公司，以出品 007 系列电影知名。

史提格：你是从什么时候开始听爵士，又是从什么时候开始自己演奏乐器的？

伍迪：我从少年时代开始听爵士，当然在那以前就已听过爵士乐。我成长的那个年代的流行音乐是本尼·古德曼、阿迪·肖、汤米·道尔西那种摇摆乐，但在我少年时期，也就是十四五岁的时候——应该是十四岁，我偶然听到西德尼·贝切特的唱片，彻底为之着迷，于是逐渐接触到更多爵士唱片，开始听邦克·约翰逊和杰利·罗尔·莫顿[1]，从此爱上了爵士乐。我给自己买了一支高音萨克斯，学着演奏，也的确学会了，但我很清楚自己恐怕永远也无法成为一流的萨克斯手，我没有那种天赋，但我很享受这个过程。后来我又顺理成章地迷上了单簧管，刚开始只是跟着唱片吹，后来有一回在旧金山的一个酒吧里吹过《饥饿的我》这首歌——实际上那里正是毛特·斯尔开始演艺生涯的地方，过去我常常坐在角落里听爵士乐团演奏，唐克·墨菲也在那里演奏，他是个伟大的长号乐手，组了一支很棒的传统爵士乐队。我常常看他演出，他看我一直坐在那儿就问我："为什么不加入进来呢？"我告诉他，我会吹单簧管，但参加乐队肯定不行，他坚持让我加入他们，不停地鼓励我，于是我逐渐熟练了起来。回纽约之后，我想着应该和其他音乐人一起演奏，于是凑了一拨人就开始做爵士。每周一的晚上我们都会演出，已经超过二十年了。

史提格：今天就是周一，今晚你会演出吗？

伍迪：当然！

史提格：上次见面的时候也是周一，但那晚你并没有演出。

1.西德尼·贝切特、邦克·约翰逊、杰利·罗尔·莫顿均为新奥尔良爵士代表人物。

伍迪：是的，如果遇到电影拍摄或是别的特殊情况，就不演出，但一年中我缺席的次数很少，可能不到六次。

史提格：这些年一直是和同一群人一起演出吗？

伍迪：基本上是的，有一些小变动。有一个人离开了我们，还有一个已经去世，但基本上还是同一群人。

《香 蕉》

史提格：你的第二部电影《香蕉》（关于一个虚构的拉丁美洲国家政变的讽刺作品）是在1971年拍的，当时在一些拉丁美洲国家中的确发生了革命起义事件，又正值越南战争时期。你当时的政治主张是怎样的？这些年又经历了怎样的变化？你认为自己是一个热衷政治的人吗？

伍迪：我对政治没兴趣，我基本上——可以说百分之九十九——是一个自由派的民主党人。我反对战争，就像所有我认识的人一样。我不太热衷政治，但参加过政治家的助选活动，其他演艺界人士有时也会参加。

史提格：你参加过谁的助选活动？

伍迪：我年轻时参加过阿德莱·史蒂文森[1]、乔治·麦戈文[2]和尤

---

1. 阿德莱·史蒂文森：美国政治家，曾于1952年和1956年两次代表美国民主党参选美国总统，但皆败选。后被任命为美国常驻联合国代表，在古巴导弹危机中，发挥了重要作用。
2. 乔治·麦戈文：美国历史学家、作家，曾任美国众议员、参议员。他是1972年美国总统大选民主党候选人，在此次选举当中，乔治·麦戈文最终败于共和党总统尼克松。

金·麦卡锡的助选活动，但他们都落选了。我还参与过林登·约翰逊[1]的助选活动，当时他的竞争对手是巴里·戈德华特。此外还有吉米·卡特[2]、迈克尔·杜卡基斯，现在我是克林顿的助选人之一。总的来说我是一名自由派的民主党人。

史提格：我之所以问这个问题，也是因为在你后来的一些电影，比如《安妮·霍尔》中，你曾讽刺过左翼知识分子，而事实上你自己也是他们中的一员。

伍迪：是的，我意识到了这一点。

史提格：《香蕉》的开头有一些讽刺性的言论，是关于美国对其他国家，尤其是拉丁美洲国家的影响的。在电影中，议会大厦外面拥挤的人群中有一个不断往前挤的人自称是美国电视台的代表。

伍迪：在美国，政府拥有极大的权力。我不知道国外是否如此，但在美国，政府的影响力巨大。在我们看来，拉丁美洲的局势似乎一直都比较动荡，而美国的政府机构相对稳定，所以这些国家的动荡局势对我们来说是一件稀奇的事情——他们改朝换代的速度如此之快。

史提格：但美国对这些国家也有一些强烈的负面影响，尤其对智利和阿根廷。

伍迪：毫无疑问，美国对外的影响也包括巨大的剥削。

史提格：在影片的最后，你饰演的角色出访一个欧洲国家，这场

1.林登·约翰逊：美国第三十五任副总统和第三十六任总统，也曾是国会参议员。
2.吉米·卡特：美国第三十九任总统。

戏里有一句讽刺性的言论，其中一个角色引用了克尔凯郭尔[1]的一句话：“斯堪的纳维亚人对人类处境有一种与生俱来的感知。”后来又讲到圣马克斯的官方语言将是瑞典语。你对斯堪的纳维亚，尤其是瑞典的强烈好感在这里表现得很明显。

伍迪：是的，我一直都很喜欢斯堪的纳维亚国家，尤其是瑞典，这源于我对瑞典电影的喜爱。我喜欢那个世界，喜欢那儿的环境和天气，那里总有什么特别的地方吸引着我。

史提格：你肯定读过斯特林堡[2]的作品吧？除此之外还有哪些斯堪的纳维亚的文学作品或艺术作品是你所熟知的？

伍迪：我非常欣赏斯堪的纳维亚文化，但了解得并不多，只知道一些众所周知的，比如爱德华·蒙克的画作，西贝柳斯和阿兰·佩特森的音乐，等等。当然，最重要的是伯格曼的电影让我了解了瑞典的生活，那些电影让我对斯堪的纳维亚文化留下了极好的印象。斯特林堡的作品呈现的是另一种东西，当你读他的戏剧，或是看剧院里上演的那些，比如《死亡之舞》时，尽管是很棒的作品，但与伯格曼的电影带来的感受是不一样的。在伯格曼的电影中你可以看到瑞典的内在，它的城市和乡村，教堂和人们，给人相当不同的感受。

史提格：《香蕉》是你最具个人风格的电影之一。拍摄第二部电影的时候你是否对导演这一身份有了更多的自信？

伍迪：是的，信心倍增，但还是比不上后来的感觉。拍《安妮·霍尔》对我而言是一个巨大的突破，在那以前我的确非常自信，因为我已经拍了一部电影，知道怎么避免拍《傻瓜入狱记》时犯的

1. 索伦·奥贝·克尔凯郭尔：丹麦宗教哲学心理学家、诗人，现代存在主义哲学的创始人，后现代主义的先驱，也是现代人本心理学的先驱。
2. 奥古斯特·斯特林堡：瑞典作家、戏剧家、画家，现代戏剧创始人之一，代表作有《在罗马》《被放逐者》《奥洛夫老师》等。

错。我从第一次的经验中学到一点：无论一场戏进行得多么快，在喜剧中你总是希望它更快。这是黄金法则。有一桩关于雷内·克莱尔的趣事，那就是他在一场戏拍到第三条或第五条的时候，如果达到了他想要的效果，他就会说："这一次非常好，演员全都发挥出色，所有一切都已经到位，简直不能更完美了。但是现在，在我们继续之前，再来一次，这一次要快，非常快。"他会这么拍一条，最后放在电影里的也正是这一条。我完全理解他的做法，因为无论拍摄时看起来有多快，最后在银幕上都会变慢。

史提格：速度是你的特点之一，你的速度使你的电影和别人的电影非常明显地区别开来。就在这次会面之前，我把你的大部分电影又看了一遍，这一点不容忽视。你的电影全都很紧凑，非常注重时间点，而且片长基本都比较短。比如《西力传》只有一小时十五分钟，你的其他电影也基本上都是一个半小时左右，全都内容紧凑，无论是不是喜剧。

伍迪：是的，我想这和导演天生的生理节奏有关，每个人感受事物的节奏是不同的。对我而言，我并没有刻意把电影拍短或拍长，我只是按照我认为合适的节奏在拍。最近我在和保罗·马祖斯基合作《爱情外一章》的时候就在思考这一点，他的节奏比我慢一些，斯科塞斯也慢一些，我并不是说他们的电影节奏不对，只是不同罢了。

史提格：是的，斯科塞斯的电影节奏也把握得非常好，虽然他的片长大多在两个小时左右。

伍迪：是的，他对节奏的把握非常出色，拍出了非常优秀的电影。他喜欢两个小时或者两个小时十分钟左右的故事，但对我来说一个小时四十分钟就已经很长了，一旦超过那个时间，我就没东西可讲了。导演的作品反映着他的节奏以及新陈代谢。

史提格： 我记得《汉娜姐妹》应该是你最长的一部作品，差不多有一小时四十分钟。

伍迪： 是的，《罪与错》和《丈夫、太太与情人》也差不多。完整的故事拍成电影总是会长一些，简单的故事就短一些，但是你看，马克斯兄弟和W. C. 菲尔兹等人的电影基本都比我的短。

史提格： 你的某些电影有比较突兀的开场，比如《仲夏夜性喜剧》一开场就是何塞·费勒的特写镜头，随后他开始讲话，这样的开头令人印象深刻。

伍迪： 我认为电影的开场非常重要，这可能与我在酒吧演出的经历有关，开场和结尾要有戏剧性的效果，要有能一下子吸引观众的东西。我认为我的电影开场都是比较不同寻常的。电影的第一个画面对我而言尤为重要。

史提格： 我完全同意你的观点。很多时候只需要看前三分钟或前五分钟就可以判断这是不是一部有意思的好电影了。

伍迪： 没错，前三分钟或前五分钟你就有感觉了，就能知道这个导演有没有能力吸引你，我觉得这完全正确。

史提格： 而且这与剧情的进展毫无关系，开场可以进展得非常缓慢，但是你仍然能感觉到导演正在把你带入他的叙事之中。

伍迪： 是的，在你还没意识到的时候就已成定局。前几分钟虽然只有一两个场景，但你已经不自觉地进入了那个世界，这是非常重要的。

史提格： 你的电影开场是早在剧本里就构思好的吗？

伍迪： 是的，剧本里已经设定好了开场。当我写剧本的时候，

50

我很清楚第一个画面是什么样子的，也许在实地考察之后会有一些改动，但怎么拍我基本心里有数。现在我有时也会在不知道开场的情况下写剧本，那样的话我通常会停下来想怎么设计一个好的开场，一个能抓人眼球的开场。

史提格：就像《爱丽丝》的开场是米亚·法罗和乔·曼特纳在水族馆里的一场戏。这是一个非常迷人的开场，因为我们完全不知道这一幕意味着什么，但这个开场真的把人带入了电影的情境之中，而曼特纳再一次出现在电影里是在很久以后了。

伍迪：是的，你预感到有什么事情发生了。这个叫爱丽丝的女人幻想着另一个男人，她心里有一些波动。电影前面那些说明性的内容不会让你觉得太难熬，因为你已经知道虽然爱丽丝看起来富足快乐，但有些地方不对劲。这样的开场会让观众对故事更感兴趣。

史提格：是的，会一直在脑海里回想那个场景。

伍迪：没错。

史提格：我在相当短的时间内快速浏览了你的全部作品，发现了一个有意思的地方，即你作品之间的连贯性。众所周知，评论家们经常指出你的电影受到来自伯格曼、费里尼或基顿的影响，虽然这些电影在内容和风格上大相径庭，比如有一些是喜剧，另一些则不是，但它们之间存在着某种一致性，有点像混合了多种风格的弗朗索瓦·特吕弗。

伍迪：我爱特吕弗的电影！

史提格：我的意思是，他的作品主题千差万别，比如他会拍一些非常私人的、伪传记式的电影，就像安东尼奥尼拍的那些，他还拍惊悚片、喜剧片和爱情片。他还拍过关于小孩的电影，比如《零用钱》的有些地方让我联想到《无线电时代》，并不是说你的电影让我想到他的电影，而是在你们的作品之间有某种相似性。

伍迪：因为我们都拍过关于不同主题的电影？

史提格：是的，此外还有感觉上的相似。你的电影给人某种连贯一致的感觉，特吕弗的电影也是如此。他和你一样热衷于电影实验和多元主题。

伍迪：我非常喜欢他的电影，我认为他是一个才华横溢、富有魅力的导演。他的很多电影都是极好的。我记得文森特·坎比在《纽约时报》中讲过类似的话，他说有一些导演，无论他们的电影主题如何变化，你总是能辨别出他的作品，那是某种情绪和感觉，它渗透在电影的内容之中，你凭感觉就知道那是他的电影。对我而言那可能是因为电影是同一个人创作的，就像是一个签名，要改变笔迹是很难的。

史提格：回到《香蕉》这部电影，我注意到一种全新的风格，以及戏仿其他导演的乐趣。比如在露营地的那一场带有强烈漫画感的戏，以及你和逃跑的女孩尤兰达在海边的那场夸张的浪漫爱情戏。

伍迪：拍《香蕉》的时候，我只在意我的电影是否够搞笑，那是我最想达到的效果。在《傻瓜入狱记》之后我不想再犯同样的错误，我想保证所有的内容都是滑稽的、快节奏的，那是我努力的方向，所以我拍了一些近乎漫画片的场景。我开始意识到我拍的电影用漫画片来形容再恰当不过了，因为从来没有人真的流血，也没有人真的死去，它们只是快节奏的一段接着一段的笑料。

史提格：漫画片也有一些类似的规则，比如最先发生了什么，中间发生了什么，最后结局又是怎样，但省去了很多细节描述。

伍迪：是的，实际上你也并不需要那些东西。

史提格：弗兰克·塔许林和杰瑞·刘易斯拍的那些搞笑闹剧也是如此，某种程度上它们起作用的方式是相同的。你喜欢塔许林吗？

伍迪：我看过一些他的电影，但不是很熟悉。

史提格：《香蕉》最后的那场审判有点像马克斯兄弟的电影。

伍迪：说来非常有意思。我需要一个场景作为电影的高潮，但我没有那么多钱拍一场经典的追捕戏，所以我把它拍成了审判，费用低很多。

史提格：从某种程度上来说这仍然是一个经典的结尾，但属于另一种经典。

伍迪：的确。

史提格：这场戏中你安排了一个黑人演员扮演约翰·埃德加·胡佛[1]。你的电影里很少出现黑人角色，《爱与死》中有一个明显不合时宜的黑人女仆角色，《傻瓜大闹科学城》中有一个黑人角色，《开罗紫玫瑰》的戏中戏里也有一个黑人女仆的角色，但除此之外你的电影里都是白人，这是为什么？

伍迪：你指主角还是所有演员？

---

1. 约翰·埃德加·胡佛：美国联邦调查局第一任局长，任职长达四十八年。

史提格：所有演员。你的电影里似乎从来没有出现过黑人临时演员。

伍迪：临时演员通常有两种情况：要么我们打电话叫临时演员，对他们说"请派一百个或二十个临时演员来"之类的，然后他们就派了一批人来。如果是在纽约街头，他们会派来一批西班牙人、黑人和白人，我们只是召集一批人，而不是一个一个挑选。至于主要角色没有黑人，是因为我对黑人还没有熟悉到可以塑造一个具有说服力的角色。事实上，我的角色都是非常局限的一类人，他们大部分是来自上流社会的纽约客，受过良好教育，但神经质。这几乎是我塑造过的唯一角色，因为这是我唯一熟悉的人物形象，对于其他我都不够了解，比如我从来没有写过爱尔兰家庭和意大利家庭，因为我知之甚少。

史提格：我之所以会注意到这一点，是因为近十年来好莱坞电影中出现了越来越多的黑人角色，尤其是警匪片，通常有一个白人警察就有一个黑人警察，而那个黑人通常扮演经典的"伙伴"角色，这几乎已经变成一种固定的模式。

伍迪：是的，电影行业的确越来越青睐黑人演员，但就拿我拍《汉娜姐妹》来说，我写的是我非常熟悉的背景，我之所以安排一个黑人女仆的角色是因为在那个时期百分之九十的那一类家庭都雇佣黑人。为此我收到过很多黑人的来信，他们指控我"从来不用黑人演员，第一次用黑人却是这样卑贱的角色"。如今，我不会在写角色的时候有所顾虑。在我的政治生活中，我一直都非常欣赏那些关心黑人权利的人，也关注过马丁·路德·金在华盛顿的演讲。但在写作的时候，我不会考虑同等的权利，我不能这么做。我的目的是把电影拍得精准，而那些上西区的家庭的家佣的确都是黑人。我就是这么做的，虽然为此受到了指责。我只是在描述我经历过的、对我而言具有真实性的事实。同样地，如果我要描述一个类似我亲身经历的犹太家庭，我也会如实地描述，无论是好的一面还是不好的一面。我还被犹太团体指责诽谤犹太人，这些事情永远都是敏感的，但一切如实是我安排情节的唯一原则。

《呆头鹅》

史提格： 之后你又自编自演了《呆头鹅》，这是你第一次出现在戏剧舞台上，能不能谈谈这次经历？

伍迪：那是一次有趣的经历。我很欣赏黛安·基顿和托尼·罗伯茨，我们合作得非常愉快。戏很成功，这是导演乔·哈代的功劳。一出戏一旦开演，之后的工作就非常简单了，没有比演舞台剧更轻松的事了。你有一整天的时间可以随心所欲，可以写作，也可以休息，只要在晚上八点准时出现在剧院就行。我通常和黛安一起散步去剧院，因为我住得很近，走着就到百老汇了。我们到了剧院一点也不紧张，因为一起演戏的都是好朋友。幕帘卷起，就开演了。演出大概持续一个半小时左右，也就是说两个小时之后就能上饭馆和朋友吃饭了，这真是世界上最轻松快活的活儿！

史提格： 这出戏虽说是你写的，但由别人来执导，对此你没感到为难吗？

伍迪：完全没有，我从来没想过执导戏剧，所以并不在乎；况且乔·哈代很棒，让别人来导演我无所谓，我很享受自己那一部分的创作。

史提格：后来这出戏被拍成了电影，导演是赫伯特·罗斯。你有没有想过自己来导这部电影？

伍迪：没有，我从来没想过要把《呆头鹅》拍成电影，但我的经纪人卖了这部戏的电影版权，所以我也很乐意参与电影的拍摄。当时我还不太出名，算不上影星，所以他们试过找别人来演，但没有找到。后来因为我拍了自己的电影，有了点名气，所以他们说"好吧，我们决定给他一次机会"。电影用的都是原班人马，我很高兴赫伯特·罗斯把它拍成了电影。我从来没想过把这出戏拍成电影，因为我对创作更感兴趣。田纳西·威廉斯曾经说过，当一个作家完成了一部作品，就越过它，不再留恋了，费尽心思把它搬上舞台并不是一件光彩的事，写完之后就该扔进抽屉。我也是这么想的，我写完一出戏，就不再眷恋了，因为那已成为历史。我不想花一年时间把它拍成电影，我觉得那是应该请别人来做的事情，这样才会有新鲜感。对赫伯特·罗斯来说，这是一块全新的领地，他来担任导演会更有意思。

史提格：电影是舞台剧在百老汇上演之后四年拍的。

伍迪：是的，所以对我而言已经是陈年往事了。

史提格：《呆头鹅》的主题是占据我们大部分人生的一样东西——白日梦。这一主题在你的电影中具有怎样的重要性？这部作品中的主角试图把电影桥段转变为他当下的生活。

伍迪：我曾经说过，如果我的电影存在任何主题的话，那一定是现实和幻想之间的落差，这在我的电影中非常常见。我想这可以归结于一点，那就是我讨厌现实。但很不幸的是，现实是唯一能让我们吃上一顿美味的牛排晚餐的地方。我想这种倾向与我的童年有关，小时候我经常逃到电影院去。那时我是一个很容易受影响的小男孩，出生在所谓的"电影黄金年代"，有无数的好电影。我记得《卡萨布兰卡》[1]和《胜利之歌》[2]上映时的场景，还有普莱斯顿·斯特奇斯和卡普拉等等的那些辉煌的美国电影。我总是通过电影来逃避现实，把破旧的家和所有来自学校、家庭的烦恼抛诸脑后。我钻进电影院，那儿天天能看到豪华包房、白色电话机，还有那些迷人的女人和风趣幽默的男人，他们永远有美好的结局，英雄们永远都是那么伟大。我想那对我产生了决定性的影响，在我记忆里留下了难以磨灭的痕迹。我知道很多与我年纪相仿的人永远都没能从那里面走出来，他们因而无法面对自己的生活。他们仍然活在20世纪五六十年代，无法理解为什么每一件事都与他们曾经信仰和希求的不一样，因此他们认为现实是虚假的，太残酷，太丑陋。当你坐在那些电影院里的时候，你真的相信一切都是真实的。你不会觉得那只是电影。你会想，虽然我没有过上那样的生活，住在布鲁克林的破房子里，但这个世界上有一些人住着那样奢华的房子，他们骑马，和优雅的女人约会，晚上一起喝鸡尾酒，那只是另一种生活而已。随后这一点又被我从报纸上读到的那些过着电影般生活的人的故事所证实。其影响之深，令人难以自拔，我认识的很多人永远无法从这种影响中走出来。这种想要控制现实、改写现实、美梦成真的欲望，经常出现在我的作品中，因为一个作者或导演所做的就是创造一个他想生活于其中的世界。你喜欢你创造的人物，喜欢他们的穿着、住所和说话方式，创作给你一个机会，让你可以在那个世

1.《卡萨布兰卡》：1942年的美国爱情电影，1944年获奥斯卡最佳影片、最佳导演和最佳改编剧本奖。
2.《胜利之歌》：本片由迈克尔·柯蒂兹执导，描述柯汉从一个地位卑微的儿童演员力争上游变成百老汇巨星的一生。

界里待上几个月的时间。那些人物随着美妙的音乐起舞，而你也在其中。所以我的电影总是弥漫着一种幻想之完美与现实之沮丧的对立。《纽约时报》曾经刊登过一篇文章，关于苏珊·桑塔格和她的小说《火山情人》，她说当她把书交给出版商，然后独自回家的时候，她真切地感到失去了她笔下所有的人物。

史提格：没错，你创造了属于自己的人物，为他们建立起一个个不同的世界，他们就这么生活着，直到电影的最后一分钟。但你是否考虑过电影结束之后他们会经历什么？有没有想过拍一部关于某个或者某些角色的续集？

伍迪：的确想过一次。虽然并没有打算要拍，但我曾经想过如果拍一个关于安妮·霍尔和"我"在多年之后相遇的故事应该挺有意思。如果黛安·基顿和我在二十年后再次见面，肯定会很有趣。我们分隔了这么久，如果有一天突然重逢，会发现彼此的生活都改变了。但我马上意识到这是在消费续集，而我不想陷入其中，这会变成一件烦人的事情。我觉得弗朗西斯·科波拉不应该拍《教父3》，虽然《教父2》是一部伟大的电影。人们拍续集的时候往往只是出于对金钱的渴望，而我讨厌这一点。

史提格：我能理解你有拍安妮·霍尔和艾尔维后续故事的想法，观众同样也会想象汉娜姐妹的后续生活。

伍迪：是的，我考虑过不少角色，但还没到延续成一个新故事的程度。我当然想过：电影结束之后他们身上会发生些什么？给观众留下了怎样的印象？我想过这些问题。

史提格：出演《呆头鹅》的百老汇剧目是你第一次遇到黛安·基顿吧？

伍迪：是的。

史提格：她对你的生活，尤其是创作方面，产生了哪些影响？

伍迪：她的影响毋庸置疑。首先她有着天生的直觉，她很幸运，生来就天赋不凡。她很美，会唱歌、跳舞、画画、摄影，还会演戏，真是才华横溢，而且样样精通。她打扮个性、风趣幽默、独树一帜。她对是否读过莎士比亚一点也不在意，如果她不喜欢某样东西，就会直接说不喜欢，没有丝毫伪装和负担。她的品味很好，这些年来我们只在一件事上意见不合，那就是流行音乐。她喜欢20世纪六七十年代的音乐，我无法理解，除此之外我们几乎完全合拍。我记得有一次我带她去一个小工作室看《傻瓜入狱记》的粗略剪辑版本，她看完之后说："棒极了，这是一部很有趣的电影。"不知怎的，当时我好像就预感到观众会喜欢这部电影。她的认可对我意义非凡，因为我觉得她对某些事物的感受比我更深刻。我们在一起很多年，一起出行，一起生活，直到现在我们仍然是很好的朋友。我总是很依赖她，如果她在纽约，我能请到她去看我的电影，那么她看的那一场对我而言就是最重要的。

史提格：你会在电影完成之前给她看粗略剪辑版本吗？

伍迪：如果她当时身在纽约的话，我会在完成之前请她看，但她现在住在加利福尼亚，所以这样的机会很少。她的看法对我很重要，她的喜好也影响着我，让我发现了很多东西。除了思想和音乐，她对视觉的品味也很独特，通过她的眼光看事物对我来说是一种全新的视角。我们在很多方面互相影响，因为我来自纽约这个大都市，喜欢纽约的街道、篮球、爵士，读了很多书；而她来自加利福尼亚，喜欢视觉的东西，比如摄影、绘画、色彩。对于电影，她有她的见解，我也有我的。这些年我们不断地交流和互动，我推荐她看我喜欢的电影，比如伯格曼。我依然记得第一次推荐她看乔治·史蒂文斯的《原野奇侠》的时候，她从未料到欧洲电影如此迷人。就在最近，大约四周之前，我刚刚给她看了她从来没看过的比利·怀尔德的《倒扣的王牌》，这一直是我最爱的怀尔德电影之一。虽然这部电影在美国反响惨淡，但这并不能否定它是一部精彩的电影。我给她看了之后，她也非常喜欢。接下来的一天我们又一起看了乔治·史蒂文斯的《二房东小姐》——查尔斯·科本、琪恩·亚瑟和乔·麦克雷一起主演的一部喜剧。这些年我们的交流一直是具有启发性的，正如我说的，如果她喜欢我拍的电影，那么我会感到自己的目标达到了，而其他人的看法对我而言全然不重要。评论家和公众喜不喜欢我的电影，对我来说不重要。也许你会问我，她是否从未说过不喜欢我的电影，当然，她很礼貌，但是从她的语气中我能够辨别她的真实想法，这一点对我非常重要。

史提格：黛安·基顿也想成为电影导演吧？她拍过一些短片，也执导过几集《双峰》[1]**。**

伍迪：我认为她很有潜力，会成为一个非常棒的导演。刚开始她可能会紧张，因为她谦虚，且缺乏自信，但在所有紧张和谦虚的人当中，她又是那么才华横溢，真是讽刺啊。她有这个能力，只要有机会，她一定能成为非常棒的导演。

史提格：你看过她导演的《天堂》吗？

伍迪：看过。她还拍了一部非常棒的电视电影，名叫《世外桃源历险记》。

1.《双峰》：由大卫·林奇导演，美国20世纪90年代最为著名的电视剧之一。

史提格： 你先后与路易丝·拉塞尔、黛安·基顿、米亚·法罗这几位女演员结婚抑或共同生活过，她们以何种方式启发或影响了你？或者说，是否在某种程度上影响了你笔下的女性角色？

伍迪：我没有和黛安、米亚结过婚，我曾经和黛安生活在一起，但是从未和米亚同居过，我们一直是分居的。她们在很多方面帮助了我，当我在塑造某些人物的时候也经常会想起她们。最近几年我经常以米亚为原型塑造某些角色。

史提格： 你是如何考虑角色问题的？是否会这样想：她曾经演过这样或那样的角色，但还从来没有扮演过现在这种角色，所以塑造一个全新的人物应该会挺有意思？

伍迪：正是如此。有时完全就像你所说的那样，比如写《丹尼玫瑰》的时候，我心想，她一直都想扮演这种角色，但从来没有机会。于是我就写了这么一个故事，里面有一个这样的人物让她来演。

史提格： 有一些角色在我想象中更接近她本人的性格，比如她在《汉娜姐妹》中扮演的那个角色。

伍迪：恰恰相反，她感到很难把握那个角色，那一次出演对她来说非常困难。我也始终无法确定汉娜究竟是不是一个好姐姐。

史提格： 我想这就是这个角色的耐人寻味之处吧。

伍迪：是的，非常有意思，但事实上这完全是出于巧合，因为我也很想弄清楚汉娜对这些人来说是不是一个好姐姐。故事中的她到底是不是一个本分的好人，我和米亚一直没有得出结论，所以最后才会产生这种耐人寻味的效果。

史提格： 现在回想起来，你又是如何看待这个角色的？

伍迪：如今回想起来的话，我觉得她并没有那么好。如果你仔细观察，就会发现她并没有你想象的那么善良。

《性爱宝典》

史提格："性"显然是你电影的主题之一。在你小时候，这多少是一个禁忌的话题吧？

伍迪：是的，非但嘴上不说，甚至都会装出一副没做过的样子。

史提格：如此一来，为了能看到那些性场景，电影就显得尤为重要了。

伍迪：在美国，你不可能在电影院里看到那些场景。那时一直流传着关于外国电影的种种笑料，因为他们对性的接受程度与美国人不同，美国人对待性的态度是很可笑的。

史提格：关于性这个话题，你小时候最想了解又不敢问的是什么？

伍迪：我只想知道在哪儿做这件事以及持续时间这种具体问题。

史提格：你在片头指出电影是根据大卫·鲁本医生的一本书改编

的，能介绍一下这本书吗？

伍迪：当时我正为新片苦思冥想却毫无头绪。有一天我和黛安·基顿看完篮球比赛回家，临睡前看了会儿电视，正好看到有这么一位医生写了一本叫作《你想知道但又不敢问的性问题》的畅销书，是以问答的形式写的，预设读者对性一无所知。书中包括了"女性例假期间会怀孕吗？""到底应该怎么做爱？"等等诸如此类的问题，我当时就心想："老天，这会是一部很搞笑的电影。"接下来就是这本书的版权问题了。我将其按照一个问题接着一段小品的形式做成一组短故事，纯粹是出于好玩。我询问了联美电影公司，他们告诉我埃利奥特·古尔德已经买下了版权，但还没开始拍，于是我们联系上了他，他说："好，如果你想拿它做点什么，我们就把版权卖给你，让你去做。"于是我就拍了这部电影。我知道这本书的作者讨厌这部电影，但我不明白为什么。也许他觉得拍成这样很愚蠢吧，但这本书本来就是如此，而且如果他真的在乎，就不该把电影版权卖给别人。搞不好落到别人手里拍得比我更糟糕。拍一部由多个短片构成的电影是很有意思的事情，只是为了好玩而已。

史提格：你用到书中的内容了吗？

伍迪：我借用了书中的一些提问，仅仅是提问。比如"高潮的时候发生了什么？"是书里提到的问题，我把它改成了："射精是怎么回事？"我借用他的问题给出自己的答案。

史提格：在第一部分"春药管用吗？"中你启用了两名英国演员——琳恩·雷德格瑞夫和安东尼·奎尔。你似乎对英国演员有独特的偏爱，之后也与一些英国演员合作过，比如夏洛特·兰普林、迈克尔·凯恩、丹霍姆·艾略特、伊安·霍姆和克莱尔·布鲁姆，还有我个人非常欣赏的澳大利亚女演员朱迪·戴维斯。

伍迪：是的，我也喜欢她，她是个天才女演员！英国的电影和剧团一直都很棒，英国演员相对来说戏路更广。当然，在这部电影中启用英国演员是希望达到某种莎士比亚式的效果，英国演员在这方面更有说服力。但总的来说，美国制造的是特定类型的男星，诸如枪手和硬汉之类的形象；而在英国你可以找到一个真实的男人，普通的男人，有血有肉的男人。很多时候我依赖英国演员，是因为找不到合适的美国演员来演我的角色。

史提格：那么女演员呢？比如夏洛特·兰普林和克莱尔·布鲁姆？

伍迪：夏洛特·兰普林一直是我相当欣赏的女演员，在《星尘往事》中我们终于有机会合作，尽管那个角色并不一定要找英国女演员，但我一直以来都欣赏她的才华。克莱尔·布鲁姆也是如此。我希望《罪与错》中的妻子是一位非常优雅的女士，在美国找合适的女演员要比男演员容易，所以我并不是非得找英国女演员。

史提格：像丹霍姆·艾略特这样有个性的男演员对《情怀九月天》这部电影来说举足轻重。

伍迪：很难找到像他这种气质的美国人。

史提格：除了英国演员，你合作过的其他外籍演员可谓屈指可数，如《汉娜姐妹》中的马克斯·冯·叙多和《星尘往事》中的玛丽-克里斯汀·巴洛特，你考虑过和英国以外的外籍演员合作吗？

伍迪：考虑过。只要合适就好，我也非常愿意和瑞典演员合作，有的欧洲演员不会说英语，但瑞典演员通常都会说英语。和法国演员合作更棘手一些，他们要么不会说英语，要么带着浓重的口音，所以不太容易。瑞典人往往能说一口流利的英语，所以我会毫不犹豫地和他们合作。我只希望能找到合适的题材，因为当你的电影是关于一个家庭，并且一半家庭成员是美国人的时候，很难让另一半人变成瑞典人或其他欧洲国家的人。

史提格：英格玛·伯格曼也和外籍演员合作过，比如丽芙·乌曼就是挪威人。

伍迪：瑞典人在看《假面》或者《安娜的情欲》的时候能听出她的挪威口音吗？

史提格：能听出一点口音。她的瑞典语说得非常好，但还是有一点口音的。

伍迪：但她扮演的角色也可以被视为一个挪威人，是吧？

史提格：的确，但唯独在一部电影里显得有点奇怪，她在《秋日奏鸣曲》里饰演英格丽·褒曼的女儿，而那个角色理应说一口地道的瑞典语。

伍迪：但没有人会介意的，不是吗？我们和英国演员合作也是同样的情况，比如一个家庭中的父亲是詹姆斯·梅森，他讲英语带着英国口音，但我还是觉得很有意思。《罪与错》中从来没有明确说明过克莱尔·布鲁姆是哪里人，《汉娜姐妹》中的迈克尔·凯恩也是如此，他可以是一个从伦敦来纽约的人，但如果是像父子这样亲近的关系可能就不行了，在美国会有人议论这个。

史提格：在《性爱宝典》的第一段中你饰演了一个宫廷小丑的角色，灵感显然是来自你本身就是一名单口喜剧演员。

伍迪：当然，我希望达到那种效果。

史提格： 多年以前你在让‐吕克·戈达尔的《李尔王》中也饰演了一个小丑的角色，那是一次怎样的经历？

伍迪：非常特别的一次经历，因为我喜欢戈达尔的作品。他当时在纽约，就在这儿，他走进来，问我是否愿意出演他的《李尔王》。我愿意出演他的任何角色，因为他是一位真正的大师。他说只需要一个早晨，几个小时就行，于是我就去了他们的拍摄场地。他穿着浴袍，抽着雪茄，执导他的电影。他的工作团队非常小，好像只有三个人：一名摄影师，一名录音师，还有一个负责其他工作的人，极其简单。他告诉我应该怎么演，我就怎么演。其实在演的时候我预感这会是一部非常荒唐的电影，但我想，这是为了戈达尔，我终于有机会见到了他。演完我就离开了，从那以后再也没有听说过这部电影，也没有看过。

史提格： 我去年看了这部电影，尽管我是戈达尔的忠实粉丝，还是不得不说《李尔王》是他最奇怪、最匪夷所思的电影之一。

伍迪：是的，这些年来他变得越来越让人难以理解，太实验派了。

史提格： 没错，但他最近的一些电影，比如《新浪潮》，还有他和埃迪·康斯坦丁在德国合作拍摄的《德国玖零》都很美，画面极美，充满诗意。

伍迪：太好了，那很好。

史提格： 说到《性爱宝典》这部电影，我发现你在《致毕业生》这篇文章中有一段是这么写的："我们生活在一个太过宽容的社会，色情电影从未像现在这般猖獗，而且还拍得这么烂！"你是否认为美国人对性有着某种双重道德观？

伍迪：通常我们说双重标准的时候是指适用于男人而不是女人，但美国人的性观念是非常不成熟的。

史提格：清教徒式的态度。

伍迪：没错。

史提格：但你不觉得你这段话和你的电影其实也透露着同样的立场吗？

伍迪：确实，因为我在这种观念的影响下长大，尽管它很愚蠢，但我们都不免受到影响。

史提格：你认为这种观念有没有在这些年中发生过转变？虽然表面上明显更开放了，但本质上美国是不是仍然和从前一样保守？

伍迪：这个国家的性观念至今仍然是隔靴搔痒。可能在某些方面有所改变，但总的来说，这个国家仍然秉持着一种愚蠢的性观念。比如你可以看到大多数民众是怎么选出领导人的，这些领导人不得不遵循过时的道德观念，否则很难获得选票。

史提格：在我们欧洲人看来，要求领导参选人必须接受家庭成员审查，如是否涉及婚外恋等等，是非常可笑的。

伍迪：美国是一个非常虚伪的国家。

史提格：《性爱宝典》的第二部分"什么是兽交？"非常有趣，吉恩·怀尔德饰演的角色是整部电影中最有意思的。你是怎么想到让他出演这个角色的，你认为他是一个怎样的演员？

伍迪：他是很棒的喜剧演员。我不希望几个短片的主角都由我一人包揽，我只想出演其中的一部分，所以我就试着找最好的演员来担任其他角色，吉恩·怀尔德就非常棒。

史提格：我也觉得他在这个疯狂的小故事里表现非常出色，我尤其注意到他喜欢在表演时运用意味深长的停顿，这是他的自由发挥还是你有意让他这么做的？

伍迪：那是他自己的发挥。有好几回，他说这部电影让他感到一种气息，比他通常扮演的那些角色更为微妙。时间上的节奏感纯粹是他的自然发挥。我既然请了吉恩·怀尔德这样优秀的演员，我就会让他自由发挥，除非出现某些明显与角色或剧本相悖的东西，我才会去干涉。如果你请来像吉恩·怀尔德或者吉恩·哈克曼这样出色的演员，却对他们指手画脚，扰乱他们的发挥，那还有什么意义？他们读懂了角色，对表演有独到的感悟，如果他们有问题，自然会来问我，但通常他们不需要提任何问题。他们心领神会，拿捏得非常到位，有时候我甚至一句话都不用说，只需要告诉他们在节奏上更快一点。比如《汉娜姐妹》中有一场马克斯·冯·叙多和芭芭拉·赫希的戏，那是一场激烈的争吵戏，他们已经事先排练过，但是演给我看的时候比最后电影中要慢两倍，实在太慢了，于是我就提醒他们："你们得演得快一点儿，这场戏不能演这么久。"我只需要提醒这一点，至于怎么演由他们自己决定，因为他们是很棒的演员。

史提格：你是否考虑过这种慢节奏可能是由于马克斯是瑞典人的缘故？因为瑞典人在生活中的行动和反应相对来说节奏要慢一点。

伍迪：我一直有种感觉，那就是所有的男演员在节奏上都会慢一些，因为他们很享受自己的表演，而没有意识到看的人可能并不感到有趣，而且当你把它拍成电影的时候，实际上又慢了两倍。我认为他们很难明白这一点，他们太投入角色，以为观众也与他们一样。欧洲的节奏的确比美国慢一些，我们的节奏更富有紧张感，而欧洲电影的节奏都要慢得多，除了戈达尔早期的《筋疲力尽》《女人就是女人》以及其他一些电影。

史提格：我也注意到了这一点，男演员有时是没有银幕时间概念的，尤其是那些主要在剧院里演出的男演员。

伍迪：是的，这对导演来说就已经很难体会了，对演员自然是难上加难。但是吉恩·怀尔德就没有这样的问题，他理解了角色，并且非常自如地演绎了角色，不需要我的提醒。对我来说，演员的自然反应是相当重要的。有天晚上我在电视上看到丽芙·乌曼的采访，她说那些从来不做功课的导演是多么讨厌，他们到了现场毫无准备，她是在谈到自己执导电影时这么说的。我的观点恰恰相反，我记得和保罗·马祖斯基合作的时候，我完全被他的大量准备工作惊呆了，他去每一个地点视察，带演员去取景地，让演员在开拍之前就熟悉场地，他知道摄影机放在哪里，做了无数功课，事无巨细对他来说很有趣。但我不会这么做，我和美术指导一起找场地，敲定之后就行了，开拍前一个月或几周的时候，摄影师到那儿后，我和他谈一会儿，决定就在这儿拍，之后我就不会再去想了。等我到达片场的那个早晨，我依然不知道要拍什么、怎么拍，我喜欢即时的自然反应。我和摄影师在片场走一圈，讨论各自的想法，然后决定演员该怎么走位。随后我们打光，直到这时候，我们才请演员来片场，告诉他们怎么走位，不是很具体的，只是大致说一下。然后就开拍了。通常我们最先拍的那一场戏是最好的，之后再也无法超越，有时候需要一些时间让演员适应，这样的话第三条或者第十条会是最好的，但从来都没有排练和准备。我写剧本的时候，会重写一遍，直到确定一切都可以为止。在开拍前我都不会再看剧本，我不会背台词，只在开拍前十分钟快速地浏览一遍剧本。更多情况下我甚至不用剧本，我把剧本发给演员，每人复印一本，但我自己没有。我接触剧本越少，它对我来说就越有生命力。

史提格：你平均一场戏拍几条？我想不同的电影可能不一样。

伍迪：我尽量不拍太多条，大概平均四条。如果只拍两条，我会非常高兴，第二遍是为了保险起见。但也有拍很多遍的情况，比如《丹尼玫瑰》中我一度拍过五十条，但这种情况非常少见。

史提格：《性爱宝典》的第三部分是一个模仿意大利人的片段，你和路易丝·拉塞尔说着不标准的意大利语。

伍迪：是的，我们模仿意大利语的发音。

史提格：这个片段显然是在向意大利电影致敬，拍的时候你脑海里有没有想起某一部特定的电影或是某个特定的导演？

伍迪：没有，只带有一点点安东尼奥尼式的情绪。刚开始我们想把这个片段拍成农夫之类的故事，那种老套的早期的费里尼或德·西卡的模式。但后来我们转念一想，为什么不能把那种故事套路里的主角换成精明的有钱人呢？于是就改成了电影中呈现的那个样子。

史提格：电影片头和片尾字幕部分的背景是一群兔子，这里你用了科尔·波特的一首名为《放纵一下》的歌曲。科尔·波特似乎是你很喜欢的作曲家，他的音乐在你很多作品里都出现过。

伍迪：其实他还负责了《丈夫、太太与情人》的片头曲和片尾曲。是的，你可以说我迷上了科尔·波特。在《丈夫、太太与情人》中我用的是《爱为何物》这首曲子，是巴伯·米莱演奏的非常非常老的版本，他是一名出色的黑人小号手，曾与艾灵顿公爵和杰利·罗尔·莫顿一起演出。

《傻瓜大闹科学城》

迈尔斯："我总是在开玩笑，这是我自我保护的一种方式。"

——《傻瓜大闹科学城》

史提格：你是怎么想到要拍《傻瓜大闹科学城》的？

伍迪：我有了一个故事的构想，于是就对联美电影公司说我想制作一部很昂贵的大电影，时长四小时。前半部分是一部纽约喜剧，在喜剧的最后，也就是两小时之后，"我"很偶然地被一个低温机器冷冻了，然后会有一段停顿的时间，观众可以出去买糖果和爆米花，等休息时间结束之后接着放映电影的后半部分。在第二部分中，"我"苏醒过来，但已经是五百年后的纽约了，这就是第二个故事的开始。联美公司非常喜欢这个想法，但创作这样一部电影是耗费心血的事情，于是我决定只采用第二部分。我打电话给马歇尔·布瑞克曼，问他是否愿意加入，他说"没问题"，于是我们就开始一起写剧本了。

史提格：电影的名字"Sleeper"[1]是不是有两重含义？是不是也

1.电影《傻瓜大闹科学城》的英文原名即为"Sleeper"。

有"成功者"的意思？

伍迪：是的，指一件没有预料到会成功的事情，有这么个意思。但我并没考虑过这个词的双重含义，我只希望电影的名字是一个简单的单词。

史提格：《傻瓜大闹科学城》的音乐是由你自己的乐队演奏的，《拉格泰姆无赖们》这首曲子为电影增添了滑稽感。

伍迪：没错，曲子是我们演奏的。当时我对用什么音乐毫无头绪，这部电影是关于未来的，但我不打算用未来感的音乐，因为那听起来很奇怪，于是我转念一想，既然这是一部搞笑电影，音乐也同样应该是搞笑的。拍这部电影最令我兴奋的就是演奏这首配乐的过程。

史提格：怎么会想到选这首曲子配合电影中的场景？

伍迪：这是一首经典的新奥尔良爵士乐，我听了大量的新奥尔良爵士，从中挑选出这一首。我有很多很多唱片。

史提格：《傻瓜大闹科学城》是黛安·基顿第一次出演你的电影，我想她的角色是为她量身定制的吧？

伍迪：是的，我照着她的样子塑造了女主角。她风趣幽默，又总是让男主角麻烦缠身。基顿把这个角色诠释得很好。

史提格：《傻瓜大闹科学城》在视觉效果上的恶搞程度超过了你绝大部分的电影，你还记得当时是怎么设计这些场景的吗？

伍迪：我希望拍一部类似低俗喜剧的电影，一部追求视觉效果的电影，这其实很容易办到。《傻瓜大闹科学城》是一部低成本电影，不超过三百万美元。

史提格：视觉上的笑料是不是比台词中的笑料更难挖掘？

伍迪：设想起来并不难，只是具体操作的时候会有很多东西要准备。

史提格：有一个你对着镜子刮胡子的场景让人联想到马克斯兄弟电影中的一些笑料，这当中有没有关联？

伍迪：我想没有。这一幕是出于不同的意图，因为场景中还有另一个人，而且这部电影中的视觉笑料都是基于一个未来的语境。

《爱与死》

史提格：《爱与死》的摄影师是吉兰·克洛盖，这部电影是在法国拍摄的吗？

伍迪：法国和匈牙利，分别是巴黎和布达佩斯。在国外取景的原因很简单，因为这是一个欧洲的故事，而且制片人希望我在匈牙利拍摄那些大的场景，因为那样成本更低。我的法国团队非常棒，我接触了很多法国摄影师的作品，其中最吸引我的就是克洛盖。我不记得看过他的哪些电影了，我看的是其中的某一盘胶片。

史提格：这是茱莉叶·泰勒第一次担任你的选角导演吧？

伍迪：当时茱莉叶·泰勒是玛丽昂·多尔蒂的助理。玛丽昂从我的第一部电影开始就担任选角导演，但是后来去了加利福尼亚的制片厂，于是茱莉叶顶替了上来，但其实之前也一直有合作。

史提格：你们是如何合作的？她会在开会的时候向你推荐候选男演员和女演员吗？

伍迪：是的，我通常什么都不说，先让她读剧本，她希望我这么做。然后她会带着一张长长的名单来见我，上面列了每一个角色对应的演员，然后我们开始漫长的讨论，如果我说"不，我讨厌那个演员！"，她就给我推荐另一个，直到每一个角色都确定下来为止。

史提格：主角和配角都是这么选出来的吗？有没有你自己事先选定主角的情况？

伍迪：没有，每一个角色都是我们共同选出来的。

史提格：《爱与死》用的是普罗科菲耶夫的音乐。

伍迪：起初我是想用斯特拉文斯基的音乐，但我发现放在电影的场景里面并没有起到诙谐的效果，他太沉重了，而且（虽然算不上直接原因）费用太高了，但主要原因还是音乐太沉重。负责剪辑的拉夫·罗森布鲁姆对我说："既然不管用，为什么不干脆放弃斯特拉文斯基，试试普罗科菲耶夫？"试了之后果然效果不错，普罗科菲耶夫的音乐让电影整体轻松活泼了起来，而斯特拉文斯基的音乐却是截然相反的效果。

史提格：在电影开头的部分，黛安·基顿扮演的索嘉对你扮演的鲍里斯说："大自然真是不可思议，不是吗？"然后你回答："在我看来，大自然是……我不知道，蜘蛛吃虫子啊，大鱼吃小鱼啊，植物吃植物啊，就像是一家巨大的餐馆，我就是这么看的。" 你对作为都市生活对立面的自然持怎样的态度？我猜应该不是卢梭那一类的吧？

伍迪：说起来比较复杂。当然相较于乡村生活而言，我个人更偏爱都市生活。这种分歧在艺术家之间由来已久，比如陀思妥耶夫斯基显然是一个都市的人，而托尔斯泰是很乡野的一个人，屠格涅夫尤其乡野化。但这与作品的好坏、深度毫无关系。我更偏爱城市，但我并不介意偶尔开车去农村待上一两天。不过，在电影的语境中，我说的"自然"是一个整体，既包括城市，也包括乡村。我的意思是，如果你近距离地观察一幅自然的田园美景，会发现你眼前的一切非常可怕。当你真正走近观察的时候，你看到的是暴力、混乱、杀害和同类相食。然而当你远远地看着这一片辽阔的、堪比康斯太勃尔[1]的画作一般的风景时，它的确非常美丽。

史提格：是的，都市风景也同样如此。

伍迪：没错，如果你看一座城市，会看到一幅美好的城市风景，但如果你走近了再看，会看见表面以下的细菌，会发现人与人之间可悲、丑陋以及可怕的一切。

史提格：相较于你后来的电影，《爱与死》算是一个比较松散的故事。你早期电影中的对白有时只是一些俏皮话，鲍里斯与索嘉在阁楼的那场戏就是一个典型的例子。

伍迪：是的，过去我总是喜欢让角色像格劳乔·马克斯和鲍勃·霍普那样说俏皮话，因此很多时候只有幽默，并没有推动故事情节的发展。

史提格：你在《副作用》中写过一些恶搞某些文学风格的小故事，其中我特别喜欢《死囚》这一篇，有点像是对萨特、加缪这一批法国存在主义作者的戏仿，《爱与死》中也有这种戏仿的痕迹。

伍迪：是的，每个人都有自己喜爱的领域，让他能够去戏仿。我对某些作家和某些主题有特别的偏爱。举例而言，如果我拍了一部戏

---

1. 康斯太勃尔：19 世纪英国最伟大的风景画家之一，代表作有《干草车》《白马》等。

仿英格玛·伯格曼的作品，那是出于我对他的崇拜。

史提格：《爱与死》的确有戏仿伯格曼、爱森斯坦[1]以及某些法国导演的痕迹。

伍迪：是的，因为当时的我正处在这样一个阶段，我知道在哲学的世界中自己会非常快乐。佩莱娜裴·吉拉特曾经这样评论这部电影："虽然我们并不生活在俄罗斯，但我们始终活在俄罗斯文学的世界之中。"的确是这样，这是一次文学性的戏仿。

史提格：这部电影的创作灵感来源于哪里？

伍迪：说起来也许是个有趣的小故事。当时我刚拍完《傻瓜大闹科学城》，那部电影是在科罗拉多和加利福尼亚拍摄的。我希望接下去的一部电影在纽约拍摄，于是写了一个关于谋杀的故事，但是写完的时候我发现自己并不想拍一部讲谋杀的电影，因为觉得自己还不够格，于是我就把故事搁置一边了。后来我突发奇想，想拍一个关于俄罗斯的东西，带有一些哲学性的主题，于是就写了《爱与死》。写完之后我又从之前的谋杀故事中挑选了一些场景和角色，重新组成了《安妮·霍尔》。安妮、艾尔维以及那场谋杀案，很多东西都是从那个故事里照搬的，只是去掉了谋杀的部分。而在《曼哈顿谋杀疑案》中，我又重新回到了谋杀的主题。

史提格：还是原先的那个故事吗？

伍迪：改编了一小部分，但大致是一样的。《爱与死》震惊了所有人，因为大家期待看到的是一部当代的纽约电影，但拍摄那部电影是我最愉快的经历之一。我喜欢在巴黎拍电影，也喜欢法国

1.谢尔盖·爱森斯坦：苏联电影导演，电影学中蒙太奇理论奠基人之一，代表作有《战舰波将金号》《伊凡雷帝》等。

人，唯独受不了布达佩斯的寒冷。

史提格：我们探讨了你作品中对其他电影的引用痕迹。伯格曼当然是最明显的引用对象，比如电影中的死神角色。除此之外，影片的最后有一个画面让我联想到《假面》，这个画面是黛安·基顿和杰西卡·哈珀两人的特写镜头，这应该不是巧合吧。

伍迪：是的，当时我们把能用的一切都用上了。俄罗斯文学、瑞典电影、法国电影、卡夫卡和存在主义哲学家，一切让我们振奋的东西都派上了用场。

史提格：这些是你在写剧本时的自然发挥，还是有意收集不同的元素，然后赋予其某种戏仿的特质？

伍迪：是写作时想到的。我一边写一边想"这样挺有意思的"，不知不觉就写成了。

《安妮·霍尔》

艾尔维："宇宙正在膨胀。"

——《安妮·霍尔》

史提格：《安妮·霍尔》是每个人都期待你拍的那种都市电影。

伍迪：是的，这部电影对我来说真的是一个转折点。我终于鼓起勇气摆脱了那种笑料不断的通俗喜剧式的电影。我告诉自己："我要试着拍出更有深度的电影，不再走以前那种喜剧的套路，也许会有一些新的意义出现，让观众感兴趣。"最后的结果也非常令人满意。

史提格：《安妮·霍尔》和《傻瓜大闹科学城》的剧本都是你和马歇尔·布瑞克曼共同创作的，他是一位专职作家吗？

伍迪：马歇尔过去和我一起在酒吧演出，他是搞音乐的，弹贝斯和吉他，我们成为好友之后就一直聊天。出于好玩我们决定一起写点什么，于是就写了，过程也很愉快。我们一起创作了《傻瓜大闹科学城》《安妮·霍尔》和《曼哈顿》。我非常欣赏他，他人很好，也执导过几部电影。

史提格：你们的共同创作是如何进行的，每天见面然后一起写作吗？

伍迪：不，我们通常会在街上散步，然后一起吃午饭、晚饭，或是坐在房间里讨论，不断地讨论，等讨论结束以后我回去写剧本。写完之后我给马歇尔看，然后他提出他的看法，比如"这很好，但这个场景有点弱，不如试试别的"。他会提出一些新的观点和想法，但剧本得我来写，因为到时候台词是由我来说。

史提格：你的大多数电影往往都是以音乐开场，但《安妮·霍尔》的片头是完全无声的，为什么要这样安排？是不是为了提前让观众做好准备，因为他们即将看到一部与你以往风格不同的，更注重对白的电影？

伍迪：当时我还在音乐的道路上摸索。我已经在《爱与死》中用了古典乐，《傻瓜大闹科学城》里又用了我自己的爵士乐队的音乐，但对于这部电影，我还不清楚自己到底想要什么样的音乐，所以就干脆试着不用。《安妮·霍尔》中唯一的音乐是现场音乐[1]，也就是汽车收音机中的音乐或者派对上的音乐，除此以外没有用其他音乐。这是我的一次实验，我想看看不用音乐是什么样。我完全凭感觉走。我不在乎观众是否会喜欢，只希望能够突破自己的局限。如果今天让我拍一部同样的电影，我也许会拍出一部全是配乐的电影。当然也有另一种可能——我记得伯格曼从来不用音乐，而那时的我又是那么崇拜他，所以我可能会觉得："也许伯格曼对音乐的态度是正确的吧。"然而这些年来我对此已经有了不同的看法。

史提格：我发现《安妮·霍尔》中还有一处可能也受到了伯格曼

---

1. 现场音乐：自拍摄现场某处发出的音乐，如收音机、留声机或乐团的演奏，是背景乐的一种。

的影响，那就是你从这部电影开始，使用了同一种片头字体，非常简洁，再也没有换过，伯格曼也是如此。

伍迪：我并不知道他也是这样，我从来没想过这个问题。其实我最初的意图并不在此，我在《香蕉》和《性爱宝典》中使用了很华丽的片头字体，但我忍不住想："花很多钱在字体上真是愚蠢的做法，典型的美国作风，从今往后我要用最便宜的字体，最朴素的那种。"于是我挑了一种喜欢的字体，从此再也没换过。毕竟，片头字幕的用处何在呢？不过是传递简单的信息而已。

史提格：的确是这样，但你的电影字体已经成为你的标志。

伍迪：是的，差不多有十五部左右都是用同一种字体。我觉得这样很好，根本不需要花什么钱。在美国，这类事情往往会发展到完全失控的地步。20世纪60年代有一段时间流行像《粉红豹》[1]那样的字体，制片人会留出二十五万美元的预算在片头字幕上，这甚至可能成为一部电影的主要支出。我反对这种奢侈的做法，我只想拍很多很多电影，不断有新作品问世。我不希望有朝一日听见有人说："噢，这是伍迪·艾伦的新片，我们苦等了两年！"我只想不停地拍电影，也已经与电影公司达成了协议，写完一个剧本的第二天我就投入制作了。我们约定如此，所以我不需要担心任何问题。这是我喜欢的办事方式，我不喜欢写完一个剧本后，拿着它和别人吃饭、找投资等等。

史提格：你有没有感觉，在拍《安妮·霍尔》的时候，你已经达到了醉畅自如的境界，所有你想表达的都能以一种既简洁又艺术的方式呈现出来。也正因为如此，你才能拍出一部像《安妮·霍尔》这样的电影。

---

1. 布莱克·爱德华兹导演的喜剧电影，同一系列的电影还有《粉红豹再度出击》《粉红豹的报复》等。

伍迪：拍《安妮·霍尔》时发生了两件事：第一件事是我发现自己到了所谓的停滞期，我感到是时候把拍过的电影留在过去了，我想追求更现实、更深刻的电影。第二件事是我认识了戈登·威利斯，他是一个技术奇才，同时也是一位伟大的艺术家。他教给我一些关于摄影和打光的技巧，对我来说是一次所有层面上的真正的转折。从那以后，我将《安妮·霍尔》视为我迈向成熟导演之路的第一步。

史提格：这部电影在结构上也是完全自由的。

伍迪：我的写作风格一直如此，我在电影的时间和结构上从不受束缚。

史提格：《安妮·霍尔》是在你面对着镜头向观众讲两则笑话中开始的。首先你讲了两位老妇人在山中疗养院里的一段对话，其中一个说："唉，这地方的食物可真够糟的！"另一个回答说："可不是嘛，给的分量还那么少！"接下来你复述了格劳乔·马克斯的一句话："我永远都不想加入一个俱乐部，如果它的会员是像我这样的人。"这样的台词一下子就拉近了你与观众的距离。

伍迪：没错，这样的开场奠定了整部电影的基调。我的直觉告诉我，如果我在电影里拉近与观众的距离，谈论关于我自己的问题，那么这部电影就会吸引到观众。因为我觉得观众中的某些人可能会对我的讲述有共鸣，我希望直接与这些人交流，与他们对话。

史提格：你在电影的开头讲到艾尔维·辛格是在布鲁克林的过山车下面长大的，而过山车的画面是在你的电影中反复出现的影像，包括《星尘往事》《开罗紫玫瑰》和《无线电时代》。

伍迪：是的，我在布鲁克林长大，虽然称不上比邻，但离康尼岛并不远。康尼岛是一座传说中的大型游乐城，在我小时候几乎已破败不堪了，但那个地方还在。过去我总是和朋友一起去那儿玩，我们游泳、走木板路，你能在《无线电时代》里看到一些场景。我在沙滩边长大，童年有一部分时间待在海边，虽然是很短的一段时间，但对我有着特殊的意义。所以在我最初写《安妮·霍尔》的时候，我并没有写我生长在游乐城，而是写我真正的出生地，距离游乐城几公里以外的地方。但当我们开着车去写布鲁克林勘景的时候，戈登·威利斯、美术指导梅尔·伯恩和我看到一座过山车，过山车底下是一栋房子，我想就是这儿了，于是我把主角的出生地改到了这里，因为这幅画面太有冲击力了。

史提格：那你的童年呢？和艾尔维的童年一样吗？

伍迪：没错，我住的地方就和电影里一样，学校里也有蓝色头发的老师，极其严格，一点也不友善。

史提格：关于回忆，你说过这么一句话："我在处理现实与幻想的关系上有困难。"

伍迪：没错，这也是我多部电影的主题。回忆童年的方式有很多种，有时候我会想起一些难过的经历，有时候回忆会把难过放大。客观准确的回忆是很难做到的。

史提格：在《安妮·霍尔》中有一些悄悄话的段落，是在你和托尼·罗伯茨饰演的"伙伴"之间进行的。电影开始的时候有一段场景是你们俩走在人行道上。一个无间断的远景镜头下，街道尽头的你们慢慢地走进视线，随后镜头跟随你们沿着街道走下去。你的其他电影中也有类似的段落，这些场景一般都采用远景，你让演员不停地走，夹杂着周围行人的谈话声。你是不是偏爱这种表现方式？

伍迪：曾经有人因为这个诟病《曼哈顿》，但都市生活就是这样的，依靠的是言语交流。都市生活是非常理性的，你不可能像托尔斯泰笔下的农夫那样起床割一束稻草，也不可能像伯格曼的《处女泉》里那样全家人一起安静地做祷告。

史提格：我反倒喜欢这种絮絮叨叨的场景，这种不被打断的感觉。

伍迪：我是从《安妮·霍尔》开始那么做的，从那以后我的大多数电影都只用很少的镜头，因此有时候我和剪辑师苏珊·莫尔斯只要花一周就把电影剪好了，因为全都是主镜头[1]。我从很多年前开始就不拍备用镜头了，对我来说长镜头拍起来更快，也更有意思。

史提格：这个场景在结构和内容上都让我想到迈克·尼科尔斯的电影《猎爱的人》，同样也是一部风俗喜剧[2]。

伍迪：也许是的，我在很多年前看过，我认为那是他最好的电影之一。

史提格：在《安妮·霍尔》中，安妮和艾尔维打算去看伯格曼的《面对面》，我想选择这部电影应该不是出于偶然吧，但艾尔维不愿意进去，因为电影已经开始了。

伍迪：是的，这是原先那个谋杀故事的第一个场景，我等在电影院门口，安妮来了之后我们去了其他地方，然后发生了谋杀。但是在《安妮·霍尔》中我们仅仅是等在那里，之后我因电影已经开始了所以不愿意进去。

史提格：你在电影院门口与一个男人发生了争执，争论中他错误

---

1. 主镜头：一个连贯的镜头，其范围通常是远景或全景，包括整个场景。
2. 风俗喜剧：一种讽刺某个社会阶层习俗的喜剧。

地引用了马歇尔·麦克卢汉[1]的话，这时你请出了站在电影海报后面的麦克卢汉本人，纠正了他的错误。

伍迪：我们试着找过很多人，最后麦克卢汉同意出演这个角色。其实我最先想到的是费里尼，因为在影院门口聊电影的时候提到费里尼听上去更顺理成章一些，但费里尼不愿意为此远道来美国，这当然可以理解。所以我最后找了麦克卢汉。

史提格：你考虑过伯格曼吗？

伍迪：没有，伯格曼不像是愿意参与这类事情的人，因为关于他的传闻永远都是他在法罗岛过着隐居的生活。

史提格：那时你和他有过联络吗？

伍迪：没有。在拍《曼哈顿》之前我们没有任何接触。后来丽芙·乌曼因为知道我有多么喜欢伯格曼，就告诉我他会在纽约待一周，建议我们和伯格曼夫妇一起吃饭，她还向我保证伯格曼也正有此意。于是我拜访了伯格曼下榻的酒店，在那儿一起吃了饭，聊了很多很多。我惊讶地发现所有我经历过的那些微不足道的事情，他在几乎同样的时间也经历过。遗憾的是上一次我去斯德哥尔摩的时候没能登门拜访，因为我的孩子们都在那里，但是我们通了一两个小时的电话。伯格曼在电话里非常幽默，我们通过几次电话，但见面只有在纽约酒店的那一次。对我来说，知道所有导演都经历过那些蠢事，让我觉得很有意思，我想这是普遍的情况吧。一切看起来都是那么美好，但五天之后一切都烟消云散了。一切关于未来的乐观的预言，都随着伯格曼的离世而消散了。

---

1. 马歇尔·麦克卢汉：加拿大文学批评家、传播学家、传播学媒介环境学派一代宗师，以"地球村"和"媒介即是讯息"等论断名震全球，代表作有《机器新娘》《理解媒介》等。

史提格：你对拍电影有信心吗？比如当你写完剧本，开始拍摄时？

伍迪：从商业性来看，没有，但从艺术性来看，我有信心。我永远觉得下一部电影会在艺术上非常出色，但对于市场我始终保持悲观。拍《情怀九月天》《另一个女人》《我心深处》和《星尘往事》的时候，我很清楚自己在拍没有人会看的电影。尽管它们都是我用心投入并且在艺术性上完成得非常好的电影，但我知道这样的电影不会有观众，我有预感。但在拍《安妮·霍尔》和《傻瓜大闹科学城》的时候，我知道只要我发挥出色，就能赢得很多观众。

史提格：但这种预感显然无法阻止你继续拍自己想拍的电影。

伍迪：当然，但让我更感意外的是这一点从未影响到制片厂。如果有人告诉我，我永远不用愁没钱拍电影，那么商业对我而言就毫无意义了。我会拍任何我想拍的电影，我不在乎公众是否喜欢，影评人是否喜欢。我当然希望他们喜欢，但是不喜欢也没关系。我拍电影是为了自己，但哪天制片厂也可能对我说"你看，你拍了十部电影，让我们损失了这么多钱"。所幸迄今为止我还没有遇到过这样的情况。

史提格：讽刺的是，你刚刚提到的那些电影，像《星尘往事》《情怀九月天》和《另一个女人》，这些其实是你最好的作品。也许它们没能引起巨大反响是意料之中的事情，但这仍令人很沮丧。

伍迪：我同意你说的，最好的作品和商业上最成功的作品之间毫无关系。《风流绅士》引起的巨大轰动令我感到羞耻。走运的时候，你拍了一部很棒的电影，公众也赞赏有加，但更多时候是完全相反的情况。我没有权利代替他人评判电影的好坏，我只知道自己有没有完成最初的设想。我最满意的一部作品——尽管它在美国几乎是零票房——是《开罗紫玫瑰》。那是我一直以来最满意的作品，因为我把自己的想法完完全全地搬上了银幕。剧本写完的时候，我对自己说："我现在已经有了一个剧本和一个想法，搞定了！"最终我以自己希望的方式把它诠释了出来。这部电影在影评人口碑很好，但票房惨淡。有些人说如果塞西莉亚最后和电影明星幸福美满地结婚，会赢得更多观众的青睐，离别的结局只会引起伤感。但我恰恰是为了这个才拍这部电影的，这是最重要的部分。其他电影也有过类似的遭遇，比如《西力传》在评论界引起了极大反响，但没有人愿意去电影院看这部电影。《无线电时代》也是如此，《丹尼玫瑰》这部真正的旧时喜剧也是如此，这些年来有很多人对我说："那是我最喜欢的电影，它让我笑得人仰马翻！"但其实根本没有人去看。

史提格：你的电影在欧洲受到的反响应该有别于美国吧？

伍迪：是的，过去十五年是欧洲救了我，要不是欧洲，我可能没法继续拍电影。在美国票房惨淡的电影在欧洲挣到了钱，至少把损失降到了最低。我早期的电影在欧洲并不是很受欢迎——虽然《香蕉》在法国大受追捧，当时还举行了一个盛大的开幕式。之后是在意大利受到欢迎，慢慢地我开始在欧洲有了自己的观众，现在我已经完全依赖于欧洲了。《影与雾》就是一个很好的例子，在美国根本没有人去看这部电影，但在欧洲反响不错。

史提格：你之前提到过费里尼，他也是对你颇具启发性的导演之一。

伍迪：是的，我觉得《白酋长》是有史以来最棒的有声喜剧，我想象不出有哪部对白喜剧能超越《白酋长》。普雷斯顿·斯特奇斯的《红杏出墙》很不错，还有刘别谦的《街角的商店》和《天堂里的烦恼》也是很棒的喜剧电影。但就对白喜剧而言——当然不包括马克斯兄弟的电影，因为马克斯兄弟的作品到达了某种无法超越的高度——

我想不出有任何一部喜剧能够超越《白酋长》，而且最令人惊讶的是，这部电影的剧作者之一是安东尼奥尼，你压根儿猜不到是他，因为他是那么严肃的一个人。

史提格：说回《安妮·霍尔》，你在电影中采取了一种多少有点"禁忌"的做法，那就是直接向观众袒露你对故事和角色的看法。这种做法带有某种布莱希特[1]式或戈达尔式的感觉，你早期的喜剧也是如此，但在那些电影中更类似于鲍勃·霍普式的"旁注"。

伍迪：是的，有点像格劳乔或者鲍勃·霍普。我这么做其实是为了故事本身，而不是为了笑料，我希望观众和我一起体验这个故事，这也是我拍电影的初衷。

史提格：你在《安妮·霍尔》中饰演的角色是一位运动达人，这在你的电影中很少见，你本人是不是对这方面兴味索然？

伍迪：恰恰相反，我年轻时一直是很棒的运动员。没有人料到这一点，但其实我非常擅长体育运动，直到今天仍然是一个体育迷。剧院的氛围远不如一场好比赛那样激动人心，现在我也喜欢经常看各种体育比赛。

史提格：比如？

伍迪：太多了。棒球、篮球、拳击、足球、网球、高尔夫……几乎没有我不喜欢的运动。在伦敦的时候我非常爱看板球比赛，那是一项美国人从来无法理解的运动，但我很快就迷上了。

史提格：你喜欢在电视上看比赛还是去现场？

---

1. 贝托尔特·布莱希特：德国剧作家、戏剧导演、诗人，20世纪享有世界声誉的戏剧家。

伍迪：这要视比赛地点而言，大多数时候我收看电视转播，因为更方便。曾经有一段时间任何一场职业拳击赛我都不落下。但我很少去现场看棒球比赛，因为那里有五万人，而不是一万五千人，进出太困难。篮球比赛对我而言轻松得多，因为就在曼哈顿，出租车要不了十分钟就到了，而看棒球比赛通常要花四十五分钟才能到机场外面的洋基体育场。

史提格：但你还是会时不时地去现场观看比赛？

伍迪：是的，这取决于我是否在拍电影。有一段时间我每天晚上都会和黛安·基顿一起去看篮球比赛，一场都不落下。

史提格：说到黛安·基顿，安妮·霍尔是不是她的真名？

伍迪：她真名叫黛安·霍尔，基顿是她妈妈结婚前的姓。她之所以改名，是因为演员权益协会中已经有一个叫黛安·霍尔的了，不能重名。

史提格：这就是电影名字的由来吗？

伍迪：是的，我觉得这是个不错的名字。

史提格：之前你谈到过黛安·基顿以及她独特的穿衣风格，她在《安妮·霍尔》中的打扮曾经一度成为某种潮流。

伍迪：是的，那就是她的风格。黛安一走进片场，当时的服装师鲁思·莫雷就说："让她别那么穿，太夸张了。"但我说："随她去吧，她是个天才，她想穿什么就穿什么。如果我真觉得不行，会告诉她的，在那以前她想怎么穿就怎么穿。"

史提格：对于黛安那一身长裤背心加领带帽子的穿衣风格，曾经

有人这样评价："你难道是在诺曼·洛克威尔的画中长大的人吗？"但除此以外，你的电影还让我联想到另一位美国画家爱德华·霍珀。

伍迪：我当然喜欢霍珀，整个美国都喜欢霍珀，他的画有一股忧郁的气息。

史提格：还有哪些美国画家是你喜欢的，或是对你产生某种影响的？

伍迪：我没觉得受到过哪个画家的影响，但我欣赏抽象表现主义画家、德·库宁、波洛克、弗兰克·斯特拉，还有安迪·沃霍尔、劳森伯格和贾斯培·琼斯。没错，我喜欢美国的当代绘画。

史提格：黛安·基顿的表演有一种"心不在焉"的感觉，有时候仿佛是出于自我保护，她总像是退回到场景中去了。是她有意以这种方式表演，还是你让她这么演的？

伍迪：不，她就是这样的！黛安从早上醒来就开始道歉，她的个性就是如此。黛安极其谦虚，和所有聪明人一样，这就是她的个性。

史提格：也就是说在你写《安妮·霍尔》的时候，就是以黛安·基顿为原型的？

伍迪：是的，这个角色就是为她量身定制的。

史提格：在艾尔维和安妮第一次共度夜晚之后，有一个场景是艾尔维在一家书店里向安妮坦白自己对人生持悲观的态度，他说："人生可以分为'可怕'和'可悲'两种。"这也是你对人生的态度吗？

伍迪：是的，这是我自己的真实写照，应该庆幸自己只是个可悲的人。

史提格：你说过安妮·霍尔这个角色很大程度上是以黛安·基顿为原型的，那么你所饰演的艾尔维·辛格是不是在很大程度上是你本人的写照？他是你所有作品中最接近你本人的一个角色吗？

伍迪：总是有人问我这个问题，其实并非如此。帕迪·查耶夫斯基[1]多年前曾说过所有的角色都是作者本人，我非常赞同他的观点。我既是《无线电时代》里的莎莉，也是《我心深处》里的母亲，也是艾尔维。到处都有我的影子，很难找出一个最像我的角色，因为他们都是我的写照。作者隐藏在所有角色背后，无关性别或是年龄。宝琳·凯尔写过一篇关于《我心深处》的文章，她认为电影里最像我的角色是玛丽·贝丝·赫特，但她的依据仅仅是人物的穿着。其实根本不是这样，也许有些地方玛丽·贝丝·赫特饰演的乔伊和我有一些感同身受的地方，但乔伊的问题是她虽然敏感，但不会用艺术的方式表达她的感受，我很幸运在这方面多少有些才能，所以没有她那样的问题。其实《我心深处》中最贴近我的角色是杰拉丹·佩姬饰演的母亲。

史提格：从哪方面能看出来？

伍迪：我觉得她和我很像，我个性中也带有那种死板的、强迫症式的冷酷，一切事情都必须尽善尽美、井然有序。

史提格：人生必须是有序的？

伍迪：是的。所有东西都必须是大地色系和暖色调的，家具的数量也要正正好好，强迫症很厉害。

史提格：科琳·杜赫斯特在片中饰演安妮的母亲，她特别适合演个性独特的母亲。

---

1. 帕迪·查耶夫斯基：美国舞台剧编剧、银幕编剧和小说作家。奥斯卡历史上仅有他和伍迪·艾伦凭借独自一人创作荣获三次奥斯卡最佳剧本奖。

伍迪：我选她并不仅仅因为她是一个好演员，还因为她看起来的确像黛安的母亲。黛安的妈妈长得非常像典型的美国先驱人物，而科琳不仅在相貌上相像，演技也很棒。

史提格：你的电影中有很多个性鲜明的母亲形象，比如《我心深处》中的杰拉丹·佩姬、《汉娜姐妹》中的莫琳·奥沙利文、《情怀九月天》中的伊莲妮·斯楚奇，还有《爱丽丝》中的格温·沃顿。

伍迪：刚开始写作的时候我只会从男性视角去写，但不知从什么时候开始突然就转变了，从此开始从女性视角写作，并塑造了这一系列的女性形象。如果你注意到过去十五年来我创作的女性角色，比如《我心深处》《汉娜姐妹》《情怀九月天》中的母亲和姐妹，还有我为黛安·基顿创作的角色、为米亚·法罗创作的角色，你就会发现女人始终是我的电影里的主角。我也不知道究竟发生了什么，但不知从何时开始就发生了这种转变。

史提格：是不是受到伯格曼的影响？伯格曼的电影中也不乏个性鲜明的女性角色。

伍迪：我也不知道，应该不是，因为这很难盖棺论定为外界影响的结果。你可以说，伯格曼刻画了深入人心的女性形象，但那并不是我能模仿的东西，因为我不了解女人的心理。是我内在的一些东西改变了，也许与心理学有关，也许与我和黛安的关系有关。"安妮·霍尔"是我第一个成功塑造的女性角色，从那以后，我电影中的女性角色几乎都超越了男性角色，《丈夫、太太与情人》这部电影也是如此。

史提格：这会不会是因为你更喜欢与固定的几个女演员合作？之前的采访中你曾经说过要找到合适的男演员很难，也许潜意识里你更

愿意为才华横溢的女演员塑造角色？

伍迪：我想是的，我一直想和所有我喜欢的女演员一起拍一部电影，米亚、黛安·基顿、黛安·韦斯特、梅丽尔·斯特里普，还有朱迪·戴维斯。有才华的女演员太多了，我列举的只是沧海一粟。好的男演员当然也非常多，比如吉恩·哈克曼和罗伯特·德尼罗，但你必须把他们安排在有男子气概的场景里面，柔弱的就不行，他们演不了那个。爱米尔·强宁斯在德国电影里演的角色，还有爱德华·罗宾逊和弗雷德里克·马奇在美国电影里演的角色也属于同一类，罗伯特·德尼罗、杰克·尼科尔森、吉恩·哈克曼和阿尔·帕西诺这样伟大的男演员，他们演不了威利·罗曼[1]这样的角色。他们得费很大的劲，因为他们的男子气概太浓厚，对角色而言太有魅力。达斯汀·霍夫曼可以演这个角色，虽然他岁数太小，但等他六十岁的时候就可以演这个角色了。达斯汀也许是唯一具有这种气质的男演员，某些英国男演员和瑞典男演员也具有这种气质。

史提格：在《另一个女人》中看见吉恩·哈克曼还挺有意思的。

伍迪：那是一个很有男人味的角色，所以没有比他更合适的人选了。

史提格：他在电影里也有温柔的一面。

伍迪：的确比他以往的角色要柔和一些，因为有浪漫的成分，这对他而言非常少见，但即使如此，他还是非常具有男子气概。哈克曼的戏路比别人更宽，在《窃听大阴谋》中也是如此，他可以两者兼顾，这很少见。乔治·C.斯科特也能两者兼顾，还有雷德福[2]和

1.《推销员之死》中的人物。
2. 罗伯特·雷德福：美国演员、导演，其导演处女作《普通人》1995年获奥斯卡最佳导演奖及最佳影片奖。

纽曼[1]也很棒，但他们太有英雄气概了。尽管他们毋庸置疑是伟大的演员，但你无法想象他们是你的邻居。

史提格：艾尔维和安妮各自看心理医生的那场戏，为什么做成分屏的形式？

伍迪：因为我觉得两个人对同一件事持完全不同的态度非常有意思，因此想以一种戏剧化的方式呈现出来。

史提格：虽然《安妮·霍尔》中留下了不少思考的空间，但整个故事仍然是以一种快节奏来讲述的，如此一来就显得紧凑而丰富。比如有一场安妮和艾尔维在街上争吵的戏，之后画面突然切换到艾尔维洗盘子的场景，但背景仍然是两人先前的争吵声，此时安妮走进画面，于是又开始了一个新的场景。你还记得吗？

伍迪：记不太清了，因为我从来不看拍完的电影，但我记得那种手法，我希望达到一种内观的效果，很多时候你就像在艾尔维的脑子里一样。我有两次在电影中使用这种手法，完全进入角色的内心是在《星尘往事》中，因为全都是在内心发生的，所以一切皆有可能，《安妮·霍尔》中是首次尝试这种手法。

史提格：艾尔维经常回溯到之前的记忆和经历中去，这给电影带来一种即兴感，我想这正是你希望达到的效果。

伍迪：是的，因为我喜欢在电影里随心所欲，达到非常自由的感觉。

史提格：在电影中，艾尔维去洛杉矶见一个朋友，是由托尼·罗

1.保罗·纽曼：美国演员，凭《金钱本色》获 1987 年奥斯卡最佳男主角奖。

伯茨饰演的罗伯，一个电视明星。他们一起去参观电视演播室的时候，那台制造笑声的机器令艾尔维感到恶心，在离开洛杉矶之前艾尔维说："我得了慢性洛杉矶恶心症。"你本人对洛杉矶以及那儿的电影产业是怎么看的？

伍迪：电影产业本身当然不甚理想，制造出来的大多都是奢侈浪费的垃圾电影，很少有高质量的作品。因为它的目标观众是消费市场和年轻人，所以最后产出一大堆垃圾。真正有才华的人永远在为他们的作品而艰难奋斗着。其实洛杉矶还好，仅仅是不合我的口味罢了。总有人以为我讨厌洛杉矶的电影制造业，其实并非如此，我有很多朋友在那儿，我只是不喜欢那儿的阳光，我讨厌阳光，我不喜欢去哪儿都要开车的感觉。洛杉矶没有伦敦、巴黎、斯德哥尔摩或者哥本哈根那种国际化的感觉，反而有一种郊区感，所以我很不适应。我喜欢散步、出门时被整个城市围绕的感觉，喜欢走在人行道上，步行去商店或其他地方。一旦你习惯了纽约或巴黎的生活方式，就很难再适应洛杉矶这样的城市了，所以我一直拿洛杉矶开玩笑。此外，电视产业和电影产业制造出来的东西都不长久，因为它们的目的是广告效应。当然每个地方都有可能生产出不理想的电影，但令人失望的作品往往与对金钱、名利的无谓追求有关。

史提格：朱丽叶特·刘易斯在《丈夫、太太与情人》里有一句台词是："生活不模仿艺术，生活模仿的是低俗电视节目。"

伍迪：没错，的确如此。

史提格：你是否认为，正是因为在这个非都市化的城市，才会诞生这样的影像风格？因为洛杉矶是一个缺乏私密性的城市，那里的生活更像是某种"表面文章"。

伍迪：是的，我认为在美国，只有一小部分人真正严肃地对待电影，其他人只是在做所谓的"项目"，他们花很长的时间开各种会，和各种作家、导演还有演员吃饭，他们穿梭于电影开机前的各种庆祝活动，最后拍出来的全是讨好商业的粗制滥造的作品。然而也有一些严肃的导演想要拍真正有意思的电影，他们愿意为此冒险，而不在乎电影是否赚钱。

史提格：当代美国导演中最有才华的一批人的确住在洛杉矶以外的地方，讲述着他们的城市故事，比如你和马丁·斯科塞斯在纽约，格斯·范·桑特在波特兰，大卫·马梅在芝加哥，还有巴瑞·莱文森一直在他土生土长的巴尔的摩拍电影。

伍迪：是的，还有旧金山的弗朗西斯·科波拉。这些导演的电影是独创的，完全不同于加利福尼亚出产的那些流水线电影——即使并非全部都是，但至少大部分如此。约翰·卡索维茨[1]显然是一个例外，但他也为电影付出了很多艰辛。

史提格：你怎么会想到邀请保罗·西蒙这么一位歌手来出演《安妮·霍尔》？

伍迪：我想找一张新面孔，一个有趣但很少演戏的人。我记得是马歇尔·布瑞克曼提议让保罗·西蒙演这个角色的，事实证明这是个好主意。

史提格：艾尔维待在洛杉矶的时候还有一句台词是："他们不干别的，只会颁奖！最佳法西斯独裁奖：阿道夫·希特勒！"《安妮·霍尔》最后得了好几项奥斯卡奖，你对奥斯卡奖和其他奖项是怎么看的？

---

1. 约翰·卡索维茨：美国导演、演员，被认为是美国独立电影的先驱，在好莱坞拍摄过电影。

伍迪：我无法想象书籍、电影或是艺术作品之间的比赛是如何进行的，谁能决定作品的好坏？我认为更合适的做法是电影产业每年隆重地聚一次会，仅仅宣布"这些是今年我们最爱的电影！我们投票选出了最喜爱的五部电影"，而不是"最好的一部电影"，因为所有被提名的电影之间如此不同，没有可比性。奥斯卡奖尤其腐败，人们强迫你投票给他们或者他们的朋友，电影和候选人都有竞选团体，广告商也参与其中。这根本不是在选年度最佳电影，完全没有可信度。

史提格：但这些奖项显然在很大程度上影响了电影产业。

伍迪：从商业上来讲的确如此，但也仅仅是短暂的商业性影响。一个演员如果得了奥斯卡奖，那他能红一年，之后如果他拍了一部不那么成功的电影，很快就日落西山了。

史提格：很少见你的电影参加国外举办的电影节，这是你为自己设立的一条原则吗？

伍迪：有时我会把电影送去电影节，但是从不参加比赛，因为我不想和他们比。电影不是拍来参加比赛的，应该是让人欣赏的，所以我很乐意把电影送去戛纳、威尼斯或者其他电影节参展。我本人从来不去这些电影节，我知道他们会怀疑我的做法带有政治意味，就好像奥林匹克比赛一样，刚开始是一个单纯美好的想法，但逐渐沦为一种政治宣传。

史提格：《安妮·霍尔》的结尾有种一切又重新开始的感觉，为什么选择以这种方式作为电影的结局？

伍迪：剪辑师拉夫·罗森布鲁姆和我思考怎样的结局才是最好的，最后我们觉得让故事回到原点是最好的，于是就这么决定了。但那是我们后来想到的主意，不在《安妮·霍尔》的剧本里，本来的结局是改编之前那个谋杀故事里的安排。

史提格：电影的结尾是一段三十秒左右的空旷街景，非常优美。

伍迪：是的，在安妮与我分别之后。

史提格：你还记得为什么以这样的场景作为尾声吗？

伍迪：那场戏是我和黛安·基顿一起拍的。拍摄像这样的空镜头，往往是电影中的重要时刻，比如电影的开场或结尾，或者其他重要的段落。我尝试过在这个场景里安排戏剧性或是皆大欢喜的结尾，但我只看到这一幅流动的街景，还有这家小咖啡馆。直觉告诉我应该让他们消失在街头喧哗的人流中。这样的结尾既是讨喜的，也加强了电影的情绪。后来配上音乐我又看了这一段，一切都恰如其分，所以我决定就这么结尾。

史提格：《安妮·霍尔》中有两位初露银幕但后来大红大紫的演员，一位是西格妮·韦弗，她在片中饰演艾尔维的新女友，结尾处可以看到她站在电影院门口。还有一位是出现在好莱坞派对上的杰夫·高布伦。同时我还想到在《香蕉》中第一次出演电影的西尔维斯特·史泰龙，他是不是地铁上那个人？这些演员在你的电影中演一些小角色是否纯粹出于巧合？

伍迪：西格妮从一开始就是个很棒的演员了。我第一次见她的时候她还非常年轻，但演技已经相当纯熟，所以我想让她来演。西尔维斯特·史泰龙是完全不同的情况，当时我想找两个硬汉，然后就来了两个人，其中之一就是西尔维斯特·史泰龙，但我看了之后说："这不是我要的人，他们看起来还不够危险。"他们说："请给我们一次机会，让我们回去改一下装束和发型。"我说好的，五分钟后他们回来了，看上去棒极了。我永远不会忘记那些经历，我差点就因为经验不足而错过这些好演员。

史提格：我想那是史泰龙的第一个银幕角色。

伍迪：是的，如今在一些小镇重放这部电影的时候，他们的宣传语是："《香蕉》——由伍迪·艾伦与西尔维斯特·史泰龙联袂主演。"

《我心深处》

艾尔维："我对死亡很着迷，死亡对我来说是个很重要的主题。"

安妮："是吗？"

艾尔维："我对人生的看法非常悲观。如果你想和我在一起，你就应该了解我。我觉得人生可以分为'可怕'和'可悲'两种，'可怕'包括那些绝症病人、盲人、残疾人等等。"

安妮："所以？"

艾尔维："我不知道他们怎样度过这一生，简直不可思议。而剩下的都是'可悲'的，因此你在度过这一生的时候，应该庆幸自己仅仅是个可悲的人，你是有福气才成为'可悲'的人的。"

安妮："噢……"

——《安妮·霍尔》

史提格：《我心深处》应该是你准备了很久的一部电影，拍摄过程中有没有因为题材过于严肃而遭遇波折？

伍迪：你是指制片厂方面吗？那倒没有，因为和我合作的都是非常开明的人。阿瑟·克里姆当时是联美公司的主席，他对我说："你已经拍了一些喜剧片了，现在你想尝试别的类型，那就去拍吧！这是你应得的！"

史提格：也许是因为《安妮·霍尔》大获成功，得了奥斯卡奖的缘故？

伍迪：是的，所以他们答应让我拍这部电影。最后电影出来毁誉参半，有评论很看好这部电影，但这也是我第一次收到大量的负面反馈。

史提格：也许是因为《我心深处》出乎所有人意料，因为没有人料到你会拍一部剧情片。

伍迪：是的，人们大失所望，好像我打破了某种无形的协议。美国人眼中的剧情片不是这样的，美国人眼中只有那种肥皂剧式的剧情片，而《我心深处》不属于这一类，因此观众不仅是对我一改之前讨喜的喜剧风格感到失望，对剧情本身也不感冒。他们嫌电影太严肃了，但这恰恰是我喜欢的地方。更何况这是我第一次拍剧情片，缺乏技巧和经验，我知道《我心深处》不是一出莎士比亚式的杰作，这只是我的第一次尝试，而观众的态度并不宽容，有人指责我不守信用。

史提格：对此你做何感想？

伍迪：《我心深处》是我想拍的那种电影，我也尽了最大的努力。我当时想尝试着拍剧情片，并不是彻底地转向，我只是希望它成为我作品的一部分，但也不是那种随随便便的尝试。我不要拍传统的商业剧情片，我要拍最高级的那种剧情片。如果我失败了，那也没关系，但我坚持我的追求。如果我成功了，那这就会是一部了不起的作品。我并没有说我成功了，但我的野心很大，这就是我的想法。这部电影收到了无数负面评论，观众不喜欢令我感到很遗憾。

史提格：你失望吗？

伍迪：我感到很丢脸。

史提格：你会经常读影评吗？

伍迪：不会。刚开始拍电影的时候，大概拍前四五部电影的时候，我一直读评论。我以为这是一件必须要做的事情，况且还要考虑到电影的宣传。但是后来我发现，一旦我不再在乎别人怎么看，反而能发挥得更好。我就应该埋头干下去，拍自己想拍的东西，不去管外界的反应。如果人们喜欢当然好，但即使报纸上说"这是一部天才之作"也并不意味着我就是一个天才，他们说我是白痴也不代表我就是一个白痴，所以干脆别管别人怎么说了！于是我对制片人说："不要打电话告诉我谁会来（首映式）或者来多少人，我不在乎！"这些年来我一直是这么做的，当我完成一部电影，就结束了，再见。我记得《曼哈顿》上映的时候我甚至都不在纽约。这么做唯一的遗憾是没有那种尘埃落定的成就感。其他人完成一部电影后，若一切都很圆满，他们会读评论，开庆功会，从中获得某种释怀感。但对我来说并非如此，我完成一部电影后，立马就投入下一部的创作了。

史提格：之前你曾经说过黛安·基顿的看法对你非常重要，除了她以外，应该也有别的朋友会向你传达他们对作品的看法吧？

伍迪：有，那通常是电影上映之前的事情。

史提格：那么现在呢，电影上映的时候你通常已经在准备下一部了？

伍迪：是的，一直以来都是如此。我甚至会在拍摄的间隙就开始思考下一部电影，我会想下一部要怎么拍才有意思。我感兴趣的是创作的过程，对宣传和记者招待会没兴趣，有付出自然会有回报。

史提格：《我心深处》的开头是一段优美又富有暗示意味的沙滩别墅的内部特写，为整部电影奠定了情感基调，这些画面就像一张张静物画。

伍迪：没错，我想在电影一开始就设定好节奏感。

史提格：电影的开头有一个场景是姐妹俩站在窗边，结尾处也是同样的场景，形成了一种对称结构。

伍迪：我们一度考虑过要给电影取名为《窗》，后来戈登·威利斯执导的第一部电影就叫《窗》。

史提格：下一个镜头突然切换到片中的父亲（E.G.马绍尔饰演）站在办公室窗边的特写。他背对着镜头，简短地道出了过去的经历。你是在什么时候决定把这一幕放在电影的开头的？

伍迪：这个场景原本出现在电影后面的部分，但剪片子的时候我和拉夫·罗森布鲁姆一边看一边想："把这一幕放在电影的前面应该会起到不一样的效果。"

史提格：还记得为什么要这么做吗，是考虑到观众的心理还是有别的原因？

伍迪：放在开头能起到一个有趣的铺垫作用。我记得当时我们觉得这场戏如果出现在电影的第三或第四幕会非常有意思，放进去之后我们又琢磨"要是放在结尾处呢？"，但是放在前面完全没问题，因此就没再改动。同样的情况在拍其他电影时也会发生，某个场景被挪到看似无关的地方，这完全是突发奇想。有时我走在街上，类似的想法会突然冒出来。它给了电影某种活力，因为完全是即兴的。

史提格：故事中有很多段落都围绕着母亲伊芙，即使是她不出现在镜头中的时候，她的地位和影响也非常明显。她的丈夫阿瑟这样描述她："她创造了一个世界，我们生活在其中……这个世界井然有序，总是显得很和谐，散发着高贵的气息……就像一个冰雕的宫殿。"

伍迪：没错，她是电影的核心。

史提格：这是一个非常专横的母亲角色，在你的其他电影中也有一些非常强势的母亲角色，为什么类似的角色在你的作品中占据了如此特殊的地位，你认为这是美国的普遍现象吗？

伍迪：并非如此。其实我电影中的父亲们也是典型的美国式银幕形象，只是近年来我更偏爱女性角色，所以电影中母亲的角色比较突出，但我也非常乐意塑造一个强势的父亲角色。

史提格：你的母亲在你的生活中曾经也这样强势吗？

伍迪：不，她还在世，她很好，非常善解人意，与我关系融洽，我的父母都住得离我很近。我想你也可以说，她是一位典型的母亲，偶尔过于严苛，但总的来说很和蔼。

史提格：杰拉丹·佩姬把电影中的母亲形象演绎得非常生动。

伍迪：她在当时是那一代女演员中最出色的，非常适合这个角色。她极具表现力，又极其优雅。我一直很信任我的演员，鼓励他们凭借自己的悟性发挥，杰拉丹·佩姬就是这样的女演员。

史提格：她周围的环境也在很大程度上反映了她的个性。

伍迪：我希望杰拉丹·佩姬的角色拥有一切优美、有品味的事物，家居摆设井井有条、分毫不差。正因为如此，那个与她共同生活多年的可怜男人因无法忍受而离开的时候，才会选择一个完全不同的女人，一个不那么死板的女人。我觉得玛丽·贝丝·赫特饰演的女儿乔伊是全片处境最窘迫的角色，因为她一点才华也没有。她感情充沛，但不会表达，她是母亲的牺牲品。我自己有一种感觉，电影最后母亲去世以后，乔伊有了一个新的母亲，那是她重获新生的机会，她也许能在未来的人生中看到希望。

史提格： 电影中有一个场景是乔伊无意识地对着父亲的新妻子——玛伦·斯塔普莱顿饰演的珀尔——叫了一声"妈妈"，然后珀尔答道："是的，你叫我'妈妈'，我说'是的'。"这一段显然预示着电影的结局。

伍迪：没错，珀尔即将成为一家之母。

史提格： 玛伦·斯塔普莱顿出现的时候总是明亮鲜艳的色调，比如她第一次与新家人见面时穿着一条火红的裙子。

伍迪：是的，她喜欢牛排，会变魔术。我想如果现在能重拍一遍的话，我能拍得更好。

史提格：你对这部电影不满意吗？

伍迪：不，不是不满意，仅仅是从技术和结构的层面来说，我觉得有一些应该修改的地方。从作者的直觉来看，我应该让玛伦·斯塔普莱顿更早一些出场，我应该考虑到这一点。

史提格： 片中的父亲宣布自己打算离开这个家庭的那一幕非常具有冲击力，因为他是在吃早餐的时候当着全家的面说出这个惊人的决定的。你为什么安排全家人都在场？

伍迪：我在现实中听说过类似这样的事情，丈夫在吃早餐的时候非常彬彬有礼地宣布他终于打算离开这个家庭，说完以后孩子们的母亲离开餐桌，回到房间自杀了。在《我心深处》中我并不打算走那么远，但的确是在模仿这件事。

史提格： 这让我想到《丈夫、太太与情人》的开场，莎利和杰克非常平静地告诉朋友他们要离婚了，朱迪当时的反应很有意思。

伍迪：我试图在《丈夫、太太与情人》中创造自相矛盾的角色，他们言行不一，换言之，他们假装若有其事，但你能看出不是那样。

史提格：《我心深处》中的大部分角色都是知识分子，姐妹三人除了最小的一个是电视剧演员，其他都是知识分子，包括她们的丈夫。而且这些人全都有各自的烦恼和心理问题，你认为这在当时（或现在仍然）是纽约知识分子的典型境遇吗？

伍迪：不，我并没有把它视作通常意义上的纽约电影，我想塑造的是一个具有象征意味的故事，描述更抽象的状态。我并没有限定在纽约这座城市，我想讲的是介于意识与无意识之间的故事。

史提格：我们之前谈到过玛伦·斯塔普莱顿以及她出场时鲜艳的色调。电影中有一场在教堂的戏，当杰拉丹·佩姬发现很多红色蜡烛的时候，试图把蜡烛全部推倒，这个动作是不是象征着她想把另一个女人驱逐出她的生活？

伍迪：不，那个动作只代表她内心的混乱，我并没有想暗示什么。

史提格：《我心深处》中有三个姐妹，《汉娜姐妹》中也是三个女人，这是巧合吗，还是你偏爱这种微妙的家庭关系？

伍迪：是的，我对女人之间的关系非常感兴趣。西德尼·吕美特的《八个梦》上映的时候，我迫不及待地想看，那是我最向往的题材，这也是我喜欢《呼喊与细语》[1]的原因，我太喜欢女人之间的故事了。

史提格：女人之间的关系可以有很多种，朋友或者亲戚。

1.《呼喊与细语》：英格玛·伯格曼导演的电影，讲了三姐妹试图打破彼此隔阂的故事。

伍迪：是的，她们也许是朋友，但姐妹间的关系在我看来也很有意思。

史提格：《我心深处》中三姐妹排行中间的乔伊是剧中最复杂的角色，你为什么选择让玛丽·贝丝·赫特饰演这个角色？

伍迪：茱莉叶·泰勒向我推荐了她。她走进房间的那一刻我就知道她是我要的演员。茱莉叶当时刚刚认识她，她是个非常出色的女演员。

史提格：你之前提到过有些评论将乔伊视为"另一个你"，你认为这是为什么？

伍迪：我想是因为她的穿着与我类似，花呢夹克、灰色毛衣，我也一直这么穿，除此以外我想不出别的依据了。

史提格：她也是电影的核心人物。珀尔第一次来她们家的那场戏，焦点似乎一直在乔伊身上。

伍迪：的确如此，因为她的好胜心很强。

史提格：因为乔伊一直是"爸爸的宠儿"，而现在这个陌生女人取代了她的地位？

伍迪：是的，但珀尔在电影中是乐观和希望的象征，代表着新生的活力。而且是珀尔拯救了乔伊，她从水底被救出来的时候，是珀尔给她做的人工呼吸。

史提格：你认为乔伊之后的人生会因此而改变吗？

伍迪：但愿如此，我认为她是唯一有希望改变的，其他两个姐妹已经走得太远了，一个是肤浅的演员，一个是深藏不露的艺术家。乔伊是最真实的一个，虽然没有出众的才华，但她非常敏感，如果换一个母亲，她可能会发展得很好。她缺乏温暖，而这个新妈妈能改变她的人生。

史提格：珀尔在这个家庭还起到了反衬的作用，比如晚餐时全家讨论阿尔及利亚人演出的那一场戏，她非常直接坦率。

伍迪：没错，她粗俗，但是最无害的那种粗俗。她的儿子在拉斯维加斯画那些不堪入目的黑丝绒上的小丑画，她毫不掩饰地承认那些画是一堆废料。她是个俗人，但非常真实、自然，而其他人却全都虚荣傲慢、惺惺作态。

史提格：《我心深处》是第一部你没有参演的导演作品。你考虑过饰演某个人物吗？你其实可以演理查德·乔丹或者萨姆·沃特森的角色。

伍迪：没有，我从来没考虑过。

史提格：因为这是一部剧情片？

伍迪：没错，而我是一名喜剧演员。我不知道自己能不能演那种角色，我担心观众一见到我就发笑，所以从来没有考虑过自己出演。

史提格：《我心深处》几乎没有用到音乐，取而代之你用的是氛围音效，比如海浪声、风声等等。

伍迪：那时我刚拍完《安妮·霍尔》，仍处于对音乐毫无头绪的阶段，因此，既然《安妮·霍尔》没有用音乐，那么《我心深处》干脆也不用了。当时的我正处于转变期，配乐的选择也慢慢开始过渡到具有我个人风格的音乐。我想既然这是一部严肃的电影，就不需要音乐，但还是要有某种氛围感。

史提格：母亲自杀的那场戏有一种梦境般的感觉，让人忍不住猜想到底是真实发生的还是一场梦。

伍迪：我想拍成真实发生的样子，但同时又希望突出她的心境是孤绝的。她的确自杀了，但同时又能让人感受到她当时的心理状态。

史提格：我们之前讨论了乔伊这个角色，但黛安·基顿饰演的大姐蕾娜达也是一个非常复杂的人物，她在片中表达了担心自己变得和母亲一样的忧虑。虽然她看起来非常稳重，乔伊也非常崇拜她，渴望变成她，但其实她并没有看起来那么坚强。

伍迪：的确，她非常有才华，但和她母亲一样自私，她并不像别人以为的那样拥有帮助他人的能力。

史提格：你是如何定义这个角色的？一个乐观、善良的姐姐，还是相反？她与乔伊的关系到底是怎么样的？

伍迪：蕾娜达很幸运，她才华横溢。她有乔伊没有的东西，她善于表达生命的痛苦，但她非常自私。在我看来，艺术家通常都很自私，他们需要时间独处，以自己的原则对待别人而不顾及他人的感受。其实蕾娜达已经开始意识到艺术并不能拯救她，这一点令她非常困扰。有时我感到艺术是知识分子的宗教，有一些艺术家认为艺术是他们的救赎，通过艺术他们能获得不朽，但艺术其实根本救不了你。对我来说，艺术终究只是知识分子的一种娱乐方式。莫扎特、伦勃朗和莎士比亚都是非常高级的表演者，敏感的、有教养的人能够从他们的作品中获得愉悦感和满足感。但艺术从来不是艺术家的救赎，它无法令莎士比亚多活一秒。假如他能活下来，就算他的戏剧被人遗忘，在我看来也是好的。

史提格：在你身上也存在这种冲突吗，你向往隔绝和疏离吗？

伍迪：我没有这方面的问题，因为我一直是隔绝的，但我曾经也遇到过蕾娜达的问题。年轻的时候你会想，我要成为一名艺术家，艺术将拯救我，也许并不一定想得一模一样，但也差不多。在《星尘往事》中我用了"奥兹曼迪亚斯[1]忧郁症"这种说法，那是我发现的一种症状：你会发现你的艺术创作非但救不了你，而且根本就毫无意义，因为宇宙终将毁灭，所有莎士比亚和贝多芬的巨作都将不复存在。我经历过蕾娜达的心理状态，这种"一切到底有什么意义"的困惑。

史提格：电影中蕾娜达对乔伊说："创作是很讲究的一件事，需要独处的空间。"你也这么认为吗？

伍迪：我写这句台词是想显出她的自私，但我并不同意这个观点，因为对我来说创作并没有那么神圣不可侵犯。我知道对于有些艺术家的确如此，比如卡夫卡，他无法忍受任何声音，他的灵感非常脆弱。另一些人比如费里尼，反而在一片混乱中如鱼得水，毫无避讳，整天都有几百个人围着他转，但出来的作品非常美妙。所以每个人都不同，但蕾娜达那么说是因为她自私，她不在乎乔伊，也不在乎她的丈夫，她只在乎她自己。

史提格：但她也非常痛苦，她做过一个梦，梦里树枝缠绕作一团，有种压迫感。

伍迪：是的，但她只担心她自己，她自己的死亡。这里其实也包含了我对自然的看法，那就是当你近距离观察自然的时候，你会发现它并没有那么美好，反而充满了残忍。蕾娜达看到了自然的黑暗面，她发现了生活的真面目，意识到艺术无法拯救她，也无法保护她。后

---

1. 奥兹曼迪亚斯：指埃及法老拉美西斯二世。雪莱写过一首同名的诗歌，奥兹曼迪亚斯石像残破，"万王之王，威震四方"字句犹在，四周唯余废墟黄沙，寂寞荒凉。

来，蕾娜达和最小的妹妹芙琳谈到芙琳以前的电影又重新在电视上播放，好像给人一种风光依旧的错觉，但事实上那些电影，包括芙琳的表演全都毫无意义。以前我曾经开玩笑说，我不想活在人们的心中，我宁愿活在自己的公寓里，这是我的真实感想，《我心深处》中也有几处类似的表达。我们真正探讨的是死亡的悲剧性，衰老和死亡如此可怕，以至于人们想都不敢想。人们因此创立了宗教，寻求一切能让他们逃避这一事实的东西，但总有些时候，你无法逃避。这时你可以像蕾娜达那样，把感觉通过诗歌表达出来，但如果你很不幸，像乔伊那样不知所措，那你可能永远都无法找到自我。但蕾娜达那样的幸运儿，最终也会发现，纵使她善于表达痛苦，艺术也无法拯救她，纵使她的诗歌流芳百世，她仍然和其他人一样难逃一死。

史提格：这种对死亡的恐惧是你作品中反复出现的主题，也许这就是为什么你的电影总是充满了各种年龄段的人物，也不乏年老的角色。

伍迪：没有什么恐惧能超越对死亡的恐惧。一切问题：缺爱、缺才华、缺钱，这些都不是问题，从某种程度上来说都可以解决，朋友能帮助你，医生也能帮助你，但死亡是完全不同的一件事。我非常认同恩斯特·贝克尔的著作《拒斥死亡》中的观点，在《安妮·霍尔》中我也向安妮推荐了这本书，因为这本书非常有趣，同时又相当透彻地探讨了"死亡"这一主题。

《曼哈顿》

艾萨克："'第一章。他爱纽约，将其过分地美化。'不对，应该改成：'将其过分地浪漫化。对他而言，这个城市无论何时都像一部格什温旋律下的黑白电影。'不对，重新来过：'第一章。像对其他事物一样，他对纽约抱有过分的幻想，迷恋街头的车水马龙。对他而言，纽约代表着美丽的女人和诡计多端的街头痞子。'不，太老套，没品位……重来，要有深度一点。'第一章。他爱纽约。对他而言，纽约象征着当代文化的式微，越来越多的投机分子让这座梦想之城迅速地……'不行，说教味太浓，得了吧，没人爱看这个。'第一章。他爱纽约，即使它象征着当代文化的式微，充斥着毒品、噪音、电视、暴力、垃圾。'不行，太愤世嫉俗……'第一章。他就是纽约的化身，坚强，充满幻想。黑框眼镜后面是他如丛林豹一般散发的魅力。'不错，我喜欢。'纽约是他的城市，一座属于他的城市。'"

——《曼哈顿》

史提格：为什么决定把《曼哈顿》拍成宽银幕[1]黑白电影？

伍迪：有一天晚上我和戈登·威利斯在吃饭，我们觉得把它拍成一部黑白宽银幕电影应该挺有意思。当时我们正谈到那些全是坦克和飞机的战争电影是怎么拍摄的，然后我们开始想，如果用那样的方式来拍一部讲述个人的电影肯定很有意思。后来我写了《曼哈顿》，感到的确应该那么拍，因为这样一来，既能换一种角度看纽约——这

---

1. 宽银幕电影：使用的银幕比普通银幕宽的电影的统称。宽银幕电影把放映画面展宽，适合人的两眼水平视角大于垂直视角和人们在日常生活中所见到的景物并无限界的特点，使观众扩大视野，增加临场真实感，尤其适合表现大自然景色、群众场面和战争镜头。

是本片的看点之一，也让我们有机会体验全新的拍摄方式带来的创作灵感。

史提格：你在片中饰演的艾萨克说他无法在纽约以外的地方生存，有些人认为你本人也是如此，这是事实还是虚构？

伍迪：一部分符合吧，这取决于去哪里和待多久。如果是大城市，巴黎、伦敦或斯德哥尔摩这样真正的国际大都市，我会考虑待一阵子，但基本上我还是更偏爱纽约。

史提格：你考虑过在纽约以外的地方拍电影吗？

伍迪：我想去欧洲拍一部电影，只要有好的故事，我不介意。

史提格：《曼哈顿》的开场非常壮观，运用蒙太奇的影像表达了对纽约这个城市的热爱，最后定格于伊莲小馆的霓虹灯招牌，这是你平时最爱的去处之一吧？

伍迪：我经常去那儿，很多年来一直如此。

史提格：《曼哈顿》中的场景全部都是实地拍摄吗？《我心深处》也是如此吗？

伍迪：是的，全部都是实地拍摄。

史提格：电影开始时，艾萨克对他的朋友耶尔（迈克尔·墨菲饰演）说："你不该来问我的。在与女人的关系问题上，我是奥古斯特·斯特林堡奖得主！"你的作品中有很多类似艾萨克的人物，比如《傻瓜入狱记》中的维吉尔说过"我害怕待在女人边上，我会流口水的"。你认为这是一种常见的状况吗？

伍迪：不一定，我只是喜欢扮演这一类角色，因为这样比较好笑。肯定有一些人是这样的，但并不是每个人都这样。不过对角色来说，这样的设定比较容易表现。

史提格：艾萨克在和玛瑞儿·海明威饰演的小女友翠西一起逛超市的那场戏中说："我非常保守，我讨厌婚外情，我认为人应该从一而终，像鸽子和天主教徒那样。"这是你内心的想法吗？

伍迪：是的，我觉得那是最理想的状态，虽然很难做到。每个人都期望与另一个人维持一段深刻、永恒的关系，然而言易行难，很少有人那么幸运。

史提格：在感情的忠诚问题上，美国人的道德观念似乎尤其严苛死板，这是我来了美国以后和看美国电影时的感受。一次婚外情很可能毁了一桩婚姻，但欧洲人的处理方式就可能不同，并不一定总是毁灭性的结局。你认为这是典型的美国式道德观念吗？

伍迪：是的，我想在欧洲，夫妻之中有人出轨或丈夫有情妇的情况并不罕见，但在美国这是绝对不能接受的。每个人都尽力保持忠诚，虽然很难做到，但我们的确是这么做的。

史提格：中产阶级家庭背景的美国人通常结婚很早，不到二十岁就成了家，我想美国的这种道德观念可能与早婚的现象有关，因为除非结婚，否则就不能同居。

伍迪：是的，这是美国人的梦想：你长大，你遇见一个人，然后坠入爱河，结婚，生儿育女，对彼此忠贞不渝。这是美国人对两性关系的幻想，虽然现实并不一定如此。

史提格：电影中有一个场景是艾萨克去前妻的家里接他的儿子，然后与梅丽尔·斯特里普饰演的吉尔发生了争执。这一段长镜头设计得非常巧妙，你让演员时不时走出镜头，从画面中消失。你还记得当时是怎么设计这场戏的吗？

伍迪：戈登和我一直想方设法地让演员消失在镜头里，然后再回来，再消失，如此反复。梅丽尔的这场戏就是这样安排的，她演技很棒，这么拍也非常有意思。我们在其他电影里也尝试了这种风格。

史提格：我记得《仲夏夜性喜剧》里你和托尼·罗伯茨也有一场类似的桥段，但在那部电影里是为了衬托一种喜剧的效果：你在爬楼梯，不时地从画面当中消失，然后下一秒又重新露面。

伍迪：没错，过去我们经常这么做。第一次尝试是在《安妮·霍尔》中，有一场艾尔维和安妮搬家时分书的戏，发生争吵的时候我走出画面搬书，接着她也走出画面，当时镜头里一个人都没有！那之后我们在很多电影中尝试了这种风格，《丈夫、太太与情人》也是，演员们不停地避开镜头。

史提格：你是从什么时候决定以这种方式设计场景的？是在拍摄现场决定的还是预先设计好的？

伍迪：全都是在拍摄现场决定的。

史提格：你在《曼哈顿》中用了很多广角镜头[1]，比如你和黛安·基顿在桥边等待日出那一场戏，美极了，我认为这一幕可以用作电影的海报。

伍迪：是的，我觉得广角镜头能营造一种独特的氛围感。

史提格：说到构图，我想应该讨论一下在天文馆的那场戏。

1.广角镜头：焦距短于标准镜头，镜头视角大，视野宽阔，景深长，能强调画面的透视效果。

伍迪：天文馆有一部分是我们特意设计的，大约四分之三是实际的样子，但有一小部分道具是我们自己制作的。

史提格：看得出这个场景是经过精心设计的，构图非常巧妙。

伍迪：没错，很有现代感。

史提格：你是如何设计场景构图的？会和摄影师讨论吗？不同的摄影师，沟通方式应该也不一样吧？

伍迪：全都是精心设计的。如果是要拍像那样有格调的构图，我和摄影师都会盯着摄像机，然后让演员走位，再根据镜头中的效果重新调整。整个过程需要高度的配合以及大量的时间和精力，不论摄影师是斯文·尼夫基斯特、卡洛·迪·帕尔马还是戈登·威利斯，都是一样的。我的做法通常是和摄影师单独待在场地里，观察四周的环境，决定在某个地方拍，然后摄影师初步打光，这时候我带演员过来，告诉他们怎么走位。等到摄影师搞定具体的细节，拍摄才正式开始。

史提格：当你自己出演某一场戏的时候，你会提前站位确定自己的位置吗？

伍迪：当然。

史提格：有一位演员在这部电影里是第一次与你合作，之后在你的其他一些电影里也出演了一些角色，这个人是华莱士·肖恩，他在片中饰演玛丽（黛安·基顿饰演）的前夫。我最近在路易·马勒的《与安德烈晚餐》里也看到了他，你怎么会想到让他来饰演这个角色？

伍迪：我和他合作了很多年，他是个很棒的演员。玛丽总是提起她的前夫多么性感，所以我希望找一个看起来完全不性感的人。然后茱莉叶·泰勒说："我恰好认识一个这样的人，你知道华莱士·肖恩吗？"我说不知道，她带他来见我，看到他的第一眼我就知道"绝对非他莫属"。

史提格：之前你看过他的表演吗？他还是一个编剧，是吗？

伍迪：是的，但我之前并不知道他，我甚至不知道他出演过哪些作品，但他一走进来，我就知道他很棒。他是个毫不做作的演员，之后只要有机会我就会跟他合作，比如《无线电时代》和《影与雾》。

史提格：艾萨克在电影中说过这样一句话："我无法妥协，我不能改变自己的看法。"你也有类似的感受吗？

伍迪：妥协对每个人来说都是艰难的。妥协是一枚难以吞咽的药丸。

史提格：我曾在哪里听说或是读到过你当时对《曼哈顿》并不太满意？

伍迪：是指刚拍完的时候吗？是的，我对已经完成的电影从来都不满意。拍完《曼哈顿》之后我感到非常失望，甚至都不希望它上映，我想过阻止联美公司发行这部电影，我说过愿意免费为他们拍一部电影，只要他们放弃《曼哈顿》。

史提格：为何对这部电影如此不满意？

伍迪：我也不知道，我花了很多精力在这部电影上，但我就是不满意，这种情况发生过很多次。

史提格：你对拍完的电影从来都不会满意吗？难道不曾有过"这

次我终于做到了"的感觉吗？

伍迪：只有《开罗紫玫瑰》，那是我最接近满意的一部电影，拍完之后我感觉"这一次我的想法终于成真了"。

史提格：《丈夫、太太与情人》呢？

伍迪：《丈夫、太太与情人》属于我比较满意的电影，但如果有可能的话，有一些地方我还是会换一种方式去改写，但已经没有可能了。不过这部电影可以算是我很满意的作品了。

史提格：在我们讨论《我心深处》的时候你说你考虑过重拍？

伍迪：是的，我应该把它拍得更好的。

史提格：你是指内容还是形式上？

伍迪：两者兼有。我应该把它拍得更流畅一些。请戈登·威利斯担任摄影师为电影增添了一份冷感，我本该更好地利用这一点，这样对观众来说会更有趣。另一点就是之前说过的，应该让玛伦·斯塔普莱顿早一点出场，但我拖得太久了。有意思的是，这些年来我喜欢的都是外国电影，因为语言的缘故，我一直都是看字幕的，这就导致我自己在写电影对白的时候，几乎像是在写字幕，而不是写口语对白。这是个比较特殊的问题。对于《我心深处》，我觉得有些对白应该更口语化，更通俗一些。

史提格：在你重看这部电影的时候，有没有觉得它过于沉闷了一点？

伍迪：我没再看过这部电影，但我的确觉得太沉闷了。

史提格：刚才你提到字幕的问题非常有意思，你觉得这是你的电

影更受欧洲人欢迎的原因吗？因为欧洲人不仅"听"电影，还"读"电影。我是指，我们通过听来理解对白，因为大多数欧洲人都会说英语，但与此同时，我们也接收到了文本的信息。

伍迪：很有意思。字幕的确帮助了很多外国导演，因为观众很难仅仅通过演员的表演来理解一部外语片。

史提格：说到外国电影和外国导演，你认为埃托尔·斯科拉怎么样？他也非常注重对白，而且他的电影也设计得非常精美。

伍迪：我看过一些他的作品，非常喜欢。对白是一种极其复杂的工具，拍一部没有对白的电影要容易得多。以前有人对我说："如今的喜剧演员念着台词，看似简单，但早期的默片完全没有声音，其实要容易得多。"这就像跳棋与象棋的区别，拍一部没有对白的电影或者拍一部黑白电影非常容易，你看卓别林和巴斯特·基顿的电影就是这样。你会发现，这么多年来，真正好的彩色对白电影太少了，大多数好的喜剧电影都是无声的，其次是黑白的，而真正优秀的彩色对白电影非常少见。

史提格：你认为哪些导演（包括美国导演和外国导演）最擅长彩色对白电影？

伍迪：有些导演非常擅长对白，虽然他们的电影并不一定都是好电影。比如约瑟夫·L. 曼凯维奇，《彗星美人》的对白非常出色。虽然从电影的角度来看相当俗套，但对白充满了智慧，从文学的角度来看是一个典范。从另一方面来说，如果你认为对白的作用是让角色显得更真实，那么马丁·斯科塞斯电影里那些看似老套的对白在这方面做得很好，它让角色更真实可信，因为那些人的确是这么说话的。一切都取决于你想利用对白达到怎样的效果，斯科塞斯电影中的对白也许并不让人印象深刻，但非常恰如其分。

史提格： 对白的风格也是导演的特征之一。

伍迪： 没错。《彗星美人》中的对白并不是真正讲话的模式，但它设计得非常巧妙。普莱斯顿·斯特奇斯的《红杏出墙》中的对白同样非常巧妙，霍克斯[1]的《夜长梦多》也是如此，伯格曼的电影中也常见出色的对白。

史提格： 让·雷诺阿呢？

伍迪： 哦，没错。《游戏规则》的对白非常精彩，也许可以算最好的那种。

史提格： 《曼哈顿》是不是你和苏珊·莫尔斯第一次合作剪辑？

伍迪： 是的，她以前是拉夫·罗森布鲁姆的助理，所以之前我也与她合作过。后来我和拉夫不再合作，她就打电话给我，说愿意与我合作，我说好的，从那以后我们开始共事。

史提格： 剪辑的时候你全程在场吗？

伍迪： 对，从开机的第一天开始我就一直在场。剪辑也是电影的一部分，而且是非常关键的一步，所以我的在场非常重要。

史提格： 《曼哈顿》的最后，艾萨克对着录音机，列举出他认为让生命变得有意义的人与物："首先，格劳乔·马克斯……《朱庇特交响曲》[2]的第二乐章，路易斯·阿姆斯特朗的《笨头蓝调》，当然还有瑞典电影，福楼拜的《情感教育》，马龙·白兰度，弗兰

---

1. 霍华德·霍克斯：美国电影导演，代表作有《疤面人》《赤胆屠龙》等。
2.《朱庇特交响曲》：即《C大调第四十一交响曲》，奥地利作曲家莫扎特最后的一部交响曲，作于1788年。

克·辛纳特拉[1]，还有塞尚画的苹果，三和餐厅的螃蟹。"这些全都是你自己挑选出来的吧？

伍迪：我的清单肯定更长，但以上这些都会出现在其中。

史提格：现在你还会往清单上添加哪些人和物？

伍迪：我会加上很多我喜欢的东西，要我列的话没完没了。我在电影中提到的那家中国餐馆已经不开了。

史提格：还有哪些餐馆在你的清单上？你喜欢去不同的餐厅吃饭还是有一两个固定的去处？

伍迪：我会去各种地方吃饭，但也有一些固定的去处，比如伊莲小馆。我经常出去吃饭，所以去过很多不同的餐馆。

---

1. 弗兰克·辛纳特拉：昵称"瘦皮猴"，著名美国男歌手和奥斯卡得奖演员，被公认为是 20 世纪最优秀的美国流行男歌手。

《星尘往事》

桑迪："我不想再拍喜剧片了，他们不能逼我拍。我……你知道，我感觉不到喜悦，放眼这个世界，我看到的尽是人类的苦难。"

经纪人："但人类的苦难在堪萨斯城卖不出电影票。"

桑迪："噢！"

经纪人："堪萨斯城的人们需要找点乐子，他们已经在麦地里干了一整天的活了。"

——《星尘往事》

史提格：我最近重看了《星尘往事》，这部电影对我来说仿佛是某种启示。其实第一次看这部电影也并不是很多年前，当时我就非常喜欢，但它的影响绝对是随着时间的推移而愈发明显地显现出来的。

伍迪：那是我的得意之作，但在美国口碑极差，收到了很多负面评论。我不知道在欧洲是否如此，但美国人对它的评价不堪入耳。不管怎样，它都是我自己最满意的作品之一。

史提格：那些批评都是针对什么的？是电影的风格还是内容？抑或两者皆有？

伍迪：不是风格，而是内容。他们以为主角不是虚构的人物，而是我本人！他们认为我在向观众发起挑衅，但这显然不是电影的核心。这部电影讲的其实是一个明显有点神经衰弱的人，却在他人生的失意阶段获得了所谓的成功。但有评论说："你认为影评人很讨厌，观众也很讨厌。"我说并不是这样，这不是我。我猜要是让达斯汀·霍夫曼或者别的男演员来演这个角色，负面评论也许会比现在少一点，但这只是我的猜测。

史提格：角色被误认为是你本人，这是你每部作品都会遭遇的情况吧？

伍迪：是的，这很幼稚，有些人会这么想我也可以理解，可我总期待会出现更有素养的影评人和更有经验的观众。曾经有人找到克拉克·盖博，并向他挑衅说："听着，你以为你有多厉害……"他们把角色当成了演员本人。人们以为亨弗莱·鲍嘉是头脑简单的硬汉，其实他是非常有涵养的人。我扮演过的角色从来都不是我，正如查理·卓别林从来都不是流浪汉，杰瑞·刘易斯也不是他扮演的那些古怪角色。角色里有我的影子，但从来不代表我本人。人们从头到尾都将《星尘往事》视为我的自传，但我想也许时过境迁之后会好一些。

史提格：电影的开头有一位制片人员这样评价你扮演的导演桑迪："他有什么值得痛苦的？这家伙难道不知道自己拥有最棒的搞笑才能吗？"这句台词是不是为了回应之前《我心深处》受到的质疑？拍完《我心深处》后有没有人劝你继续拍喜剧，不要尝试别的题材？

伍迪：有。有人对我说，你明明很擅长拍喜剧片，为什么偏偏还要尝试《我心深处》这样的电影？《情怀九月天》和《另一个女人》也遇到过类似的情况。他们对我说："既然你能拍《汉娜姐妹》这样的电影，为什么还要拍《情怀九月天》？"我根本不知道如何回答那些问题。

史提格：电影开场是两列并行的火车，整个雾气浓重的场景犹如梦境一般，令我想到费里尼《八部半》开场时的那一段梦境的片段。

伍迪：在我看来，这两个开头是截然不同的，一个是梦境，而另一个是戏中戏。费里尼的开头是更个人化的，男主人公在梦中体验到一种窒息感，意识到自己的生活非常压抑，他堵在车流之中无法动弹，所以他渴望抽离出来，去飞行，但又被会计师和其他人拖回了地面。这是一场梦。但我的电影开头完全不同，是带有某种象征意味的。这两列火车，一列是失意的失败者列车，另一列火车则满载着享乐的有钱人。主人公渴望到有钱人的火车上去，但他无法脱身。最后这两列火车都变成同一个垃圾场里的一堆废料。所以说，我的开场是具有某种隐喻性质的，而《八部半》中的场景则象征着主人公的心理状态。

史提格：但这部电影还是带有费里尼式的风格，我猜这是因为费里尼是你钦佩的导演。

伍迪：当然，我爱费里尼的电影！除了他以外还有雷诺阿、黑泽明和伯格曼。费里尼真的很伟大。

史提格：《星尘往事》探讨的是不是现实与幻想的对立？

伍迪：算是其中之一，但我想探讨的主要是人与死亡的关系，这一点在我的其他电影里也有所呈现。主角是一个看起来名利双收、事业有成的人，电影开始时他在公寓里，他的管家带来一只死掉的兔子打算做晚餐，他看着兔子，想到了自己的死亡。但之后拍电影的事情占据了他的注意力。然后，某个周末，他离开家去参加一个电影文化节，让我们得以回顾他的生活，他扮演的角色，他的女友们，他的妹妹、父母，还有他经历的困境。电影的结尾处，他被最忠实的影迷射杀了，但并没有死，我记得他说过他愿意用奥斯卡奖换多活一分钟的机会。哲学性的主题一直是我的兴趣所在。

史提格：无论是从艺术性的角度还是你个人的角度，这部电影都具有特别重要的意义，是不是构思了很久？

伍迪：拍摄花了很长时间，整整拍了六个月。这部电影非常复杂，因为全都是精心设计的。因为天气问题，还重拍了一些地方。总之拍摄过程非常艰难。

史提格：还有不同的取景地。

伍迪：没错，有一些场景是我们自己搭建的。

史提格：片中的电影节是在一座类似温泉旅馆的建筑里举办的，真的有那么一个地方吗？

伍迪：那是一座教堂，我们取了教堂外的景，内部是在摄影棚里搭建的。

史提格：片头的某个段落中，你饰演的导演桑迪说道："我不想再拍喜剧片了，他们不能逼着我拍。我……你知道，我感觉不到喜悦，放眼这个世界，我看到的尽是人类的苦难。"

伍迪：没错，那是很重要的一个桥段，但并不代表我本人，我并不那么想。我喜欢拍喜剧，偶尔也想拍一部严肃的电影，但观众却字面化地以为我再也不想拍喜剧了。

史提格：电影里有形形色色的人给桑迪提意见，教他应该拍怎样的电影，包括他的影迷、影评人或是警察，甚至连外星人都对他说："我们喜欢你的电影，尤其是早期的喜剧片……"

伍迪：是的，他受到各方的评头论足，但那只会令他感到厌烦。我当然也有过类似的遭遇，但远没有电影里表现的那么夸张。

史提格：桑迪的公寓有一间巨大的客厅，在电影中出现了多次。这个客厅第一次出现的时候，墙上挂着一幅越战的巨幅照片，之后在

倒叙的段落中我们又看到了同一面墙，但那幅关于越战的照片却变成了格劳乔的照片。墙上的挂画与主角的经历具有怎样的关系？

伍迪：公寓其实是主人公状态的写照，墙上的挂画反映着他内心的状态。电影刚开始的时候，他正在为人类的苦难而困扰，为他的成功和身价感到羞愧。而在倒叙的部分中，他处在比较快乐的阶段，与夏洛特·兰普林饰演的角色陷入了热恋，所以墙上挂的是格劳乔的照片。之后其实还有一幅照片，我记得是路易斯·阿姆斯特朗？

史提格：是的。

伍迪：那也是他内心的一种写照。（这时电话响了，伍迪去接了一通电话。）

史提格：我刚刚听见你在电话里自称"伍迪·艾伦"，你是不是从来没用过你的真名？你的家人或朋友会叫你的真名吗？

伍迪：不会，连我的父母都不叫我的真名，因为我很多年前就改名了，差不多是……四十年前的事了。

史提格：《星尘往事》让人感觉你对各种媒介的运用似乎更从容了，拍摄的时候你有这种感觉吗？

伍迪：我觉得自己对技术有了一定的把握。我说过，拍《安妮·霍尔》的时候遇到戈登·威利斯对我而言是一个转折点，所以到了《星尘往事》的时候，我对媒介有了更强的掌控力，从那以后就在这方面越来越得心应手了。

史提格：我可以从《星尘往事》中感受到这一点，而且这种转变比在《安妮·霍尔》中更明显了。

伍迪：没错，风格也是内容的一部分，但这部电影在美国口碑极差，甚至遭受了敌意。

史提格：你认为这是因为观众和影评人还没有准备好接受这样的作品，还是出于别的原因？

伍迪：有两种可能性，要么他们错了，要么我错了。我只能这么说。我认为这是一部非常有趣的电影，但大部分观众极度反感，我想这种态度是会改变的吧。

史提格：如今已经过去了十二三年的时间，现在重新回看这部电影，可以说是他们错了。

伍迪：我要是放在今天，无论观众有没有看过这部电影，也无论他们是否喜欢我的其他作品，应该都会更放松地看待这部电影吧。他们也许会觉得"这是一部有趣的电影"。但我并不肯定，我只是很好奇。这是《开罗紫玫瑰》之前我最满意的作品，但每个人都说："你当然会说这是你最爱的一部电影，因为没有人喜欢它，你就像在保护自己残疾的孩子。"但我总是回答道："不，我认为这是我拍得最好的一部电影。"我真的是这么认为的，但这无关紧要，所有关于我电影的看法都将在岁月中得到验证，时间会留下有价值的东西。

史提格：要是没有你之前的电影成就和制片人承诺的经济自由，《星尘往事》遭受的冷遇可能会变成一次非常不快的经历。如果换作别的导演，也许会因为惨淡的票房和负面评论而受到沉重的打击。

伍迪：的确，因为我连续收到了两次负面评论，首先是《我心深处》，然后是这部《星尘往事》，但我从中懂得了两件事，那就是：在这个商业至上的社会里，不会有人觉得"他努力了，他突破了他的极限，没有选择拍保守的电影。虽然他失败了，但还是该给他一次尝试的机会"；更重要的一点是，我拍了很多电影，但从来不去在乎它们的成败。我拍了《我心深处》，拍了《星尘往事》，在那以前我拍的是不同风格的电影，有几部引起了轰动，比如《曼哈顿》和《汉娜姐妹》，但我并不在乎。我没有把拍电影当成多么了不起的一件事，我只想工作，仅此而已。电影拍完了，就给大家看，不停地有作品出来就好。我只希望我能活得久一点，健康一点，可以不停地工作。等到年迈之时回顾自己的人生，我希望自己能说："我已经拍了五十部电影，有些很出色，有些不那么理想，有些非常滑稽……"我不想像我的同时代人那样，花好几年拍一部电影，把它当作一个大事件。这就是为什么我欣赏伯格曼，他在岛上默默地创作，拍了那些电影，拍完又接着拍下一部。最重要的是作品，而不是成败、身价或收到的评论。重要的是，创作是你生活的一部分，而且你有尊严地活着。你可以像我一样同时做别的事情。我喜欢演奏音乐，看望我的孩子们，去饭馆吃饭，散步，看体育比赛等等，同时还在创作，这样的生活就非常美好、完整。

史提格：其他导演也经历过由误解导致遭受冷遇的情况，但很多年后他们的作品又重新获得了认可。伯格曼也经历过这样的情况，他非常看重的电影《小丑之夜》在瑞典首映时反响平平。在斯德哥尔摩的晨报中有评论写道："我拒绝评论伯格曼先生最新生产的垃圾作品。"非常刻薄的评价，伯格曼至今还记得评论中的每一个词，他当时一定非常沮丧，因为《小丑之夜》对他来说是一次非常重要的实验。

伍迪：真是令人吃惊，那部电影明明棒极了。

史提格：《星尘往事》是一部经久不衰的作品，就像"中国迷盒"一样，每换一种角度就会有新的发现。你是否认为这是一部需要时间去检验的电影，因此它才会在最初的时候遭受冷遇？

伍迪：不，我认为人们的反应是非常个人化的。观众以为我在电影里说观众和影评人是白痴其实是在暗指他们。他们把角色当成了我本人，所以当桑迪说那些喜欢他的人都很愚蠢的时候，才会那么生气。其实如果我真那么想的话，就不会在电影里那么说了，根本不是那么回事。

史提格：在电影中，有一个角色对桑迪说："喜剧意味着对抗，它充满了愤怒。当一个喜剧演员的笑话取得效果时他会怎么想？'我谋杀了那些观众''我杀了他们''他们尖叫着''我肢解了他们'。"

伍迪：那并不是我的结论，那是人们一贯以来坚持的结论，但事实也的确如此，喜剧的确存在着对抗的元素。

史提格：托尼·罗伯茨也出演了《星尘往事》。你的20世纪70年代的电影中有两个作为倾诉对象的"伙伴"式角色，要么是托尼·罗伯茨，要么是迈克尔·墨菲，他们在现实中也是你的好友吗？

伍迪：是的，但墨菲与我不常见面，因为他不住在纽约，托尼·罗伯茨一直是我的好友。我喜欢与我欣赏的人共事。

史提格：还有夏洛特·兰普林……

伍迪：她棒极了，她是一名伟大的女演员。

史提格：电影结尾处有一场戏是她扮演的多丽娅正经历着精神崩溃，镜头对着她的脸，她诉说着她的想法和感受，这些独白被剪成短小的片段。这些碎片式的段落让我联想到《丈夫、太太与情人》。你是怎么想到用这种方式处理场景的？

伍迪：我一直很欣赏立体主义[1]绘画，因此我觉得如果把一个精神崩溃者放到跳接镜头中会非常有意思，最终的效果也的确很好。

史提格：这些片段是预先设计好分别拍摄的，还是最初用长镜头拍摄最后重新剪辑的？

伍迪：都有，我用长镜头拍了一些，然后添加了一些内容进去才达到影片呈现的那种效果。我认为那个场景很适合她，她诠释得非常漂亮。

史提格：你最近的几部电影有没有考虑让她出演某个角色？

伍迪：我与她联系过，但还没有确定的打算。因为她是英国人，所以必须得有符合她身份的角色。这部电影的角色就非常适合她，既迷人性感又无比风趣，而且有一种非常独特的神经质的气质。我不记得当时是谁想到要请她来出演这个角色，但的确非她莫属。

史提格：那么玛丽‐克里斯汀·巴洛特呢？我猜你看过她出演的《表兄妹》吧？

伍迪：看过，我很喜欢她在《表兄妹》中的表演。与她合作非常愉快，她和夏洛特的气质恰好相反，朴实、稳定，当时在美国还找不到像她这种气质的女演员。

---

1. 立体主义：前卫艺术运动的一个流派，为 20 世纪初期的欧洲绘画与雕塑带来革命。立体主义的艺术家追求碎裂、解析、重新组合的抽象形式，形成分离的画面——以许多组合的碎片形态为艺术家们所要展现的目标。

《仲夏夜性喜剧》／《西力传》

西力："把自己变得与其他人一样，就安全了。"

尤朵拉："你想有安全感？"

西力："我想受人欢迎。"

——《西力传》

伍迪：《西力传》和《仲夏夜性喜剧》这两部电影是同时拍摄的。

史提格：因为拍《西力传》用了很长时间吗？

伍迪：不，《西力传》的剧本写完以后由其他人做预算和其他准备工作，我在家无所事事的时候就想："拍个短小的夏日电影应该不错。"我两周内就完成了剧本，就叫《仲夏夜性喜剧》，类似乡间一日的有趣故事。写完之后我心想："还等什么呢？干脆同时拍这两部电影吧，有什么两样呢？"于是就开始拍了。

史提格：具体是如何进行的，真的是同时拍摄两部电影吗？

伍迪：有时候我在两部电影之间来回工作，但由于天气的原因，《仲夏夜性喜剧》的大部分工作是首先完成的，《西力传》是后来才穿插进来的。两部电影的拍摄是同时进行的，取景地也是同时找的，我拍完《仲夏夜性喜剧》的大部分之后去拍《西力传》，然后再回来继续拍《仲夏夜性喜剧》，就这样交替进行。遗憾的是没有人去看《仲夏夜性喜剧》，就连某位非常欣赏我的影评人都说那是我拍的唯一一部平淡无味的电影。

史提格：他是谁？

伍迪：《时代周刊》的理查德·什克尔。但我的原意就是拍一部轻快的幕间剧式电影，我从没说过这是一部伟大的电影，但在美国，根本没人对这种电影感兴趣，对此我并不介意，因为整个拍摄过程非常愉快。我想为乡村拍一部电影，就像我为纽约拍了《曼哈顿》一样，我希望用电影呈现那里的美。

史提格：戈登·威利斯的摄影有一种特殊的光韵，非常华丽。

伍迪：我们希望电影能呈现乡间最美好的一段时光，所以在色彩上下了很大的功夫，确保光线和角度从始至终都是完美的，季末的时候我们还把所有的叶子都涂绿了。

史提格：这部电影有点像是一部风俗喜剧，是出于这个原因你才把电影设定在过去的年代吗？

伍迪：没错。我当时想："拍一部关于世纪之交时期的夏日电影，比如1910年左右，把它拍得非常美好，不是很棒吗？人们在夏日的午后捉蝴蝶、打羽毛球。"写剧本的时候我感觉非常好，最后电影完成之后我也非常满意，但它一点也不受欢迎。《仲夏夜性喜剧》和《情怀九月天》是我在商业上最失败的两部电影。

史提格：门德尔松的音乐在很大程度上为电影奠定了情感基调，音乐是事先选好的吗？

伍迪：是的。我非常熟悉门德尔松的音乐，那种轻快的情绪正是我想要的。但是观众不喜欢我在片中那种带有年代感的装束，他们嫌我太当代、太纽约、太都市了，所以这是一个缺点。让达斯汀·霍夫曼出演我的角色可能会更好，但对我来说，一切都是我希望的那样，我原本就想把这部电影拍得像一道甜点。

史提格：你之前也提到过达斯汀·霍夫曼，他是你一直希望合作的演员吗？

伍迪：是的，我一直觉得所有我能演的角色，他都能演，而且可能演得比我更好。

史提格：你有没有尝试过找他出演你的电影？

伍迪：没有，请到他非常不易，因为他的出场费相当高，我们负担不起，而且他总是很忙。

史提格：你在这部电影中与何塞·费勒合作，他在片中的角色是一名理性主义者，他在片头授课的时候曾经说过一句话："除了经验，没有什么是真实的。"他让我想到甘纳尔·布耶恩施特兰德在伯格曼电影中饰演的那些角色。

伍迪：是的，我也注意到了这一点。他是一个彻底的理性主义者，不相信灵魂之类的东西，但是最后他信了。

史提格：这也是米亚·法罗第一次出演你的电影，你之前就认识她吗，还是在电影的拍摄过程中才与她相识的？

伍迪：之前就认识了，在《星尘往事》的时候我就开始约她出去。

史提格：从《仲夏夜性喜剧》开始，米亚·法罗在你的电影中扮

演了各种不同的角色，对你来说，她作为女演员最大的特质是什么？

伍迪：她是个非常出色的女演员，能够演绎不同的角色，戏路非常广，既能演严肃的角色，也能演喜剧角色，而且她非常上镜，在银幕上相当漂亮。她与黛安·基顿相反，黛安是极具个性的喜剧演员，风格独特，就像凯瑟琳·赫本，但米亚是百变的，无论多么千奇百怪的角色，她都能胜任。

史提格：她的这种特质是不是为你的创作带来了灵感？你可以为她塑造风格迥异的角色，由此而产生一个全新的故事？

伍迪：角色从来都不是我创作的灵感源头，唯一的例外可能是《丹尼玫瑰》，但那部电影我也是在先有故事的前提下为她设计角色的。有时我是这么想的："我手头有一个很棒的故事，比如《无线电时代》，我想拍成怀旧的无线电时代的电影，因为无线广播在我小时候是多么重要的存在啊。"然后我想："让谁来演呢？"我对米亚说："要不就让你演那种你喜欢的天真的金发女孩吧。"然后我开始发展这个角色，顺带着修改润色故事。我就是这么为她设计角色的。

史提格：黛安·基顿在《无线电时代》里的那个角色也是这样设计出来的吗？

伍迪：黛安和我是非常亲密的朋友。当时她恰好在纽约，我就问她是否愿意在电影里演个角色，唱首歌什么的，她说"没问题"。

史提格：《仲夏夜性喜剧》是在哪里拍摄的？

伍迪：在波坎蒂科山区，距离这里大约四十分钟的路程。

史提格：片中的房子是原先就在那儿的，还是为了拍摄专门建的？

伍迪：是我们建的。当时我从杂志里找到一栋类似的房子，然后我说："建一栋这样的!"包括房子内部的摆设也是，整栋房子都是我们建的。

史提格：现在这栋房子还在吗?

伍迪：卖掉了，但是这栋房子需要改建，因为我们建的时候并不符合建筑规范，卖掉之后新主人把这栋房子重建了。

史提格：你同时还在拍摄另一部电影《西力传》。我想知道你是怎么为电影中的角色取名的? 名字可以从不同方面反映角色的个性。

伍迪：我在这方面有个怪癖，主角的名字对我来说相当重要，通常在创作剧本之前我就已经想好取什么名了。至于其他角色，则要尽可能简短，这样我打字的时候就更快。

史提格：能举一些例子吗?

伍迪：完全出于感觉，有些名字一听就知道对了，有的一听就感觉不对。对我来说，认真地为所有角色取名相当重要，在开始写剧本之前，必须先找到满意的名字。

史提格：你在为角色取名的时候会考虑很久吗?

伍迪：有时候会。有时一拍即合，有时就需要想一阵子。我希望我演的角色都有非常简单的名字，大部分是容易发音的：艾尔维、艾克、盖博、桑迪，都是非常简单上口的名字。

史提格："西力"这个名字是怎么来的呢?

伍迪：这是与剧本的时候脱口而出的名字，我给主角取名为莱昂纳多·西力，听上去非常顺口。但我从来没有想过电影的名字就叫西力，那是后来的事了。我们想过各种片名，也的确用到了电影里，比如《猫的睡衣》，那是20世纪二三十年代的一种俚语，表示受人追捧的好东西。原本电影的名字还想叫作《变色龙》，后来成了戏中戏的名字，我们甚至还考虑过《身份危机及其与人格失常的关系》这个名字。

史提格：女主角的名字叫尤朵拉·弗莱彻，这是你念书时一个老师的名字。

伍迪：没错，是校长的名字。我非常喜欢这个名字，一直希望能用到这个名字，因为它非常美国化，带有那个时代的气息，现在叫尤朵拉的人很少了。经常会有这种情况，坏女人往往有一个好名字。

史提格：你是怎么想到《西力传》这个故事的？你的灵感源自哪里？

伍迪：当时我就坐在这儿，就在这块地方（伍迪·艾伦家中的工作室），构思着一个故事，关于一个不停改变性格的人，他极度渴望受人欢迎，在和不同的人交往时就会变换自己的性格。后来我想到，如果他真的是一条变色龙，和不同的人在一起时身体也会随之变化，那一定非常有趣。进而又想到，如果以伪纪录片的形式将他当作某种举世闻名的奇观来呈现会更有意思。故事就是这么来的。虽然这部电影的拍摄漫长而艰辛，但过程非常有趣。

史提格：可以想象一定很有趣。但西力的故事是如何构思起来的呢？你先写了他的传记，然后再为故事寻找一些纪录片式的素材？还是相反，你从素材里获得灵感，从而一点一点构建起整个故事？

伍迪：一开始我就写了整个剧本，写完之后看了很多纪录片，然后根据新发现的资料修改我的剧本，这个过程大概有一两年。故事的整合花了很长时间，我找人做了很多调查，剪辑部门的人找到资料后我们一起看，耗时很久。

史提格：我猜片中的各种特技摄影都是为了凸显这种伪纪录片式的风格吧？

伍迪：并不完全是这样。我们找了一些20世纪20年代的镜头、旧相机和音响设备，只要是现在还能找到的器材，都尽可能找了。然后我们照着当年的样子进行拍摄，制造了老电影那种模糊闪烁的效果，在底片上弄了些刮痕。我们并不想做得过于夸张，尽可能自然就好。我在老电影的部分中加入了一些特效镜头，但不多，整部电影只有两三次，其余都是正常摄影。

史提格：处理旧影像资料大概是最困难的一个部分吧？

伍迪：技术上的确挺麻烦，但戈登·威利斯是个天才，他能看出旧时的新闻纪录片是怎么打光的，然后在摄影棚里制造那种效果，再进行蓝幕[1]合成。不过大多数时候我们都是自己用胶片拍的。

史提格：整个制作过程花了多久？我猜拍摄占了很大一部分吧？

伍迪：并不是，拍摄还是比较容易的，困难的是剪辑和后期，花了很长时间。我们有时是这么拍一场戏的，当一个演员正从镜头前走过的时候，摄影师会突然喊："不，不对！回去！"演员并不知道发生了什么，只能往回走，但这在银幕上看起来棒极了，因为演员错愕的表情产生了意想不到的效果。我们从来不做提醒，找的都是业余演员，让他们说台词，因此才会有一种真实感，他们的语气并不像专业演员。影片里的受访者和其他几个人都是非专业演员。

1.蓝幕：蓝幕技术又叫作"色度键技术"，是通过在同一色彩的背景上拍摄物体，通过背景色彩特殊的色调信息加以区分前景和背景，从而达到自动去除背景保留前景的目的。

史提格：比如年老时的尤朵拉？

伍迪：没错，她是非专业演员，但她和米亚难以置信地相像。

史提格：影片中还采访了一些有名的当代学者和媒体人，比如苏珊·桑塔格、索尔·贝娄[1]和布鲁诺·贝特尔海姆[2]，你是在电影进行到哪个阶段的时候请他们加入进来的？

伍迪：就是在需要拍摄那些采访的时候请他们来的，通常是配合他们各自的日程安排进行拍摄，能请到索尔·贝娄和苏珊·桑塔格真是幸运。

史提格：你是怎么想到选这些人作为受访者的？

伍迪：他们很适合这部电影。我希望能为电影注入一些知识分子的权威性和严肃性，所以就问了一些人，他们也表示很感兴趣。

史提格：有没有你想采访却没能采到的人？

伍迪：只有嘉宝[3]。我给她写了一封信，可惜没有得到回复。我原本还想请杰克·邓普希，但他病得太重了。

史提格：你见过嘉宝吗？

伍迪：没有，我只是曾经在街上看到过她。但我不是很在意这件事，她很好，但还称不上传奇。也许我接触电影的时候年纪稍轻了一点，没有赶上她最好的时光。

---

1. 索尔·贝娄：美国作家，诺贝尔文学奖和普利策奖获得者，代表作有《洪堡的礼物》等。
2. 布鲁诺·贝特尔海姆：奥地利出生的美国儿童心理学家和作家，因其关于弗洛伊德、精神分析和情绪障碍儿童的研究而蜚声国际。
3. 葛丽泰·嘉宝：生于瑞典首都斯德哥尔摩，瑞典国宝级电影女演员，奥斯卡终身成就奖得主，代表作有《茶花女》《悲情花街》《风月》等。

史提格：但她是默片的黄金时代中最出名的人物，恰好符合你希望《西力传》达到的那种效果。

伍迪：并非如此。其实我还采访了丽莲·吉许，但那一段最后并没有用在电影里，因为我对采访的效果并不满意。她自电影诞生之后就一直活跃在银幕上，非常了不起，几乎跨越了整个电影史。

史提格：在影片正式开始之前，你在片头字幕中向尤朵拉·弗莱彻医生及摄影师保罗·德盖伊致以特别的感谢，这么做显然是想让这部伪纪录片看起来更可信吧？

伍迪：没错。

史提格：影片的背景始于1928年，恰好是爵士时代。你是否认为处于这一时期的人们，既处于两次世界大战之间，又面临着纳粹的统治时期，会产生与西力类似的症状，渴望融入人群、受人欢迎？

伍迪：我认为这是自古以来就有的全球性现象，一些人刚正不阿，另一些人则相反，他们和什么样的人在一起就说什么样的话，人家说什么，他们就跟着附和。

史提格：电影中与"变色龙舞"有关的那些场景，是你们制作的吗？

伍迪：是的，除了明显是旧时代的东西，其他都是我们制作的，与变色龙有关的内容也都是制作出来的效果。

史提格：相比真实的纪录片，这些场景反而有一种独特的质感。

伍迪：的确，我们非常小心。人们在拍纪录片的时候往往会过犹不及，但我们只想做到适可而止，不可信的画面我们就不用。

史提格：实验室在制作电影的时候有没有遇到过困难？如今拍黑白电影通常都是一件棘手的事情。

伍迪：我们有自己的实验室。很多年前拍《曼哈顿》的时候，我找人建了一个黑白胶片实验室，专门为《曼哈顿》建的。后来我有五回用到了那个实验室，那地方非常适合拍黑白电影。

史提格：你很幸运，因为很多黑白电影的技术人员不是退休就是去世了，现在有制作黑白电影经验的人非常之少。

伍迪：是的，很难找到好的技术人员。拍完《曼哈顿》之后，世界各地的摄影师都打电话问戈登·威利斯，问他怎么把黑白片拍得这么好，但其实就是在纽约的一间小实验室里做的。

史提格：影片中虚构的那部电影《变形人》，这部戏中戏是不是对哪一部老电影的模仿？

伍迪：没有，它就是20世纪30年代后期或40年代早期常见的那种电影。戈登和我非常了解那种风格，因为我们看了太多那样的电影。

史提格：你的很多电影（并不仅仅是《西力传》）都有一种折衷主义的特点，可以从中找到许多电影或导演的痕迹。有一些法国影评人称之为"西力综合征"，你听说过这种说法吗？

伍迪：没有，但听起来很有趣，我能理解他们为什么这么说。

史提格：关于老年尤朵拉·弗莱彻的那一段采访非常有趣，而且具有讽刺意味，她给出的回答总是与提问者的预期背道而驰。这是不是反映了你对那些专门采访受害者的电视记者的态度？

伍迪：她是一个很有意思的角色，那样的回答能突显她的有趣。当然，如果你希望采访按照你设想的方向进行，她显然是一个特例。

史提格： 在影片的最后，索尔·贝娄说道："在他身上有一种东西，那就是渴望湮没于大众之中，渴望默默无闻，而法西斯主义正好为西力提供了这样的机会。"你认为西力这个人物是不是对法西斯主义或者那些受法西斯主义影响的人的一种讽刺？

伍迪： 是的。放弃自己的个性，出于自我保护的目的而想融入大众，像变色龙那样的人最终会成为法西斯政权意欲掌控的最佳对象，他们利用的正是这一点。

史提格：这是不是《西力传》的一个潜在主题？

伍迪： 没错，这是电影的主题之一。《西力传》在美国口碑很好，因为所有人的关注点都在技术层面，那是他们成天挂在嘴边的东西。他们对电影的褒奖仅限于技术层面，但对我来说，技术固然重要，也很有意思，但内容才是我真正感兴趣的地方。

史提格：从当时和现在来看，你有没有在美国政治家身上发现过类似的特质？

伍迪： 迎合的特质？我认为这是全人类的写照。对西力来说，是从他自称读过《白鲸》开始的，其实很多人都是这样，一个人问"你有没有读过这个或那个？"，另一个人回答"当然读过"，即使他根本没有过，因为他想受人欢迎，渴望成为集体的一分子。我希望电影能呈现这样一种观点，当你放弃了真正的自我，渴望受人欢迎、融入群体，无论是在生活的层面还是政治的层面，都是非常危险的。渴望被一个强大的人格统治会导致彻底的顺从和意志的屈服。

史提格：你认为在美国现有的经济、政治和社会结构之下，一个人想要完全自由地表达自我，是不是一件特别困难的事情？

伍迪： 从法律的角度来说，我们非常自由和开放，但问题来自社会压力。举例来说，20世纪50年代的时候，一个人想成为共产主义者虽然是完全合法的，但如果有人敢说自己赞同共产主义者，就一定会被排斥。因此，我们遵守的只是法律的字面意义，实际上，社会的容忍度并不大。

史提格：《西力传》的配乐师是迪克·海曼，他也参与了你之后的几部电影。他是谁，你又是如何与他共事的？

伍迪：迪克·海曼是一名了不起的爵士音乐人和作曲家，他住在纽约，同时还是一名很棒的钢琴家，当我需要一些特别的音乐时，就会联系他。与变色龙相关的内容在配乐上有特别的要求，他负责了音乐的部分。我希望《西力传》的音乐是经过特殊编曲的、纪录片式的音乐，他能理解我的要求。迪克的创作以爵士乐为主，他熟悉所有我喜爱的音乐，当我告诉他我想要科尔·波特、保罗·怀特曼或是杰利·罗尔·莫顿那样的音乐的时候，他都能理解我的意思。

史提格：那么歌词呢？

伍迪：也是他写的，歌名是我取的，但歌词都是他写的。

史提格：电影中有一首歌叫《漂泊的日子》，是由梅·奎斯特尔演唱的，她后来在《俄狄浦斯的烦恼》中饰演了你的母亲。

伍迪：她为海伦·凯恩配过音，她的声音是那种20世纪20年代女孩的感觉，动画片《贝蒂娃娃》[1]的主角也是她配的音，所以我们请她来唱这首歌。

1.《贝蒂娃娃》：主角是贝蒂娃娃的一系列动画短片。

史提格：你是在这次合作期间提出请她来出演《大都会传奇》[1]
中的母亲一角吗？

伍迪：不是，当时我都没见过她，她直接去录音棚录的音。拍《俄狄浦斯的烦恼》时，她和其他几个上了岁数的女演员一起过来试镜。她非常适合那个角色。

1.《大都会传奇》：由弗朗西斯·科波拉、马丁·斯科塞斯和伍迪·艾伦分别执导三个小故事，其中伍迪·艾伦执导的是《俄狄浦斯的烦恼》。

《丹尼玫瑰》

喜剧演员莫蒂："我还以为这会是一个有趣的故事，居然这么悲伤！"
喜剧演员桑迪："你想让我怎么说，这又不是我的人生。"

——《丹尼玫瑰》

史提格：你是在电影进行到哪个阶段的时候想到要采用现在这样的结构的——一群人围坐在酒吧里谈论丹尼·罗斯和他手下的艺术家？

伍迪：从一开始就决定了。很多年前，当我还是喜剧演员的时候，我们经常那么干。每天晚上表演结束后，我们都会去百老汇和第七街附近的熟食店坐上几个小时，吃饭讲故事，大家都很八卦。

史提格：这群人中显然有你的制片人杰克·罗林斯吧，一直都是他在说吗？

伍迪：不，他话不多，偶尔会加入到话题中来讲一些东西。他是那些熟食店的常客，常常坐在那儿谈论影视圈的事。

史提格：在你还是单口喜剧演员的时候也是这样坐着和他聊天吗？

伍迪：是的，《丹尼玫瑰》里的那群人都是真实的，他们都是喜剧演员，或者曾经是喜剧演员。

史提格：他们都是你的朋友？

伍迪：是的，都是老相识。我和其中几个人合作过，其他的以前也聊过天。

史提格：谈论丹尼·罗斯的几个人中，带头的那个是谁？

伍迪：应该是山迪·巴朗，他是一名喜剧演员，也出演过一些电影，非常有才华。

史提格：丹尼·罗斯教给他手下的艺术家一句座右铭，这句话是："上台前要对自己说三个's'打头的单词：明星（star）、微笑（smile）、坚强（strong）。"

伍迪：很多年前我听一个喜剧演员说过这句话。

史提格：之后，丹尼又说："如果喜欢丹尼·凯耶、鲍勃·霍普、米尔顿·伯利就算是老土的话，那我就是老土的人！"之前你曾谈到过鲍勃·霍普和丹尼·凯耶，那你觉得米尔顿·伯利怎么样？

伍迪：如果你在酒吧看过他的现场演出，会发现他非常非常有趣，但在电视上看来就很粗俗。他穿着松松垮垮的裤子，打扮得跟小丑似的，好像牙齿都快要掉出来了，但如果你在酒吧里看他的表演，就会发现他有一种非常独特的幽默。他才华横溢，否则红不了五十五年甚至六十年。他年轻时是一个明星，在美国制作电视节目。

史提格：你年轻时曾经见过米尔顿·伯利几次，是吗？你有没有受到他的影响？

伍迪：没有。他只是电视年代里最火的美国喜剧演员。

史提格：《丹尼玫瑰》呈现了一个无特征的纽约，一个和其他任何地方一样的纽约。你是怎么找到电影的取景地的？

伍迪：非常简单，只要避开那些特别浪漫、有情调的地方就行。我们找了一些丹尼·罗斯这样的人可能会去的地方，比如餐馆、街道之类的。

史提格：那间摆放嘉年华道具的仓库看起来像惊悚片中的典型场景。

伍迪：我们想找一个适合拍追逐戏的地方，于是就想到有花车队的地方视觉效果应该不错。后来我又想到用氦气改变演员的声音也是个好主意，会让这出戏变得非常有趣。

史提格：米亚·法罗在这部电影里自始至终都戴着墨镜，唯一一次看见她露脸是通过浴室的镜子，一个非常短暂的镜头。

伍迪：这对她来说是一次非常大胆的尝试，因为戴墨镜意味着她无法靠眼神演戏，难度非常高，但她诠释得很精准，非常符合她在片中的角色。

史提格：塑造类似这样的角色通常是你的主意还是演员的提议？

伍迪：通常是我的主意，如果别人建议我这么做的话，我也会采纳。但就米亚这个角色来说，是经过反复试验的。我们尝试了不同的造型，包括戴墨镜的和不戴墨镜的。她戴墨镜看起来棒极了，摘掉反而没有那么令人印象深刻，因为她戴墨镜的样子在银幕上非常惊艳。

史提格：饰演男歌手娄·卡诺瓦的尼克·阿波罗·福特的表演非常出色，他是谁？你又是怎么找到他的？

伍迪：我找了很多很多歌手，包括出名的和没出名的，始终没找到适合这个角色的人。我们感到越来越沮丧，随后茱莉叶·泰勒去音像店把所有能买到的唱片都买了回来，结果在一张唱片的封面上看到了尼克·阿波罗·福特的照片，于是我们找到了他，他在康涅狄格州一个小镇的小饭馆里唱歌。后来他来纽约参加了试镜，我发现在所有人中他是最好的一个。

史提格：试镜是如何进行的？他并不是职业演员吧？

伍迪：没错，我们试拍了一段简单的场景。

史提格：是《丹尼玫瑰》剧本里的吗？

伍迪：没错。

史提格：他应该没有任何从影经历吧，你们合作得怎么样？

伍迪：可以说很轻松，他人很好。但有时因为他的感觉不到位，我们就不得不拍五十次，但总的来说他非常好。

《开罗紫玫瑰》

"现实中的人总是渴望虚构，而虚构的人物却渴望真实。"

——《开罗紫玫瑰》

史提格：你一定看过巴斯特·基顿的《福尔摩斯二世》吧？《开罗紫玫瑰》的灵感是不是来源于这部电影？

伍迪：这个要解释一下，《开罗紫玫瑰》的灵感并不是源于那部电影。我在很多年前看过《福尔摩斯二世》，正如我之前说过的，我觉得巴斯特·基顿的电影非常棒，但不是我的最爱。走进银幕其实是后来才想到的，我刚开始写的是这样一个故事：一个女人的梦中情人从银幕上走了下来，两人坠入爱河，然后现实中的男演员本人出现了，于是她必须在虚构和现实之间做出选择。选择虚构显然是不可能的，那太疯狂，因此你只能选择现实，但现实会伤害你。就是这么一个简单的故事，其他都是写作时想到的内容。巴斯特·基顿的那部电影可能是我二十五年前看的了，所以与我的故事完全无关，是完全不同的两个故事。让塞西莉亚走进银幕是后来才想到的，原本的故事讲的是戏中的男主角汤姆·巴克斯特走进了她的生活，成为她的归宿。

史提格：这个剧本的创作过程是不是比你的其他作品更漫长？

伍迪：我只写了一半就不知道该怎么往下写了，于是就把剧本搁在一旁去写别的东西了。过后再回头看这个剧本，才想到让那个现实中的男演员加入到故事中来，然后才有了这个完整的故事。

史提格：我猜你一定很享受拍《开罗紫玫瑰》的过程吧，尤其是戏中戏的部分？

伍迪：没错，它就像我小时候看的那些我称之为"香槟喜剧"的电影——20世纪30年代至40年代的喜剧主人公总是穿着礼服去高级夜总会，总是住在顶层公寓里，永远在喝香槟。

史提格：你是有意把故事的背景设定在一个过去的时代的吧？

伍迪：是的，这能让故事看起来更抽象。如果是一部当代的电影，就不会这么迷人了。

史提格：在片中饰演米亚姐姐的是斯蒂芬妮·法罗，她也是演员吗？还是说你选择她仅仅因为她是米亚现实中的姐姐？

伍迪：她一直以来都非常支持米亚。虽然她并没有打算当一名正经演员，但她也遗传了家族基因中的表演才华。

史提格：曾获得诺贝尔文学奖的瑞典作家哈里·马丁松写过一些关于电影的文章，他把电影院比作日常生活的神庙，对于这种比喻你是怎么看的？

伍迪：我觉得这个比喻非常精准。虽然只是一个简单的定义，但的确如此，对我来说更是恰如其分。我完全同意他的说法，电影院的乐趣之一就是让你逃避现实的残酷。

史提格：电影院在你的成长过程中扮演了如此重要的角色吗？

伍迪：千真万确。我小时候住在布鲁克林，在那些潮热的夏日里我一动都不想动，所有人都无所事事，但周围有无数家只需付二十五美分就能进去的电影院。里面阴凉畅快，有糖果和爆米花。你坐在电影院里，可以看到海盗，就好像你正在海上，下一秒你又在曼哈顿某栋顶层公寓的美人中间穿梭。第二天，当你到另一家电影院时，你又和纳粹血战沙场，或是和马克斯兄弟坐在一起。这是我能想到的最放松、最开心的事了！

史提格：现在电视上的日间电影和午间电影是不是也扮演了同样的角色？

伍迪：从某种程度上来说是的。但这是两种完全不同的体验，因为电视缺少仪式感，而电影院漆黑宽敞，有巨大的帷幕，营造了一种特殊的质感，真正与外界隔绝。而当你在家的时候，可能看电视时电话会突然响起，再说家里光线明亮，和在电影院的感觉很不一样，尽管也不错。有时我在家无所事事，感到沮丧或是天晓得怎么了的时候，会打开电视，如果电视上正在放映一部有趣的电影，即使我已经看过了，还是会停下来看。

史提格：就像戏中戏的主人公汤姆·巴克斯特说的那样："在我的世界里人们和谐相处，永远可靠。"我们观看的是一个和谐的世界。

伍迪：没错。

史提格：你是怎么想到让范·强生出演电影的？他是戏中戏里唯一的著名演员。

伍迪：我并不想找著名演员，只想找一些合适的演员来演那些角色。有人向我推荐了他，他看起来不错。其实那时他已经不太出演电影了。

史提格：我发现《开罗紫玫瑰》在很多方面看来都是一个关于纯真的故事。

伍迪：是的，塞西莉亚完全不谙世故，从银幕上走下来的汤姆·巴克斯特也无比天真，连妓院里的女孩们都被他的纯真感动了。但纯真是一种虚构，现实里我们不可能那样活着。

史提格：这部电影是你与黛安·韦斯特的首度合作，她饰演妓院里一位善良的妓女爱玛。你是怎么想到选她来演的？又是什么使她成为你后来的御用演员之一？

伍迪：有一天她和其他女演员一起到我的剪辑室来。我看到她的那一瞬间，她几乎照亮了整个房间！她一走进来我就知道她身上有一些与众不同的东西，我一定要请她来演我的电影。

史提格：你觉得她作为一名女演员有着哪些与众不同的特质？

伍迪：我认为她是美国最伟大的女演员之一。我这样说并不是奉承，她真的是相当优秀的女演员，无论是喜剧还是悲剧，她都不可取代。

史提格：我也这么认为。无论角色大小，她都散发着一股独特的人性温暖。

伍迪：没错。最近这些年她不太露面了，因为她领养了两个孩子，花了很多时间和孩子们在一起，但他们都不如她出色。

史提格：你看过她演舞台剧吗？

伍迪：看过，她在台上同样非常出色，非常自然。

史提格：电影中的乡间一夜非常优美和怀旧。

伍迪：是的，那是我小时候看的那些电影里的经典场景。这部电影的摄影师戈登·威利斯和我都是看着那些电影长大的，对我们来说就像母乳一样亲切，不需要做任何准备，我们随手就能拍一部那样的电影。

《汉娜姐妹》

"我们今晚很高兴。"

"'人类能获得的唯一的绝对知识便是：生活无意义。'——托尔斯泰"

——《汉娜姐妹》的小标题两则

史提格：《汉娜姐妹》是你与摄影师卡洛·迪·帕尔马首度合作的电影。与卡洛和与戈登·威利斯一起拍电影，在合作方式上有哪些不同？

伍迪：拍《汉娜姐妹》的时候，戈登正在忙另一部电影的拍摄，他的电影耗时太长，而我们的拍摄又不得不开始，所以我必须找其他人来拍。就像我之前告诉过你的，卡洛一直是我最欣赏的摄影师之一，他正好有空，于是就来了美国，我们聊了很多。与卡洛和戈登的合作只有一处不同。两人无疑都是大师，戈登是一名技术大师，而卡洛带有更强烈的欧洲风格。戈登的美式风格非常适合约翰·福特的电影。唯一的不同之处在于，刚开始与戈登合作时我对电影知之甚少，戈登教会我很多，他是个天才，所以我一直非常敬畏他。而和卡洛合作的时候，我已经成熟多了，知道自己想要什么，也建立了自己的风格。与戈登合作的时候我一直在学习，所以这就像成年之后你必须离开父母自食其力一样。而且那时的我非常想拍一些——用你的话来说——更欧洲化的电影，所以卡洛非常适合。

史提格：你与卡洛一起拍片的时候也会一直盯着摄像机吗，就像之前与戈登合作时那样？

伍迪：是的，我必须那么做，除此以外我不知道我还能做什么，我一直盯着摄像机。

史提格：为什么选择章回式的叙事结构？

伍迪：我一直都想这么做，于是就在这部电影里尝试了，这能让电影看起来非常有趣。

史提格：这让我想到一些经典的英国小说，比如菲尔丁和狄更斯的小说。

伍迪：没错，那正是我期望的效果。

史提格：每一章都对应着一位主角。

伍迪：基本上是这样，但这种形式并不是刻意安排的，而是在拍摄的时候定下来的。

史提格：电影开场的感恩节晚餐有一种即兴感，你是不是有意要营造这种家庭氛围的？

伍迪：是的，不过并不是即兴创作，剧本里就是这么写的。在执导这部电影的时候，我希望给人一种身临其境、仿佛自己也在这个家庭里的感觉。况且她们都是非常出色的女演员，懂得如何达到我希望的效果。

史提格：拍这场戏花了多长时间？我是指整场晚宴。

伍迪：记不清了，大约三四天吧。

史提格： 我以为会花更多时间，因为所有角色都在这场戏里出现了。

伍迪：没错，我不喜欢同时执导很多角色，很烦琐。有的导演很喜欢大场景，但我不喜欢同时执导很多人，因为那更复杂，得依靠所有人，每个人都必须到位，不能出错，所以很累。我是个很懒的人。

史提格： 这部电影是你第一次塑造一系列的人物形象，观众无法找出故事唯一的主角。

伍迪：没错，这个故事是一出多重奏。我喜欢《安娜·卡列尼娜》这样的小说，不同的人的故事交织在一起。我喜欢那种多线性叙事，一直都跃跃欲试，《汉娜姐妹》之后我在其他作品里也尝试过这种风格。

史提格： 《汉娜姐妹》是一个非常都市的故事，但又有一种契诃夫式的感觉，并不仅仅是因为故事里的三姐妹。

伍迪：我爱契诃夫，他毫无疑问是我最爱的作家之一。我认识的人中几乎没有人不爱他！有的人不喜欢托尔斯泰，有的人不喜欢陀思妥耶夫斯基、普鲁斯特、卡夫卡、乔伊斯或T.S.艾略特，但从来没有人不喜欢契诃夫。

史提格： 你在电影中引用了托尔斯泰的一段话，还用作了小标题："人类能获得的唯一的绝对知识便是：生活无意义。"这可以算作电影的出发点吗？你觉得《汉娜姐妹》是对这一观点的证实还是证伪？

伍迪：这句话不是电影的出发点，但显然是故事的主题之一。我想，要是在这部电影中我能更大胆一点，就可以更明确地证实这句话，但我在结尾处退缩了。

史提格： "退缩"指的是？

伍迪：我把结尾处理得过于乐观了，我本该让它看起来更悲观一些。

史提格：你的意思是，你本该让角色在他们各自的命运里走得更远？

伍迪：是的，我应该放开一些，而不是尝试去解决。这是我成长过程中受到的美国电影的影响——总是希望找到一条两全其美的解决之径，哪怕不是皆大欢喜的结局，也要是令人满意的，但现在我已经学会试着不再"解决"电影了。

史提格：你在片中饰演的米基是一位忧郁症患者，这是你个人的一种反映，还是出于角色需要虚构出来的？

伍迪：不，我只是神经质，没有忧郁症。我不会一天到晚疑神疑鬼，怀疑自己得病，不过一旦我病了，总会觉得非常严重。我很容易杞人忧天。

史提格：朱莉·卡夫娜在片中饰演米基的助手，你是怎么找到她的？她后来也成了你的御用演员之一。

伍迪：多年前我在电视上看到过她，觉得她非常有趣，但很快就完全忘了这回事儿。后来有人向我提到了她，于是我说："是啊，朱莉·卡夫娜很不错，我一直觉得她很棒。"后来我就请她出演我的电影，她的演技相当出色。

史提格：萨姆·沃特森也是你电影中的常客。

伍迪：没错，我非常欣赏他。他很适合演那种很平凡的男人，既不是枪手，也不是大男子主义者，就是一个普通的男人。

史提格：他在片中饰演一位建筑师，有一场戏是他带黛安·韦斯特和凯丽·费雪去看他最欣赏的纽约建筑，那也是你最喜欢的建筑吗？

伍迪：是的，其中有一些建筑我非常喜欢，但我对纽约不断涌现的煞风景的新建筑感到非常不满。

《无线电时代》

史提格：《无线电时代》讲述的故事与你自己的童年有多接近？

伍迪：有些地方很像我的童年，大部分是对我童年经历的一种夸张模仿。我的确生长在一个大家庭里，祖父母、姨妈还有叔叔们都和我住在一起。有一段时间我确实住在海边，在长滩，但我不想长途跋涉去长滩拍这部电影。你在电影里看到的很多内容都确有其事，比如我和学校老师的关系，我对收音机的感情，还有那所希伯来学校。过去我们经常到沙滩上去看德国的飞机和船。我真的有一个姑妈永远爱错人，从来没结过婚。而且我们的确有一些邻居是社会主义者，很多诸如此类的事情都是真的。我去过自助餐厅，参加过电台节目。当时我的表亲和我住在一起，我们经常偷听邻居打电话，所有这些都是发生过的。

史提格：《无线电时代》是你计划了很久的一部电影吗？

伍迪：最初的灵感是我想挑选一组对我有着特殊意义的歌曲，每一首歌都对应了一段回忆。然后我突然意识到收音机在我的成长过程中扮演了多么重要的角色，每个人都对它着迷。

史提格：你在写剧本之前就挑出了这些歌曲？

伍迪：是的，挑了一些。

史提格：选曲的部分是你和负责配乐的迪克·海曼一起讨论的吗？

伍迪：我没有和他讨论过选曲，他的工作是为我选好的曲目做一些微调，我还请他创作了一些广告歌之类的东西。其余基本都是我从童年记忆里挑选出来的，都是对我意义非凡的歌曲。

史提格：有点类似于电影主题曲的那首歌叫作《九月之歌》，电影中有关海边的那些场景都用了这首歌。

伍迪：是的，因为那是最重要的一首歌，很多人都认为那是最棒的美国流行歌曲之一，也许的确是吧。

史提格：选这首歌是因为它的歌词还是旋律？

伍迪：两者都有。这是我年轻时最红的歌，每一个听过的人都会终生难忘。

史提格：是因为《无线电时代》这个故事贴近你自己的童年回忆，所以才由你担任这部电影的旁白吗？

伍迪：是的，我觉得我应该是那个讲故事的人。

史提格：这一点在你创作剧本时一定给了你很大的自由发挥空间。

伍迪：没错。

史提格：看得出这是个煞费苦心的剧本，几乎兼顾了所有元素：家庭、学校、电台活动，还有广播名人。

伍迪：像《无线电时代》这样的电影，其关键在于：这不是一个"接下去发生什么？"这样的悬念故事，而是由一段段趣闻逸事组成的，因此必须保证每一个细节都有闪光点，并保持它们独特的节奏和风格。必须狠下功夫才能拍好这样的电影，因为你要确保这些逸事不会让观众在一个半小时之内感到乏味，相反，要让他们产生源源不断的新鲜感和好奇心。非传统剧情片类型的电影非常难拍。

史提格：这个剧本的创作方式是不是与其他剧本不一样？比如说，你会不会在电影的正式结构确定之前先去找一些奇闻逸事的素材？

伍迪：基本上和写其他剧本一样，的确有一些地方有微小的不同，比如开场那两个强盗抢劫民宅的戏，原本是安排在后面出现的，但我觉得手电筒扫过房间这一幕放在开头非常抓人眼球，于是就把它放在了开头。

史提格：这是你在剪辑时才决定的吧？

伍迪：没错。我一直认为，对电影来说，你永远都处于创作的状态。写剧本的时候、修改剧本的时候、拍摄的时候、勘景的时候等等，你一直在改变它。《安妮·霍尔》是一个典型的例子，我原本打算让片中的父亲成为一名住在布鲁克林区弗莱巴许一带的出租车司机，开车找其他场地的时候我无意中看到过山车底下的一座房子，于是马上决定更换拍摄地。我会在拍摄的时候、勘景的时候，甚至任何灵光乍现的时候修改剧本，制片人告诉我拍摄某个场景的预算不够的时候也会改。除了在拍摄现场，哪怕在剪辑的时候我也有可能修改剧本，对我来说都不成问题。我很高兴让第二十幕场景变成电影的开场。电影是一个不断生成的东西。

史提格：《无线电时代》中主角的父亲是一位出租车司机，你父亲也是出租车司机吗？

伍迪：是的。

史提格：你是怎么找到赛斯·格林来饰演片中的"你"的？是不是找了很多童星和素人小孩来试镜？

伍迪：茱莉叶·泰勒非常厉害，无论是百老汇的剧目，还是电影、电台，甚至电视节目，她都能为每个角色找到合适人选，包括我认识的和不认识的演员。赛斯就是她推荐的童星之一，他一走进来，我就知道他是一名天生的演员。

史提格：你有没有让他参加试镜？

伍迪：没有，我很少让演员在镜头前试镜。你一眼就知道这个人合不合适了。他是个聪明绝顶的小孩儿，根本用不着试镜。

史提格：和"真正的演员"相比，与小演员合作是不是更困难一些？

伍迪：从某种程度上来说是的，因为很难找到真正优秀的小演员。

史提格：你会用不同的方式去引导这些小演员吗？

伍迪：不，我就用一般的方法指导他们怎么做。很幸运的是，我碰到的都是非常棒的小孩。以前我碰到过一个小演员没能把角色演好，因此原本丰满的角色不得不删去大量内容，你在银幕上看到的只有原计划内容的一半。我不想透露电影和演员的名字，我不想说那位年轻人的坏话，但这样的事的确发生过。

史提格：除了《无线电时代》这部电影，你关注的焦点一直是成年人。虽然你电影中也有一些孩子的角色，但往往和故事的主线没有太大联系，比如《汉娜姐妹》《爱丽丝》和《丈夫、太太与情人》就是这样。这是出于实际操作上的困难，还是仅仅因为你觉得孩子的角色对故事整体来说并不重要？

伍迪：我会在剧情需要的时候安排孩子的角色，如果他们与故事的展开没有关系，就没有必要在这些角色上浪费笔墨。但孩子的角色是一直存在的，比如在《爱丽丝》里你就可以看到他们被叮嘱上床睡觉，或是他们去幼儿园，但这与《爱丽丝》的整体故事发展没有任何关系。

史提格：出演《无线电时代》的演员中既有声名大噪的，也有相对默默无闻的，这种组合营造出一种自然生动的感觉。你是如何为这部电影选角的？

伍迪：我把《无线电时代》看作一部漫画，所以在选角的时候也挑选那些具有漫画气质的演员。比如我的叔叔亚伯、我的母亲和老师、我的祖父母，这些角色都是对现实人物的漫画式夸张处理。

史提格：选角是不是花了很长时间？

伍迪：是的。每一次进行我所谓的"漫画选角"都会花很长时间，比如这部电影，又比如《星尘往事》。有时好不容易找到长相匹配的演员，演技却不太令人满意，但由于他们在镜头里看起来特别棒，所以我还是非常希望让他们来演，因此选角花了大量时间。而对于《丈夫、太太与情人》这样的电影，我只要把剧本交给茱莉叶·泰勒，告诉她："米亚和我会出演这部电影，此外我希望朱迪·戴维斯或黛安·韦斯特来演另一位女主角。"整个选角过程不费吹灰之力，至于一些小角色，比如和西德尼·波拉克上床的那个女孩，就得花一些时间才能找到合适的人选，但还算容易，最难的是漫画选角。

史提格：我原本没注意到饰演那个角色的丽赛特·安东尼是英国人。

伍迪：哦，没错，她有一口浓重的英式口音。

史提格：执导一部像《无线电时代》这样既有电影明星和专业演员，又有素人演员出演的电影，相较于那种全明星阵容的电影，对导演来说是不是难度更大？

伍迪：并非如此，有时候业余演员，甚至从来没有表演经验的人反而比专业演员更出色。我遇到过很多专业演员一辈子都在出演一些小角色，却仍然不太令人满意，而有天赋的业余演员一开口就脱颖而出了。

史提格：你能举些例子吗？

伍迪：比如在《丹尼玫瑰》中饰演歌手的尼克·阿波罗·福特，他没有任何表演经历，只是一个俱乐部歌手，但试镜时他比在场的任何一名演员都要出色，一下子就脱颖而出了。在银幕上表演和在舞台上表演是不同的，只要你有一种自然的气质，你的声音听起来非常自然，就可以了。

史提格：不需要你换一种方式去引导他们吗？

伍迪：没那个必要，他们通常都能做得很好。所谓的引导主要是为了防止他们演得过火，百分之九十的引导是为了使演员平静下来。

史提格：相较于最后的成片，《无线电时代》原始剧本里的内容是不是更多一些？

伍迪：没错，剧本的内容更多一些，有些场景拍不了，有些拍了但最终没有用。剧本里的元素更多元，关于收音机的内容也更多。我原本还拍了一段关于最早的收音机以及收音机天线的简史，但没能保留下来，因为实在太繁杂了。

史提格：我在电影剧照中看到莎莉在火车站和一个军人吻别的场景，我猜那是被删减掉的她漫长情史中的一段吧。

伍迪：是的，我们没用那一段。这样的情况时有发生，因为拍完之后我发现并不需要这一段，这是拍摄前无法预料的。况且，没有情节的电影非常难拍。比如我很喜欢的电影《阿玛柯德》[1]也是一部"无情节电影"。

史提格：《无线电时代》的确有一种费里尼式的风格，他是不是这部电影的灵感来源之一？

伍迪：并不完全是。我的初衷是怀念那些在童年对我意义重大的歌曲，从这些歌曲中我获得了一些场景的灵感，这些场景可以为回忆增添色彩。如果我忠实地还原我的回忆，《无线电时代》就会是一部关于二十五首歌曲及其背后往事的电影。

史提格：能否举一个例子说明哪首歌对应哪一段回忆？

伍迪：好，我会回想起小时候听那些歌时的往事，比如卡门·米

1.《阿玛柯德》：由费里尼导演的电影，获 1975 年奥斯卡最佳外语片奖。

兰达的那首歌，我记得我的表亲整天伴着那首歌跳舞。他戴着一顶别致的帽子，手舞足蹈。这样我就重新建构了这段回忆，或者说是我重温了当时的感觉。每首歌都代表着不同的回忆，歌是真实的，回忆也是真实的。我不确定歌曲和回忆之间的对应关系是否准确，但至少是真实的，有一些还是相当精确的。

史提格：《无线电时代》中出现了不少格伦·米勒的音乐。

伍迪：没错，他是当时最伟大的音乐巨匠之一。

史提格：有一个非常感人的片段是碧姨妈和一个年轻的男同性恋者回到家中，背景是《好心情》[1]这首歌。

伍迪：是在厨房的那场戏吗？我记得那个男演员是汤米·道尔西，而那首歌应该是汤米·道尔西的《我对你如此多情》[2]。那首歌对我的童年来说意义非凡，那段回忆也是真实的。我的姑妈曾经和一个男人约会了一段时间，觉得他既绅士又善良体贴，他也的确如此，但他是一个同性恋。

史提格：在第一场戏中，我们看到她和当时的男友在一起，她穿着溜冰鞋，后来他们被困在浓雾之中，车上的电台里放着奥森·威尔斯的著名广播剧《世界大战》[3]。你是怎么想到要拍这场戏的？

伍迪：当时我还小，但我父母跟我提过奥森·威尔斯的广播剧，我想这是一个可以利用的素材。虽然这个场景是虚构的，但我感觉就像真实发生过一样。我希望把这一幕放在有点可怕的环境中——主人

1.《好心情》：格伦·米勒演奏的作品。
2.《我对你如此多情》：汤米·道尔西演奏的作品。
3. 1938 年，奥森·威尔斯将 H. G. 威尔斯的《世界大战》改编为情景广播剧，在播出期间，因为逼真的表演让人误以为火星人真的登陆了地球，而引发巨大恐慌，人们纷纷跑上街头，拿湿毛巾捂脸，以避免因为"火星毒气"遭受不测。

公完全看不清四周的状况。况且这在摄影棚里完成相对容易，就像在《影与雾》中，摄影棚里的雾气让整个场景看上去像在外景拍摄的。

史提格：饰演碧姨妈另外一位男友的，就是那位带着她和小乔去无线电城音乐厅[1]的男友，是你的工作人员，一位录音师。你是怎么想到让他来出演这个角色的？

伍迪：是的，他叫杰米·萨巴特，至今仍然与我共事。我记得当时我正和副导演汤姆·赖利一起吃饭，我说我找不到合适的人来演那个带黛安·韦斯特去无线电城音乐厅的人，然后他说："为什么不找杰米·萨巴特？"我觉得这是个绝妙的主意，于是我问了杰米，他说"没问题"。

史提格：那个场景非常美妙。

伍迪：是的，无线电城音乐厅太美了。

史提格：你在旁白里说"这里像天堂一样，我从来没见过这么美的地方"。这应该与你的童年经历有直接关系吧？

伍迪：是的，没错。

史提格：莎莉是不是你为米亚·法罗量身定做的角色？

伍迪：是的，起初并没有那个角色。拍摄的第一天我们让米亚试演了一些场景，尝试了不同的口音，等等，然后我发现这个角色非常适合她，于是就加入了她的戏份。

史提格：有一个场景是莎莉参加表演班，她坐在窗边，窗外是一

---

1. 无线电城音乐厅：位于美国纽约州纽约市的第六大道上，1932 年启用，是托尼奖颁奖礼的举行地点。

块霓虹灯标牌，我猜这是你有意安排的？

伍迪：没错，那是我们挂上去的。在那个年代，你能看到很多霓虹灯，这比注视着一面单调的窗户要好看一些，给人一种强烈的时代气息。

史提格：《无线电时代》有一部分是在摄影棚拍摄的，还有一部分是实地拍摄的。你认为在摄影棚拍摄有哪些优势和劣势？

伍迪：在摄影棚里工作更轻松，因为控制权在你手里。摄影棚很安静，不需要四处辗转，有试衣间，又可以住宿。唯一的不足是代价高昂，再有就是缺乏真实感和说服力。

史提格：但你可以在其中创造一个理想世界，这不是一种优势吗？

伍迪：是的，各方面你都可以控制，这一点的确很棒。

史提格：在摄影棚工作是不是还能拉近与工作人员和演员的距离？

伍迪：无论环境如何，工作人员之间都是非常亲近的，我不认为只有在摄影棚里才这样。摄影棚非常便利，非常好控制，对拍摄某些特定的电影来说是不二之选。

史提格：我们还没有具体地谈过你的家庭，但我知道你有一个妹妹，她对你来说应该很重要吧？

伍迪：是的，我们非常亲密。她比我小八岁，特别优秀，直到今天我们的关系依然很好。

史提格：你为《无线电时代》安排了一个相对悲剧性的结尾，以

一个小女孩掉入水井的噩耗作为故事的尾声。

伍迪：是的，那是真事，在美国家喻户晓。全家人都会守在收音机旁收听这个可怜的小女孩丧命的消息。但这一事件并不是《无线电时代》的结尾，故事的结局还是非常乐观的。

史提格：你说得没错，但这一事件是在影片的尾声处讲述的，你想通过它表达什么？

伍迪：有很多目的。为了表现我和父母的关系，还为了表现一个典型的广播情景：你不光能听到滑稽的、琐碎的事情，或是体育新闻和智力问答，广播也会播报悲剧性的事情，而这也是每个人生命的一部分。我是在十几岁的时候听到这则新闻的。

史提格：《无线电时代》的故事止于一场新年派对，庆祝着1944年的到来。在这个场景中你让黛安·基顿出现在俱乐部里，唱着科尔·波特的《你若归来该多好》[1]。

伍迪：是的，那也是我童年时代非常重要的一首歌，在"二战"期间非常著名。我希望黛安的出现能让这首歌更具感染力。

1.《你若归来该多好》：电影《倾情百老汇》的插曲。

《情怀九月天》

史提格：《情怀九月天》可以被归为一部"室内剧"[1]，你怎么想到要赋予电影这样的形式？是因为故事本身就是一部紧凑且有张力的室内剧，还是你有意要建立这种严格的戏剧结构？

伍迪：我过去常常到米亚的乡间别墅去，一直觉得那里非常适合拍电影，想用那房子来做点什么。但等我有了想法，并把剧本写出来的时候，夏天已经过去了。一到冬天家人就都回来了，我们也就不能用那个房子了，然后我开始想：为什么不干脆拍一部室内剧，就在摄影棚里搭景。这部电影也就成了室内剧。

史提格：摄影棚是照着米亚·法罗的乡间别墅的样子搭建的吗？

伍迪：有点儿类似，但不太一样，她的房子更大、更宽敞一些。不过在某些地方挺相似，因为负责美术指导的桑托·罗奎斯托去看过

---

1. 室内剧：20 世纪 20 年代出现在德国的一种与表现主义电影相对立的电影。"室内剧"原来是德国戏剧导演马克斯·莱恩哈特创造的一个术语，专指一种供小型剧场演出的，恪守时间、地点、动作三一律的舞台剧。

米亚的房子。我一直都想拍这样的故事——一个个性张扬的母亲爱上了一个混蛋，又杀了他，最后却由女儿顶罪，所以故事很快就确定下来了。

史提格：电影中那个戏剧性的谋杀故事，是不是从多年前著名的拉娜·特纳－谢里尔·克兰事件[1]中得到的灵感？

伍迪：我知道那件事，但算不上灵感来源。那是很多年前的事了，可能有一丝关系吧，但需要重申的是，这是我虚构的情节，本意是想挖掘出那所乡间别墅里可能发生的事情。

史提格：怎么会想到电影的名字要叫《情怀九月天》？

伍迪：我们费了很多心思，后来发现"九月"是个不错的名字，因为故事发生在九月临近的时候，所以九月就像每个角色生命中的一个时间节点。总之，很适合作为电影的片名。

史提格：但影片接近尾声的时候，有一个角色说了这样一句话："很快就到八月的尾声了。"由此我认为电影的名字是对未来的某种暗示？

伍迪：并非暗示，九月快到了，仅此而已，并不是暗示未来会好起来。尽管他们没有面临人生的冬天，但秋天已经快到了。

史提格：就像那首经常在你的电影中出现的《九月之歌》。

伍迪：没错，那首歌里也有同样悲剧性的东西。但《情怀九月天》在美国遭到了极大的冷遇，没有人看这部电影。

---

1. 拉娜·特纳是美国早期著名女影星。1958年，拉娜仅十五岁的女儿谢里尔·克兰将母亲的男友、黑帮分子约翰尼·斯托姆帕拉托以"正当防卫"的理由刺死，在当时引起很大轰动。

史提格：真是奇怪，因为我觉得这是你最好的电影之一。我曾经和卡洛·迪·帕尔马聊过，他也说《情怀九月天》是他和你合作的最好的一部电影。

伍迪：他拍得美极了。

史提格：《情怀九月天》的制作过程据说非常不易，您能谈谈电影的两个版本吗？就我所知，你曾经拍过一个完整的版本，其中一些角色是由别的演员饰演的，但你对那个版本不满意，于是就拍了最后搬上银幕的第二版。

伍迪：是的，的确如此。当时第一个版本已经拍完、剪完，什么都完成了。我经常会重拍，有时是重拍一小部分，比如《丈夫、太太与情人》，我花了两天重拍；还有些时候我可能会花一个月、五周甚至更久来重拍。《情怀九月天》拍完之后，我重新看这部电影，感到有很多地方需要重拍。

史提格：是出于什么样的原因需要重拍？

伍迪：片中的母亲角色原本是由米亚的妈妈莫琳·奥沙利文饰演的，但我对她的表演不太满意，而原本饰演邻居的查尔斯·邓宁虽然是一个非常棒的演员，但他的角色更适合让丹霍姆·艾略特来演。于是我对自己说："好吧，既然一样要花四周重拍，为何不干脆把整个电影都重拍了？"摄影棚已经搭好，因为是一部室内剧，所以不需要到处走场，演员也只有为数不多的几个人。我想："为什么不干脆把它拍好？换一批演员，找别的演员来演母亲的角色，再找丹霍姆·艾略特来，等等。"我总是在年轻的男主角上出错，最初我找的演员是克里斯托弗·沃肯，他在我看来是很棒的演员，只是不适合这个角色。他有点过于性感了，男子气概太浓。于是我换了山姆·夏普德，我非常欣赏他，但他对表演并不感兴趣，他只是为了钱才接演出的活，好继续写自己的喜剧。尽管我非常欣赏他，他也是个很好的人，但重拍的时候我觉得不能要求他再从头重来一遍了，他可能不太情愿那么做。

史提格：我明白了，你首先让克里斯托弗·沃肯出演这个角色，之后换了山姆·夏普德，他们演的都是第一版对吗？

伍迪：没错，都是第一个版本。第二版里饰演该角色的是萨姆·沃特森，萨姆的确更适合那个角色，可惜拍第一版的时候他正好在拍一个电视迷你剧之类的东西。

史提格：但你早就在心里考虑过他了？

伍迪：并不一定非得是萨姆，我考虑过像他那种类型的演员，但他的确是最佳人选。

史提格：电影的第二个版本是完全按照第一版来拍的吗？

伍迪：不是，我对第一版初稿里不妥当的地方进行了修改。第二版完成后我挺满意的，我没有把它视为一部流行片，我知道它不属于讨喜的电影，但其实还是得到了一些支持的，《时代周刊》的理查德·什克尔就表示非常喜欢。我不知道这部电影在欧洲的反响如何，但在美国门可罗雀，没有人感兴趣。和我有相同遭遇的电影是安德烈·康查洛夫斯基的《万尼亚舅舅》。我并不是说这两部电影存在任何可比性，他的电影要伟大得多，那是我看过的最好的一版《万尼亚舅舅》，你找不出比它更出色的了，谢尔盖·邦达尔丘克饰演的医生无可挑剔，但是在这儿上映的时候根本没有人去看！我是说一个人都没有！黛安·基顿和我一起看的时候，电影院里只有我们俩，并且只上映了一周左右就下线了。《情怀九月天》也是同样类型的电影，但永远不可能达到那样的高度，因为《万尼亚舅舅》是一部不朽的文学作品，康查洛夫斯基也完美地诠释了它。因此我安慰自己："如果《万尼亚舅舅》代表这个高度，那么我的电影就在这儿（伍迪打了手势，暗示两部电影在不同的艺术欣赏高度），难怪没人来看我的电影！"

史提格：《情怀九月天》带有很浓的契诃夫式风格。

伍迪：没错，我希望营造出那种氛围。有几部电影我在拍摄之前就知道它们无法在美国流行，也许在评论界口碑会不错，但不会受观众欢迎。《星尘往事》就是这样的电影，还有《情怀九月天》和《影与雾》。我知道这三部电影不是人们想看的那种。《情怀九月天》在巴黎的电影院上映了几个月，口碑不错，此外在一些大学城和少数几个大城市里也获得了不错的反响，但这是极少数的情况，美国的绝大部分地区甚至压根没有上映这部电影。

史提格：电影的第一版如今在哪里？你还保留着吗？

伍迪：没有，已经丢了。

史提格：我认为《情怀九月天》和《我心深处》之间存在着某种联系，比如两部电影的开场画面都是空房间，但是摄影风格不同，《我心深处》是定格摄影[1]的风格，而《情怀九月天》的镜头是移动的，向着房间深处探寻。

伍迪：《我心深处》是和戈登·威利斯合作的，我们经常争论——或者不如说是探讨——应该如何构图。戈登会把他关于摄影的设想告诉我，他总是说："不，我们应该这么拍。相信我，你要相信我，这么拍看起来会更棒。"有时我会反对，但他会说服我，让我相信他，因此我听取了一些他的意见。但是当我不再和他合作之后，我走向了一个完全不同的方向。现在我所有的电影都会用到长镜头，这

---

1. 定格摄影：又称逐格摄影，是采用机械或电子控制装置，开动电影摄影机，每次只摄取一格画面的摄影方法。

种方式对我来说要轻松得多。拍摄短小的片段难度更大，我一直都不太喜欢。

史提格：我认为电影开场的那几个画面非常优美，摄影机缓缓扫视房间，远处传来黛安·韦斯特和丹霍姆·艾略特关于巴黎的闲谈，这一幕也为电影奠定了节奏和情感基调。

伍迪：没错，情感基调。但就像在《我心深处》中一样，房子本身也是主角。那栋房子是我创作的最初灵感，具有不可取代的地位。我想让观众好好看看这栋房子，就像我希望让观众欣赏《我心深处》里的那栋房子一样。《我心深处》的主角，那位母亲，就是一位室内设计师，因此那栋房子有了更深的象征意义。《情怀九月天》的故事则是这栋房子即将被卖掉，所以房子本身也是有特殊含义的。

史提格：你是如何与美术指导桑托·罗奎斯托一起搭建这栋房子的？在他着手设计之前你们会讨论些什么？

伍迪：因为整部电影都是在房子里进行的，所以各个角度的透视效果非常重要。首先，我希望镜头始终是有深度的，房间与房间之间不是水平的，而是相互隔开的。其次，我希望房子是暖色调的，这一点很重要，房子必须是温馨的。但最重要的一点是，我希望桑托提供足够多的视角，这样才不会让人对这座房子厌烦，或是产生幽闭恐惧。起初我们试过用打光让人能透过窗户看到外面，还为此准备了背景幕，但我对拍出来的效果并不满意，就没有再用背景幕了。

史提格：其实我认为并不需要背景幕，比如有一场戏是黛安·韦斯特和丈夫通完电话后站在门槛边踌躇犹豫的样子，这时我们能感觉到有人站在外面的走廊上，事实上的确是萨姆·沃特森在等她。这场戏处理得非常巧妙，我们根本看不见外面的情况。

伍迪：是的，其实我们试过把灌木丛和树搬进摄影棚，但是没有用上，因为试验过后发现看起来并不怎么样。

史提格：你在电影的声音方面下了很多功夫，这也增强了电影整体的氛围感。

伍迪：没错，但这其实并不难，我们放进了蟋蟀和风的声音。

史提格：还有蛙鸣和鸟啼。

伍迪：是的。

史提格：《情怀九月天》和《我心深处》这两部电影在角色上也有某些相似之处。比如《情怀九月天》中米亚·法罗饰演的莲恩和《我心深处》中玛丽·贝丝·赫特饰演的乔伊，她们都在考虑从事摄影工作，也都在考虑是否要一个孩子。

伍迪：是的。对我而言，一个人可能拥有的最悲剧性、最悲伤的特质就是当你对生活，对存在、宗教、爱，以及生命最深层的那些方面有深刻的感知，却缺乏同等的表达能力的时候。在我看来那是一种很可怕的感觉。如果一个深陷痛苦的人是一个诗人，那么他（或她）至少可以靠诗歌来获得解脱。然而有些聪明又敏感的人却缺乏才华——而且他们也意识到了这一点——去表达这些感受。这真是非常非常悲伤的事情。

史提格：你是不是在某种程度上将孩子视为她们的替代品？这两个角色都表达了她们希望通过艺术或者孩子来实现自己的心愿。

伍迪：拥有一个孩子对人来说是一种补偿，它有时能让一个人的生命突然获得意义，彻底的、部分的，或是足够的意义，让人感到生命中的痛苦是可承受的。比如在《欲望号街车》里，史黛拉即将拥有一个孩子这件事让布兰奇感到极度痛苦，因为这是一个好消息，它能帮助一个人，甚至赋予一个人全部的勇气去面对生命中所有的苦难。

史提格：《情怀九月天》让我想到伯格曼的《秋日奏鸣曲》，你觉得那部电影怎么样？

伍迪：它并不是我最喜欢的伯格曼的作品。虽然我喜欢他所有的电影，《秋日奏鸣曲》也比任何其他人的电影都要出色，但在我看来它并不是伯格曼最好的作品。

史提格：他也是这么认为的。

伍迪：的确，但有一些地方，比如英格丽·褒曼和丽芙·乌曼在钢琴边的那场戏就充满了感染力。我非常喜欢伯格曼的室内剧。

史提格：伯格曼最近和我讨论过这部电影，他说他把《秋日奏鸣曲》整个儿拍坏了，他原本想拍一部更诗意的，类似《假面》的电影，但后来放弃了这个想法，把电影拍得现实了，如今非常懊悔。他原本希望让电影的结构与奏鸣曲吻合，每个乐章对应不同的情绪，但后来他没能遵守这一点，因此，现在回头看这部电影的时候，他是带着批判的眼光的。然而在我看来，《情怀九月天》和《秋日奏鸣曲》在某些地方具有惊人的相似之处，比如两部影片中的母亲角色都是美丽而强势的，令人印象深刻，而且都是艺术家，区别在于一位是演员而另一位是钢琴家。此外，她们的两个女儿都不懂得如何处理自己的生活。

伍迪：很有意思，我也经常感到这两部电影之间具有某些共通点。它们几乎是同步的，英格丽·褒曼甚至同样穿着一身红裙。两部影片讲述的都是母女之间的故事，故事中都有一个冷漠的、具有艺术家气质的母亲。

史提格：你电影中的母亲尽管非常自我，但对待两个女儿的态度还是相对温和、善解人意的。

伍迪：是的，她并不冷漠，她只是自私。

史提格：你怎么会想到让伊莲妮·斯楚奇扮演母亲的角色？她棒极了。

伍迪：我也认为她的表演棒极了。起初选的演员是米亚的妈妈，因为米亚曾经告诉我她的妈妈就是那样的，既风趣又奔放。但她在表演的时候风格不够强烈，所以在重拍的时候我想换一个真正能表现那些特质的演员，之后我看了一些伊莲妮·斯楚奇演的电视剧，就决定让她来演了。

史提格：近年来她很少出演电影，自从阿伦·雷乃的《天意》之后就再也没有看到过她，她在那部电影中的表现同样令人印象深刻。

伍迪：没错，她拍过很多舞台剧，也演过一些电视作品，我非常愿意再度与她合作。

史提格：之前我们已经讨论了电影的结构，我想再举出一个片中的场景，就是黛安·韦斯特和丹霍姆·艾略特在台球桌边的那场戏，虽然是一个长镜头，但明显是经过精心设计的。你还记得那场戏是怎么呈现的吗？

伍迪：无论什么样的电影，问题的关键都在于如何让场景的组合看起来有趣，而不落入俗套（伍迪用手指轻叩着喻示通常电影剪辑和交叉剪辑[1]的节奏）。对一部偏向于现实主义的电影来说，摄影的编排不能让演员像现实中的人那样走路，必须按特定的步伐，在恰当的

---

1. 交叉剪辑：指两个场景按顺序拍摄，但在两个场景之间来回切换呈现。交叉剪辑给人一种两个情节在不同地点同时发生的感觉。

时间走到镜头跟前。因此它要求一切都天衣无缝，既要靠演员，也要靠摄影机，不能让演员以诗意的方式表演，摄像却生硬迟钝。一切都要符合情绪。我们通常的做法是，大家会面，然后绞尽脑汁地设计场景，我会和摄影师花很长时间慢慢完善。等到拍摄的时候，往往能一气呵成地拍完整个场景，所以努力都是值得的。我们不必重来，也不需要拍备用镜头或特写之类的。秘诀之一就在于让演员自然地走位，但又要在不同的时间走到不同的位置，包括中景、特写，或者远景，这样就不必重新剪特写镜头，因为演员的走位已经包含了特写。这是非常乏味的工作。对于你提到的这场戏，当时黛安·韦斯特和丹霍姆·艾略特还有我坐在台球桌边，我一边教他们怎么走位，一边移动摄影机，发现不对的地方就立刻修正，虽然不断有新的问题出现，但最后终于达到了我想要的效果。

史提格：这场戏拍了多久？

伍迪：场景的编排和布置花了几个小时，真正拍摄的时候非常轻松，因为演员们都很棒，丹霍姆·艾略特和黛安·韦斯特非常专业。

史提格：当你在设计《情怀九月天》的结构的时候，是不是希望在某种程度上达到形式与内容的呼应？

伍迪：是的，我一直尝试着让电影的形式反映电影的内容。当你写一个故事或一部小说的时候，开篇的第一个句子往往煞费苦心，而一旦第一个句子确定了，其余的就水到渠成了，第二个句子在节奏和其他方面都承接着第一句。电影也是如此，在《情怀九月天》里，当第一个镜头缓慢地扫视人物的时候，就已经默认了某种特定的节奏和风格。之后如果哪里不对，你立马就会知道，因为出错的地方会显得格格不入。

史提格：的确，《我心深处》中的定格摄影式开场和《丈夫、太太与情人》里镜头不经意地掠过电视柜然后慢慢锁定人物同样也是如此。

伍迪：没错，那场突发事件里已经包含了一种紧张的情绪，你会带着这种情绪迎接后面的情节，如果哪个场景处理错了，你会很敏感地发觉，知道自己犯错了。

史提格：在《情怀九月天》里，摄影机拍摄人物的方式是非常谨慎的，人物之间的关系也是小心翼翼的，因为每个人都爱错了人，这一点也是非常契诃夫式的。

伍迪：是的，这种契诃夫式的风格是无法避免的，因为这栋乡间别墅里的中年人是一群失意的、看不到未来的人。

史提格：关于《情怀九月天》，有一点我非常欣赏，也是通常电影中非常少见的，那就是中年人之间表达爱情的方式。在通常的电影中——尤其是美国电影——四十岁之后的爱情被视为低俗的，或者至少是不应该被提及，更不该呈现出来的。但《情怀九月天》中伊莲妮·斯楚奇和杰克·瓦尔登的那些场景非常柔和，也很坦率。她非常坦诚地宣称他们做爱，并且享受其中。你的其他电影中也有一些类似的情侣，比如《我心深处》中的E.G. 马绍尔和玛伦·斯塔普莱顿，还有《汉娜姐妹》中的莫琳·奥沙利文和劳伊德·诺兰。

伍迪：没错，还有《另一个女人》。虽然那部电影收到了来自影迷的一些负面评论——他们认为那些角色年纪太大了，不可能遇到那些问题，但我并不这么认为，因为我的确认识一些人在那样的年纪遇到了同样的困惑。我希望《情怀九月天》中的母亲是肤浅、自私且自负的，即使到了她那样的年纪，她依然打扮自己，认为自己性感美丽、富有女人味。她令女儿感到烦恼的是她总能吸引深沉的男人。她的"男朋友"既不是恶棍、赌徒，也不是演员，因此，她的女儿莲恩心想"上帝啊，他怎么就没看穿她呢？他那么聪明、有教养，他可是个物理学家啊。当他看到我妈妈的时候，应该很清楚她肤浅、自负和徒有其表之下的真面目"。但实际上，深沉的男人也会迷上她。

史提格：你为她这个角色安排了一些巧妙的台词，反映了人物的内心。比如她在电影最后说"变老的感觉真是糟透了，尤其当你内心感觉只有二十一岁的时候"，还有"有一些东西不见了，然后你意识到那是你自己的将来"。

伍迪：是的，那些句子道出了她内心的悲伤。

史提格：《我心深处》中乔伊的母亲是非常冷漠死板的，某种程度上是她的母亲造成了她的不快乐，而这部电影中莲恩的妈妈是给予她鼓励的，至少她表达了自己的关心，但莲恩依然是一个不快乐的、毫无成就的人。那么作为父母究竟应该怎么做呢？

伍迪：莲恩的母亲多年以来一直在伤害她。莲恩爱她的父亲，但她母亲根本不在乎。莲恩的童年非常悲惨，之后为了帮母亲脱罪，她又不得不背上杀人的罪名，这对她也是一个极其沉重的包袱，但母亲却心安理得。所以她母亲并不是一个很好的人，她实际上既无知又肤浅。尽管这些母亲天赋异禀，但都对自己的女儿造成了毁灭性的打击。女儿们处处失意，母亲却都得到了好男人和其他人的关注，即使她们残酷、冷漠、狭隘。

史提格：但你还是对《情怀九月天》中的母亲抱有同情的态度吧？

伍迪：是的，因为她对这一切并不知情。她并没有恶意，只是在不知道有什么更好的办法时那么做了。当然伊莲妮·斯楚奇的表演也为人物增了色，她非常聪明。

史提格：你似乎喜欢在电影中呈现尴尬的局面，比如黛安·韦斯特和萨姆·沃特森在食品柜后面偷偷接吻的那场戏。

伍迪：没错，这是一种老派的戏剧策略，但非常奏效。莲恩带人来看房的那场戏也是非常尴尬的处境。这是一种非常可怕的知晓（或者说确认）真相的方式，也是戏剧的一贯套路。

史提格：黛安·韦斯特如今已是你的御用演员之一，在你创作《情怀九月天》的剧本时，是不是特意为她量身打造了这个角色？

伍迪：她是很棒的女演员，因此我的确有可能在心里确定了她的角色。我记不清了，也许是的。通常我都先考虑米亚，也会优先考虑黛安·韦斯特和黛安·基顿，她们可以随时打电话给我，说"我希望出演你的下一部电影"。我会为她们做一些修改，好让角色更适合她们。她们都是很厉害的女演员。

史提格：有没有发生过这样的情况——她们或者别的演员告诉你"希望出演你的下一部电影"，而你恰恰没有适合她们的角色，因而不得不专门为她们修改剧本，好让她们出演？

伍迪：通常她们都会提前告诉我，不会那么晚才对我说。我非常愿意和黛安·韦斯特、黛安·基顿还有朱迪·戴维斯三人一同合作，我想朱迪也会非常愿意加入进来。能同时请到这三个女演员的话就太振奋人心了！

史提格：也就是说，仅仅从这个想法出发，你就能想出一个故事？

伍迪：是的，很可能会想出些什么来。

史提格： 我在《电影手册》[1]中读到过一则朱迪·戴维斯的采访。她在采访中说，《丈夫、太太与情人》中的那个角色是她在美国电影中最出色也是最重要的一个角色。

伍迪： 她拥有令人难以置信的才华，我看到她的第一眼就知道了。这与我和我的电影无关，无论你让她演什么样的电影，《巴顿·芬克》[2]，或是一部澳大利亚电影，她都能出色地完成。黛安·韦斯特也是如此，即使是像《温馨家族》[3]这样轻快的电影，她都能赋予角色一种高雅的气质。同样，即使黛安·基顿出现在《婴儿热》这样的商业电影里，也能为电影增色。拥有这些出色的女演员就像得到了有力的武器，是导演的幸运。

史提格： 丹霍姆·艾略特饰演的邻居霍华德是一个苦苦追求莲恩却无果的悲剧性人物，影片最后莲恩问他："你怎么回家？"他说："与往常一样，满脑子都是你。"[4]在第一版电影里该角色原本是由查尔斯·邓宁饰演，之后才换成了艾略特，在你看来他作为一名演员的独特之处在哪里？

伍迪： 邓宁很棒，我必须这么说，我认为他非常完美，他也花了很多心血在这个角色上，但我安排的角色不适合他。当时我已经让丹霍姆·艾略特出演母亲的情人——那个物理学家了，然而我一看到他的表演，就对自己说："哦，不，我犯了一个错误。如果让他演邻居，让别人来演物理学家，会好得多。"我一直都想与丹霍姆·艾略特合作，他是个出色的演员。拍《我心深处》的时候我就想过让他来饰演父亲，可我又不希望那个角色是英国人。他的助理说他能说

1.《电影手册》：法国知名电影杂志。
2.《巴顿·芬克》：科恩兄弟导演、编剧的悬疑电影，获1991年戛纳电影节金棕榈奖。
3.《温馨家族》：朗·霍华德导演的喜剧电影，黛安·韦斯特因此获1990年奥斯卡最佳女配角提名。
4. 此处作者记错了，这个场景出现在影片第三十分钟左右，是停电后的对话。

一口流利的美式英语，但唯一能找到他的联系方式是在某一天的某个特定时间打电话到伊比沙岛的一间酒吧，然后让人找他来听电话。于是我打了电话过去，但那已经是很多年后的事了。我打电话给那间酒吧，说想找丹霍姆·艾略特，他们就去把他找来了。然后我们开始聊天，他听起来有一口浓重的英式口音，于是我问他能不能说美式英语，他说"可以"，我又问能不能听一下他的美式发音，他说"我可以给你唱'嘀嗒嘀嗒钟，老鼠跑进了大钟'[1]这首童谣"，于是我在电话这一头说"好的"，然后电话那头的他在伊比沙岛的酒吧里唱道"嘀嗒……嘀嗒……钟"，他努力让声音听起来像一个美国人，"老鼠……跑进了……大钟"。但在我听来，他的发音完全是英式口音，于是我说"好吧，让我再考虑一下"，最后我没有请他出演，因为他的英国腔实在太浓了。但我一直期待有一天能与他合作，果然在《情怀九月天》遇到了完美的时机，他真的是很棒的演员。

史提格：停电的那个场景既富有隐喻，又非常优美。

伍迪：没错，卡洛[2]真的超越了他自己，我认为他诠释得相当出色。

史提格：完全是依靠蜡烛的自然光拍摄的吗？

伍迪：有一些光源的辅助，但只有一点点。

史提格：在这场戏里有一场暴风雨，这对整个故事以及人物之间的关系都至关重要。你经常在意味深长的段落安排一场雨，你喜欢雨吗？

伍迪：我爱下雨！

---

1. 原文 "Hickory, dickory dock. The mouse ran up the clock"。
2. 即摄影师卡洛·迪·帕尔马。

史提格：雨在你的多部电影中都是重要的元素。

伍迪：有时工作人员会在勘景的时候对我说："你看，我们可以在这里造雨，但我们得用整个早晨来布置造雨机器，而你只是为了几句台词而已……真的值得吗？"我就被说服了。我在《无线电时代》那部电影的开头呈现了我成长的地方，在那些最美好的时光里，大海冲刷着沙滩。然后我满怀深情地说道——就像旁白那样——"我长大的地方太美了"。观众们笑了，但我是很认真的，对我来说那就是美。我总是在最阴沉的天气里拍摄外景，如果你看过我这些年所有的电影，就会发现从来没有阳光灿烂的时候，天永远是灰色的，你会觉得纽约像伦敦一样总是阴雨绵绵。我喜欢雨的感觉，单纯地觉得雨很美。当然，在雨中拍摄是一件棘手的事情，令人讨厌，但我希望在电影里呈现这种氛围。《汉娜姐妹》里下雨，《无线电时代》里下雨，《罪与错》和《曼哈顿谋杀疑案》里也下雨，只是因为雨景看起来很美。我给《丈夫、太太与情人》里的女孩也取名叫"雨"（Rain），因为那是一个美好的名字。

史提格：你认识的人里有叫"雨"的吗？

伍迪：我这辈子只认识一个叫"雨"的人，大概是在三十年前，她是纽约的一位歌手。

史提格：你在《爱丽丝》中也安排了一些非常重要的雨景，比如在爵士音乐人家中的那场戏，当他和米亚第一次做爱的时候，大雨倾泻在他们上方的玻璃屋顶上。

伍迪：是的，我很想拍一部电影，情侣待在一起的时间里永远都在下雨，相遇的时候，约会的时候，做爱的时候，任何时候，只要他们在一起，就下雨。

史提格：你觉得雨会对人产生某种心理影响吗？

伍迪：会！当我早晨起床，看到窗外是这样的时候，我就会感觉很好（从伍迪客厅的全景落地窗望去，此刻的天空呈灰色，且多云），越阴沉越好。如果是阴雨天气，这一天就不错，而要是阳光明媚的话，对我个人来说，这一天就会过得比较艰难。天气与人的感受是完全相反的。

史提格：天气太好会不会影响你的工作，比如写作？

伍迪：写作没有问题，但我很难情绪高涨。该写作的时候我就写作，但如果我可以控制天气的话，我希望一周中能有五到六天是阴天，只有一天是晴天，也许两天，但我更倾向于一天，只是作为一个停顿的间歇。对我来说，电影里只有下雨的时候是浪漫的，那种氛围太重要了。

史提格：是不是因为雨还营造了一种急促感，因为通常人们在下雨的天气里行动速度更快，做决定也更坚决。

伍迪：我不知道。雨一直会令我产生某种亲密感。人们被围困在房间里，寻求庇护，从室外逃到室内，不断地朝内部行走。大海和海水也会让我有这样的感觉，所以说海对我也是意义非凡的。我在一些电影里拍过海景，比如《安妮·霍尔》《我心深处》，还有《罪与错》，那种阴沉的氛围是我期望的效果。我从来不拍阳光灿烂时的大海。只有一种情况我会把阳光和大海放在一起，那就是太阳真正丧失活力、像天空中一块红色污点的时候。雨强迫人们在一起，《情怀九月天》里那场突如其来的雨把人困在了室内，不得不和彼此待在一起，于是整个氛围变得更私密了。雨营造了一种环境，在这种氛围下容易发生一些非常亲密的事情，比如坠入爱河，比如找到寄托。雨会在某种程度上影响人的情绪。同样的道理，假设你与一个女人在房间里做爱，所有的灯都打开是一种氛围，但如果你把灯调暗，光线变得柔和，那么整个氛围就会更浪漫温柔。阳光也是如此，如果你把阳光去掉，整个氛围就变得更忧郁、私密，会让人情不自禁地袒露内心深处的感受。

史提格：从这个角度来说，是雨圆满了《爱丽丝》这个故事，如果不是下雨，爱丽丝可能永远不会和乔做爱。

伍迪：是的，《爱丽丝》中有两场雨景。首先是她遇见他的时候，下着倾盆大雨。还有他们去学校的时候，打着伞，那些细节非常动人。之后当他们躺在一张床上的时候，雨倾泻在玻璃窗上。雨对我来说非常重要，就像我说的——我当然知道处理雨景有多么困难——我很想拍一部电影，只要两个主角待在一起，就下雨。

史提格：我猜你一定喜欢《雨中曲》[1]吧?

伍迪：我爱《雨中曲》！那是一部无与伦比的电影。我还喜欢《罗生门》[2]开场时那场可怕的暴风雨，人们在同一处避雨……

史提格：然后开始讲故事。

伍迪：我还喜欢《甜蜜的生活》[3]里的那场雨，他们见证奇迹的那一刻突然下起雨来，非常诗意。

1.《雨中曲》：不朽的音乐歌舞片杰作，同时也是一部展现好莱坞影坛从无声时代过渡到有声王朝的电影史喜剧。
2.《罗生门》：黑泽明导演的黑白电影，1951年获威尼斯电影节金狮奖。
3.《甜蜜的生活》：由费里尼导演的电影，1960年获戛纳电影节金棕榈奖。

《另一个女人》

玛丽昂："五十岁。三十岁的时候我什么也没想，他们都不相信，说我到四十岁就会垮掉，但他们错了，我并没有。他们又说我到了五十岁一定伤痕累累。这话完全正确。跟你说实话，五十岁之后我就再也没有缓过来。"

霍普："可是五十岁并不算老。"

玛丽昂："我知道，但是……忽然间你抬起头，就明白了自己在哪里。"

——《另一个女人》

史提格：《另一个女人》是你与摄影师斯文·尼夫基斯特首度合作的电影，在你眼中他最大的特点是什么？

伍迪：斯文是全世界最了不起的摄影师之一，他的伟大在于他对作品的感觉。你可以试着去分析不同摄影师的伟大之处：卡洛·迪·帕尔马是明亮的，而戈登·威利斯是阴郁的。他们对艺术有着各自的见解，有的人喜欢灵动的镜头，有的人喜欢相对静止的镜头，这都基于感觉。斯文的作品就反映着他的感觉，他与伯格曼的合作是独一无二的。《假面》是优美的诗意之作，摄影也同样诗意。《呼喊与细语》《芬尼与亚历山大》也美极了，他们合作的电影都很棒，但这三部尤其出色。

史提格：他的摄影在哪里吸引了你？

伍迪：他的摄影美学。与任何一位摄影师合作的时候，你都想事无巨细地告诉他光线、构图还有摄像机的移动，但事实上你无法精确地规定这些东西。很多摄影师在构图上非常优秀，光线控制得也很好，但最终还是有一些无法定义的元素，这就好像问："为什么查理·卓别林如此幽默，而另一个喜剧演员却做不到？"斯文拥有这种内在的天赋，无论拍什么都很棒，卡洛也是如此。有些人具有某种无形的能力，斯文就是这样的人。

史提格：斯文当然是《另一个女人》的大功臣，但女主角吉娜·罗兰兹的表演可以说更为突出，在我看来她和这个故事完美地融为一体，很难想象还有谁能代替她出演这个角色。你在创作剧本的时候是为她量身定制的吗？

伍迪：写作的时候我并没有想到她，但她是这个角色的第一人选。拍《情怀九月天》的时候我试图找她来演母亲，但她觉得自己不适合那个角色，她觉得自己没有那种浮夸的气质。她很担心我会不会因为被拒绝而不再找她，演员们总是以为拒绝出演电影会惹怒导演，但这种担心是完全没有必要的。我邀请她来演《另一个女人》，她也愿意出演这个角色。吉娜是个非常有天赋、非常专业的女演员。

史提格：故事的灵感来自哪里？

伍迪：说来有趣，在写《另一个女人》的很多年以前，我想过一个喜剧故事，故事中的我坐在公寓里，从家里的通风口听到楼下房间里的声响，是一位心理医生和他的病人，这位女病人诉说着她最私密的事情。然后我从窗口望去，看到了她，发现她非常漂亮。于是我跑下楼，想方设法要见到她，因为我已经知道她理想中的男人和她的需求，所以就假装成那样的人。就是这个故事，我想了一阵子，一直记在心里。然后有一天我突然想到，"如果把这个故事变成剧情片，让一个女人偷听邻居家的对话应该很有意思，但她会是一个什么样的女人呢？"然后我又想："假设她是一个极其聪明，但在感情上自我封闭的女人，她逐渐意识到丈夫有了外遇，她的弟弟和朋友也都不喜欢她呢？"她是一名哲学教师，但完全封闭了自己的私人生活，终于有一天她无法再回避这些东西，而这一切都是从墙的另一端开始的，她内心的动荡从墙的另一头与她对话。整个故事就是这么开始的。

史提格：所以你放弃了原本设想的那个喜剧故事？

伍迪：是的。

史提格：你有没有试图通过偷听或是观察他人来获得灵感，然后虚构出他们的故事？

伍迪：没有，灵感要么来自某个偶然发生的事件，要么就是我坐在椅子上凭空想象出来的。周二的这个时间我就会这么做，我会坐在房间里想故事，这次是和我的搭档一起。大多数时间我都是独自写作，但偶尔我也愿意有个人陪着，活跃一下单调的气氛。我也许会坐在这间房里，然后问自己："有什么好主意吗？"然后从草稿开始，想出一个点子来。

史提格：之后呢？接下来会有某个角色进入你的脑海吗？还是从某个场景开始设想故事的大纲？

伍迪：各种情况都有。比如写《丹尼玫瑰》时我知道米亚会演那个角色，那能帮助我发展出整个故事。《无线电时代》的故事源于那些歌曲。《另一个女人》的故事则源于墙的另一头传来的声音。都是不一样的。

史提格：你记忆中有没有哪个角色像《丹尼玫瑰》中的蒂娜·维塔莱那样突然激发你的想象，让你想要去充实这个人物？

伍迪：有，比如西力。西力是一个典型的角色，我经常观察到有一些人为了迎合身边的人，总是改变自己的性格、品味和喜好。比如一些最简单的对话："我看了那部电影，一点也不好看，你觉得呢？"这些人就会说："我也不喜欢，那部电影没劲透了。"但一个小时后，当他们遇到别人，听见那个人说："我真喜欢那部电影，太有趣了。"于是他们也附和道："是啊是啊，虽然我有些保留意见，但那真是部有意思的电影！"马上就迎合上去了。这只是最常见的例子，如果碰上重要的事，这种态度就可能变得非常复杂和危险。西力这类人物是整个故事、整部电影的缘起。

史提格：在电影的开头，吉娜·罗兰兹饰演的玛丽昂说道："如果有人让我在五十岁的时候重新评价自己的一生，我会说无论从生活还是事业的角度，我都很有成就感，仅此而已。这不是说我害怕暴露自己性格中的阴暗面，只是不必去管那些东西。"拍摄这部电影的时候，你和玛丽昂处于相同的年龄阶段，你也感到需要重新评价自己的人生吗？

伍迪：我从来不重估自己的人生！我的目标一直很明确，那就是工作。我的原则是：只要我一直保持工作的状态，集中精力在我的工作上，一切事情都会水到渠成。这与我是不是赚很多钱无关，也与我的电影成功与否无关，那都是无意义的、肤浅的。只要你一直保持工作的状态，为此努力，并且为自己树立远大的目标，其他一切就都不重要。你会发现，如果你这么去做了，其他一切都会各归其位。这也是为什么我在拍摄《曼哈顿谋杀疑案》的时候困难重重，因为我发现自己缺少足够的斗志。拍电影只和你热爱的程度，以及你的激情有关。

史提格：你会为《曼哈顿谋杀疑案》遭遇的挫折感到自责吗？

伍迪：会，这部电影花了我十二年。

史提格：是在哪方面自责呢？是对你自己，还是对观众和评论家？

伍迪：都有。对自己失望，是因为我觉得在兴趣大过意义的事情上最多只能浪费一年时间。我并不是说我其他的作品有多了不起，但至少目标是远大的，失败了没关系，至少尝试了，至少我想要去尝试。我并不在乎失败，那是两码事。如果我感到自己在一部电影里尽力了，达到了力所能及的高度，我努力过，那么失败就没关系。相反，如果我没能达到自己的要求，并且无力挽回，那么即使电影最后成功了，我也不会感到满意。

史提格：但你当时的目标不就是把《曼哈顿谋杀疑案》拍成一部喜剧片吗？

伍迪：没错，一部逃避现实的电影。尽管我认为拍成喜剧也可以，但我不应该那么做，那太轻松了，对我来说就是偷懒。

史提格：《另一个女人》显然会让人想到伯格曼的《野草莓》。伯格曼的电影也是关于一个同样隔绝，然而更加冷酷的人，你有没有发现两部电影的相似之处？

伍迪：没有，但既然你提到了，我可以想象。《野草莓》是一部伟大的电影，所以我从来没有想过……

史提格：之前我们讨论过"公路电影"，《野草莓》在某种程度上属于伯格曼的"内心公路片"，《另一个女人》也可以被归为这种类型的电影，它和《野草莓》一样讲述了一个人的心路历程。

伍迪：很有意思……没错，的确是一段关于内心的旅途，我希望电影呈现出这一点。

史提格：《另一个女人》的结构非常自由，你凭感觉引导着故事的情节走向，利用玛丽昂的回忆、梦境和旧事，串联起整个故事。这种结构是在拍摄过程中确定的，还是在剪辑时调整的？

伍迪：必须在拍摄的时候就定下，因为电影具有严格的情节走向。但这部电影并不成功，人们嫌它太残酷了。

史提格：是因为人物身上有种冷酷的气质吗？

伍迪：也许是的，但也有可能是我的失误造成的。

史提格：这是一个有意思的现象，你的主角本身具有这种冷感，或者说性格中有某种消极的东西，但观众希望与角色产生共鸣，希望获得某种认同，尤其是像玛丽昂这样性格鲜明的主要人物，整个故事都围绕着她。但当这个角色不是一个积极的形象的时候，人们会感到有些跟不上人物的节奏，从而破坏了身份认同的过程。

伍迪：没错，你说得对。理性的角色，比如这部电影，还有《我心深处》和《情怀九月天》里的人物，比较难以获得观众的同情。而《罪与错》和《丈夫、太太与情人》中的人物更感性，观众就会更愿意跟随他们的节奏，因为更容易产生共鸣。

史提格：我最喜欢的一部希区柯克电影是《迷魂记》，但当时这部电影也没有受到观众的认可。我觉得原因之一就是詹姆斯·斯图尔特饰演的不是一个很正面的角色，而希区柯克的大多数人物角色都能获得观众的认同感。

伍迪：的确有意思，因为通常来说观众都会喜欢他的电影，也欣赏他的主人公。

史提格：没错，但詹姆斯·斯图尔特的这个角色是一个强迫症患者，而且还是比较病态的强迫症患者。没有人会想变成他这样的警察，所以《迷魂记》是希区柯克少有的商业上很失败的电影。

伍迪：有意思，现在的人都特别爱这部电影。

史提格：你怎么看这部电影？

伍迪：《迷魂记》是不错的电影，但并不是我最喜欢的希区柯克电影。我更喜欢《辣手摧花》《美人计》和《火车怪客》，然而我并不认同特吕弗说的这些电影具有如何深远的意义，我只觉得它们是有趣的电影，对一个导演来说是百分之百的成功之作。

史提格：我注意到我的电影《窗后》也遇到了相同的情况，主角并不是能够激起同情心的人物，但还是能够得到认同。

伍迪：没错，但厄兰·约瑟夫森是一个具有亲和力的演员，在我看来，吉娜也是。《另一个女人》只是在美国不受欢迎，欧洲对我的剧情片的接受度要高得多。我不知道这是为什么，也许欧洲人生来就对这样的文学和电影更感兴趣吧。

史提格：我也这么认为。大多数美国人都不怎么爱读书，一般的美国人甚至对当代的美国文学都没什么兴趣，而你喜爱的作者有很多，比如雷蒙德·卡佛、保罗·奥斯特、理查德·福特[1]、托拜厄斯·沃尔夫[2]、安·比蒂[3]等等。

伍迪：是的，但他们的读者都不多。我读了一定数量的当代虚构文学，尽管不是很多。经典的文学作品和电影作品之间是相通的。

---

1. 理查德·福特：美国当代作家，作品有《石泉城》《独立日》《体育记者》等。
2. 托拜厄斯·沃尔夫：美国当代作家，因回忆录出名，代表作有《男孩的一生》。
3. 安·比蒂：美国著名短篇小说家，与雷蒙德·卡佛齐名的"极简主义"大师，《纽约客》的主要撰稿人之一。

我曾经和没有看过《公民凯恩》的大学生聊过天，他们也没有看过伯格曼的早期电影，比如《第七封印》《野草莓》和《假面》，甚至连《犹在镜中》和《冬日之光》的名字都没有听说过。对费里尼、特吕弗和戈达尔也是如此。美国盛行一种民粹主义的、影响力巨大的电影批评，我认为非常不好。有很多知识分子评论家怀着极端的怀疑主义，对欧洲的好电影乃至大多数好电影都持批判态度，反而对垃圾电影倍加推崇。我不会提及具体的名字，的确有一些导演拍了一些很流行、很轻松的电影，但赞美这种拍电影的方式，并且认同这些电影有意义是不对的。我认识一个影评人，对伯格曼非常苛刻，尽管并不永远是负面评论，但伯格曼绝对不该受到那种待遇。费里尼在美国也是同样的遭遇，而一批美国垃圾电影制造者却被顶礼膜拜。

史提格：你之前说，你从来不会像《另一个女人》中的玛丽昂那样重估自己的人生，你一直以来都是如此吗？

伍迪：是的，青春期的最后几年我就已经意识到，人总会遇到分心的事情。我觉得任何转移你对工作的注意力、消解你努力的东西都是自欺欺人和有害的。所以为了避免把时间浪费在一堆繁文缛节上，你必须只关注工作。艺术圈和娱乐圈都充满了不停说啊说啊说的人，当你听他们说的时候，好像会觉得他们很明智、很正确，但归根结底还是"到底谁能真的拿出作品来"的问题，仅此而已，其余一切都不重要。

史提格：《另一个女人》里的玛丽昂在现实、回忆与梦境之间徘徊。我想知道你对片中那些极具想象力和表现力的梦境段落是怎么看的？

伍迪：一旦你进入人物的内心，一切都是可能的。所以我们在电影的开始就设置了从墙的另一头传来的声音，代表这并不是一部现实主义的电影，我可以随心所欲地发展故事的情节。我认为米亚是带领吉娜·罗兰兹揭露内心的关键人物，米亚在某种程度上是她的化身。

史提格：没错，你经常会在人物之间建立这种直接的联系。比如米亚饰演的霍普对她的心理医生说："有些时候我问自己，是否为自己的人生做出了正确的选择。"然后画面直接切到吉娜·罗兰兹和吉恩·哈克曼在某一场派对上的对话。

伍迪：没错，因为在玛丽昂的人生中，她没有做出正确的选择，她的选择是保守而冷酷的，但从来都不是正确的。

史提格：你不认为她也做了一些冒险的决定吗？

伍迪：不，她的选择是保守的，而不是冒险的，冒险的决定应该是不知道未来会怎样，但她的决定都是可以预见的。她选择伊安·霍姆就是一个保守的选择：一名有成就的医生，像她一样保守、冷酷；而吉恩·哈克曼则相反，他热情、粗鄙又性感。霍普指引着她与他人相遇、与她自己相遇，玛丽昂在街上看到霍普后，跟随她，重温过去的经历，米亚这个角色就是一个带领玛丽昂发现自己的引导者。

史提格：你还记得是怎么想出那些梦境段落的吗？其中有一个场景是她和前夫在剧院里争论要不要孩子。

伍迪：我记不清了，这是当时突然想到的，我想到其中的一些梦境可以在剧院里发生，她的朋友恰好是一个演员，我希望以一种非常戏剧化的方式表现出来，这要比平铺直叙更能激起审美愉悦。

史提格：玛丽昂待在工作室里的时候，有几个她躲在通风口边上偷听的特写镜头。你的电影似乎很少用特写，你认为应该什么时候用特写，怎么用？

伍迪：如果是剧情片，我就会多用一些特写，但如果是不那么严肃的喜剧，我就会比较谨慎，因为特写镜头并不能起到幽默的效果。而对剧情片来说，特写能制造一种厚重感，有时能起到很好的效果。但如果是一部轻快的电影，比如《安妮·霍尔》《开罗紫玫瑰》或是《丈夫、太太与情人》这样的电影，就没有必要用特写了，因为特写具有某种刻意的特质。伯格曼就在一种戏剧化的感觉中用特写，非常巧妙，因为他的电影语言能够把这种内在的精神状态传递给观众，我在重读《魔灯》[1]的时候发现，他从外部世界转入内在世界的时候会启用他的一套语法，去巧妙地呈现内在冲突，而特写就是他语法中的一部分。那是一种之前从未有人使用过的特写方式，极近的、近乎静止的超长镜头，但效果是微妙的，融入了伯格曼独特的天赋和技巧。我运用特写比他更小心，因为那会让你突然感觉到自己是在一部电影里。我会在一些诗意的剧情片中使用特写，但很少。有意思的是伯格曼曾经在一个采访中说他感到在电影中使用音乐是很粗暴的，他当时用的就是"粗暴"这个词。但我并不这么认为，我觉得音乐是一种重要的电影工具，就像光线和声音一样，而大量的特写却是粗暴的。伯格曼的特写没有这样的问题，因为他是天才，但大多数人，包括我，就不是了，因为我技巧上的欠缺，所以很难把握好特写。对那些一头雾水的导演来说，特写看起来似乎是一种简单易行的方式，但并不是那样的。他们觉得特写富有感染力，就好像一个作家让他的角色自杀、说脏话或是血肉横飞那样容易制造戏剧感和张力，但其实只会显得笨拙。我记得《曼哈顿谋杀疑案》里一个特写镜头都没有，《丈夫、太太与情人》和《汉娜姐妹》里应该也没有。迈克尔·凯恩在拍完《汉娜姐妹》之后曾经告诉吉娜·罗兰兹说我从来不用特写，所以当我在《另一个

1.《魔灯》：伯格曼的自传。

女人》中拍她的特写时她非常惊讶。那是因为她的脸具有很强的表现力。

史提格：但这部电影中的特写起到了出色的效果，衬托了人物的性格，也传递了你想要表达的东西。

伍迪：我想，既然要用，就一定要恰如其分。除非我能确保特写是有效的，否则我不会冒险，在这方面我非常谨慎。刚开始拍电影的时候我并没有意识到这一点，因为我对如何执导电影还一无所知，所以和很多没有经验的导演一样犯了相同的错误。

史提格：在《另一个女人》中，吉娜·罗兰兹饰演的玛丽昂和桑迪·丹尼斯饰演的克莱尔之间有一些非常出色的对手戏。克莱尔是玛丽昂从小一起长大的密友。

伍迪：没错，桑迪既是一名出色的设计师，也是一个好演员，她属于那种有能力把很多事情做好的人，她有那种能力。她在这部电影中的表演衬托出了玛丽昂的生活状态。

史提格：她在某种程度上也揭示出了玛丽昂本性里的一些东西。比如她们在酒吧里的那场戏，玛丽昂只顾着和克莱尔的丈夫聊天，完全忽视了自己的好友，于是克莱尔突然喊道："如果我们之中有谁应该当演员的话，绝对是你，而不是我！"

伍迪：没错。

史提格：这部电影集结了一个非常出色的演员团队，比如吉娜·罗兰兹、米亚·法罗、吉恩·哈克曼、桑迪·丹尼斯、约翰·豪斯曼，还有不那么出名却同样出色的哈里斯·于林，以前我只有在惊险动作片中看到过他饰演的硬汉形象。

伍迪：我第一次遇到他是在拍《我心深处》的时候，他原本也在演员名单上，饰演某个姐妹的前夫，我不记得是哪一个了。彩排的时候他感觉不太好，想退出，我说："没问题，如果你真的感到不自在的话。"于是他退出了，我就换了一个演员。但我一直都想与他合作，所以很多年之后我打了电话给他，结果他愿意出演这部电影。他的确是个好演员。

史提格：你还请来了美国戏剧及电影界的传奇人物——奥森·威尔斯的水星剧团和《公民凯恩》的制片人——约翰·豪斯曼饰演玛丽昂的父亲，这大概是他的最后一个银幕形象。

伍迪：是的，他棒极了，在合作过程中也非常友好。有个奇怪的现象是好几个演员在出演我的电影之后过世了，一个是约翰·豪斯曼，还有一个是《汉娜姐妹》中饰演父亲的劳伊德·诺兰。

史提格：玛丽昂去她父亲的房子的时候，找到了她母亲最爱的一本书，作者是里尔克。她引用了《豹》中的几个句子："没有一个地方不在望着你，因此你必须改变你的生活。"[1] 你在其他电影中也曾引用过里尔克的诗句，他是你最喜欢的诗人吗？

伍迪：我非常喜欢里尔克，我很喜欢他的想法。

史提格：具体在哪方面？

伍迪：因为他对存在感兴趣，他是一个哲理诗人，这一点我非常欣赏。虽然里尔克不是我心目中排名第一的诗人，但他在我最喜欢的那一群诗人当中。我心目中排名第一的诗人是叶芝，直到今天他依然令我吃惊，此外当然还有T. S. 艾略特，吸引我的是他创作的内容和方

---

1. 这句诗其实出自《远古的阿波罗残雕》。

式。我也很喜欢艾米莉·狄金森，她是我第一个真正欣赏的诗人。

史提格：你年轻的时候读过她的诗吗？

伍迪：读过，她是第一个我真正读懂的诗人，所以我非常喜欢。
E.E.卡明斯也是我喜欢的诗人，因为他太机智了。还有威廉·卡洛
斯·威廉斯。里尔克也在最伟大的诗人之列，不过里尔克的诗我只读
过翻译过来的。叶芝是我最喜欢的诗人，很难想象在莎士比亚和弥尔
顿之后，有谁的英语写作能超过叶芝，他和莎士比亚在同一个高度。

**史提格：你在一个梦境的场景中用到了埃里克·萨蒂[1]的曲子，
他是你欣赏的作曲家吗？**

伍迪：没错，虽然算不上我最喜欢的作曲家，但我的确非常欣赏
他。我用了他《吉诺佩蒂尔钢琴组曲》中的一首，非常契合。有时我
会听他的音乐，古典乐里还有一些我喜欢的作曲家，包括一些大家都
喜欢的：莫扎特和贝多芬。但我更喜欢马勒和西贝柳斯，尤其爱西贝
柳斯。除了过去那些老的音乐大师，我最喜欢马勒和西贝柳斯，斯特
拉文斯基我也非常喜欢。

**史提格：电影中有一幅非常重要的画，是古斯塔夫·克林姆特[2]
的《希望》，你为什么选择这幅画？是出于偶然，还是对克林姆特的
喜爱？**

伍迪：纯粹是因为这幅画在感觉上非常贴近电影，至于画的名字
也叫《希望》是后来才发现的巧合，因为米亚饰演的角色也叫霍普。
电影中从来没有出现过画的名字，但你可能会在片尾字幕中看到它。
这幅画的感觉很契合，因为吉娜饰演的是一名教授德国哲学的教师，

1.埃里克·萨蒂：法国作曲家，新古典主义先驱。
2.古斯塔夫·克林姆特：奥地利表现主义画家，维也纳分离派的创导者。

所以我想找到一个感觉上与她契合的艺术家。

史提格：这幅画在视觉上也和米亚·法罗的角色相呼应，因为画中的女人也怀有身孕。

伍迪：的确如此。

《大都会传奇》

史提格：你在《大都会传奇》这部合集中的作品《俄狄浦斯的烦恼》是一个纯喜剧，这个短片是紧接着《另一个女人》之后拍的，你是想以喜剧来消解上一部电影的沉重感吗？

伍迪：在同一件事情上努力了很长一段时间之后，你会想做一些完全不一样的事情，所以我拍了这部短片。

史提格：我听说拍《大都会传奇》是你的主意？

伍迪：也不全是，我的确和我的制片人罗伯特·格林赫特提过，他觉得找三个导演各拍一段短片是个有趣的主意。最初他建议我、马丁·斯科塞斯（他合作过的导演），还有斯皮尔伯格一起做这个合集，之后他把我们三个人召到一起，我们都认为这个主意很棒，很愿意参与这个项目，但后来斯皮尔伯格没能参与进来，所以他们找来了弗朗西斯·科波拉。这个短片对我来说非常简单，因为我已经想好怎么拍了。

史提格：弗朗西斯·科波拉是怎么加入进来的？他并不是纽约人，最初的想法不是要找来自纽约的导演吗？

伍迪：并不是这样，事实上《大都会传奇》[1]这个名字并不是我们起的，这个名字只是给迪士尼公司看的，但后来他们很喜欢这个名字，所以就用了。就我个人而言，我并不认为这个名字有多好，因为有局限性，但也还不错。

史提格：科波拉的短片也没有仅仅局限在纽约，他的故事最后穿越到了雅典。

伍迪：说实话我没有看过这部合集，我从来不看我自己拍完的电影，所以也没看斯科塞斯和科波拉的部分。除此之外我看过他们所有的电影，他们都是很棒的导演，但这部电影中他们的部分我没看过，因为我不想看到自己拍的。

史提格：现在你可以在影碟上跳过自己的部分，直接看他们的短片了。

伍迪：是的，这很好操作，因为我的短片在最后。

史提格：你和米亚饰演的角色分别叫谢尔登和丽萨，这也是《性爱宝典》某一节中两位主角的名字，后来被删掉了，那一节到底有没有拍出来呢？

伍迪：噢，是的……没错！的确拍了，是我和前妻露易丝·拉塞尔一起演的，那一段是讲我们俩在一张巨大的蜘蛛网上，她演一只黑寡妇，而我演一只公蛛。我们做了爱，然后她杀了我，把我吃了。那一段的创意很好，但我没拍好，所以最后从成片中剪掉了。

1.《大都会传奇》的英文名为 *New York Stories*，可译为《纽约故事》，故有此问答。

史提格： 你还记得为什么把谢尔登和丽萨这两个名字用在《俄狄浦斯的烦恼》里吗？

伍迪：不记得了，但我会在打字的时候给每个角色取简单好记的名字，我不想打太多字。

史提格：《俄狄浦斯的烦恼》在某种程度上像是对你童年喜欢的魔术的一次致敬。

伍迪：有一位很不错的美国影评人叫黛安·雅各布斯，她刚刚出版了一本关于普莱斯顿·斯特奇斯的书。她曾经写过一本关于我的书，叫《但是我们需要鸡蛋》。她把我的多部作品和魔术联系在一起。她认为《俄狄浦斯的烦恼》《另一个女人》和《西力传》具有某种魔术的特质，我的百老汇剧作《悬浮灯泡》也是关于一个魔术师的，当然还少不了《开罗紫玫瑰》。她认为魔术以及带有魔法的东西经常在我的电影中出现。《爱丽丝》中的主角就遇到了一名中国魔术师，诸如此类还有很多，她经常提到魔术的主题，当然这一点在《俄狄浦斯的烦恼》中表现得更加明显。

史提格： 魔术是你童年的爱好之一？

伍迪：是的，我自学并练习魔术，在家人和朋友面前表演。

史提格： 你擅长魔术吗？

伍迪：是的，我现在还可以变魔术给你看。我练了很多年，直到现在还可以表演那种纸牌魔术和硬币魔术。

史提格： 我从一些电影的幕后花絮照里看到你和米亚·法罗在拍戏的间隙下棋。下棋也是你的爱好之一吗？

伍迪：我会下，虽然技术很差劲，但我很喜欢下，也喜欢看别人下。我练习得太少，所以缺乏那种直觉。曾经有一段时间，八年还是十年前吧，我下得比较多，那个时候技巧还不错，现在已经很多年没有下了，很多东西都忘了。但我非常喜欢下棋。

史提格：你之前的电影里有很多母亲的角色，《俄狄浦斯的烦恼》是希望以一种喜剧的方式彻底总结这一形象吗？

伍迪：其实当时的情况是，我正坐在这间房间里，听着西德尼·贝切特的唱片，望着窗外的天空，心想："老天，我好怀念他。如果我能看到一个庞大无比的他在天上演奏，那该多不可思议啊。他棕色的脸，还有他的高音萨克斯。"他的音乐太美妙了，我几乎可以想见他在天上演奏的样子，那幅画面一直挥之不去。后来我转念一想："如果换作我的妈妈在天上唠唠叨叨，一定很有意思！"但她是怎么到那上面去的呢？然后我就想到了带她去看魔术表演，她消失之后出现在天上。故事的最初版本讲的是纽约的每一个人都被她搞得心烦意乱。起初他们觉得她还挺可爱，但后来就明白了我这些年与她生活在一起是一种怎样的感受。但还是最终版本的故事比较好，她只困扰了我和女友，最后我又遇到了一个神秘主义者，与她相爱了。

史提格：把一个非犹太人介绍给一个犹太家庭，会不会因为违背犹太家庭的规矩而被视为禁忌？

伍迪：过去规定犹太男孩只能和犹太女孩结婚，这些年来这种规矩淡化了不少。这是所有宗教都比较忌讳的事情，这种逼迫自己的孩子只能和相同宗教背景的人结婚的偏见，在我看来非常残忍，而犹太教在这方面与其他宗教相比有过之而无不及。

史提格：也就是说在你年纪尚轻刚开始约会的时候，你家里也希望你的对象是一个犹太女孩？

伍迪：是的，但对我来说这不成问题。首先，我根本不在乎他们怎么想，这对我来说从来不算什么；其次，我成长的环境里周围全部都是犹太人，所以我只认识犹太女孩。但我爱上的女孩，无论她是非犹太人，还是黑人，抑或中国人，都不会让我产生丝毫困扰。这些宗教性的什么该做什么不该做的教条在我看来要么可笑至极，要么卑劣无理。

史提格：把母亲放到天上，操作起来困难吗？

伍迪：非常困难！斯文·尼夫基斯特可能没什么麻烦，因为我们请了一个专家告诉我们技术上应该怎么操作，斯文也拍得很好，但是把她放到天上去花了很长时间。你知道，要把她一点一点小心地剪下来，这是一件麻烦事。每一次做特效对我来说都是难题，因为我承担不起费用。米亚和亚历克·鲍德温在《爱丽丝》里那场飞翔的戏，这部电影里的母亲，还有《仲夏夜性喜剧》里最后的那个小精灵，都是难题。通常来说，那些擅长做特效的导演，比如斯皮尔伯格和乔治·卢卡斯，他们有足够的钱去尝试。他们花了很多钱一次次试，直到最后做出完美的特效，那些钱比我整部电影的一半预算还要多，所以他们的特效非常精美。但我没有钱做那样的特效，只能做廉价的版本。如果我们有足够的钱找来最好的工作人员和计算机控制的摄影机，《爱丽丝》里米亚和亚历克·鲍德温那场飞翔的戏就可以和《超人》媲美了。但特效太折磨人了，好像永远也完不成的样子，最后我只用了三四个镜头，但是制作这几个镜头花了一整天。

史提格：你是不是觉得这种技术性的、耗时的工作非常无聊？

伍迪：无聊透顶！换作现在我会说，如果是和戈登·威利斯合作，也许会更顺利一些，因为他不仅是一个艺术家，还是一个技术天才。但也不一定，戈登在拍《仲夏夜性喜剧》的时候，一旦遇到需要借助其他工作室帮助的情况，就会觉得很棘手。

史提格：但《爱丽丝》里的特效非常好。

伍迪：你看到的已经是最终的效果了。在经历了一番折磨之后，我们终于找到了一台可以连接电脑的摄影机，整个过程非常艰辛。

史提格：《爱丽丝》里有没有别的场景是你希望呈现，但最终因为技术原因不得不放弃的？

伍迪：有，比如有一个场景用到了《岁月留声》里那艘只有一码¹长的德国潜水艇。特效的制作过程非常辛苦，最后我能做的只有用双筒望远镜重拍。其实那个镜头只需要那个男孩看一眼那艘船，但我不得不给他用望远镜重拍，只有用这种方式才能避免让很多人受罪，我恨特效！

史提格：我想和你探讨一下电影中的两位老妇人，分别是饰演谢尔登母亲的梅·奎斯特尔和饰演姨妈的杰西·基奥什。我知道梅·奎斯特尔是贝蒂小姐的配音演员，而且她在《西力传》中也演唱过一首歌，你是怎么想到要找这两位演员的？

伍迪：茱莉叶·泰勒几乎找遍了城里所有的犹太老妇人，拜访她们的家，拜访各种演员团体。最后，在我看了大约三十名女演员之后，梅·奎斯特尔为了一个龙套角色走了进来，然后（伍迪打了一记响指）我一看到她，一听到她念台词，就知道非她莫属。没有比她更适合的了，她甚至长得也像我的母亲。而杰西·基奥什的情况就不一样了，很多年前当我还在上高中，十四五岁的时候，她是我的生物老师！她身材小小的，过去我们经常拿她开玩笑。她当了

---

1. 一码约合 0.91 米。

我一个学期的老师，我从来没在班上和她说过一句话，毕业之后大约三十五年都没有再见过她，直到有一天，茱莉叶·泰勒突然对我说："有一个完美的老妇人在我遍寻养老院而无果的时候走进了我的办公室，我觉得她看起来是最棒的！而且她说她在你上学时就认识你，说是你的生物老师。"于是我马上问："是基奥什老师吗？"后来那个角色就属于她了。片场所有人都叫她杰西，只有我还叫她基奥什老师，我只能这么叫她。

史提格：她有任何表演经历吗？

伍迪：完全没有。

史提格：那她是怎么找到茱莉叶·泰勒的呢？

伍迪：杰西·基奥什是一位非常聪明且有修养的女士，她会到处参观画廊、听音乐等等。退休之后她在退休村看到这则招募电影演员的告示，于是完全出于兴趣地来了。那之后她又拍了一部电影和几个广告。

史提格：你们一起工作的时候她对你的态度如何？还是把你当成学校里的那个小男孩吗？

伍迪：不，她非常聪明，虽然从来没有表演经历，但她经常会提出一些问题，比如："这个角色会这么做吗，还是更倾向于那么做？"她非常厉害，拿捏得十分准确。

《罪与错》

裴德的父亲："上帝之眼永远注视着我们。"

——《罪与错》

史提格:《罪与错》的剧本是你在欧洲旅行时写的,是吗?

伍迪:没错,但就像我之前说过的:真正困难的部分在于写作之前的构思,一旦准备好,其余的就很简单了。我能在任何地方写作:我可以进一家宾馆,用宾馆里的信纸写上几页,然后去另一个城市的时候我再用信纸写一些,这就是我写剧本的方式,因为真正困难的部分在之前已经完成了。

史提格:《罪与错》在很多层面上都富有深意,某种程度上还令人联想到浪漫主义文学那种打破体裁约束的风格。剧情片、喜剧片还有风俗喜剧都一同在这部电影里呈现了。

伍迪:没错,我称自己的某些电影为"小说电影",《罪与错》就是其中之一。人物之间是彼此独立的,故事之间也是独立的,有一些是幽默的,另一些则带有哲理意味,关键在于同时呈现所有这些故事,让你能够跟随不同的情节进展,而不会感到无聊。

史提格：你欣赏的文学作品也具有这样的特点吗？

伍迪：是的，比如托尔斯泰的小说就是这种风格的极致，小说的叙事结构非常巧妙。

史提格：有人把浪漫主义定义为混乱和情欲的混合物，这一点在你的电影中也有体现。

伍迪：是的，"混乱和情欲"……我的确认为《汉娜姐妹》和《罪与错》中混合了这两点，但这也是剧作家的标准戏码。混乱要么是激动人心的，要么是引人发笑的，而情欲本身就是让人神魂颠倒的，因此结合起来就十分巧妙。如果只有混乱，很有可能变成一场闹剧，如果只有情欲，我也不知道那会变成一个怎样的故事，但两者结合之后却是恰如其分的。

史提格：《罪与错》也可以定义为一部存在主义电影，因为它包含了一些存在主义的常见主题，包括对人生和世界的看法。

伍迪：对，那是我唯一感兴趣的主题。当代哲学从剧作家的角度来看很难是有趣的，但克尔凯郭尔和陀思妥耶夫斯基所处的那个探讨存在主义的时代为剧作家提供了天然的素材。关于存在主义的文学和戏剧作品往往非常有意思，而从语言哲学延伸出来的戏剧就没那么有趣了。

史提格：当你塑造哲学家路易斯·利维这个人物时，是以某个认识的人为原型的吗？

伍迪：很有趣的是，有人跟我提过普里莫·莱维[1]，因为连名字都太像了，但他真不是我的灵感来源。我很久以前就想过一个存在

---

1. 普里莫·莱维：意大利作家、化学家，也是奥斯维辛集中营的幸存者。著有一系列与集中营有关的作品，代表作《元素周期表》。1987 年，莱维跳楼自杀。

主义式的谋杀故事，讲一位大学教授自杀了，但我发现按照他的哲学理念是不可能自杀的，他的哲学绝不会令他产生自杀的念头，最后我终于证明了这是一桩谋杀案。令我感兴趣的是如何依据一个人的一生来排除他自杀的可能性。

史提格：第一次看这部电影的时候我觉得路易斯·利维的部分像是一部纪录片，他仿佛是一个真实存在的人。

伍迪：从某种程度上来说，他确实是一个真实的人，饰演路易斯·利维的演员本身就是一位精神分析学家。

史提格：你曾经提到过一本对你影响很大的书，恩斯特·贝克尔的《拒斥死亡》，你似乎对"死亡"这一主题非常感兴趣。

伍迪：是的。

史提格：这在《罪与错》中尤为突出，"死亡"几乎是串联全片的主题。

伍迪：没错，死亡以及人在宇宙中的位置，还有一些特定的道德问题。

史提格：你在其他作品中也涉及过相同的主题，你的短剧《死神摆牌》和独幕剧《死亡》探讨的也是死亡，后来的《影与雾》也是。

伍迪：没错，"死亡"确实是一个经典主题。伯格曼通过《第七封印》完美诠释了"死亡"这个主题，我也一直希望能够找到一个恰切的隐喻来表达我对死亡的看法和感受，但一直没有找到比伯格曼更好的方式。我认为这是不可能的了，因为他已经找到了终极的、戏剧性的诠释方式。我最接近伯格曼的一部作品是《影与雾》，但他的隐喻是我难以望其项背的，他太一针见血了。

史提格： 你需要借助隐喻吗？在《罪与错》这部电影中你非常严肃地呈现了"死亡"这个主题，而没有借助任何隐喻。

伍迪： 你说的没错，这是一个现实主义的故事，但某种程度上我也很想呈现一个诗意的段落。我更倾向于用诗歌式的而不是散文式的呈现方式，在银幕上这两种表现方式是泾渭分明的。《假面》和《第七封印》是诗意的，而约翰·休斯顿的电影是散文式的，属于那种美妙的散文。但你偶尔也能发现那种看上去是散文式，而事实上是诗歌式的电影，比如《偷自行车的人》看上去是那么现实主义的一个故事，却又超出了现实。但我并不认为让·雷诺阿的电影属于此类，《大幻影》和《游戏规则》在我看来并不是诗意的，我认为它们属于伟大的现实主义电影，就像休斯顿的电影一样，但伯格曼的电影通常是诗意的。我得好好想一想……他有没有哪一部电影是不诗意的。

史提格： 比如《婚姻生活》。

伍迪： 是的，那可以算。他早期的一些作品就像那种很棒的好莱坞电影。伯格曼早期的喜剧片和爱情片都像是好莱坞生产的电影，但是最优秀的那种好莱坞电影！

史提格： 没错，他的早期作品可以说是散文式的，但之后的电影就很少见那种散文式的了。

伍迪： 是的，他与哈里特·安德森合作之后就不见那种散文式的电影了。

史提格： 没错，《不良少女莫妮卡》是散文式的，但一年之后的《小丑之夜》就成了诗歌式的。

伍迪： 甚至从《不良少女莫妮卡》开始就有了一些诗意的特质，尤其是电影的开头和结尾，那并不是现实主义的，已经发生了一丝微妙的转变，从那以后，他的作品就转入了诗意的风格。

史提格：所以你希望再次通过诗意的方式来处理"死亡"这一主题？

伍迪：我在《影与雾》里已经尝试过，但……没错，我还是愿意再尝试一次。首先，所谓的"存在主义"主题——这已经成为一个令人厌烦的名词了——对我来说是唯一值得探讨的主题，其他的主题都没有达到这种深度。你可以追求那些有趣的事物，但对我来说那不够深刻。我想不到有什么主题是比"存在"和"灵魂"更深刻的了，这也是为什么我觉得俄国小说更伟大。像福楼拜这样的巨匠，他显然比陀思妥耶夫斯基更深谙技艺之道，但他的作品永远无法像陀思妥耶夫斯基和托尔斯泰那样伟大，在我看来就是如此。人们经常避免做价值判断，但我恰恰相反，因为我觉得价值判断是非常重要的，而且是必须的。也许有人会说："比起卡夫卡和司汤达，我更喜欢福楼拜。"但我并不同意，我只是觉得如果你想发掘自己的最大潜能，你就必须追求最高层次的东西，对我来说就是灵魂和存在的领域。无论是现实主义的表现手法，还是诗意的表现手法，都不是问题。但诗意的手法更吸引我，比如像《冷血》[1]这样的电影，就是纯粹的存在主义电影。一个小镇上突然发生了残酷的事情，每个人的生活都发生了巨变，它处理的手法是现实主义的，小说和电影都非常引人入胜。但我更喜欢诗意的表现方式，《审判》[2]就是一个很棒的素材，这些存在主义的、深刻的感受，包括直觉和想法，都能够用诗意的方式呈现出来，对导演来说很有诱惑力。

1.《冷血》：由理查德·布鲁克斯导演，根据美国作家杜鲁门·卡波特同名小说改编的黑白纪录片式电影。
2.《审判》：卡夫卡的作品，展示了一个梦魇般的世界，却昭示着某种极端的人类历史命运。

史提格：之前我提到过浪漫主义文学与《罪与错》之间的关联。华兹华斯在他的戏剧《边民》里塑造的人物可以被视为第一位存在主义者，这个人的行为不仅显示了他独特的自我与他的自制，还树立了他自己的价值标准。这一点与你电影中的裘德具有某些相似之处。

伍迪：毫无疑问，他也有属于他的价值标准。在我们生活的世界里，只要你不惩罚你自己，就没有人能惩罚你。裘德是那种会在关键时刻选择权宜之计，然后逃之夭夭的人，可以预料他后来的生活非常幸福。只要他不惩罚他自己，就能洗脱这一切。就好像在裘德父母家餐桌上的那场关于纳粹的对话中说的那样，我们只是碰巧赢了那场战争，如果我们输了，历史可能变成另一种完全不同的形态。

史提格：怎么会想到给主角起名为"犹大"[1]？

伍迪：我觉得这样一来就有了《圣经》的智性意味，能够加重角色的分量，让他更像是一个道貌岸然的人物，我希望达到这种效果。

史提格：相较于你的其他作品，《罪与错》中的犹太教背景表现得更为明显。

伍迪：裘德的问题与宗教教义和宗教信仰之间的关系是显而易见的，但我唯一可以比较确切地加以描写的宗教就是犹太教，我对基督教缺少具体、生动的了解。

史提格：令我十分震惊的一场戏是裘德与那位犹太教士的一次谈话，当裘德告诉他自己谋杀了多洛蕾丝的时候，犹太教士的反应为什么一点都不强烈？

伍迪：是打雷的时候他们在书房里的那次谈话吗？

---

1. 裘德（Judah）与圣经故事中的犹大（Judah）同名。

史提格：是的。

伍迪：犹太教士并没有真的出现在那个房间里，那是裘德幻想出来的场景。他只是利用教士和自己进行想象中的对话。

史提格：这部电影的另一个主题是眼睛与视觉。不仅犹太教士失明了，多洛蕾丝被谋杀之后也彻底看不见了。裘德到她的公寓去看她尸体时，有一个非常突兀的脸部特写，然后他合上了她的眼睛。眼睛和视觉在整部影片中不断地被提及，这是不是你想要表现的主题之一？

伍迪：眼睛是一个隐喻。裘德是一位眼科医生，一方面他救助病人，但另一方面又策划着谋杀，而且他并没有认清他自己。虽然他的生理视力是健康的，但他的灵魂视力、道德视力并不是。犹太教士虽然看不见现实生活中的东西，但他超越了现实，因为他拥有灵魂。《罪与错》是关于灵魂盲者的电影，他们看不到他人眼中的自己，也看不到是非。这就是一个强烈的隐喻。

史提格：的确是这样，后来电影中的纪录片导演克里夫就通过镜头看见了自己，还有他妹夫莱斯特，尽管我们从来没有见过摄影机之外的他。

伍迪：没错，莱斯特根本不知道克里夫是怎么看他的。在他的想象中，我饰演的克里夫是透过摄像机以一种完全不同的角度看他的。

史提格：眼睛的话题贯穿了整部电影。在谋杀的那场戏之后，有一段关于裘德和多洛蕾丝的闪回片段。她对他说："我妈妈一直告诉我眼睛是心灵的窗户，你觉得呢？"他回答说他并不相信。

伍迪：是的。

史提格： 对于如此沉重又反复出现的主题，你在创作剧本时是怎么构思的？是有意识地引入这一主题，还是写作过程中的自然流露？

伍迪： 出于直觉。我不会刻意提醒自己，写作的时候灵感自会浮现出来，到了恰当的时机，就很自然地跃然纸上了。

史提格： 刚开始写剧本的时候你就知道眼睛会是主题之一吗？

伍迪： 没错，我知道我会用到这个主题。刚开始写剧本的时候我就设定了裘德是一位眼科医生。在那之前我就想过要有一个眼睛的隐喻，可以算是最初的灵感吧。之后，影片开始的时候他得了奖，我在写他的得奖演说时突然意识到这是个值得挖掘的隐喻，于是就继续下去了。

史提格： 你让马丁·兰道饰演裘德这一角色，我认为他诠释得非常出色。虽然他演技一直不错，但按照好莱坞的标准还从来没有担任过主角。他出演过不少重要的配角，比如在《罪与错》之前他出演了弗朗西斯·科波拉的《创业先锋》。你是怎么想到要找他来出演主角的？

伍迪： 当时我根本找不到人，很难在美国戏剧界找到这样的演员，毕竟这里不是英国。总之，当时怎么也找不到适合裘德这个角色的演员，但我发现马丁·兰道在《创业先锋》中的表演非常出色，科波拉像是激发出了他的潜能，他们配合得非常默契。是科波拉预见了马丁的过人之处，为他拓宽了戏路，因此我并不是伯乐，我只是因为看了弗朗西斯的电影，马丁·兰道的表演给我留下了深刻的印象。茱莉叶·泰勒向我推荐了他，因此我们请他来了纽约。原本是打算让他出演杰里·奥尔巴赫的角色，他读了剧本后答应出演。后来我们又想让他试试看另一个角色，因为我们根本找不到其他人，他又恰好在纽约，因此请他朗读了剧本，没想到他对裘德这个人物更感兴趣，他说

"这个人物真的很有深意"。他念台词的时候浑然天成，这真是一件很有意思的事情，在所有我合作过的演员里，他最符合我的设想。他的习语和口语，他的音调变化，全都恰如其分。在所有试念台词的人中，他（伍迪打了一记响指）每一次都能把握准确，从来不会误解台词的意思。虽然我合作过很多才华横溢的演员，但只有他与我创作时的感觉完全吻合。这种惊人的一致性就好像马丁·兰道是我的邻居，只和我相隔几个街区，从小长大的方式与我完全一样，周围人的说话方式也一样。他一下子就理解了我的意思，仿佛每一个细微的部分都刻进了他的灵魂，因此与他合作非常轻松。

史提格：那么安杰丽卡·休斯顿呢？《曼哈顿谋杀疑案》中你们也有过合作，但《罪与错》是她第一次出演你的电影。

伍迪：我希望找一个身材高大、令人印象深刻的女演员。安杰丽卡是很出色的演员，但我以为她不会答应出演这个角色，毕竟不是主角，况且还被谋杀了，但没想到她竟然答应了。她完美地诠释了这个角色，这是其他演员做不到的。而且她看起来也非常适合这个角色，她盘着头发拎着东西走进来，她的语气，她的愤怒，还有她的体态，她的气质当中有一种与生俱来的疯狂和愠怒，非常适合这个角色。

史提格：影片中最精彩的一些场景是马丁·兰道和安杰丽卡·休斯顿之间的对手戏，就在多洛蕾丝的公寓里。他们的演技棒极了，因为公寓很小，所以演员的行动在很大程度上是受限的。那是一间真实存在的公寓吗？你还记得这些场景是如何布置和准备的吗？

伍迪：没错，的确有那么一间公寓。因为这些年我拍了很多长镜头，所以在如何处理场景、怎样营造效果、需要避免什么等问题上经验丰富。其实关键在于精确的走位，密切关注演员和镜头的移动，确保演员在恰当的时间走到恰当的位置。有些时候演员不需要出现在镜头里，那就不必担心这一点。这都是你必须要了解的。你要有感觉，知道什么时候演员不在镜头里也不要紧，当他们最重要、最具感染力的台词出现的时候，镜头不在他们身上甚至会有更好的效果。你必须设计好这一切，演员什么时候出现，什么时候是近景，什么时候是远景，这一点费时费心，但我就是这么做的。我会一大早就到拍摄点，那时演员还没有到，我和卡洛开始思考着如何设计走位，之后他会设好总体的打光。然后我把演员带进来，告诉他们如何走位。跟我合作的演员对这一点都没有异议。当然，我们会对之前设计失误的地方做一些调整。就这样耗了很长时间，拍摄工作终于开始，但一下子就拍了很多页剧本，所以说之前的准备工作并不是浪费时间。有时候我和斯文、卡洛或是戈登·威利斯研究了一整天，直到下午五点还没有开拍，我们花一整天的功夫设计和布置，然后从五点钟开始拍，十分钟就拍完了七页对白，从电影制作的角度来看，这一天的工作就是非常成功的。

史提格：你喜欢像这样把场景设定在一个受限制的狭小空间吗？比如你与安杰丽卡·休斯顿在这间极其局促的公寓里合作的那场戏，事实上那里根本容不下旁观者，因为实在太小了。在这样一个受限的空间里工作对你来说是不是算得上一种挑战？

伍迪：算不上。我希望她的公寓给人一种真实感，这一点非常重要。只要角色需要一间这样的小公寓，我就会找一间这样的，这是角色需要。卡洛会有所抱怨，但我也没办法，偶尔有几次卡洛看了我挑的场地后说："不，我没法在这儿拍，这太过分了。"这样的话我就不用这个场地，试着找其他相似的公寓，可能找一个带平台的，可以用来放他的灯具。但总的来说，戈登、斯文和卡洛都很擅长在小空间里拍摄。

史提格：这部电影中有一场非常引人注意的戏，就是在多洛蕾丝被杀之后。这场戏有好几个镜头完全集中在裘德身上，他在洗手间的时候，有一个镜头是他注视着镜中那张略微有些变形的脸。你还记得当时是怎么想到这个蒙太奇段落的吗？

伍迪：我的想法是，当裘德的弟弟打电话告诉他谋杀已经完成的时候，他的人生就发生了不可逆转的改变。他逐渐地体会到了这一点，也经历了解脱和恐惧的复杂纠结的情感过程。当他和一群人同时坐在客厅的时候，他好像身处另一个世界。人们谈论着琐碎的俗事，而他意识到自己必须回到情人那里，然后他马上就感觉到了焦虑和恐惧。他在家中维持着表面的镇定，但内心却经历着翻天覆地的剧变。我关注的是他的心理状态。

史提格：的确，你带着观众一起走进了裘德的内心世界。《罪与错》与你的大多数电影一样具有非常快的叙事节奏，但是在这个场景中得到了暂时的喘息。

伍迪：没错，因为这个时刻具有非同一般的意义，所以需要暂停一下。这时人物内心的冲突太重要了，因为他刚做了一件那么可怕的事情。

史提格：我们之前谈到过吉娜·罗兰兹在《另一个女人》中的一些特写镜头，在这部电影中也有不少马丁·兰道的特写。

伍迪：是的，因为马丁的矛盾冲突和吉娜一样是产生于内心深处的，所以最好的表现方式就是从一个相对近的距离去寻找蛛丝马迹，因为你永远无法深入一个人的心灵。

史提格：你还记得裘德发现倒在地上的多洛蕾丝的那场戏是怎么设计的吗？整个场景非常具有表现力：先是他的脸部特写，然后镜头移动到他的鞋，之后是地面上她的脸部特写，他显然在这时蹲了下来，因为镜头转过来时又是他的脸部特写。

伍迪：我记得非常清楚，我希望在这个场景呈现一种流动感，因为那个时刻必须是诗意的、沉思的，所以每个细节都不能破坏那种情绪。我试着让他进入某种出神的状态，所以镜头也是那样移动的，慢慢地带你进入他的内心世界，而不至于用某个唐突的画面打破那种节奏。

史提格：你在那场谋杀戏中用了舒伯特的四重奏作为背景音乐，怎么会想到用这首曲子？

伍迪：这就和《曼哈顿》的配乐一样。很多年前我就喜欢这首曲子，在写《罪与错》之前我就觉得"这首曲子气氛紧张，仿佛在预示着什么"。因此在为这场戏配乐的时候，我立刻就想到了舒伯特。

史提格：多洛蕾丝打开房门的那一刻正好是乐曲的高潮。

伍迪：是的，弦乐充满了紧张感。那首曲子真的非常美妙。

史提格：另一个在电影中频频出现的主题是金钱。比如多洛蕾丝的敲诈勒索、关于出钱雇杀手的讨论，还有穷困潦倒的克里夫与他有钱有势的妹夫莱斯特之间的对比，等等。你对金钱的态度是怎样的，不拘小节还是会精打细算？

伍迪：我从来不考虑钱的问题。我非常大方，从来不考虑那些，我只关心我的工作。如果你问我想不想变得非常有钱，我会说我想。我当然愿意变得极度富有，但我永远不会为了赚钱去拍电影或者写剧本。如果有人请我出演某部电影，答应给我很多钱，即使那是部很蠢的电影，我也会答应演，我不在乎。但对于我自己的工作，我从来都不是为了钱。在这部电影中我是想讽刺那些用金钱、名誉以及物质奖赏来标榜的成功，这与拥有一颗善良的心是无关的。但是社会上只认可这种成功。没有人在乎莱斯特其实是一个傻瓜，因为他成功，所以他们请他去大学开讲座，给他颁奖，像哈莉这样的女人最后也爱上了他。而对于克里夫，根本没有人在乎他的初衷是不是好的。当我拍完一部电影，我可以拍拍胸脯说："瞧，我的初衷是好的呀。"没有人在乎这个，他们只买赢家的账，而胜负是根据名望的高低和物质上的贫富来衡量的。

史提格：从电影一开始我们就透过克里夫的眼睛看穿了莱斯特的本质：一个小丑、狂妄自负的野心家。但之后你又试图纠正我们对他的看法，呈现了他的另一面，比如有一个场景是克里夫在餐桌上引用了艾米莉·狄金森的一句诗，莱斯特马上接了后半句。

伍迪：是的，因为他并不笨。我们都遇到过莱斯特这样的人，他们不是那种什么都不懂而突然中了大奖的人，他们受过教育，也非常聪明，但他们的价值观很肤浅。这类人自视甚高，不幸的是电影中的每一个人都把他看得很重要，但他的确不是一个坏人。

史提格：他们引用的那首艾米莉·狄金森的诗也是关于死亡的，我想应该不是出于巧合吧。

伍迪：是"我不能为死神停留，因此他和蔼地为我驻足"这句吧？的确，这是首美妙的诗，我在《情怀九月天》里也引用过，但后来没有用上。萨姆没有念这首诗，而是第一版里饰演那个角色的克里斯托弗·沃肯念的。

史提格：与你的其他电影相比，《罪与错》中出现的其他电影的片段具有更强烈的暗示意味。比如引用了一段希区柯克的《史密斯夫妇》中卡洛·朗白和罗伯特·蒙哥马利的一场争吵戏，她对他说她

把自己最好的年华都给了他。这个片段是紧接在马丁·兰道和安杰丽卡·休斯顿的争吵戏之后的。之后你又引用了《谋杀，他说》[1]中的片段。

伍迪：是的，这之间具有直接的联系。因为电影的主题之一是关于理想和现实之间的差异，包括现实中的人生、电影中的人生，还有幻想中的人生。在现实生活中，崇高的追求是无意义的，只有成功才算数。人们谋杀他人，然后逃之夭夭，躲避惩罚，而好人却双目失明。幻想的人生是人们逃避现实的去处，与现实生活是平行并存的关系。蓓蒂·赫顿在银幕上唱着"谋杀，他说"，最后谋杀真的发生了，但很遗憾，虚构和现实是完全不同的两码事。

史提格：你在影片的最后探讨了这个问题。你和马丁·兰道在婚礼上相遇的那场戏中，他给你讲了一个完美的谋杀故事，然后你问他："这是电影情节吗？"他说这是发生在他朋友身上的真实事件。你通过这个场景总结了那些经典电影段落的影射。

伍迪：没错，尽管我饰演的角色总是在幻想世界中思考问题，但事实上这是一个真实的世界。我的角色只会探讨电影中的情节，好像这些都不会在现实中发生，但其实是会发生的。

史提格：你饰演的克里夫总是和他的侄女一起去布利克街的电影院看电影，很可惜那家电影院现在已经关闭了。你很喜欢那家电影院吗？

伍迪：曾经是的，我喜欢那里出于两个原因，首先它是一家非常漂亮的电影院，其次是因为那里总是放映特别棒的电影。我经常去那儿看电影，那里经常会放安东尼奥尼、特吕弗和奥森·威尔斯

1.《谋杀，他说》：乔治·马歇尔导演的喜剧。

这些导演的作品。

史提格：克里夫在片中说他感到对侄女有一种特殊的责任，因为他在她父亲生病时答应他，一定会尽可能给她最好的教育。那些下午场电影在你看来就是最好的教育吗？

伍迪：是的，对我来说，教育并不一定是学术课程，还有一些别的东西可以学习，文化教育和电影教育就是其中之一，此外还有钓鱼和网球。

史提格：克里夫还建议她的侄女不要听学校老师讲的话，而应该看清他们究竟是什么样子的人。

伍迪：没错，因为他们整天就是说啊说啊说，而当你看着他们的时候——至少我在学校里遇到的那些人是这样——他们就是一副严肃而又苦大仇深的样子。通过观察，你就能了解他们过着怎样的人生，拥有怎样的价值观，这种苏格拉底式的方法可以让你看到更多的东西。

史提格：电影中另一个经常探讨的问题是两性之间的恋爱关系。在你放给米亚·法罗饰演的哈莉观看的一段采访纪录片中，那个哲学家路易斯·利维说道："我们坠入爱河的时候会面临一种矛盾，这种矛盾就在于，一旦我们爱上某个人，就会重新找回所有那些我们在小时候喜欢过的人的痕迹。我们试图回到过去，同时又试图重新定义过去。"这也是你的观点吗？

伍迪：是的，我认为的确是这样。我们一辈子都在做同样的事情，那就是不断地回溯到过去修正我们的问题。

史提格：犹太教士本显然也是一个很重要的角色，他在片中说：

"如果感觉不到一个包含了真正的意义、宽恕以及至高无上的力量的道德体系的存在，我就没法活下去。"

伍迪：我对本的看法是，一方面他在生理上失明之前就已经瞎了，这么说是因为他看不见真实的世界，但他又最幸运地拥有一个特质，那就是他的宗教信仰。他的信仰并不是虚伪的，他真诚地信仰着他说的那些东西，所以即使是面对最大的不幸，他也不至于崩溃。尽管他失明了，但他依然爱每一个人，爱这个世界，爱生活，爱他的女儿。裘德的父亲也是有信仰之人。他们对上帝抱有真正的信念，这使他们能够渡过一切逆境，因为在信仰面前，最大的不幸也是能够克服的。但作为作者，我认为本是盲目的，因为他看不见真实的世界，虽然他很幸运能够拥有一份纯真。

史提格：萨姆·沃特森的表演也的确传达出了这一点。

伍迪：没错，因为他是一个很棒的演员。

史提格：所以你才选择以本和他女儿在婚礼上跳舞作为电影的结尾吗？

伍迪：是的，因为我觉得他是电影里少数几个成功的人。克里夫失败了，莱斯特还是那个自大狂，裘德摆脱了谋杀的阴影，而利维博士自杀了。每个人的人生都那么艰难，几乎都经历着挫折。但本熬过了这一切，是信仰让他渡过了这一切苦难，这种信仰超越了世间男女哪怕最漫长持久的爱，因为到头来总有一个人是要先死的，而信仰包含着灵魂的属性。所以除非你拥有一种强烈的精神上的寄托，否则度过这一生是非常艰难的。本是唯一挨过这一切的人，即使他并不真的明白现实生活是怎么一回事。也许有人会说他比其他人都更深刻地了解现实，但我个人并不这么认为，所以我让这个角色失明了。我感到他的信仰是盲目的，虽然这种信仰能使你熬过这一切，但它要求你必须闭上眼睛。

史提格：你本人的宗教信仰是怎样的？和一般人一样吗？

伍迪：更糟。我认为宇宙充其量是冷漠的，这是最乐观的估计！汉娜·阿伦特讨论过平庸之恶，宇宙在这个意义上也是平庸的，正因为这种平庸，所以才有了恶。并不是魔鬼式的恶，而是平庸的恶，它的恶在于它的平庸和它的冷漠。如果你走在街上，看到那些无家可归的人，却对他们的苦难漠不关心，那么你就是恶的。冷漠在我看来等同于邪恶。

史提格：片中的路易斯·利维说过这样一句话："宇宙是个冰冷的地方，而我们却为之付出真情。"

伍迪：没错，所以说是我们自己创造了一个虚幻的世界，然后活在这个虚幻世界里。举个浅显易懂的例子就是体育运动，比如说人类创造出一个足球的世界，你在这个世界中迷失，沉浸在无意义的事情上，诸如谁进的球最多等等，人们沉溺其中，认为谁赢是一件很重要的事情。但事实上你后退一步就能清楚地发现，谁赢谁输根本就不重要，毫无意义。其他方面也是如此，我们为自己打造了一个世界，事实上根本没有任何意义，但制造出这种仿佛有意义的感觉又是很重要的，否则我们就感受不到任何意义。

史提格：之前你提到无家可归的人，纽约街头充满了数量惊人的流浪者，就好像走在某个第三世界国家的街头一样。你是否认为美国以及美国人对社会政治和人文价值的态度正变得越来越冷漠？

伍迪：我不知道美国人是不是比其他地方的人更冷漠，这从来都不是一个国民性的特质。有一些美国人是冷漠的，也有很多美国人非常关心索马里的人以及那些无家可归者。总的来说，这些年美国在很多方面一直都是一个非常慷慨的国家，但也做了许多麻木不仁的、可怕的事情，不过那些事情被抵消了。每一个国家都做过好事，也都干过坏事，所以我并不认为存在哪一个国家比其他国家更糟。除非你指的是病态的法西斯主义，那已经不单单是一种政治运动了。

史提格：在《罪与错》的最后，裴德究竟有没有解决他在道德上的两难处境？

伍迪：解决？没有！这对他来说根本不是一个巨大的道德难题。当他的弟弟建议他谋杀多洛蕾丝的时候，出于社会环境的影响，他的第一反应的确是犹豫的，但短短几分钟之后，在他弟弟离开之前，他就已经在考虑这件事了。他说"好吧，也许我是该考虑一下这个问题"。而他所谓的考虑就是不断找借口说服自己实施这个计划。裴德从来没有真正陷入过两难的境地，任何顾虑都被他合理化了，所以他最终还是做出了可怕的决定，并侥幸逃脱了这一切。虽然他之后有过一些不好受的时候，但也仅仅只是有点不好受罢了。最后他和美丽的妻子一起离开了派对，他的女儿也即将嫁人，一切对他来说非常顺利，他并没有选择惩罚自己，其他人也没有惩罚他，因为只有被逮到才会受到惩罚。他是一个很可怕的人，但他自己并不那么认为。

史提格：相较于你的其他作品，《罪与错》在你眼中是一部怎样的电影？

伍迪：我认为《罪与错》属于我比较满意的作品，以一种相对轻松的方式探讨了我感兴趣的哲学主题。电影中既有欢快的时刻，也有紧张压抑的时刻，总的来说我觉得还不错。

《爱丽丝》

杨医生："自由是一个可怕的念头。"

——《爱丽丝》

史提格：电影和女主角的名字都叫爱丽丝，取这个名字不是出于偶然吧？

伍迪：从某种程度上来说的确是出于偶然，这部电影与《爱丽丝漫游仙境》无关。爱丽丝听上去非常适合一个富有的盎格鲁-撒克逊裔白人新教徒，因为这既不是犹太人的名字，也不是意大利人的名字，是一个并不包含种族意味的名字。我希望爱丽丝·泰特是一个清爽的、衣食无忧的金发女人。我也可以马上想到别的名字，比如莱斯利·泰特，那样的话电影就会叫《莱斯利》了。

史提格：《爱丽丝》的主角是泰特一家以及他们的朋友，对于这一类人你是不是非常熟悉？这部电影很显然是对上流社会的人以及上流社会社交圈的一种讽刺。

伍迪：我生活在这种环境里，因为我就住在纽约上东区最时髦的第五大道的顶层公寓里。有时我在某个冬日早晨送孩子上学，会碰到送孩子上学的妈妈们，她们十几个人都穿着貂皮大衣。她们的生活有保障，住在派克大街或是第五大道上著名设计师设计的公寓里，在康涅狄格州或是汉普顿斯也有房子。她们每天逛街购物，吃饭，有时与艺术家、作家或者政治家合作一些项目，但都是很肤浅的。我并不是不喜欢这些人，我认为她们并不坏，这只是她们的生活方式，很有趣。但我认为她们应该把精力放在一些更值得做的事情上。也的确有一些人是这么做的，很多社交家花了不少精力做慈善。所以我并不讨厌富人，我认为他们很有趣，他们有钱，做过好事，也做过肤浅的事。

史提格：但在电影里你还是希望以某种方式"唤醒"爱丽丝？

伍迪：没错，关于像爱丽丝这种女人的故事在我看来是很有意思的。她们都喜欢针灸、营养品、按摩、化妆，以及整容之类的东西，因此我觉得如果让她去看一个针灸医生，但他实际上是一个魔术师，然后彻底改变了她的生活，会是一个很有趣的故事。困扰着她的其实并不是生理上的东西，她生理上是完全健康的，一切都关乎情感。

史提格：你希望通过她的梦境和奇幻经历来唤醒她？

伍迪：是的，我希望让她以一种完全不同的方式重新审视自己的生活，开始另一种人生。

史提格：最近这些年，美国电影似乎对超自然现象越来越感兴趣，比如鬼魂，以另一种形式重生，或是让人物重新回到他们年轻的时候。

伍迪：没错，如今已经没有真正的修道徒了，人们追求的是一种精神生活，求助于精神分析、针灸、营养品和健康食物。人们需要某种内在生命，需要信仰的寄托。为了满足人的这种需求，很多东西应运而生，电影也正因此而产生了新的趋势。

史提格：然而近来有一种电影类型正呈现复归的趋势，那些在"二战"期间——20世纪30年代后期至40年代早期非常流行的电影，比如《风流女妖》和《天堂可以等待》，从80年代末期开始又重新回归影坛。你认为这两个时代之间有没有某种政治或社会的关联？

伍迪：两者唯一的共同之处在于都是逃避现实的时代。早些时候人们希望从战争的恐怖中逃脱出来，而如今这个时代，人们则追求空虚的精神生活。拍《爱丽丝》的时候我对这个主题并不感兴趣，我感兴趣的是如何改变这个女人的生活。《爱丽丝》是《另一个女人》的喜剧版本。《另一个女人》中的玛丽昂奇迹般地听见墙的另一头传来的声音，那种声音改变了她的人生。而这个故事用了一种喜剧化的手法，但爱丽丝也同样重新审视了她的人生。虽然方式不同，但目的是一样的。

史提格：这个角色对米亚·法罗来说是不是一次挑战？

伍迪：算不上是，她非常喜欢这个角色，演得也很好。她很棒！没有比她更适合爱丽丝这个角色的女演员了。

史提格：怎么会想到让威廉·赫特出演这部电影？

伍迪：我想找一个金发的、看上去像盎格鲁 - 撒克逊裔白人银行家的男演员。我从来没想过威廉·赫特会演这个角色，我以为他读了剧本后会说："这个角色太不讨喜了，而且也不是主角，没什么好演的。"但他答应了，而且演得非常出色，与他合作也相当愉快。

史提格：的确，有一场很棒的在卧室的戏，爱丽丝问丈夫有没有对自己不忠过，他否认了，并且反问了她同样的问题，这时他露出了一丝讽刺的、颇自以为是的笑容，透露了这个人物的本性。

伍迪：威廉·赫特是一个注重细节的演员。

史提格：《爱丽丝》是关于自由，关于一个女人的解放的故事，但就像那个中国医生说的："自由是一个可怕的念头。"

伍迪：这是一则存在主义思想家的老格言。当你感到自由的时候，的确是很可怕的一种感觉。

史提格：这句台词让我联想到《丈夫、太太与情人》中加布的态度，当他对妻子说"变化就是死亡"的时候。

伍迪：没错，变化就是死亡。这是我的观点。我反对变化，因为变化等于衰老，等于时间的流逝，等于旧秩序的摧毁。现在你可以说，有些人在生活的某个阶段恰恰追求变化，因为他们渴望打破旧秩序。但对我来说，变化终究不是一件好事。就好像大自然，变化只是暂时看上去美好。活在贫穷和困境中的人当然渴望变化，但变化本身也不是恒定的，在一段时间内变化也许是好的，但过了那个阶段就不是了，变化并不是持久的。

史提格：但对爱丽丝来说，变化就意味着重生，难道你不这么认为吗？

伍迪：从短期来看，小小的变化对她来说是好的。但是变化本身，不是她真正期待的东西。她的孩子会长大，会离开她，到外面打拼。她会变老，所以她不会对这种变化感到高兴。如果她能像《希腊古瓮颂》[1]里说的那样许愿的话，她一定希望把自己冰冻起来，永远活在时间中，不改变模样，她肯定希望让自己停留在某个特定的年纪。

1.《希腊古瓮颂》：英国诗人济慈所作的诗歌。

史提格：那会是什么样的年纪？我想她并不愿意永远处在电影开始时的那种状态吧？

伍迪：没错，但最终她会接受这一切。的确，她不愿意停留在那样的状态，她希望改变，所以现在她会改变，会追求一种更充实的人生，但那种人生也会改变。当那种改变发生的时候，她会失去希望。那时她就会说："瞧，我还是得接受这一切。我会愿意回到我的丈夫（威廉·赫特饰演）身边。我会做一切他想让我做的事情，我不想再改变了。"

史提格：爱丽丝第一次喝下杨医生给的草药茶之后，她的改变非常有意思，她开始在幼儿园门口引诱乔·曼特纳。

伍迪：是的，这场戏米亚演得非常出色。

史提格：你怎么会想到让乔·曼特纳饰演情人的角色？你看过他出演的大卫·马梅的作品吗？

伍迪：看过，我看过他在舞台版《大亨游戏》中的表演，也看过马梅的第一部电影《赌场》，他在里面的表演非常出色。

史提格：昨天我刚刚看了马梅的《男女授受不亲》，我认为他是当时美国最伟大的剧作家之一，我同样也很欣赏作为导演的他，你看过他的哪些作品？

伍迪：并不是每部都看过，但我很欣赏他的作品。《赌场》是一部杰作。我也很喜欢他和唐·阿米契合作的《世事无常》，还有电影版的《大亨游戏》。总的来说我觉得他很棒。

史提格：他的创作方式和你截然不同。他的对话看起来几乎是一连串的俏皮话，即使是那种很长的演说词也是如此。总是一个短句子，停顿，然后又一个短句子，再停顿，如此反复。

伍迪：没错，他的写作是音乐性的，这是一种非常诗意的写作方式，他独特的节奏感能够产生很好的效果。

史提格：之前在讨论《大都会传奇》时，我们谈过一些梦境场景的技术性问题，现在我想讨论一下这些场景的背景音乐。比如当爱丽丝过去的男友艾迪出现的时候，那首非常优美的曲子是《爱丽丝的蓝色长袍》吗？

伍迪：不，那首曲子是弦乐版的《我记得你》，非常美妙。艾迪出现时的那首曲子无疑是最浪漫的。《爱丽丝的蓝色长袍》也很美，是一首华尔兹，那是爱丽丝想念布莱思·丹纳饰演的姐姐时的音乐，非常怀旧的一首曲子。

《影与雾》

小丑："我们与其他人不一样。我们是艺术家，我们的才华伴随着责任。"

——《影与雾》

史提格：正如以往你的每一部新作问世，《影与雾》也给人一种意料之外的感觉。

伍迪：的确是意料之外的，但这部电影的拍摄过程非常有趣，我很享受这个过程。

史提格：怎么会想到拍这样一部电影？

伍迪：很多年前我写过一部类似主题的独幕剧，我一直都觉得如果拍成电影一定非常有趣，但必须是黑白电影。然后我想，要在哪儿拍呢？得到欧洲去拍。之后我又想到可以在摄影棚里拍，就这样一步一步慢慢产生了电影的雏形。

史提格：那部剧的名字叫什么？

伍迪：叫《死亡》。我写过三部独幕剧，分别是《性》《上帝》和《死亡》。

史提格：《死亡》有没有公演过？

伍迪：有，但我从未看过。

史提格：《死亡》和《影与雾》有哪些共同之处？

伍迪：《死亡》讲述的也是一个人在半夜惊醒，莫名其妙被派到街上，然后不得不加入一个组织，这个组织的任务是保卫街道安全和抓住杀人凶手。随着夜深雾浓，他也越陷越深。

史提格：《影与雾》讲述的这个故事，或者不如说你饰演的克莱曼这个人物，让我想到德国作家汉斯·法拉达的《小人物，怎么办？》，小说描写了当时德国社会中的一名普通人。

伍迪：我并不知道这部小说，我只是觉得一个人半夜醒来被推到街上，面对一系列戏剧性的事件，是一个不错的隐喻。而且我希望能够以一种意味深长的方式向观众呈现这个故事——有娱乐性的、有趣的元素，也有惊悚的元素，从中可以衍生出很多分支，有精神的，也有哲学的、社会化的元素，这都是隐喻通常会包含的元素。

史提格：我很欣赏你在电影中将悲剧与喜剧结合的做法。

伍迪：这是我近年来在尝试的，在喜剧中加入悲剧的维度，但这一点对我来说并不容易做到。

史提格：为什么？

伍迪：为什么说不易？因为很难在一个故事中把握平衡，使它看上去既喜感又伤感。这非常考验技巧，需要不断尝试，运气好的时候就能做到。

史提格：我认为你在《影与雾》中已经做到了。因为电影从一开始就有种不安的感觉，我们对接下来的情节如何发展毫无头绪。直到影片开始将近二十分钟的时候，我们才明白这是一个怎样的故事。此外你在每一场戏的摄影上也给人同样的感觉，这是在拍摄之前就已经设计好的吧？

伍迪：是的，每一个场景的内容都反映在各自不同的形式上，夜晚的影与雾是把这一切串联在一起的线索，而妓院是一个临时的、温暖的休憩场所。

史提格：就拿凯特·尼利甘饰演的克莱曼的未婚妻的这场戏来说，我们只能从远处的一扇窗户里看见她，整个场景采用迂回式的长镜头，先拍窗户里的她，再转过来拍街上的你和米亚·法罗。

伍迪：没错，她这个角色的设定本来就是一个模糊的形象，代表克莱曼作为一名中产阶级小职员的生活。他打算娶的是一个除非他获得晋升否则不会真正爱他的女人。对克莱曼来说，她只是黑暗中高高在上的一个声音罢了。

史提格：有不少场景都是以这种方式拍摄的，特别连贯，好像是一气呵成拍完的，没有镜头的切换。

伍迪：无论如何我都很少切换镜头。看过《爱丽丝》和《罪与错》就知道，我在电影中用到剪切的地方越来越少，最近的六部电影都是如此。对我来说，切镜头是一件非常困难的事情，因为我在拍摄的时候很难从这种角度考虑问题，也许有些地方不得不切镜头，但总的来说，我没有这种倾向。

史提格：你对剪辑的这种态度背后有没有什么具体的原因？比如出于对演员的考虑？演员们也许会觉得这种拍摄方式更安心。

伍迪：是的，我认为这对演员来说很方便，不用一遍一遍从不同的角度重新来过。

史提格：这给演员一种安全感，他们知道自己在这场戏的表演就是将来在大银幕上看到的版本。

伍迪：没错，不存在剪辑时的取舍。但演员们经常抱怨的一点就是必须记住所有的台词。他们很讨厌这一点，但一旦一场戏拍完了就是拍完了，一下子能拍七页甚至十页。我的演员经常会被告知要回来重拍，这是我的工作方式。我会重拍一遍、两遍、三遍、五遍，甚至重拍整部电影。对此他们都说"没问题"，这是不方便的一面。但好的一面在于他们永远都不用做后期录音。

史提格：你是出于感觉还是技术方面的考虑，才选择这种高难度的方式来拍电影的？

伍迪：从感觉上来讲这种方式比较适合我，我觉得没有理由切换镜头，也没有必要。只有在很个别的情况下，我才会感到某个地方只能用切换镜头来表现，除此以外，我很少切换镜头。

史提格：《影与雾》在很大程度上让我想到一位我非常欣赏的默片导演F. W. 茂瑙[1]。

伍迪：是的，茂瑙是一位大师。这样的故事很容易让人联想到德国表现主义。《影与雾》显然不是一部当代电影，在氛围上具有某种非美国式的、欧洲村庄的感觉。它的节奏和温度都不是美国式的，即使是美国式的，也是一种截然不同的美国式。所以当我在设想这些阴影、浓雾和夜幕下的人物的时候，我都会回溯到那些擅长营造这种氛围的德国大师，而他们都是在摄影棚里拍摄的。

---

1. F. W. 茂瑙：著名默片导演，20 世纪 20 年代德国表现主义电影代表人物。

史提格：这部电影在氛围上更接近茂瑙的电影，而不是某些评论家拿来与之做比的弗里茨·朗[1]的电影。

伍迪：是的，也许是因为电影的表现手法是诗意的。弗里茨·朗的手法更强烈，而茂瑙相对温和。

史提格：没错，有些地方让我想到茂瑙的《日出》。

伍迪：《日出》是一部很棒的电影。

史提格：《影与雾》是一部在风格和结构上都极具氛围感的电影，全片由一系列精心设计的长镜头构成。处理这些复杂场景的时候，你和卡洛·迪·帕尔马是如何探讨的？你会听取他的意见吗？还是你对如何拍摄每一个场景都已经有了非常清晰的设想？

伍迪：我们会事先商量好所有场景，包括一些细节，使其根据情节呈现出不同的效果。比如《影与雾》中在马戏场里的那场戏，我们预先就想好要从下往上打聚光灯，营造超现实的感觉，让人看不到脸，只有一个个影子。这些都在拍摄之前就已经确定下来了。

史提格：《影与雾》中也有不少逆光拍摄的场景。

伍迪：是的，因为逆光下的雾能营造一种非常超现实的、诗意的效果。

史提格：这是你的主意还是卡洛·迪·帕尔马想到的？

伍迪：拍摄之前我们做了半天的试验，在片场尝试了很多种不同的灯光，自然光、逆光，还在某些地方尝试打非常非常微弱的光，还换过不同的胶片，最后发现这种戏剧性十足的逆光最符合电

---

1. 弗里茨·朗：德国表现主义导演、编剧。

影的超现实感。

史提格：有一个非常戏剧性的场景是你被追赶着在长篱笆边奔跑。

伍迪：我们本可以用很现实的手法表现这一幕，但戏剧性的手法更有意思，而且反正我们本来就是在摄影棚里拍摄，没有什么是真实的，所以我们觉得可以用这种方式打光。

史提格：电影里没有出现过任何真实的场地吗？

伍迪：是的，所有东西都是我们造的。街道也不是真实的，也是在摄影棚里拍的。美术指导桑托·罗奎斯托非常出色。因为这是一部浓雾缭绕的黑白电影，所以在很大程度上降低了操作上的难度。片场搭好的时候我们很担心一周后会发现场地不够大，当时觉得"天啊，我们需要十倍大的地方，没法拍了！"，但好在我们发现通过周密的布置和一些调整，就能让整部电影在同一个片场里拍出来。

史提格：考夫曼·阿斯托利亚[1]是一个很大的摄影棚吗？

伍迪：没错，非常大。

史提格：我想聊一聊这部电影的演员。在我看来，你一定对演员抱有强烈的好奇心，因为你经常会与一些不同风格的演员合作。比如《影与雾》中与你合作的有约翰·马尔科维奇、朱迪·福斯特、凯西·贝茨、莉莉·汤姆林、凯特·尼利甘，以及约翰·库萨克。你是不是渴望与风格迥异的演员合作？

伍迪：我们只考虑一个问题——"谁最适合这个角色？"当我

---

1. 考夫曼·阿斯托利亚（Kaufman Astoria）：位于纽约皇后区。

们决定了谁最适合之后，就会试着找到那名演员。我并不在乎他在演艺圈的地位，他声名大噪还是默默无闻对我来说都没关系，只要他们是角色的最佳人选。有时会有演员来找我，比如朱迪·福斯特就对我说："我想在你的电影里演个角色。"这样的话我就会看一遍剧本，然后对她说"唯一适合她的角色就是妓院里的那个女孩"。然后我打电话告诉她，她的戏份只需要三天到四天时间，她说："太好了，我原本的打算也是如此。"所以说有时是别人来找我，而其他时候我通过试镜来决定谁才是角色的最佳人选，其他的一切都不在我的考虑范围内。

史提格：妓院里的那场戏非常吸引人，我尤其喜欢那场桌边的戏，整个场景是一个旋转的长镜头，毫不在意画面中的人有没有在说话。

伍迪：是的，因为这真的不重要。重要的是谈话本身，以及你踏入妓院的那一刻感受到的氛围，一种积极的、充满活力的氛围，人们吃着东西，聊着天，与外面阴暗险恶的街道形成鲜明的对比。

史提格：之前你曾经谈到过你与演员的合作方式。但我很想知道，难道你从来不在正式开拍前和他们会面吗？比如吃个午饭或晚饭，讨论一下角色？

伍迪：我从来不那么干，那不是我的社交方式。

史提格：那你会在这儿（伍迪家中），或你的办公室或是别的地方和他们见面吗？

伍迪：不，基本不会。如果我考虑让某个人饰演某个角色，我会把整个剧本寄给他，让他去读。看完剧本之后也许会有人打电话给我，对我说："我很喜欢这个剧本，我愿意演这个角色。"那么我就会说："太好了！"他们也许会问我一两个问题，但通常没有。然后我就对他说"拍摄现场见"。然后他们就在开拍的第一天来了，从来没有预先排练过。我会在开拍的那天早晨到现场。在试拍一遍或两遍之后，我会与他们进行一些沟通，但我更喜欢他们在不受任何限制和指导的情况下依照自己的理解去表演。

史提格：也就是说，试拍的时候演员不必表演得很精确，也不必把全部的台词都说到位？

伍迪：是的，我会告诉他们不要在试拍的时候全都发挥出来，而且我会尽可能营造一个比较自由的氛围，因此不必演得过于准确。我不想让他们排练。我会在他们来之前安排好镜头，趁他们在化妆间的时候，卡洛和我，还有替身演员会安排好一切。等到他们进来的时候，我就告诉他们："走到这儿，再走到那儿，然后再走回来，拿着这瓶饮料，再回到那儿。"这就是他们要做的一切，也就是我所谓的排练了。真正听到对白是在开拍的时候，通常拍的第一条就是整部电影最出彩的部分。

史提格：如果有演员对这种方式不适应的话，你会怎么做？

伍迪：哦，我从来不会强迫他们。我经常对演员说："不要把我给你的剧本看成绝对的，如果你感到哪里不舒服，就照你喜欢的方式来演，放轻松。"

史提格：但是当你拍一部纯喜剧的时候，台词是很重要的，你应该不会允许演员改动太多吧？

伍迪：是的，他们往往也不会做太多改动。当你雇了一个喜剧演员的时候，他对笑点通常是有感觉的，因此会尽量保护笑点。而且通常我都会在喜剧片里担任主角，大部分的笑料也都是由我来说，所以喜剧的情况不太一样，演员都会很自然地按照剧本来演。

史提格： 你在《影与雾》中的角色与你在一些更当代的电影中饰演的角色具有许多相似点，尽管克莱曼生活在一个虚构的20世纪20年代的世界里，但他与你的其他银幕形象还是有共通之处的。

伍迪： 是的，因为我演不了其他类型的角色。我并不认为自己是个通常意义上的演员，我只是某种特定风格的喜剧演员，所以我只能那么演。

史提格： 但你在其他导演的作品中尝试过不同类型的角色，比如马丁·里特的《出头人》。

伍迪： 是的，但那个角色与我本人并未相差太远。

史提格： 在电影的开头，约翰·马尔科维奇饰演的小丑说道："我们与其他人不一样。我们是艺术家，我们的才华伴随着责任。"你也是这么认为的吗？

伍迪： 我认为那些话有一部分是出于虚荣心，艺术家觉得自己异于常人，说明他在某种程度上认为自己比其他人优秀。我并不认为艺术家应该有什么优越感，我不相信艺术家有什么独特的过人之处。拥有某种才华并不意味着拥有某种成就，这有点像上天赠予你的一份礼物。拥有才华的确是一件幸运的事情，也具有一定的责任，但这就好比说一个人天生是个有钱人一样。

史提格： 你在片中有一句台词是"夜晚有一种自由的感觉"。这句话是不是一句关键台词？

伍迪： 没错，这也是电影的隐喻之一。一旦你走进黑夜，就会产生一种感觉，好像人类文明已经消失了。所有的商店都打烊了，一切都是黑暗的。这是一种很特别的感受，你会发现城市其实只是一种人造的、约定俗成的东西，而真相是你生活在一颗星球上。这是一种自然的野生状态，那些保护你、让你自欺欺人的人类文明都只是伪造出来的东西。

史提格：电影中的城市以及场景的布置也可以被视为对主人公内心的混乱与压抑的一种隐射。比如克莱曼和厄米遇到他上司的那场戏，三个人在一个极狭窄的死角相遇，好像场景本身也是对主人公处境的一种隐射。

伍迪：对，场景是反映着主角的内心状态。我一直认为场景的布置和环境的氛围对电影十分重要，早在拍摄《星尘往事》的时候我就意识到了这一点。那部电影中，我每次出现在纽约家中的时候墙纸都会更换，因为那个公寓就是我内心状态的象征。这一点对我来说非常关键：外在世界是内心世界的一种投射。

史提格：这一点在《影与雾》中表现得非常明显，你也通过摄影棚内的精心布景达到了这种效果。但这种内在心理的外化过程具体是怎么完成的？你和美术指导桑托·罗奎斯托是如何合作的？

伍迪：我们会坐下来讨论每一个场景，以及如何处理这些场景，然后他会画一些草图给我看。如果不是在摄影棚内拍摄，我们就会去不同的取景地探讨，但《影与雾》需要设计的东西特别多。

史提格：卡洛·迪·帕尔马也会参与这部分前期的准备工作吗？

伍迪：是的，卡洛从第二次会议开始就会加入进来，他会给出一些建议，比如"别那么做，因为我可以打一些灯光在那上面"之类的。

史提格：你的电影在最初的时候一般都叫"未定名项目"。那么

有没有哪一部电影是在拍摄之前就确定了片名的？

伍迪：偶尔会有。比如《丈夫、太太与情人》这一片名就是我从第一天就确定下来的，从开拍的第一分钟我就知道会用这个名字，但这种情况非常少见。我想不出起什么名字的时候就会看一遍电影，然后绞尽脑汁想出一个来。我也会寻求他人的建议，比如剪辑师、摄影师、服装设计师等等。我们坐在一块儿，某个人提出一个名字，然后我们讨论："不好，听起来糟透了，这个太戏剧性了，那个太草率了。"直到最终确定下来为止，这种情况通常发生在剪辑工作完成之后，能够看到成片的时候。

史提格：你非常看重音乐的选择，要求与情节配合得天衣无缝，那么这部电影你是如何选择音乐的呢？

伍迪：一开始我并不知道给《影与雾》配什么样的音乐，我找了一些古典乐，但听起来太呆板，我还找了一些爱德华·格里格[1]的曲子，也没找到合适的。等电影拍完的时候，我放了一首库尔特·魏尔[2]的曲子，发现非常吻合，于是我一首接着一首，慢慢为整部电影找到了完美契合的音乐。

史提格：之前我没听过他的这些曲子，管弦乐听上去非常有氛围感。

伍迪：没错，因为我们用的是年代久远的唱片。我们专门派人去找大量的唱片，把能找到的全都找来了。

---

1. 爱德华·格里格：挪威作曲家，19 世纪下半叶挪威民族乐派代表人物。
2. 库尔特·魏尔：德国作曲家，百老汇音乐作曲名家。

《丈夫、太太与情人》

"我通过电影来写作。"

史提格：《丈夫、太太与情人》从很多方面看都是一部颇具勇气的作品，我尤其欣赏它大胆、直接和粗粝的质地。你是怎么想到以这种风格来拍电影的？

伍迪：过去我浪费了太多时间追求精致和精确，所以这一回我对自己说："为什么不拍一部只关注内容、不在乎形式的电影呢？拿起摄像机，别管什么摄影推车了，就用手持摄像机拍。也别管什么调色和拼贴了，放弃所有精度上的努力，看看会出来一个什么样的东西。想在哪里切镜头，就在哪里切镜头，不用担心是否太跳跃。想怎么拍就怎么拍，除了内容，其他一概不用担心。"我就是这么做的。

史提格：是不是必须得达到某个阶段，才能这么拍电影？当时你已经拍过二十多部长片了，是不是必须有丰富的经验作为基础，才有勇气不顾种种"陈规"，拍一部这样风格化的电影？

伍迪：没错，这需要一定的自信，而自信是经验带来的，它会让你有勇气做刚开始不敢做的事情。我之所以变得大胆，是因为这些年来对自己所做的事情有了掌控的能力。就像我们之前讨论过的，我最初拍电影的时候——我知道有很多人都是如此——出于保险起见拍了很多备用镜头，但这些年随着了解的深入和经验的积累，我渐渐从那种模式中走了出来，跟随自己的直觉自由发挥，而不去考虑那些花哨的东西。

史提格：当你把这些要求告诉摄影师卡洛·迪·帕尔马的时候，他是什么反应？

伍迪：他很兴奋，因为他一直都喜欢这种刺激的拍摄方式。

史提格：这部电影对摄影师来说是不是相对轻松一些？还是仍旧像以前那样要花很多时间和精力在打光之类的事情上？

伍迪：的确轻松一些，因为他只需要给整个片场打光就行了。我是这么对演员说的：你们想怎么走位都可以，走进暗处，或是走到明亮的地方，跟随你们的感觉就行。第二遍的时候也不需要照搬重演，可以尽情自由发挥。我告诉摄影师，抓住每一个细节，如果哪里漏了，就回过去拍，如果又漏了，就再回过去拍。我们没有进行任何排练和试拍，一到片场，摄影师就扛起摄像机开拍，他只需要尽力发挥出最好的水平。其实拍完以后我也考虑过要不要按传统的方式再拍一遍，因为照这种方式拍得非常快，而且拍出来的东西就是成品。以后我也许还会用同样的方式拍一些电影，因为效率高，成本低，效果也很不错。

史提格：这部电影是不是比你以往的电影都要拍得快？

伍迪：没错，而且也是我几十年来第一次在预算之内把电影拍出来，所以说效率高，成本低。

史提格：是不是重拍了很多段落？

伍迪：只重拍了三天。通常我都要重拍好几周甚至一个月，我就是以重拍著称的，但这部电影只重拍了三天。

史提格：你怎么会想到用这种方式拍电影？这种风格与电影的主题和故事本身之间存在着某种一致性，因为《丈夫、太太与情人》讲述的是破裂的关系和破碎的人生，拍摄风格从某种程度上也……

伍迪：衬托了故事本身。没错，但这种风格也适用于不同的故事。《丈夫、太太与情人》看起来很适合这种风格，但如果把这种风格用在我其他的电影上，也会非常恰切。

史提格：比如你的哪些电影？

伍迪：《影与雾》也可以拍成这种风格，还有《爱丽丝》和其他几部电影也可以这么拍。你只需要关注台词，因为观众在情感上跟随的是电影的内容，包括角色，还有电影的实质。形式对电影来说只是一个简单的工具，风格上也许各不相同，但也不过是巴洛克建筑[1]和哥特式建筑[2]之间的差别。重要的是感染观众，激起观众的兴趣，让观众保持思考。以这种方式拍电影也可以达到相同的目的。

史提格：《丈夫、太太与情人》的剧本是不是为演员的即兴发挥留下了许多空间？还是说演员们仍和往常一样遵循你的剧本？

伍迪：有剧本，演员们基本上都是照着剧本来演的。

史提格：这部电影里同样也设置了倾听人物内心独白的部分，这

---

1. 巴洛克建筑：17世纪风行于欧洲的一种建筑风格，特点是外形自由，追求动态，喜好富丽的装饰和雕刻。
2. 哥特式建筑：一种兴盛于中世纪高峰与末期的建筑风格，主要特色是尖塔高耸、尖形拱门、大窗户等。

是在剧本里就设计好的吧?

伍迪:没错,这些人物过着各自的生活。摄影机就在那里,当我需要他们说出自己的感受的时候,就会让他们在镜头面前说。我觉得没有什么是不可以的,不需要被常规的形式所限制。

史提格:在你心目中,那个镜头背后的采访者是谁?

伍迪:我从来没有想过这个问题。就是观众吧,通过这种方式可以让角色更清楚地表达自己的感受。

史提格:这些角色的自白都是在剧本里写好的吗?有没有演员自己的发挥?

伍迪:没有,都是剧本里早已写好的。演员也许会在某个地方加点什么使对白更口语化,但仅此而已,都是写好的台词。

史提格:《丈夫、太太与情人》中谈到的两性关系比你以往的电影要激烈得多。这一点不仅体现在演员的表演上,朱迪·戴维斯和西德尼·波拉克饰演的人物之间的冲突和关系也格外激烈。

伍迪:是的,更加激烈和反复无常。

史提格:有一个非常戏剧性的场景是萨莉在她的歌剧情人家中与她丈夫打的那一通电话,既令人难堪、吃惊,同时又带有密集的黑色幽默风格,朱迪·戴维斯诠释得相当出色。

伍迪:是的,我了解那种处境,因为我自己也经历过……一边打电话一边为心事所扰。朱迪·戴维斯可能是当今最出色的电影演员。

史提格:饰演她情人的是连姆·尼森,当时他对我来说还是一张新鲜面孔。

伍迪：他是一名爱尔兰演员，出演过不少电影，和黛安·基顿一起演过《好母亲》。他身上有一种兼具睿智与男子气概的气质，不仅演技出色，还非常真实。他身上没有任何虚假的东西，他的每一个手势、每一句话都非常真实。

史提格：你怎么会想到让西德尼·波拉克饰演丈夫的角色？

伍迪：我试图找出适合这个角色的男演员，而且看上去必须是那个年纪的，然后茱莉叶·泰勒和我同时想到了他。他来见我的时候非常友好，当时我心想，上帝啊，但愿他能理解这个角色，否则如果到时候不能请他出演就会很尴尬了。但他第一次念台词的时候就非常自然，他是个很棒的演员！

史提格：我看过不少你自导自演的电影，但唯独在看这部电影时清楚意识到你作为导演－演员的双重身份，也许是镜头背后的那个"采访者"提醒了我吧。你能说说你是如何给你自己导戏的吗？有没有遇到过问题？

伍迪：从来没有。这么说是不准确的，因为我从不给自己导戏。剧本是我写的，所以我很清楚应该怎样诠释我的角色，所以从来不用给自己导戏。

史提格：也就是说你很清楚地知道什么时候需要重拍以及什么样的表演恰如其分？

伍迪：没错，就是一种感觉。如果感觉对了，那么多半就对了，我很少搞错。感觉到不对劲总比事后才反应过来要好。这种情况确实会发生。

史提格：有一场你与朱丽叶特·刘易斯饰演的年轻女孩莱恩之

间的对手戏，你们在中央公园讨论着俄国作家。你谈到了托尔斯泰和屠格涅夫，然后你把陀思妥耶夫斯基生动地比作"一道大餐，外加维生素片和一大盘麦芽糊"。你的电影经常谈到陀思妥耶夫斯基，你的某些作品也的确具有某种陀思妥耶夫斯基式的风格，以及他小说的质感，比如《丈夫、太太与情人》《曼哈顿》《汉娜姐妹》，还有《罪与错》，这些电影之间似乎存在着某种联系。

伍迪：我认为在你提到的这些电影当中，《曼哈顿》属于比较特殊的类型，因为它更浪漫主义，在某种程度上属于怀旧风格的浪漫主义作品。而《罪与错》和《汉娜姐妹》，还有这部《丈夫、太太与情人》更黑暗，绝对更黑暗。这种小说化的形式给了我不少灵感，我喜欢以小说的形式在银幕上呈现我的作品。我经常感到自己是通过电影在写作，我偏爱这种小说化的方式，尽管我的有些电影并不是这种拍摄方式，比如《爱丽丝》，但我总会回到小说上面来。我喜欢真实的人、真实的处境和不断展开的人生。你可以像拍电影那样写小说，反之亦可。这两个媒介非常相近，而舞台剧则是一种完全不同的东西。

史提格：当你在创作《丈夫、太太与情人》《罪与错》或是《汉娜姐妹》的剧本时，会不会先确定人物的大致形象，或是从情感线索入手发展剧情？

伍迪：对我来说这都依靠直觉。我会先好好想一想，确定一个大致的情节走向，确保自己不会写了十页之后就灵感枯竭。当我意识到已经有了足够的发展空间之后，就可以着手写草稿了。然后我一边写，一边设想故事如何发展，不断补充。等到草稿写完，我会做一些调整和完善，然后发给我的制片人看，让他估计预算，然后推动整个项目。

史提格： 你和朱丽叶特·刘易斯饰演的莱恩在出租车里的那场对手戏中，莱恩对加布的小说发表了她的看法。她突然一改之前的崇拜之情，对他的作品颇有微词。这是不是已经成为评论家、鉴赏家甚至朋友之间习以为常的状态，总是从互相敷衍和奉承开始，逐渐转向真实看法？

伍迪：没错，人们的看法会改变，也不会一直对你坦白他们的感受。我也遇到过这样的情况，某个曾经欣赏我某一部电影的人遇到不那么喜欢我的人，便也跟着动摇了。

史提格： 在出租车里的那场戏中，跳切[1]的镜头始终对着朱丽叶特·刘易斯，而不像通常那样拍摄对话中的另一个人——也就是你。那些镜头被剪掉了吗？

伍迪：是的，剪了一些。这场戏是整部电影最难拍的部分。我们同时出现在镜头里的时候，透视镜头让我们看上去很丑，从侧面拍要好一些，但我的鼻子被拍得很难看[2]。所以我试着分开拍摄，但还是不行，然后我想，既然她看上去还是很漂亮，为什么不干脆只拍她呢？观众还是可以听到我的声音，所以……现在这样的确看起来更有趣。

史提格： 我也认为这样更有趣。我们好像处在你的位置上，有一种感同身受的临场感。

伍迪：朱丽叶特·刘易斯是一个很棒的演员。

史提格： 你愿意再度与她合作吗？就像你之前提到与黛安·基

---

1. 跳切：在已拍摄的一个镜头中，稍微剪去后面的情节，造成不连贯或加速的效果，目的是用画面或声音突如其来的变化刺激观众。
2. 由于镜头本身的透视效果造成影像失真，所以画面会不好看。

顿、黛安·韦斯特和朱迪·戴维斯的合作那样？

伍迪：当然愿意，她非常出色。

史提格：跳切的镜头贯穿了整部电影，几乎到了角色刚露脸就迅速切至下一个场景的程度。比如在《丈夫、太太与情人》的开头，我们看到米亚·法罗坐在公寓内的画面，整个场景只持续了几秒钟，马上就切到对话的场景，而她稍稍挪了一下位置。这是为了营造某种统一的节奏感吗？

伍迪：没错，这是为了使场景看上去更加不安。我们之前讨论过，这种不和谐感就像斯特拉文斯基和勃拉姆斯的差异。我之所以想营造这种不和谐感，是因为人物内心也是矛盾冲突的，我希望让观众感觉到同样的焦虑和神经质。

史提格：要是没有戈达尔和他的早期作品在前，你觉得还有没有可能存在这种独特的剪辑风格？

伍迪：戈达尔发明了太多美妙的电影语言，所以很难说到底是我个人的突发奇想，还是得益于像他这样的大师无形之中对电影语言所做的贡献。经常会有这样的情况，当你做了一件激动人心的事情，真正的源头却是那些影响你的电影和文学。我只是在说明我自己的情况，有时我的想法具有独创性，而另一些时候则要归功于电影大师流传下来的东西。所以我也没有一个确定的答案，但我非常欣赏戈达尔对电影做出的贡献。

史提格：我也有这种感觉。戈达尔以他独特的方式拍出了史无前例的电影，而这种拍电影的方式如今已经被大家认可。

伍迪：没错，他可能是第一个只关注内容、随心所欲地拍电影的导演，所以我认为他是一位了不起的先驱。

史提格：事实上当我看《丈夫、太太与情人》的时候，我想到了伯格曼的《傀儡生涯》，两部电影唯一的共同点就是这种窥探人物内心的风格，以及对观众的冲击力。《傀儡生涯》是我最喜爱的德语电影之一，那也是一部探索人物内心世界的电影。

伍迪：没错，那是一部非常有趣的电影。我已经很久没看了，刚上映的时候我看过，当时这部电影的排片很少，在商业上非常失败，但我一定会再看一遍这部杰作。

史提格：《丈夫、太太与情人》中所揭示的婚姻困境也是如今许多人面对的问题，现实中肯定有不少人与片中的朱迪和加布、萨莉和杰克有类似的经历。

伍迪：没错，这是共同的问题，我身边也经常有类似的情况。

史提格：《汉娜姐妹》与《丈夫、太太与情人》之间还有个有趣的巧合，就是黛安·韦斯特和凯丽·费雪同时爱上了萨姆·沃特森饰演的建筑师，而米亚·法罗和朱迪·戴维斯也同时爱上了连姆·尼森饰演的编辑。

伍迪：没错，这并不稀奇。有时人们喜欢一个异性，但偏偏还要给那个人介绍对象，我不明白他们为什么要这么做。

史提格：也许是为了试探，比如《丈夫、太太与情人》中的朱迪让她的好友萨莉去试探迈克尔，看他究竟是不是自己幻想中的那个人。

伍迪：也有可能是希望他做自己的情人，却没有胆量，所以决定退一步，介绍给自己的好友。

史提格：你认为加布和朱迪瞒着对方所做的那些事是婚姻中常见

的情况吗？比如他们都不给对方看自己的作品，她不给他看自己写的诗，而他把自己的小说给另一个女人看。

伍迪：我认为这种情况的确会发生。人们不希望与最亲密的人分享自己最隐秘的，或是内疚羞耻的那个部分，但这种情况往往会演变成感情中的障碍。

史提格：为什么你把加布小说中的某些内容以画面的形式呈现了出来，而不是仅仅让他读出来？

伍迪：我希望让观众清楚地看到他在两性关系中所站的立场和角度。画面的形式要比仅仅念出来效果更好，对观众来说也更有趣。这就像某种间奏，暗示加布对待两性关系的态度。

史提格：在《丈夫、太太与情人》的剪辑工作开始之前，你有没有事先和剪辑师苏珊·莫尔斯探讨过这种全新的剪辑方式？

伍迪：有，我在剧本里提到了这一点。我描述了这种随意的、不顾形式的剪辑方式。

史提格：她喜欢这种反传统的剪辑方式吗？

伍迪：她很喜欢，我们剪得非常愉快。无论是从人力还是技术的角度，每个人都觉得这种方式更有意思。演员们也很享受这种方式，他们不需要限制自己，也不需要考虑走位，完全随心所欲。对每个人来说都很轻松。

《曼哈顿谋杀疑案》

拉里："我收回那些关于生活从来不模仿艺术的话。"

——《曼哈顿谋杀疑案》

史提格：《曼哈顿谋杀疑案》是一个关于谋杀的故事……

伍迪：没错，对我来说是一次有趣的尝试。我一直以来都想拍这种题材，事实上《安妮·霍尔》原本就是一个谋杀故事，但剧本经过多次修改以后，谋杀的部分被删掉了。我非常喜欢悬疑故事的形式，但这部电影是我第一次尝试讲一个完整的谋杀故事。

史提格：《曼哈顿谋杀疑案》在情节和悬疑设置上是不是接近于你最初创作《安妮·霍尔》时的那些想法？

伍迪：是的。虽然这是一部失败的电影，但对我来说非常有趣，就好像我给自己颁发了一座小奖杯。这是我一直想做的事情，毕竟我已经拍了二十几部电影，所以这一回我想花一年时间做点有新鲜感的事，就像一道甜点，而非饕餮大餐。我很高兴我这么做了，对我来说是一次非常愉快的经历。

史提格：《曼哈顿谋杀疑案》是不是对悬疑电影的某种戏仿？

伍迪：不，我只是想拍一个谋杀案。剧本是我和马歇尔·布瑞克曼一起合写的，之所以加入一些喜剧的元素，是因为我不希望拍成一部严肃的谋杀电影，它应该是轻松愉快的。

史提格：你对文学和电影中的谋杀故事感兴趣吗？

伍迪：我认为有两种类型的谋杀故事。一种是谋杀作为某个深刻故事的线索或隐喻，比如《麦克白》和《罪与罚》中的谋杀都是为了引出更深刻的哲学主题。另一种是纯粹的谋杀，可以是严肃的，也可以是喜剧性的，但并不指向任何宏大深刻的主题。当然，人人都喜欢第一种类型的谋杀故事，因为在那些伟大的作品中，作者通过描写谋杀表达了自己对世界和生命的看法。《罪与错》就比较接近这种类型——尽管显然远远不及那些伟大的作品——谋杀案的设置是为了引出对道德问题的探讨。但《曼哈顿谋杀疑案》不属于这种类型，这是一部纯粹消遣性质的电影，是浅层次的。我并不是说纯粹消遣不好，它的存在有它的理由，比如巴兰钦[1]的《胡桃夹子》尽管是一部喜剧，却依然是一部美妙的作品，在同类作品中拥有极其重要的地位和价值，但我不想对我的电影抱有这种幻想。有很多人在看了阿尔弗雷德·希区柯克的电影后进行了诸多深刻的解读，我并不认同，我不认为希区柯克本人追求那些宏大的东西，他的电影也并不是意味深长的，它们无疑是讨人喜欢的，但绝不是意味深长的。这也是我希望这部电影达到的效果，仅仅只是一次轻松的消遣。

史提格：你读侦探小说吗？

伍迪：真正优秀的侦探小说几乎没有。在我读过的谋杀故事中，唯一出色的是艾拉·莱文[2]的《死前一吻》，这个故事被两次拍成电

---

1. 乔治·巴兰钦：美国舞蹈家、编导，《胡桃夹子》为其编排的芭蕾舞作品。
2. 艾拉·莱文：美国当代著名小说家、剧作家，《死前一吻》为其出道作品。

影，电影不怎么样，但是故事本身很棒。除此以外，我真没读到过令我欣赏的谋杀故事。《双重赔偿》[1]是部很棒的电影，一部了不起的美国经典。杜鲁门·卡波特的《冷血》对一则新闻报道的深入刻画也令人赞叹。所以说，尽管我很喜欢侦探和谋杀电影，但真正的好作品实在很少。《马耳他之鹰》[2]很不错，《双重赔偿》是无人能及的。科斯塔·加华斯的《卧车上的谋杀案》我也很喜欢，当然还有一些阿尔弗雷德·希区柯克的电影。

史提格：我们在《曼哈顿谋杀疑案》开拍之前见面的时候，你找了两部电影在你的放映室看， 分别是《唐人街》[3]和《大内幕》[4]。这是在为拍摄寻找灵感吗，还是仅仅出于兴趣？

伍迪：这两部电影我以前都看过，但那天并没看《大内幕》，因为工作人员没找到这部电影。我看了《唐人街》，非常有意思的作品，剧本精湛，罗曼·波兰斯基是个了不起的导演，杰克·尼科尔森是个天才演员。

史提格：你从来没有喜欢过那些经典的侦探作家吗，比如雷蒙德·钱德勒、达希尔·哈米特，还有詹姆斯·M.凯恩？

伍迪：没错，他们都是很棒的作家，但我不太欣赏他们的作品。我想不出那批作家里有哪一个是我爱读的。但就像我说过的，我对《瘦子》[5]这类电影情有独钟，我并不认为那是一部杰作，但我偏爱这种消遣之作。鲍勃·霍普和朗达·弗莱明、罗兰德·杨一起主演的《伟大的情人》是一部通俗喜剧，也讲了一个谋杀故事，那部电影也很

1.《双重赔偿》：比利·怀尔德导演的黑色犯罪电影，根据詹姆斯·M.凯恩同名小说改编。
2.《马耳他之鹰》：亨弗莱·鲍嘉主演的电影，根据达希尔·哈米特的同名小说改编。
3.《唐人街》：罗曼·波兰斯基导演的犯罪电影。
4.《大内幕》：弗里茨·朗导演的黑色犯罪电影。
5.《瘦子》：范戴克导演的犯罪喜剧。

棒，我对这类电影尤其偏爱。

史提格：黛安·基顿在《曼哈顿谋杀疑案》中饰演了女主角，与她再度合作的感觉如何？

伍迪：黛安属于那批最伟大的喜剧演员，我认为有史以来最伟大的喜剧女伶是黛安·基顿和朱迪·霍利德。与黛安合作非常愉快，她也是我的好朋友，她能激发出每一个人的闪光点，因为她的性格中有某种让整个团队焕然一新的东西，她就是一个如此开朗的人。

史提格：相比黛安·基顿在你其他电影中的角色，她在《曼哈顿谋杀疑案》中饰演的女主角是不是给了她更大的发挥喜剧才能的空间？

伍迪：其实这个角色刚开始是为米亚写的，所以我更多的是以米亚为原型来设计人物的。米亚喜欢做一些有意思的事情，但她不是黛安·基顿这样的喜剧演员。黛安的表演比剧本更有喜感。

史提格：你有没有修改过女主角的设定，让它更适合黛安的性格？

伍迪：没有改过。如果是以往的剧本，我的确会为黛安做一些修改，但这部电影讲的是一个谋杀故事，情节都是严丝合缝、滴水不漏地设计好的，所以很难做大的改动。

史提格：我在片场旁观过你的拍摄工作，令我惊讶的是整个拍摄氛围异常轻松。考虑到1992年8月至1993年1月[1]这段时间在你私生活中发生的轩然大波，要把工作和私生活分开是不是很难？

---

1. 即前面提到的与米亚·法罗分居的事件。

伍迪：我们进行谈话的这段时间，那场风波的影响一直都没有停止过，但对我来说工作和私生活是完全分开的。在那段时期保持工作状态对我来说很重要，把注意力放在工作上是一种非常有益的做法，而且我本身也非常自律。

史提格：有一场戏是黛安·基顿被绑架到剧院的后台，你救了她之后说："我收回那些关于生活从来不模仿艺术的话。"这句话可以视为一句关键台词吧？

伍迪：没错。在之前的情节中，黛安饰演的角色说她认为生活模仿艺术，当时我对她说很遗憾生活只模仿生活，而不模仿艺术。这是他们俩一直争论的问题，但电影的结尾证明了生活的确模仿艺术。

史提格：这句话，让我想到《丈夫、太太与情人》中那个叫莱恩的女孩说的一句台词："生活不模仿艺术，生活模仿的是低俗电视节目。"

伍迪：是的，那句话也没错。

史提格：你身边的工作人员这些年来几乎没有换过。比如从《安妮·霍尔》开始就与你合作的场记员凯·查宾，以及其他至少和你合作了十年至十五年的核心人员，比如美术指导桑托·罗奎斯托，剪辑师苏珊·莫尔斯，制片人罗伯特·格林赫特和托马斯·莱利，还有服装设计师杰弗里·科兰德。能谈谈你们是如何开始合作的，以及为何能够保持长期默契的合作关系吗？

伍迪：和所有人一样，拥有一个稳定的团队对我来说非常重要。如果每拍一部电影都要换新的工作人员，那么工作量就会翻倍。与他们合作都是出于巧合，录音师杰米·萨巴特从《香蕉》开始就与我合作了，凯·查宾是《安妮·霍尔》时加入进来的，杰弗里·科兰德最初是作为桑托·罗奎斯托的助理加入的，于是顺理成章地留了下来。当你拥有一个很棒的团队，每个工作人员都很出色时，那么下一部电影当然还是继续与他们合作。我和苏珊·莫尔斯从《曼哈顿》就开始合作，至今已经很多年了，没有任何理由中止这种合作。一些工作人员已经和我建立了非常友好的关系，我很欣赏他们，不然我们也无法合作。但总的来说我们之间就是工作上的关系。这些年来有人生子、有人去世、有人结婚或离婚，我们共同拍电影的岁月见证了太多人的人生，真是不可思议。

史提格：我想这些年来在你的工作团队之间已经建立起某种类似亲人的关系了吧。

伍迪：从某种程度上来说的确如此。拍电影的时候大家一起度过了那么多紧张的、亲密的时光，这不仅仅是因为拍摄的好几个月从早到晚都能看到对方，这和你天天在办公室见到同事是不一样的，我们共处的每一秒都惊心动魄。

史提格：你的导演身份有点类似于经理的职位，但从精神层面来说的话，你是否会觉得自己在整个团队中的角色也有点像一位父亲？如果是的话，要当好这位"父亲"是不是很难？

伍迪：我觉得这是一个矛盾的身份。一方面我的身份类似于父亲，另一方面他们又把我看作除非有人帮忙不然连鞋带都不会系的人。这两方面都没错，有一回我父亲病了，他在佛罗里达，我坐飞机去那儿陪我的父母，当我回来的时候，工作人员对我独自坐飞机这件事震惊极了。他们问我："你的意思是你单独一个人到了机场？"我说："是的，我飞来飞去都是一个人。"但他们不相信，这件事对他们来说太不可思议了，他们都把我看作"天才白痴"，只会拍电影，除此以外一窍不通。

史提格：有人说职业电影导演是世界上最难的工作之一，因为导演要在一天之内决定太多的事情。一般人每天平均只能做五到六个决定，而导演要做无数的决定。

伍迪：这是毫无疑问的。特吕弗的《日以作夜》也呈现了这一特点，每个人都有问题要问你，演员、美术指导、服装师、摄影师等等，需要做的决定无穷无尽。

史提格：拍电影的过程会让你感到筋疲力尽吗？

伍迪：不会。拍电影就是这么一回事。你不能想："上帝啊，决定，决定！"拍电影就是如此，你不能那样想问题。

史提格：等到拍摄工作顺利结束，剪辑工作也顺利进行的时候，你是不是松了一口气？还是会感到依依不舍，因为即将离开片场，与团队里的工作人员也是最后一次见面了？

伍迪：分别时的确会有一些感触，毕竟大家朝夕相处地合作了几个月，而拍摄结束之后（伍迪打了一记响指）很长一段时间都见不到彼此。

史提格：但你知道拍新片的时候还是能见到其中的大部分人。

伍迪：没错。

史提格：卡洛·迪·帕尔马在纽约待了多长时间？你一写完新剧本他就马上飞来纽约和你讨论吗？

伍迪：他可能在忙很多事情，有时候他去度假，每隔几年他也会拍别的电影。

史提格：上次你告诉我说，你会在周二开写新的剧本，现在进展

如何？你每天有固定的工作时间吗，就像办公时间那样？

伍迪：有。我通常起得很早，然后坐在这儿吃早餐，吃完就开始工作。我偶尔会和其他人合作，但通常只有我一个人。我在后房或是这儿（伍迪的客厅）构思着电影，走来走去、走进走出地想，绕着房子走，或者上楼洗个澡之后回来继续想。想到额头开始出汗，最终会想出一些东西。大多数人之所以做不到这一点，是因为他们无法理解想象和虚构的过程，所以他们以为我的每一部电影都是我的自传。很多人就是无法理解这一点。我这么说并不带有批判的意味，只是他们真的无法理解。他们总是以为我的故事和想法都基于现实，于是我不得不解释说《安妮·霍尔》不是真的，《曼哈顿》和《丈夫、太太与情人》也不是真的。我创作《丈夫、太太与情人》完全凭借想象，我的剧本早在你从报纸上读到任何消息之前就已经写完了，与那毫无关系。写完之后我把剧本给米亚看，问她："你想演哪个角色？朱迪还是萨莉？"她说："不知道，我得考虑一下。"最后她挑了一个演，但她也完全可能选另一个角色，我经常让她挑选角色。剧本里丝毫没有自传的成分，我根本不知道西德尼·波拉克和朱迪·戴维斯饰演的角色对应着谁，他们都是我杜撰的人物，我也不认识朱丽叶特·刘易斯这样的年轻女孩。我当然认识年轻女孩，但和角色本身是两码事，事实上我都不知道究竟有没有她这样的人，这个角色我构思了很久，现实中可能根本不存在这样的人，她完全是我想象出来的。我和米亚的私人关系也与此无关，毫无雷同之处。这些都是我在房间里或阳台上虚构出来的。人们以为《安妮·霍尔》和《曼哈顿》都具有自传性质，但事实上这两个剧本都是我和马歇尔·布瑞克曼共同创作的，很大程度上也包含他的想法，那些部分又算谁的自传呢？他的还是我的？这种想法太愚蠢了。

史提格：当你创作一部新剧本的时候，每天有没有固定的写作时

间，就像在办公室上班一样？

伍迪：有，我每天都工作，即使是没在想工作的时候，潜意识也在不停地润色加工。但有时我也会对自己说："好吧，我累坏了，我得暂时放下工作。"于是我就上楼吹会儿单簧管之类的，但即使是在吹单簧管或是看电影的时候，即使是我以为大脑不在工作的时候，潜意识仍然在工作。

史提格：晚上你也会写作吗？还是只在固定的"写作时间"写作？

伍迪：很简单，如果我起床之后就提笔写作，这是值得庆祝的，因为这意味着准备工作已经结束。当我真正用到纸和笔的时候，其实已经是最后一步了，因为所有折磨人的构思工作在落笔之前已经完成了，所以写作是纯粹的欢乐。我写得很快，能写多快就写多快，因为一切都已经想好了。偶尔我也会被一些别的事情耽误，但这是非常罕见的情况。我能在任何地点、任何场合写作，宾馆房间、人行道的座椅，有一些场景甚至是在信封的背面写出来的。我不像传说中的作家那样需要高级的白纸和锋利的铅笔，我不在乎那些。我速记一些，其余的用打字机打一些，再在洗衣账单背面写一些。任何纸张都可能成为我的剧本。我写作时非常快乐，写作对我来说是一项愉悦的智力活动，但构思的过程是痛苦和艰难的。

史提格：每一次开始新的项目都会经历这种痛苦的过程吗？

伍迪：基本上是的。偶尔也会有某个想法让我无计可施，那样的话我会把它搁置一段时间，也许过两年会重新考虑这个想法，最后拍出一部完全不同的电影。思考的过程的确占据了很长的时间，但大多数情况下不会那么久。

史提格：一般来说是多久，两周多？

伍迪：没错，下一个剧本我会和一个作家合作。头两周我们会进行所谓的"自由无限制对谈"，天南海北、不着边际地聊，比如要不要拍一部关于食人族的电影？关于飞机的电影？完全没有限制，黑白片或是默片，南辕北辙地聊。之后会有一些特别有意思的想法浮出水面，让你绕不过，逐渐从中找到感觉，然后从这些想法入手。

史提格：这一次与你合写剧本的是不是你从未合作过的新作者？

伍迪：他叫道格·麦格拉思，是一名作家。我看过一些他的作品，非常有意思，还读过他的一些散文。我见过他本人，他是天生的表演者，聊天时妙语连珠。我觉得既然我已经独自写了那么多剧本，换一种新的合作方式应该会很有意思。如果他告诉我"听着，我得去欧洲办点事，没法和你合作了"，那么我就自己干，但我相信我们的合作可以擦出不同的火花。我和从小一起长大的米基·罗斯合作过，他是我上学时的好朋友，相识了一辈子，但他现在住在加利福尼亚，我们不常见面，只是通电话。《傻瓜入狱记》和《香蕉》都是我们一起合作的。我和住在公园对面的马歇尔·布瑞克曼也合作过，他就住在那栋有两个高塔的楼里（伍迪用手指了指窗外），我在俱乐部演出的时候，也就是二十几岁时就认识他了。现在我也很愿意与他合作，他是个很棒的作家，非常风趣，我们度过了愉快的时光，合作也很顺利。我们一起散步，吃饭，聊天。而现在我认识了这个有意思的新朋友，他刚刚为迪士尼改编了《佳人有约》，他很高兴做这个改编，我倒认为翻拍这部电影不是个好主意，因为《绛帐海棠香》是美国有史以来最棒的舞台喜剧，朱迪·霍利德饰演的电影版本也非常出色。

史提格：我非常喜欢朱迪·霍利德，梅兰尼·格里菲斯[1]也是一名优秀的喜剧演员。

伍迪：没错，她很棒。但一些经典电影，比如《乱世佳人》《欲望号街车》还有《绛帐海棠香》中的原版演员都是不可复制的，即使你能奇迹般地找到比《绛帐海棠香》中的朱迪·霍利德和布罗德里克·克劳福德更优秀的演员也一样。这就好比就算你找到全世界最好的演员来饰演斯坦利·科瓦尔斯基[2]，还是无法复制马龙·白兰度的表演，因为他和那个波兰人角色已经融为一体。安东尼·奎恩也饰演过那个角色，他也是一名伟大的演员，演技相当出色，但与白兰度的诠释仍然大相径庭。你也永远找不到费·雯丽这样的斯嘉丽和克拉克·盖博这样的瑞德·巴特勒了[3]。你可以找比克拉克·盖博更好的演员翻拍这部电影——我并不认为他是一名伟大的演员，但经典永远无法复制。《绛帐海棠香》也属于我认为不该翻拍的作品，我并不是说原版电影的导演完成得多么出色，毕竟这只是一部银幕上的舞台剧，但它的经典和伟大与此无关，朱迪·霍利德、布罗德里克·克劳福德，还有威廉·霍尔登之间的种种火花和化学反应是难以再现的。

史提格：你说你有时用铅笔写作，有时用打字机写作，难道你至今都没有用电脑吗？

伍迪：是的，我想我可能永远都不会用。我仍在用十六岁时买的那台打字机工作，四十美元的德国产奥林匹亚手提款打字机，看上去的确是德国制造的样子，像坦克一样结实。买这台打字机的时候，我对销售员说："四十美元对我来说是一大笔钱，真的能用很久吗？"他告诉我："我向你保证，这台打字机的寿命比你我还要长得多。"

---

1. 梅兰尼·格里菲斯在1993年翻拍自《绛帐海棠香》的《佳人有约》中饰演女主角。
2. 斯坦利·科瓦尔斯基：电影《欲望号街车》中的男主角，该电影改编自著名剧作家田纳西·威廉斯的同名戏剧。
3. 电影《乱世佳人》中费·雯丽饰演斯嘉丽，克拉克·盖博饰演瑞德·巴特勒。

的确被他说中了，十六岁到现在已经四十多年过去，我的每一个字都是用它打出来的，这是台非常棒的机器。我见过文字处理软件，但我想我应该永远用不上那玩意儿。

史提格：当你完成一个剧本后，是不是会过一段时间再去修改它？

伍迪：我会马上修改。我一写完剧本就用打字机打出来，否则就是一团乱麻。我会打出一个清晰的版本，然后用铅笔从头开始修改，这个过程只需要几天时间，我修改得非常快。然后我重新整理，再打一遍。这就是我的工作流程，我从来不会浪费一分钟去关心能赚多少钱之类的事。我一旦完成整个剧本（伍迪打了一记响指），"搞定！"，就会把剧本给制片人罗伯特·格林赫特看，他读过后可能会打电话告诉我："这部电影得花两千万，但我们只有一千两百万到一千三百万。"通常我会注意到预算，不会相差太多。有时他会告诉我："我们得降低成本，挪掉一千万，你觉得可行吗？可不可以把十场雨景改成五场？"之后就是一些必需的妥协了。

史提格：你只在整理剧本的时候修改一遍吗？

伍迪：是的，改完我就不再看剧本了。

史提格：除了制片人罗伯特·格林赫特，你会给其他人看剧本，征求他们的意见吗？

伍迪：（伍迪停顿了很长时间）不，过去我会给米亚、黛安·基顿或是其他出演这部电影的演员看，但现在我越来越自信了。刚开始拍电影的时候我经常办试映会，躲在电影院里观察别人的反应，然后根据那些反应来修改电影。但后来就很少试映了，可能最多只有两次大型的试映，再后来我只在我的放映室里试映，现在就是这么做的。

当我拍完一部电影，我会在放映室里播放五到六次，邀请我的妹妹和一些朋友来看，看完我会问他们："你们有什么想对我说的吗？有没有不理解的地方或是我需要注意的地方？"然后他们会告诉我是否喜欢这部电影，或是有几场戏难以理解，我会参考这些意见。但总的来说在我试映的时候，电影的百分之九十九已经完成了。

史提格：作为一名导演，你的创作条件是独一无二的。你拥有完全的创作自由，每年都有新作问世，除了预算以外没有任何限制。你觉得预算会限制你的创作吗？有没有某个项目因为预算问题被搁置的？

伍迪：从某种程度上来说的确会受到影响。比如我一直想拍一部爵士电影，而且我相信我能拍出一部很好的爵士电影，但我的想法需要很高的预算，太费钱了，于是只能把它搁置一边。这部爵士电影从早期的新奥尔良开始，到芝加哥，再到纽约、巴黎，从服装到经费都是大项目。那会是一部很棒的电影，但没有那么多钱根本拍不了。

史提格：剧本已经写好了吗？

伍迪：还没有写。除非我能攒到这么一大笔钱，否则我不会花时间写这个剧本。也许有一天我能有机会筹到这笔钱，到那时我就会着手创作这部电影。

史提格：你认为电影创作的哪个部分最振奋人心？

伍迪：产生灵感的时候。一旦进入电影的制作过程，从选角到拍摄再到剪辑，这个过程对我而言只会越来越糟，一步步离最初的构想越来越远。等到电影完成的时候，我看着它，总是感到失望和厌恶，我会想起一年前我坐在卧室里第一次幻想它的样子，一切都那么完美，然而我却一步步地毁了它，从写作到选角，从拍摄到剪辑，以至于我再也不想看到它。最美妙的是最初构思的时候，你怀着宏大的理想和抱负，然而等到你剪辑的时候，你满脑子只想着把它拼凑成一个勉强的产物。拍电影是一场巨大的挣扎，但我宁愿为电影挣扎，为电影挣扎胜于为其他事物挣扎。

插　曲

　　史提格：本书第一版中的访谈内容是在你最受争议的那段时期——你和米亚的分手以及那起事件的余波——进行的。我记得你们分手的消息是在一个周四的早晨曝出的，我们原本约好在次日见面。你当时的助理劳伦·吉布森打电话告诉我第二天的会面取消的时候，显然在我的预料之中。但不久后的某个周四，她很快又打电话问我是否能在该周周六和你见面，地点改为你家，而不是我们以往谈话的地点——你的办公室。于是该周周六早晨我们的访谈得以继续进行，你看上去似乎没有受到事件的影响，这种冷静地区分工作和生活的态度令我感到非常惊讶。

　　伍迪：这是完全无关的两件事，一件是法律上的事务，由我的律师全权负责，因为我不会处理那类事件。当然他们有时也会打电话询问我一些事情，但不会妨碍到我的工作。没有什么事情能影响我的工作，在各种报纸争相报道整个事件的期间，我还是像往常一样高产，拍了几部电影，为外百老汇剧院[1]创作了一部独幕剧，还拍了一部电

---

1. 外百老汇剧院：指纽约100—499座的剧院（极个别除外），比百老汇剧院规模稍小。外百老汇剧院的演出一般不以营利为目的，内容更具实验性与争议性。

视剧，每周一也仍旧雷打不动地与我的爵士乐队一同演出。

史提格：那些针对你和米亚·法罗的言论和抨击难道没有在任何方面影响到你吗？

伍迪：我从来不读任何关于我的文章。很多年前我就发现，最有利于工作的一点就是不读任何关于自己的文章，也不看电视报道。我一直活得像鸵鸟一样，从来不看关于我的影评，也不读任何关于我的文章。当然，如果你请我校对这本访谈录的话，我还是会看这本书的。但整个事件发生期间我没有停止过工作，我从来不关心电视或报纸上关于自己的报道，因为那对我没有任何意义。从我第一次拍电影开始，我就从未停止过写作。有些人喜欢我的作品，另一些人讨厌我的作品，这对我来说都毫无意义，不会对我产生丝毫影响。即使所有人都喜欢我的作品，也不能代表那些就真的是好作品，更不意味着可观的票房。如果没有人喜欢我的作品，也不能说明我的作品一无是处，尽管这的确意味着糟糕的票房。基于这些原因，我从三十多年前甚至更久之前开始就不读任何关于我的文章了。

史提格：虽然你本人不会受到任何公众舆论的影响，但大众对你私生活的窥探有没有在某种程度上影响到你的工作？

伍迪：没有，我还是完全和往常一样拍电影。我在纽约街头拍了《曼哈顿谋杀疑案》，后来又在纽约拍了《子弹横飞百老汇》，对我来说不是问题，舆论对我没有丝毫影响。电影公司和分销商也许会对我的票房号召力抱有质疑，但我并没有意识到这一点。他们也许会说"天啊，现在我们怎么办？"，但没有人真的采取什么举措，也没有人打电话对我说"我们不想做这部电影了，也许应该暂停一段时间，等你的下一部电影再合作"。没有人说这样的话，也没有人在街上问过我任何问题。虽然新闻报道不断，但我的生活没有发生实质性的改变。无法获得孩子的监护权是一件严重的事情，但也只能在法庭上解决。

史提格：我们在第一版中按时间顺序探讨了你的电影作品。很巧的是，那场风波过后我们再次见面的那个周六早晨谈的第一部作品就是《仲夏夜性喜剧》，这是你和米亚·法罗合作的第一部电影。你谈到她作为一名演员的才华，就像你谈论别的演员一样，我认为这一点非常令人钦佩。

伍迪：她是一名很棒的演员，我觉得好莱坞低估了她。我认为这是因为她出身于一个好莱坞家庭，她的母亲是好莱坞明星，父亲是好莱坞导演，所以她一直没有得到一名女演员应得的认可。在表演方面我们从来没有任何问题，我们之间的问题纯粹是私人的。在工作上，她非常善于合作，有创造力，戏路也广，既能出演通俗喜剧，也能胜任严肃的角色。所以作为一名演员，我非常欣赏她，并且我认为她的才华一直没有得到应有的承认，这一点可能与她的出身、与她早年作为好莱坞"皇室"一员所具有的明星光环有关。此外，当然还因为她很早就嫁给了弗兰克·辛纳特拉，公众只把她看作那种轻佻随便的好莱坞圈中人，也有可能是因为她太漂亮了。塔斯黛·韦尔德[1]也经历过类似的遭遇，她在事业初期也没得到应有的认可，所以才不得不拼命挣回自己的荣誉。有些人不得不因为一些无稽的理由承受这种遭遇，也许是塔斯黛·韦尔德这个名字给人一种轻佻的暗示，这当然是可笑至极的说法。还有一位优秀的美国演员雷普·汤恩[2]，他在舞台和电影中的表现都非常出色，但就因为他有一个糟糕的名字，于是不得不加倍付出，才能证明那些偏见是无稽之谈。最终他终于凭借才

---

1. 塔斯黛·韦尔德：初上银幕时以扮演天使和性感女郎见长，直到20世纪60年代中期，她才声誉卓著，成为众人崇拜的偶像。
2. 雷普·汤恩：美国演员，他的名字Rip在美国俚语中有"浪子"的含义。

华获得了应有的荣誉，但他经历过一段艰难的时期，因为总是有人计较他的名字而忽视了他多才多艺的一面，公众总是有一些莫名其妙的反应。

史提格：当时你正在计划拍摄《曼哈顿谋杀疑案》，而且我知道你在写剧本时是以米亚·法罗为原型的。

伍迪：没错，原本计划让她饰演主角，但后来一切都乱套了，所以我只能问黛安·基顿愿不愿意出演这个角色，她说"好的"。

史提格：有传言说米亚·法罗仍然愿意饰演这个角色……

伍迪：那只是在法庭上故作姿态罢了。鉴于整个处境她当然是不愿意出演的，很难想象我们如何在当时的情境下合作，但当时我并不是不愿意与她合作。几年后当我为《非强力春药》选角的时候，我和选角导演茉莉叶·泰勒坐在这间房间里，当时我们正在讨论海伦娜·伯翰·卡特饰演的那个角色，我说"米亚怎么样？她是最佳人选"，然后房间里的每一个人都对我说"不，如果你雇了她我们就走。你怎么想得出这么疯狂的主意？你们之间经历了这么多可怕的法律纠纷"。然后我说："但她非常适合这个角色，也许会答应这份工作。我做我的导演，她又是一个专业演员，下班后我们各自回家，不需要一起吃饭，只是一起工作而已。"但没有人听我的话。虽然从法律的角度看这不是一个好主意，但我的确可以和她合作《曼哈顿谋杀疑案》，考虑到合约以及佣金，她的律师也始终声称她愿意出演这个角色，当然这只是说说而已。

史提格：假设你在《非强力春药》中邀请米亚·法罗出演，当然这只是假设，你认为她会答应吗？

伍迪：我不知道。我对这类情况的态度与大多数人不同。我邀请过很多公开反对我的人出演我的电影，这对我来说不是问题，只要我觉得"那个人适合这个角色"，就不会在乎他们的政治、宗教立场以及他们对我个人的看法，只要他们能胜任工作，其他一切都无关紧要。一旦他们接受了这份工作，我就不会受到内心想法的左右。我不知道米亚在这一点上是不是持相同的态度。如果她的性格中有戏剧性的一面，也许她会想："为什么不答应？为什么我不能接这份工作？我能胜任这个角色，这也是一份合法的工作，还有工资。我只要说声'早上好'，然后工作结束再说声'晚上好'就行了。"但她也可能会想："他疯了吗？！我再也不想靠近他十米之内！"但假如当时开会的时候茱莉叶·泰勒说"这是个好主意"的话，我也许马上就会叫人打电话给米亚。

史提格：你说你和一些反对你的演员合作过，这会不会带来一些麻烦，比如要换一种方式给他们导戏，而不像与熟悉的演员合作那样？

伍迪：并非如此。从某种意义上来说，我在导戏的时候总是保持距离的，我对每一个人都很礼貌，从不过分亲密。曾经有一个演员在采访中谈到与我合作时说道："他从来不和我讲话，他只说'早上好，你拿到咖啡了吗？'，这就是唯一的对话了！"事实上的确如此，我对每个人都是这样，早上见面时我们互相问候，然后我们一起工作，工作结束时我说"晚安"，就是这样。总的来说，我不会和演员一起吃午餐或晚餐，如果他们有疑问或是别的要求，我就答复他们。

史提格：我参观过你的片场两次，分别是《曼哈顿谋杀疑案》和《子弹横飞百老汇》的片场。你和演员之间交流甚少，这一点让我非常震惊。拍摄《子弹横飞百老汇》的时候，令我记忆深刻的是拍摄

黑帮老大家中的一场戏，演员包括约翰·库萨克、杰克·瓦尔登、詹妮弗·提莉，还有乔·维特雷利。这场戏台词生动，还包含了矛盾冲突，但你在拍摄间隙时离开了片场，留下演员们在房间的角落里，要不就是单独坐着，要不就是和场记员凯·查宾待在一起。直到开拍前你才对演员做一些执导工作，主要是建议他们节奏快些。而等到下一个镜头拍完时，你又离开了片场。

伍迪：是的，我很少和演员说话，除非有哪里需要修正。大多数合作的演员都非常优秀，演技也相当到位，所以我不想打扰他们。如果某些地方出了问题，比如节奏太慢，或是感情过于丰富，那么我就不得不指出这些问题，但我不需要经常打扰他们，我相信演员的直觉。

史提格：以伯格曼为例，他的情况就与你相反。也许你也看过一些他在片场的照片，往往能看到他坐在沙发上，就像你现在正坐在沙发上一样，但他身边总是坐着演员，通常他都会搂着他们。

伍迪：我知道他待人非常热情。

史提格：显然他是希望通过这种方式来安抚演员。

伍迪：我认识一些人曾经见过工作状态下的伯格曼，他会让演员待在自己身旁，私下里也非常关心他们。这是非常美好的品质，演员们也在以自己的方式来回应导演，那就是精湛的演技。伯格曼的方式能让演员们感觉很好，也更有创造性。

史提格：也许正是这一点让他看起来更像一位父亲。

伍迪：是的，他真的爱他的演员，真的关心他们。

《子弹横飞百老汇》

大卫："我是艺术家，我绝不改任何一句台词！"

——《子弹横飞百老汇》

史提格：在本书第一版中我们谈到过你将会在《曼哈顿谋杀疑案》之后与道格·麦格拉思合作新剧本，尽管当时你还没有想好会是一个怎样的故事，但你不打算独自创作这个剧本。你是怎么想到要与别人合写新剧本的，又为什么选择与道格·麦格拉思合作？

伍迪：我们私底下是好朋友，之前与我合作的马歇尔·布瑞克曼也是我的好朋友。每隔一段时间，大概每拍完六到七部电影的时候，我会对独自写作这件事产生一种孤独感。一年又一年的重复工作之后，我会想："为什么不犒劳一下自己，找个好朋友和他一起创作？"这样整个过程就变得有意思多了，我们一起坐在房间里，或者一起散步、吃饭、讨论项目，这样就不那么孤单了。每隔一段时间我就会这么做，这一回也是如此。

史提格：除了《子弹横飞百老汇》，你们有没有讨论过其他可行的项目？

伍迪：我给道格提了很多想法，看他对哪一个比较感兴趣。《子弹横飞百老汇》是他很喜欢的一个想法，尽管不是我最喜欢的，但既然他很感兴趣，我还是愿意跟他一起尝试。如果换作我单独创作的话，我可能会选别的想法，但道格说："不，你已经拍过其他那些了，这个是与众不同的。如果我是观众，一定很想看这部电影。"于是我们从这个想法开始构思，最终有了整个故事。

史提格：为什么《子弹横飞百老汇》这个故事当时在你看来不是很有趣？

伍迪：因为我觉得一个黑帮老大想让自己的女朋友加入演出并不是一个新鲜的创意。真正有意思的其实是黑帮老大的帮手——那个年轻的保镖实际上是一个很有天赋的作家，比故事中的剧作家更有天赋。当我想到他会为了自己的剧本而杀那个女孩的时候，我就知道这个故事是蕴含着某些东西的，这时我才愿意继续编下去，因为我知道这个故事是言之有物的。它要呈现的是：你并不知道谁才是真正的艺术家。剧作家和黑帮保镖之间的种种关系都是基于对艺术的激情，这一点打动了我。

史提格：你说你向麦格拉思提了四五个建议，其他几个想法有没有写成剧本？

伍迪：有，《业余小偷》和《玉蝎子的魔咒》都是我们当时认为很有意思、值得被拍成电影的想法。

史提格：饰演黑帮保镖的查兹·帕尔明特瑞本身也是一位编剧，你看过他的作品吗？

伍迪：没有，当时他的第一部电影还没有完成，所以我没有听说过他。是茱莉叶·泰勒告诉我："我想让你见见查兹·帕尔明特瑞，他可能非常适合这个角色。"我说"好的"。他从那扇门里走进来的那一刻我对自己说："这就是我写这个角色时脑子里想的那个人。"没有比他更合适的人选了。

史提格：电影的第一句台词是大卫·肖恩对助理说他拒绝修改任何一句台词，然而后来他却一步一步地向黑帮、制片人还有演员等等屈服了。会有制作人员对你的剧本指手画脚，通过各种方式影响你的工作吗？

伍迪：可以说没有人，也可以说所有人。没有人看过剧本，因为我不会给任何人看，也不会征求任何人的意见。剧本完成后就进入了制作阶段，我按照自己的意愿创作剧本，这个过程没有人影响过我——包括我的制片人、选角导演以及摄影师等等。但是等到了片场真正开拍的时候，每个人都告诉我应该怎么做，场记员、助理导演、调焦员，每个人都有自己的想法。"那个笑话不够好笑，你应该换这个笑话"，或者"那看起来不真实"。真的，每个人都有自己的看法，我会听取所有人的建议，有时候他们说得对，有时候不对，但从来没有人真正干预我的剧本，他们都觉得我拍了足够多的电影，应该知道自己在做什么。

史提格：我认为大卫和契奇的关系是全片最重要的一个方面，这段关系经历了一个良性的转变过程，从最初的怀疑与敌对，到后来的合作与尊重。

伍迪：没错，那是电影的核心——契奇从最初的建议开始，逐渐接手整部剧的创作，从"我们的剧"慢慢发展为"我的剧"，最后甚至愿意为了这部戏杀人。

史提格：约翰·库萨克饰演的大卫有点类似于你以往的银幕形象。

伍迪：如果我年轻一点的话，我可以自己出演这个角色，这是我能够诠释的那一类角色。但库萨克比我更适合，他是个非常出色的演员，演技也非常值得信赖。我和他合作过几次，也很愿意再度与他合作。只要是有约翰·库萨克的电影，无论电影本身好坏，他的表演始终是出色的，这是他身上的一个特质。

史提格：电影中一个名叫谢尔登·弗兰德的马克思主义者说过一句话："艺术家创造属于他自己的道德世界。"面对制片人和投资商的时候，你会在多大程度上坚持自己的想法？

伍迪：在我还很年轻的时候，总是强硬地固执己见，但有些时候我也束手无策，因为我只是雇员，尽管我不甘心于此。在我拍第一部电影《出了什么事，老虎百合？》的时候，我不停地坚持自己的立场，但都无济于事。我没有那个权力，所以我的挣扎是毫无结果的。

史提格：《子弹横飞百老汇》中的所有人物似乎都怀着梦想和野心。大卫希望成为一名公认的成功艺术家，演员海伦·辛克莱渴望重返舞台，还有一些令人意外的小梦想，比如契奇在台球厅对大卫坦白说："我一直想跳舞，你看过乔治·拉夫特[1]跳舞吗？"这么看来，梦想似乎是串联起所有人物的一条线索。

伍迪：当然，心怀梦想的角色能使电影看起来更生动。

史提格：《子弹横飞百老汇》的背景设定在20世纪20年代后期，拍摄那个年代的电影对你来说是一次愉快的经历吗？

伍迪：是的，但除了我以外没人喜欢，因为代价高昂。但我很享受整个过程，因为纽约最辉煌的三个时期就是20世纪20年代、30年代

1.乔治·拉夫特：美国演员，他在电影《伦巴》中饰演伦巴舞者，该电影让伦巴在美国变得非常流行。

和40年代。那时有伟大的音乐、帅气的汽车、华丽的俱乐部和剧院，人们穿着时髦，有黑帮、军人还有水手。那是个多姿多彩的年代，一切都那么迷人，人们抽着烟，盛装参加晚宴，去俱乐部，一切都精致极了，所以我非常喜欢把我的电影设定在那个年代。

史提格：但那个年代也有消极的一面，比如你在《开罗紫玫瑰》中表现的20世纪30年代大萧条时期。

伍迪：的确，30年代是一个特殊的时期，但20年代的时候每个人都活得非常气派，到了40年代甚至战争开始之后，人们的生活依然充满活力。但是在大萧条期间，人们失业、没有收入，整个国家度过了非常艰难的时期，因此人们从奢侈中寻求逃避。他们喜欢看电影，听故事，看百老汇演出，那些演员都住在纽约奢华的顶层公寓里。事实上，30年代纽约剧院内的景象是空前绝后的，差不多每晚都有上百出剧目同时上演，整个纽约，一家接着一家戏院轮番上演。那些伟大的剧作者都活跃在戏剧界，如奥尼尔[1]、桑顿·怀尔德[2]、克利福德·奥德茨[3]等等。

史提格：你有没有幻想过成为那个年代的大人？

伍迪：没有，因为那时还没有青霉素这类让我依赖的东西。但我喜欢拍那个年代的电影，我希望现在的纽约也能像当时一样优雅和讲究，就像凯瑟琳·赫本和斯宾塞·屈塞在《亚当的肋骨》中饰演的两名律师回到自己家中吃饭的时候，屈塞特地上楼换了一件晚礼服。在我还是小男孩的时候，每到百老汇的首演之夜，那场面真是激动人心，你可以看到一排豪华轿车，还有那些穿着晚礼服的演员，之后他

---

1. 尤金·奥尼尔：美国著名悲剧作家，现代美国戏剧的奠基人和缔造者。1936年获诺贝尔文学奖。
2. 桑顿·怀尔德：美国文学史上唯一同时荣膺普利策戏剧奖和小说奖的美国作家。
3. 克利福德·奥德茨：20世纪30年代美国左翼戏剧的代表人物。

们还会举行一场派对。那真是一场大事件，那种盛世般的感觉现在已经没有了。现在是非常随意的，一场戏开演了，人们在一家雅痞饭店办一场无聊的派对，人们穿着短袖汗衫和牛仔裤，没有任何亮点。虽然盛装打扮是一件肤浅的、毫无意义的事情，但那种消逝的魅力真是令人惋惜。

史提格：这也是你在《情怀九月天》中抒发的感慨。

伍迪：尽管我本人属于最不讲究的那一类人，但是如果剧院的演出不在七点半就早早开演，而是留出时间让人们盛装出席晚宴，在我看来就是一件美好的事情。过去剧院的演出都是在八点四十分开始，可以让你吃个晚餐，再看演出，等到十一点十五分左右演出结束的时候，你来到一家夜总会，那里要么有演出可看，要么只提供晚餐。最后你心满意足地回家，这种感觉很好。然而后来整个城市都充斥着毒品和犯罪，没有人敢出门，每个人都想搬出纽约。于是那些热衷剧院的人住到了康涅狄格州、长岛或是郊区，他们不希望等到十一点十五分演出结束后再搭火车回家，只希望能够早点回去，于是整个时间都被提前了，那种迷人的魅力也丧失了。

史提格：相比摄影棚，你通常更喜欢采取实地拍摄。拍这种具有年代感的电影，对你的工作人员来说一定会遇到很多问题吧？

伍迪：美术指导桑托·罗奎斯托会处理这些问题，他知道预算不多，没有钱建造俱乐部、剧院或是公寓，所以他会找一些场地，包括小场地和大场地，然后进行改造，比如在这儿加一些灯，那儿加一些别的，看起来突然就像那么回事了。纽约充满了惊喜，尽管我已经拍了三十多部电影，但找外景地的时候还是惊叹于纽约竟有如此众多的千奇百怪的地方。拍《甜蜜与卑微》的时候，那个故事按理说发生在芝加哥、纽约、加利福尼亚，以及某些国道上，但大部分戏在我家附近的三十个街区以内就拍完了。

史提格：除了拍摄反映某个特定年代的电影，有没有哪个地方的布景激发了你的灵感，让你想在那里拍一场戏？

伍迪：有。有时候某些东西会给我带来灵感。我记得和道格·麦格拉思合作的时候，他给我看了一栋楼，这栋楼的地下室有一座啤酒厂，过去是做啤酒的，至今仍能看到那些巨大的木桶，于是我决定将来要写一个那样的场景。很多时候，当我看到一条漂亮的街道，回家写剧本的时候我就会把人物放到那条街道中去，因为它在某种程度上启发了我。

史提格：你会把那条街道或是某栋楼记下来吗？

伍迪：我会把它描述给桑托·罗奎斯托听，然后让他去那个地方看看。

史提格：如果那些地方的布景不符合你手头正在拍摄的电影，你会存下来以备未来派上用场吗？

伍迪：会。有时桑托会提一些建议："我看到一栋很棒的楼，我们现在用不到它，但你散步的时候应该去看看，也许很适合做《子弹横飞百老汇》中瓦伦蒂的公寓，就在百老汇爱迪森酒店一楼，我们可以加几盏灯。"于是我想："好啊。"最后整个布景果然非常完美。类似的情况比比皆是，我们没有为《子弹横飞百老汇》搭建任何东西，所有东西都是现成的，有些是经过改造的，比如这里加一堵墙，那里放一扇假窗，等等。

史提格：黛安·韦斯特的表演可以说是一种突破。

伍迪：她是个了不起的女演员。

史提格：你在设计角色的时候是以黛安·韦斯特为原型的吗？还是后来才邀请她加入的？

伍迪：她一直是我的好朋友，在我创作这个剧本时她联系了我，她说："我真的想参与你的下一部电影，我现在没有别的事情可忙，没有参加任何演出，也不会待在加利福尼亚。"于是我说："好的，那很好。"我把剧本给她的时候，我提议让她饰演这个角色，但她说："我演不了这个角色，不适合我。"我告诉她："你可以的。"并花了一些时间说服她。电影开拍的时候，我还在排练时把这个角色演给黛安看，我之前从来没为演员做过这种事，但我必须念几句台词给她看，让她明白我想要什么样的效果，当她领会了角色之后就没有任何问题了。

史提格：没错，但这个角色与她之前的银幕形象显然大相径庭。

伍迪：的确，但黛安是一个非常多变的演员，她能诠释任何角色。我非常了解她，也深知她作为演员的才华。换了别的导演，也许会选别的演员来演这个角色，那种更有女王气质的、看起来更强硬的女演员。但是太多优秀的演员其实只是没有机会表现自己而已，因为制片人和导演往往无法完全领会他们的才华。

史提格：类型选角对美国电影来说是一个问题，很多演员总是无法摆脱角色设定。

伍迪：没错，因为美国电影笃信神话效应。制片人把角色给约翰·韦恩这样的演员，是因为他总是演这一类角色。韦恩饰演的英雄是一个银幕神话，于是你不断地在同类型电影中看到他。他演过一百部左右的电影，但人们从来不会厌倦他说一百遍同样的台词、做一百遍同样的动作。这就是大多数美国电影的症状：不断重复同一个神话。有一群电影明星拥有神话般的地位，你可以把他们比作希腊诸神，比如贝蒂·戴维斯总是演着她的老套路，亨弗莱·鲍嘉和克拉克·盖博也是如此，他们总是一副高高在上的样子，不断地重复同样的神话。达斯汀·霍夫曼这样的演员就不是神话英雄，他纯粹是一个伟大的演员，但很难找到像他这样能够胜任各种角色的演员。事实是扮演一成不变的英雄角色反而更容易收获金钱和名利。

史提格：也许是那些演惯了英雄神话的演员不愿轻易放弃他们的名声和地位。

伍迪：两者兼有吧。有些演员也许想尝试不同的角色，只是没有人相信他们，而另一些演员则是碍于先前的成功，担心难以超越自己。虽然他们嘴上说想摆脱这种角色设定，但往往迈不出这一步。

《非强力春药》

希腊合唱队："在人类所有的弱点中，偏执是最危险的。"

——《非强力春药》

小丑："我很清楚自己对这件事的想法，但我无法用语言表达出来。如果我喝醉了，可以跳支舞给你看。"

——《影与雾》

史提格：美国电影的另一个传奇人物是玛丽莲·梦露。在你刚开始去电影院的那段时间，她在你眼中是否具有某种象征意义？

伍迪：她大红大紫的时候我还太小。仿佛受到某种魔力驱使一般，一夜之间她突然就成了性感的代名词。她像某些特别的人一样有着无法定义的气质，那种强烈的性感。我觉得她是一个未经考验的演员，有时候看起来很棒，也很有潜力，但说服力还不够。我不是那种狂热追捧她演技的人，我看过她演的喜剧，她的确很有潜力，也许不只是潜力，她的表演有许多闪光点，但她的个人问题显然影响了她的演艺生涯。如果她是一个相对稳重的人，那么经过多年的努力——她的确很努力——一定能最大限度地挖掘自己的才华。但我们终究没有等到这一天，我们看到的只是转瞬即逝的灵光，而那不足以证明她的才华。尽管如此，我还是很喜欢她的某些作品。

史提格：比如哪部电影？

伍迪：她在威廉·英奇编剧的经典作品《巴士站》中的表现非常

出色，还有在比利·怀尔德的《热情如火》中的表现也非常逗趣。

史提格：梦露显然也是20世纪50年代好莱坞片厂制度[1]的受害者。她按月拿工资，赚的钱并不多，直到后来才能独立挑选角色。

伍迪：对于这种情况，很难撇开梦露的性感光芒不谈。因为当你在选角过程中发现其中有一个女演员是玛丽莲·梦露的时候，你的选择是非常困难的，尤其是当代电影的选角，除非是一部可以掩盖她的光芒的历史片。但从现实来看，她不是那种邻家女孩，她的美太具有破坏性了，因此很少有人会请她饰演平凡的角色。如果你把她视为专业演员，也许可以去掉那部分破坏性，赋予她一个更具挑战性的角色，至少给她一个尝试的机会。如果她能不受个人问题影响的话，也许能够顺利完成这种转变。但她的生活太混乱了，她无法摆脱对男人的致命吸引力。尽管她一直想证明自己的才华，但整个体制并没有给她任何机会。有些人注定是这样的命运，她之所以一夜之间成为轰动人物，仅仅是因为她的外表和吸引力，而对一个渴望证明自己的演员来说，这是很艰难的。

史提格：就像你说的，她真的努力了，还特地来纽约跟随李·斯特拉斯伯格[2]学习表演，说明她是有梦想的。

伍迪：她的目标没错，但她的精神太不稳定，也从来没有真正证明自己的机会。如果她能更稳定一些就好了。的确有一些人，凭借某个出众的特点为人所知，但他们依靠自己的才华和稳定的人格，证明自己有更多的潜能。比如克林特·伊斯特伍德，过去我们总觉得："噢！他只是个演牛仔的帅哥！"但实际上他远不止如此，他也的确

---

1. 片厂制度：20世纪20年代至60年代好莱坞主要制片公司的运营模式，将电影制作流程化，各公司垂直整合制片、发行和放映，公司决定明星出演什么样的剧本和角色，明星甚至不能分享票房的收入。
2. 李·斯特拉斯伯格：美国演员、导演及教师，他发展出了表演的方法学。

证明了自己可以胜任其他角色。

史提格：既然谈到了梦露，我想再问一个问题：如果梦露现在还活着，你会考虑让她来演米拉·索维诺的角色吗？

伍迪：当然，如果她还是那么年轻的话，我绝对会考虑。这个角色是一个拥有绝世美貌的性感应召女郎，梦露显然可以饰演一个富有的应召女郎，没有比她更合适的人选了。她之所以可以胜任这个角色，是因为她有那种天真的幽默感，她在短暂的演艺生涯中已经证明了这一点。但不得不说我很幸运找到了米拉，找到合适的女演员非常不易。

史提格：你是怎么想到要找她来演的？这应该是她第一次在电影中担任主角吧？

伍迪：没错，这是她第一次饰演主角。我找了很多女演员，美国的、欧洲的，但还是毫无头绪。突然间，她的名字跳了出来，茱莉叶·泰勒知道她是一个很棒的女演员，我们以前在为另一部电影选角时也找过她，那个角色并不适合她，但从她读台词的状态就能知道她是一名优秀的演员。当时我们正好在伦敦的多切斯特酒店，就请她来试着念一念台词。米拉是那种非常入戏的女演员，因此她穿着风流地来到了酒店，我很惊讶保安居然让她上来了。当她走进房间的时候，看起来棒极了，穿着打扮和举手投足完全符合角色的气质，念台词的时候也相当到位。

史提格：她念台词的时候是用电影里那种尖利的嗓音吗？

伍迪：我不记得了。但那种音调是她自己的主意，是她在开拍之前发明出来的。我没有建议过她要用那种音调讲话，她完全凭自己的感觉诠释角色，我的工作仅仅只是在感觉不对的时候提醒她。她的声音非常棒，她很聪明，也很有才华，是一个非常认真的演员，所以我不会去干扰她。她提了很多要求，比如不希望我们从某个角度拍她，我很乐意在这些方面满足她，那能让她高兴。我不在乎这会不会造成麻烦，这是值得的，而且她的要求也很有趣，比如那种幼稚的健康棒棒糖。有时距正式开拍还有二三十秒，在等临时演员就位或摄像机就位的时候，她会突然以角色的口气对我讲话，内容是她根据场景编出来的，我会像看着疯子一样看着她，问她："什么？"然后她就用角色的口气向我解释。这就是她的表演方式，事实上效果的确不错。

史提格：你是不是站在那儿想"这不是我写的台词"？

伍迪：我心想"天啊，她不会真的指望我回答她吧？"，我很尴尬，但她非常喜欢在茫然无措的我面前尽情表演，我只能呆呆地看着她。她还在电视上演过玛丽莲·梦露，所以梦露理所当然也可以饰演她的角色。和米拉合作非常愉快，她为这部电影做出了很大的贡献。

史提格：你昨天曾提到过，当你第一眼看到查兹·帕尔明特瑞走进房间的时候，就觉得"这正是我要的人"。当你在物色演员的时候，都会让他们读剧本中的某些段落吗？

伍迪：没错。

史提格：你会在这时录像吗？

伍迪：不会。他们来这边的时候，我就躲在角落里，然后茉莉叶·泰勒会请他们读台词，我在一旁看着。我只想知道他们说话的感觉是否接近角色。我知道他们没法马上给出一个完整的表演，更别提对演技的要求了。我只想看到他们的直觉，这是很重要的。有些演员进了这间房间后，我们开始谈话，就像我和你现在这样。当我介绍完角色之后，他们一下子进入表演模式，突然以一种不正常的口吻开口讲话。这时我会告诉他们："只需要像你平时讲话一样念台词就可以了，就像正常人一样讲话。"如果做不到这一点，通常我就不会雇这个演员，因为在我看来他的直觉是错的。我一下子就能听出来什么样的声音是真实又恰如其分的，我只需要了解这个。他们只需要读一页剧本，给我留下一点印象就行。

史提格：演员会事先准备吗？还是当场才拿到台词？

伍迪：当场才拿到的。如果他们看起来符合我的要求，我会请他们读一页台词，基本上他们都会说"没问题"。然后我们把剧本给他，告诉他"去隔壁房间看一下这个，等你准备好了就来这儿念台词"。他们就去隔壁看两分钟，五分钟，或者十分钟。有一些演员会试着背诵台词，但那完全没有必要，甚至很可能让他们演砸。我们不需要完美的表演，只需要看到冰山一角，但演员往往不了解这一点，他们太渴望得到一份工作了。我总是尽可能地对演员友善，因为我知道自己永远做不到像他们那样。对我来说，走进一个全是陌生人的房间，还被要求"读这个"，是一场噩梦。他们只是想得到一份工作，而这是一件很残酷的事情，所以我尽量不让他们读台词就雇佣他们，但有时候不得不读。

史提格：你说你是在伦敦与米拉·索维诺见面的，我知道你去那儿是为了宣传《曼哈顿谋杀疑案》，这对你来说是一件新鲜事，因为你很少出国宣传你的电影，这是新制片公司的规定吗？

伍迪：不，其实是出于非正式的理由。一直有人邀请我去欧洲旅行，但一直被我拒绝，因为我不喜欢旅行，不喜欢住酒店，也不喜欢坐飞机。但是宋宜[1]喜欢，我希望让她玩得愉快，所以就去了巴黎、伦敦、意大利和西班牙，她非常高兴。她去那些城市旅行，我在那儿接受一些采访。所以其实都是为了宋宜，她喜欢去欧洲旅行，不然的话我可能会对那些采访邀约说："可不可以派记者来纽约？或者改成电话采访？"我不喜欢打乱生活规律。我每周一晚上都会在卡利勒演出，也不想打乱乐队的日程安排。

史提格：伦敦之行后你又去爱尔兰见了你的儿子？

伍迪：这是七年前的事了，当时他在爱尔兰，我在欧洲，最后又折回了爱尔兰。我很喜欢爱尔兰，那儿很美。就像我所有的旅行一样，我只喜欢在那些地方待几天，对我来说在外面待太久是一件很困难的事情。但我可以在巴黎待得久一些，因为巴黎就跟纽约一样，充满了我习惯的一切：噪音、交通、饭馆、画廊、商店、剧院、体育场……我还很喜欢威尼斯，但不能待上太久，因为那儿太不一样了。威尼斯让人很放松，所以我很喜欢。每一次去欧洲，我都会在威尼斯待上几天，那里真的很美。

史提格：拍《非强力春药》的时候，你去西西里岛的锡拉库萨拍摄了那些环形露天剧场。你以前去过那儿吗？

伍迪：很多年前《香蕉》上映的时候，我去欧洲做过宣传，参加了陶尔米纳[2]电影节，对那个美丽的地方一直记忆深刻。筹备《非强力春药》的时候，桑托·罗奎斯托去欧洲寻找合适的外景地，陶尔米纳就是其中之一，所以我就决定去那儿了。那是个美丽的地方，我很喜欢意大利。

---

1. 宋宜：米亚·法罗和其前夫安德烈·普雷文收养的韩国裔养女，后与米亚·法罗和伍迪·艾伦共同生活，1997年与伍迪·艾伦结婚。
2. 陶尔米纳：位于意大利西西里岛的墨西拿省内。

史提格：你怎么会想到以一支希腊合唱队作为电影的开场，并且在之后的剧情中这支合唱队也不时地出现？

伍迪：我一直想在当代电影中加入希腊合唱队和希腊剧场的元素，在之前的作品中就考虑过。但当我想到这个故事，关于一个被领养的孩子和两个蒙在鼓里的父母，我是她孩子的养父，她是我孩子的生母，而我们对此却都一无所知，我心想："天啊，这个故事还真有点希腊神话的讽刺色彩！"于是我就把希腊合唱队加入了进来，还请专业编舞师格蕾西拉·丹尼尔设计了这支合唱队。《子弹横飞百老汇》和《人人都说我爱你》中的音乐剧元素都是她设计的，与她合作非常愉快。

史提格：命运是希腊戏剧的关键元素，也是这部喜剧的寓意所在。

伍迪：命运是你无法掌控的东西。你以为你可以控制自己的生活，可以主宰自己的生命，但事实并非如此。你只是在一些很次要的方面有控制权，但在更重要的问题上一直是命运在掌控着你。电影中的我以为自己控制着那个女人的人生，以为自己在追求真理，但最终完全失控了。她已经怀了我的孩子，我却毫不知情。实际上没有人能够掌控自己的命运，我们总是吹嘘自己有这种能力，但其实根本没有。

史提格：音乐在你的电影中始终扮演着重要的角色，你对音乐的选择也一直非常谨慎。《非强力春药》的开场不是一首美国歌曲，而是一首希腊歌曲"Neominoria"[1]。你是不是在选曲之前听了很多乐曲？为什么最终选了这首歌？

伍迪：这首歌听上去非常符合电影的感觉和氛围。整个故事在

---

1. 此处为作者笔误，歌曲名应为"Neo Minore"，意为"新小调"。

希腊开场，紧接着立马转向纽约的一家餐厅，那家餐厅离这儿很近，就在一个街区以外的列克星敦大街，那一段的背景音乐用的是罗杰斯和哈特[1]的歌曲《曼哈顿》。但我希望在影片的开头营造一种希腊的氛围，有一个露天剧场，希腊合唱队行进到固定的位置，我不想让观众知道会发生什么，我希望激起他们的好奇心。

史提格：你从希腊合唱队的开场白直接切到餐厅的场景，这时海伦娜·伯翰·卡特的第一句话就是："列尼，我想要个孩子！"这显然是全片的核心，因为那个被领养的孩子是全片的线索，而这句关键台词一下子就把核心内容说了出来。

伍迪：我喜欢这种方式。《子弹横飞百老汇》的开头也是如此，约翰·库萨克的第一句台词就是"我是个艺术家"。《好莱坞结局》也有一个直接的开场白，我喜欢直奔主题，尤其是喜剧电影，我喜欢开门见山的方式。

史提格：我喜欢这种直截了当的方式，因为很多电影都是最先介绍角色，往往在了解了他们的名字、住所乃至职业之后，故事才真正开始……

伍迪：他们的职业和名字都会在适当的时候出现的，真正重要的是把观众的目光吸引到真正的主题以及电影的寓意上来。

史提格：之后有一场戏是你饰演的角色和妻子打电话，我们只能听到你说："我的答案是'不'！"这时观众会很好奇电话另一头提出了怎样的问题。但你紧接着就切到下一个场景，我们看到你怀里抱着一个小孩。这里也体现了你用剪辑讲故事的功力。

---

1. 罗杰斯和哈特：百老汇歌曲创作组合，成员为理查德·罗杰斯和劳伦茨·哈特。

伍迪：生活中也会发生类似的情况，当你完全沉浸在某件事情上的时候，命运会干涉进来。比如《汉娜姐妹》中有一场戏是迈克尔·凯恩自言自语道："不要轻举妄动，等到周一，那才是个绝佳时机。现在还不能吻她。放轻松，等到周一再吻，那就完美了。"这时他心仪的女人走了进来，他马上就凑了上去。我们的理智虽然告诉我们应该这样行事，但我们的情感是完全不同于理智的东西。

史提格：《非强力春药》是你少见的由一个小孩作为主角的电影，此外还有《情怀九月天》和后来的《解构爱情狂》。虽然你的其他电影中也有孩子的角色，但通常都是作为故事的背景而存在的。

伍迪：没错，基本上都不是重要的角色。

史提格：通常我们只能听见从婴儿房传来的哭声，或是奶妈照顾着他们。但在这三部电影中孩子是非常重要的人物，有一些重要的戏份。

伍迪：是的。

史提格：你自己也收养过孩子，我想这是电影的灵感来源之一吧？

伍迪：并非如此，我的灵感来源于很多年前米亚收养孩子，大家都知道她收养了很多小孩。我会忍不住去想："谁是孩子的母亲，孩子的父亲又是谁？"慢慢地就产生了各种关于收养的喜剧化的想法，因为收养孩子是她生命中极为重要的一部分。我一直会想："她收养了一个这么漂亮机灵的小孩，他当然也是有亲生父母的，他们会是谁呢？"当时我觉得这是一个有意思的想法，很多年后终于在《非强力春药》中实现了，但灵感并不是源于我自己的收养经历，而是来自米亚。

史提格：给小演员导戏是不是难度更大？你会换种方式来引导他们吗？

伍迪：是的，很难向他们描述。有些导演非常擅长和小演员合作，但我显然不是，我不知道怎么激发小演员的天赋。拍《情怀九月天》的时候就遇到了难题，虽然那些小演员都很出色，但要达到我的要求非常困难，我不得不放弃许多生动的素材，因为小演员演不出我要的效果。同样的情况在其他电影里也发生过，哪怕只是很小的角色，我也不得不剪掉很多有趣的场景，就因为小演员没有演好。我试过重拍，试过用各种方式引导他们，但都失败了。但的确有一批导演善于激发小演员的天赋，让他们像最优秀的成年演员一样演戏。我不知道他们是如何做到的，我从没成功过。

史提格：你有没有试过用哄骗的方法来使他们演出你想要的效果？

伍迪：一切办法我都试了。我用他们的说话方式沟通，试着让他们即兴表演，试着引导他们表演，试着为他们示范表演，一切在大人身上用过的、能想到的办法，我都用上了，但最后我还是不得不删去一些素材来配合他们。

史提格：有时你会更换演员，找更适合的演员来饰演角色，但是换小演员应该难度更大吧？

伍迪：对小演员来说，这种情况的确很棘手，但我的确换过小演员。《安妮·霍尔》和《情怀九月天》中都有教室里的场景，我雇了一些小演员，但是在试遍所有方法之后我还是没办法让他们演到位，于是就换了一群小孩儿，有些只是临时演员，但他们反而演得更好。

史提格：你是怎么选小演员的？让他们念台词，还是仅仅坐下

来和他们说话？

伍迪：通常到这里来的小演员都是有一些表演经验的，我会让他们念一些台词。通常来说，这些小演员已经在父母的帮助下把台词背出来了，也记下了每一种表情，所以当他们说"噢，老天！"的时候，往往会听到他们用异乎寻常的语气喊道："噢，老天！！！"这样的话，我会试着让他们说得自然一些，但这很难，我很少成功。

史提格：茱莉叶·泰勒应该有一个专业小演员的名单吧？

伍迪：没错，我们通常都会雇专业的小演员，但显然对他们这个年龄来说，专业与非专业之间并不存在很大的区别，因为他们不像成年演员那样具备二十年的表演经验，有些小演员可能只演过一两部作品。有时的确能找到非常出色的小演员，但即便如此，让他们念喜剧台词还是难度很大。

史提格：可以想象。因为大多数小孩都无法理解讽刺，所以很难把握。

伍迪：他们不知道幽默的点在哪里，这一点我能够理解，因为幽默是蕴含在音调变化里的。他们会模仿我，但很难把握到要领，他们说不出那种领会以后的感觉，只是按照我的方式去念台词，但那只是照葫芦画瓢。

史提格：这部电影的另一个特点是你在开头呈现了一对夫妻的日常婚姻生活，那种既私密又直接的感觉为这部喜剧奠定了重要的基础。

伍迪：这一点并不难做到，因为海伦娜是一个优秀的演员。要表现夫妻关系以及想要一个孩子的想法也很容易做到，只需要一点争执，再加上一点理解。海伦娜饰演的角色需要说美式英语，我不知道

英国演员是如何做到这一点的——她能说一口流利的美语，演技也十
出色。

史提格：你似乎特别偏爱英国演员，是吗？

伍迪：英国演员具有优良的表演传统，而且能够胜任普通人的
角色。大多数美国演员追求迷人的魅力，比如牛仔、恶棍或是英俊的
年轻男子。但当你看一部瑞典电影的时候，你看到厄兰·约瑟夫森这
样的演员，你知道他是一个普通人，他可以是一名律师或者会计，他
不是那种拿枪的人，不是硬汉，也没有出众的魅力，他可以演我的父
亲或是你的父亲。但在美国找不到这样的演员，我们从来没有考虑过
这些，因为美国电影都是关于神话和传奇的，所以只需要英雄、枪
手，只需要那些超越常人的大人物。但英国有许多非常适合演普通人
的演员，比如阿尔伯特·芬尼、迈克尔·凯恩、伊安·霍姆或是安东
尼·霍普金斯，因此我不得不求助于英国演员。崔茜·尤玛也是一个
伟大的喜剧演员，有一口以假乱真的美式口音，我不知道她的秘诀是
什么。

**史提格：在拍这部电影以前，海伦娜·伯翰·卡特刚刚出演了詹
姆斯·伊沃里的电影——她摇身一变出现在美国的日常生活里让人眼
前一亮。**

伍迪：她最棒的作品是《搏击俱乐部》[1]，她在那部电影中证明
了自己的演技，让人惊喜。

**史提格：既然我们谈到了那些饰演常人的演员，我认为你在之后
的《人人都说我爱你》中也找到了一个——爱德华·诺顿，这是他早**

1.《搏击俱乐部》：大卫·芬奇执导的电影，爱德华·诺顿和布拉德·皮特饰演男主角，
海伦娜·伯翰·卡特出演女主角。

期的银幕角色之一，他也是一个拥有特殊气质的男演员。

伍迪：他一直拒绝饰演英雄角色，因此他不属于《搏击俱乐部》的另一个男主角布拉德·皮特那样的商业明星。但他无疑是最伟大的演员之一，我也非常欣赏他一直以来所走的艺术道路。直到他过来念台词之前，我还从未听说过他，但我一看到他就震惊了，我心想："这孩子绝对棒极了。"马上就雇用了他，甚至都没有问他会不会唱歌，我一点也不在乎，我就是要这个演员，即使他唱得和我一样糟糕我也会让他唱，但他唱功不错，更别说演技了！

史提格：回到《非强力春药》的开头部分，夫妇公寓里的墙上挂着一幅非常漂亮且有些肃穆的画。画中是一个若隐若现的房间，阳光从巨大的窗户照射进来，但我们只能看清两把木椅子和桌子的一点轮廓，这种装饰与高贵典雅的房间形成了鲜明的对比。你是不是经常为电影挑选一些小道具，比如绘画？

伍迪：有时候会，要看情况。有时桑托·罗奎斯托非常清楚墙上该挂什么，也有一些时候他会问我"你觉得这些角色会往墙上挂什么？"，然后提议说"我觉得他们会挂马蒂斯[1]的画"。然后我说"是的，没错"，或者"只需要挂张照片就行了"。在《玉蝎子的魔咒》中，桑托·罗奎斯托建议我们应该在办公室的墙面上挂鹿头和鹿角，因为他觉得那个角色可能会喜欢打猎。我从来没想到过这一点，但我认为是个好主意，于是他真的放了鹿头和鹿角，不过最后我们没有充分利用到这个布景。所以还是要看情况。有时桑托·罗奎斯托会独自安排好道具的布置，也许是一幅昂贵又阴郁的弗朗兹·克兰[2]的作品，或者仅仅是一张简单的海报，这都基于他对角色的理解。

---

1. 亨利·马蒂斯：法国著名画家，野兽派创始人和主要代表人物。
2. 弗朗兹·克兰：美国纽约派抽象表现主义画家。

史提格：你对艺术的喜好是怎样的？你会去看展览吗？有没有最欣赏的艺术家？

伍迪：当然，我有很多喜爱的艺术家。当代艺术中我一直欣赏极简抽象艺术家，比如赛·托姆布雷和理查德·塞拉，现代艺术中我喜欢人人都喜爱的马克·罗斯科和杰克逊·波洛克，再久远一些的话就是那些人人皆知的艺术家。但我最喜欢的三个绘画流派是德国表现主义；还有所谓的"烟灰缸画家"，就是20世纪那些画一些地铁、后院等日常景象的美国画家；最后是大家都喜欢的法国印象派，在我看来那代表了最高级别的纯粹美感。这些我都很喜欢，但在那些画家当中我最喜欢毕沙罗[1]，他画中的巴黎太迷人了，我真希望他也能那样画纽约。他的画代表了我想象中最美的巴黎：阴郁的雨天，马车在林荫大道上行进。我欣赏的画家很多，也包括当代画家，吉姆·戴恩[2]和埃德·拉斯查[3]这类画家也很有意思。如果我能拥有某一幅作品的话，我希望是毕沙罗画的巴黎大都会的场景，当然我也不会拒绝塞尚或是波纳尔[4]的作品。

史提格：你从来没收藏过艺术品吗？

伍迪：我家里有一些。我有一幅很美的诺尔德[5]的作品，还有一幅奥斯卡·柯克西卡[6]的墨水画。我还有埃斯沃兹·凯利的作品、劳森伯格和埃德·拉斯查[7]的印刷品。随心所欲地收藏作品对我来说太奢侈了，如果用名画把家里填满，我很快就会破产，我不希望这样。

---

1. 卡米耶·毕沙罗：法国印象派大师。
2. 吉姆·戴恩：美国画家，与20世纪60年代的波普艺术运动联系紧密。
3. 埃德·拉斯查：美国当代艺术家，与波普运动和"垮掉的一代"紧密联系在一起。
4. 皮埃尔·波纳尔：法国画家，纳比派代表人物。
5. 埃米尔·诺尔德：德国著名油画家和版画家，表现主义代表人物之一。
6. 奥斯卡·柯克西卡：奥地利表现主义画家、诗人兼剧作家。
7. 三人均为美国现代著名艺术家。

史提格：谈到装饰品和艺术，我们可以聊一聊米拉·索维诺饰演的琳达的公寓，因为她的公寓里放满了她的收藏品。

伍迪：没错，当然那只是夸张。在现实生活中像她这样的人可能比较保守，但那样就没有幽默的效果了。桑托找到了那些道具，片场布置好以后我们一致认为那能产生最强烈的第一印象。要是换别的摆设，她可能就显得比较保守，比如家里挂着约翰·肯尼迪或梦露的照片，但我们还是认为庸俗无脑的品味能给角色带来强烈的喜剧效果。

史提格：如果仅仅看这个角色本身，我们很容易把她简单地归为那种头脑简单的金发女郎，但米拉·索维诺独特的表现方式使这个角色支撑起了整部电影。我想这也是你在塑造人物时希望达到的效果吧？

伍迪：是的，她很可怜，如果最后有人愿意花一些时间陪她的话，她就有获得重生的机会，但那个救星不是我。尽管我尝试了各种办法，还是无法改变她是一个空洞的花瓶这一事实。真正的改变是在希腊剧场中发生的，解围之神是拯救她的唯一方式。你需要某种超自然的力量才能拯救她，这就是她的命运，这也是电影一贯坚持的主题：命运是不受人控制的。电影的最后她开着车，一架直升机突然停了下来，因为飞行员发现引擎出了问题，这就是典型的解围之神。她与飞行员坠入爱河，从此改变了人生。而片中的我虽然一直都在开导她，但没有起任何作用。一个人之所以得救，大多数时候仅仅只是因为运气。

史提格：她在某种程度上也是对片中的小资家庭的一种讽刺。他们聪明，把讥讽作为武器，但琳达并不理解那些针对她的讽刺言论，她直接过滤了那些东西。

伍迪：没错，最终她也会在婚后过上小资的生活，那种生活比她目前的生活要好。虽然不是最好的，但比她的现状强多了。其实我并不像我的一些朋友那样批判小资生活，我和托尔斯泰持同样的观点：是中产阶级身上的某些东西推动着这个世界的发展。和所有阶级一样，中产阶级也有好人和坏人，有一些非常友善的资产阶级家庭活得非常有尊严，也有一些人贪婪虚伪。但我非常欣赏中产阶级，我并不推崇艺术气质，我认为那只是与生俱来的好运气，并没有什么过人之处。我不会盲目地抬高下层阶级，因为我常常觉得他们充满偏见和无知。中产阶级是努力的，尽管没有很高的才华和天赋，也没有商业天赋，但他们通常很友善。激烈地抨击中产阶级的总是那些艺术家，他们依仗着不劳而获的优势批判别人，只因为他们天生怀才，就可以看不起那些做着寻常工作的人，这是一派胡言。要不然他们就自以为肩负着用艺术拯救世界的使命。

史提格：那么美国的上流社会呢？

伍迪：我们的社会没有明确的阶层分化，因为美国是一个拥有大量中产阶级的民主国家。美国的上流社会是多种多样的，就因为他们是上流阶层，往往难逃被当作敌视目标的命运。他们当中有很多仁慈正派的人，也有一些不择手段上位的卑鄙之徒。仿佛流行着一种对上流阶层的天然敌视，就因为他们有很多钱，但这是不对的。回想一下泰坦尼克号沉没的时候，那些富人的表现是非常有序的。他们勇敢、讲秩序、有尊严，他们的牺牲也令人尊敬。没有人能凭这件事对任何阶层或职业做出评价，优秀的人来自所有阶层，包括好的导演、好的警察和好的牙医，很少有特殊的情况。当然也有很多不好的人，但没有任何结论是关于某个阶层的。平庸才是唯一的事实：每一个角落都并存着好与坏。

史提格：偏执是喜剧的重要元素。你在《非强力春药》中饰演的列尼就是一位偏执狂。"在人类所有的弱点中，偏执是最危险的"，

这句话是希腊合唱队对他的警告。

伍迪：没错，偏执是危险的，但同时也是喜剧的关键元素。喜剧演员经常扮演偏执狂的角色，比如疯狂地爱上一个女孩，或者生性懦弱胆小，或是过度地执着于某个计划，等等，这能使人物更生动。偏执是所有搞笑方式中最自然的一种，你甚至能在契诃夫的作品中发现这种元素，虽然不至于滑稽，但仍具有幽默色彩。《万尼亚舅舅》中就有这种幽默感，角色们因为偏执而变得生动有趣，即使看到他们受苦我们也忍不住发笑，因为他们的偏执在我们看来是一种夸张。你在瑞典也许没有看过杰基·格黎森出演的电视节目《蜜月期》，他已经去世了，当时每周都能看到他那些着了魔一般的角色。他的想法无穷无尽，也因此发了财，改变了自己的人生。那些关于偏执狂的段子滑稽极了，他片中的妻子是一个正常的角色，她总是说"这真是疯了，你会毁了这个家的"，而他仍然执迷不悟。

史提格：偏执也是你在之前作品中塑造的很多角色的特点之一。

伍迪：没错。《子弹横飞百老汇》中的剧作家沉迷于自己的艺术家形象，而那个保镖为了自己的戏剧甚至到了杀人的地步。一旦你对角色进行合理的夸张，喜剧效果就自然产生了。因为当你理解了人物之后，再去观察他们的行为就会觉得很有意思。你会想："虽然我不会那么做，但我能理解他是如何走到这一步的。"

史提格：你在《非强力春药》中饰演的角色是一名体育记者，我知道你喜欢观看体育比赛，尤其是棒球比赛，你最喜欢的球队是哪一支，纽约大都会队还是洋基队？

伍迪：每一季都不一样。现在我比较喜欢洋基队，因为大都会队太没劲了，他们这一年的表现不太好，所以看他们的比赛没有什么乐趣，洋基队要有意思得多。

电视，戏剧以及其他活动

史提格：这段时间你相当高产，不仅执导了你自己的电视电影《别喝生水》，出演了尼尔·西蒙的《乐天小子》，还写了一部戏——《中央公园西路》。为什么这段时间参加了这么多活动？

伍迪：我和彼得·法尔克共同出演《乐天小子》、受邀创作《别喝生水》都是出于巧合。而且只要有空闲的时间，我一直都很想创作戏剧，顺利的话我会试着把它搬上舞台。我觉得《中央公园西路》是一部不错的独幕剧，创作的过程也很愉快。现在我仍然保持着同样高产的状态，我刚刚完成了两部电影，还写了两部独幕剧和一部多幕剧，过几天还会开始创作另一部戏剧作品。我从来没有停过笔。我不知道谁会来制作我的剧本，如果是独幕剧的话，我会等别人举办独幕剧之夜的时候来邀请我。我对多幕剧非常谨慎，除非我有一个独特的想法，否则不会轻易写。创作商业喜剧对我来说非常容易，但我想尝试更有意思的东西，尽管那很难。如果最终的作品令我满意的话，我会把它制作成舞台剧。

史提格：剧本写完以后你下一步会怎么做，会把它给某个经纪人看吗？

伍迪：如果我确定要把它搬上舞台的话，我会把它给制片人看。如果犹豫不决的话，我就会把它塞进抽屉。对独幕剧来说，通常的情况是别人打电话告诉我："我们现在有两部独幕剧，还缺一部。"如果我攒了足够多的独幕剧，就会办一个我的独幕剧专场。通常来说，独幕剧只是轻松的娱乐消遣，至少我的独幕剧是如此，所以我对多幕剧更感兴趣。

史提格：《中央公园西路》是你为一个名为"死亡挑战行动"的项目创作的作品，大卫·马梅和伊莲·梅也加入了这个项目。你有没有参与这个项目的制作过程？

伍迪：这个剧本搬上舞台的时候，我的任务只是做辅助工作，我不得不做了大量的修改，但如果真的想从头来过的话，还不如由我自己做导演。我还是希望别人来执导我的剧本，因为我从来没有做过戏剧导演。如果有机会的话我当然非常乐意尝试。

史提格：你说的"修改"是指修改对白吗？

伍迪：是的，此外还要经常向导演解释我的意思。他的导戏方式并不完全符合剧本的内容，与我的设想是有出入的，有些地方太快，有些地方太慢，我对这出戏的感觉算不上特别好。

史提格：你对最后的作品满意吗？

伍迪：首演的那天晚上很成功，这个结果对我个人来说还可以，但我费了很大的劲儿才把这出戏排好。开演之后我又重写了剧本，修改了很多地方。尽管已经开演了，但我仍觉得有几个地方可以处理得更好。也许有一天我会自己来导这部戏，再写几部独幕剧，然后把它们集结在一起，做成一个独幕剧专场什么的。

史提格：你没有参与第一版的《别喝生水》吧？你有没有在里面出演某个角色？

伍迪：我那时太年轻了。当时我只负责写剧本，那是我第一次参与剧院的工作。虽然那部戏很成功，但整个经历在我看来非常糟糕。

史提格：你看过第一版电影吗？杰基·格黎森饰演了你的角色。

伍迪：看过，那部电影是彻头彻尾的败笔。但格黎森在电视剧《蜜月期》中的表演相当出彩。

史提格：你把它拍成电视电影的时候是不是重新改写了剧本？

伍迪：是的，但改动的部分不多，只是重新润色了一下。我的确认为我的版本拍得更好，至少达到了我期望的效果。我拍这部电影几乎是零收入的。

史提格：片中那个偶尔会对剧情评头论足的解说员是后来添加进去的内容吧？

伍迪：不是，原版电影中的牧师就担任了旁白的工作。

史提格：《别喝生水》延聘了你之前的工作团队，包括桑托·罗奎斯托、卡洛·迪·帕尔马等等。用电影团队制作电视作品的现象并不多见，是不是因为很难找到更合适的技术人员？

伍迪：全都是我们独立完成的。我有自己的团队，他们也很愿意参加这个几乎没有收入的项目，因此拍这部剧纯粹是出于兴趣。

史提格：拍摄花了多长时间？

伍迪：仅仅两周左右，因为大部分是用主镜头拍摄的，缩短了时间。

史提格：这次拍摄经历愉快吗？

伍迪：很愉快。我们就是在离这儿三个街区以外的乌克兰大使馆拍的。早晨起床后我步行到那里，因为是在室内拍摄，一切都很好控制。我喜欢与朱莉·卡夫娜合作，她在片中饰演我的妻子。

史提格：这个关于美国家庭的故事讲述了来自新泽西的瓦尔特和玛丽昂·霍兰德夫妇俩在铁幕后的一段经历。他们被迫到美国大使馆寻求庇护，上演了一出闹剧，最后把大使馆闹得天翻地覆。

伍迪：这是我三十年前想到的，这些元素在当时都很常见，比如一个牧师被困在匈牙利或是其他铁幕国家的大使馆中出不来，于是我就想如果换作我的父母去了欧洲然后被困在那里，那一定是场噩梦。于是我就写了这个剧本，其实只是一个有点普通的小故事，但很成功。

史提格：你的电视电影丝毫不显过时，尽管故事的背景是20世纪60年代冷战时期和赫鲁晓夫时期。

伍迪：但这个背景设定让我们非常尴尬，因为我们马上就意识到这个故事要回溯到苏美关系最糟糕的那段时期，这就好像你现在拍一部关于黑名单[1]的电影一样，如何向观众解释是很重要的。

史提格：这出闹剧的另一个主要元素是霍兰德夫妇之间无休止

---

1. 黑名单：此处指好莱坞黑名单，20世纪中叶美国有数以千计工作于娱乐业的人被列入这份名单，包括导演、编剧、演员、音乐家、歌手、作家等，黑名单上的人因为其政治信仰或社会关系（真实的或仅仅是被怀疑、诬陷的）而被业内公司拒绝雇用。伍迪·艾伦的电影《出头人》就是以此为背景的。

的争吵，而且这些争吵通常都是在外人面前发生的，比如他们当着大使儿子的面争论不休。是不是旁观者的在场能增强这些桥段的喜剧效果？

伍迪：没错，这种方式无疑会增添喜感。写《别喝生水》的时候我还很小，当时的写作受到了乔治·S.考夫曼和莫斯·哈特的影响，他们也会写这类喜剧，但显然不存在可比性。

史提格：《别喝生水》中的演员各具特色，其中饰演牧师的多姆·德路易斯似乎已经很少在银幕上露面了。

伍迪：偶尔能在电视上看到他。他非常搞笑，有时在片场我为了避免笑场不得不克制自己，因为他实在太好玩了。

史提格：迈克尔·J.福克斯饰演的大使的儿子也为影片增添了不少笑料，很少看到他出演这样的角色。

伍迪：能请到他来出演很幸运，他觉得饰演这个角色很有意思。

史提格：《乐天小子》到底发生了什么，为什么很少在电视上看到这部戏？

伍迪：我也不知道。当时他们打电话告诉我有一个只需要花两周的活儿，就在纽约，薪水特别高——远远超出我拍电影的片酬，而且是尼尔·西蒙的戏，还能和彼得·法尔克这样优秀的演员合作。于是我说："好的，我愿意接。一切听起来都很棒的样子。"于是我就过去了，最后发生了什么我也不知道，我从来没看过。

史提格：除此以外，你还出演了两部完全不同于你风格的电影，分别是《蚁哥正传》和《雷霆穿梭人》。你怎么会决定出演这两部电影呢？

伍迪：出演《蚁哥正传》是为了帮杰弗里·卡岑伯格的忙，至于《雷霆穿梭人》，则是因为有很高的片酬。

史提格：《雷霆穿梭人》中有很多关于死亡的内容，这也是你许多作品的主题。我认为这部电影中最有趣的一个场景是你饰演的屠夫特克斯和莎朗·斯通饰演的亡妻一起参观监狱，她说："有某个东西在那一头等待着我们……"

伍迪：嗯。

史提格：但总的来说这部电影仍然让人失望，原始的剧本是不是要好一些？

伍迪：如果拍成西班牙语或意大利语的话可能还有希望，这些英语台词对再优秀的演员来说也很难把握。

《人人都说我爱你》

史提格：你与歌舞片有着怎样的渊源？

伍迪：我一直都想拍歌舞片，想拍的不止一部，而是好几部。但我不想因循老套的歌舞片模式，我希望电影里的每个人都唱着歌跳着舞，无论他们是否擅长于此。重要的不是技巧，我要的恰恰是那种未经训练的感觉。于是我就写了这个剧本，拍摄的过程也非常愉快。我想再拍一部歌舞片，最好可以专门为电影编曲，因为《人人都说我爱你》里用的都是现成的歌曲。

史提格：你修改过歌词吗？还是保留了原来的歌词？

伍迪：没有改过。我根据故事情节挑选合适的歌曲，这并不难，因为我知道很多好歌。我需要做的只是挑选，这是份美差，过程相当愉快。

史提格：你一定看过很多经典歌舞片吧，比如米高梅的？

伍迪：基本上全都看过。

史提格：哪些是你最喜欢的？

伍迪：最棒的是《雨中曲》，排在第一位。其次，《火树银花》和《金粉世界》也很妙。还有电影版《窈窕淑女》《蓬车队》《锦城春色》也充满了奇思妙想。再之后是《一个美国人在巴黎》和《红男绿女》，这一类虽然很好但称不上最棒的歌舞片。《欢乐音乐妙无穷》的舞台剧很棒，但电影不太令人满意。再接下来就是那些大牌云集的黑白歌舞片，代表着那个星光璀璨的旧时代，当时最伟大的明星是弗雷德·阿斯泰尔，除此之外电影本身并无可圈可点之处，但《金粉世界》和《雨中曲》是与众不同的。

史提格：这些歌舞片在哪里吸引了你？

伍迪：我提到的所有这些歌舞片都基于一部很棒的原著，这对我来说是很重要的。而且那些电影的编曲和作词无论是否原创都很出色，比如《窈窕淑女》《金粉世界》还有《雨中曲》里的老歌。整个舞蹈编排贯穿始终，热情洋溢，非常动人。在该搞笑的时候搞笑，该迷人的时候迷人，从头到尾都很巧妙。《火树银花》的情况比较特殊，它在某种程度上有点像美国民间艺术，反映了某个时期美国的真实面貌，而且基本上只有唱的环节，但这部电影的原著非常优秀。《红男绿女》的剧本和歌曲也不错，但还称不上伟大，因为导演缺乏文森特·明奈利[1]和乔治·库克[2]所具有的那种格调。

史提格：你会去百老汇看音乐剧吗？

伍迪：现在不看了。

---

1. 文森特·明奈利：美国导演，上面提到的《火树银花》《金粉世界》《蓬车队》均由他执导。
2. 乔治·库克：美国导演，《窈窕淑女》为其作品。

史提格：以前呢？

伍迪：以前会看。我刚刚没有提《西区故事》，那里面的音乐和歌词都美极了，但我不太欣赏原著。我从来都没有喜欢过《罗密欧与朱丽叶》，那是莎士比亚的作品里我最不喜欢的一部。《玫瑰舞后》的编曲和作词也非常美妙。

史提格：你觉得现代实验风格的歌舞片怎样？比如鲍勃·福斯的作品？

伍迪：我非常欣赏鲍勃·福斯的作品，我认为他是个很棒的导演和编导，但我不喜欢现代歌舞片。《歌厅》是一部很棒的电影，但它缺少了我欣赏的那种气息，有点过于严肃了，尽管这并不影响它的伟大。《雾都孤儿》在任何标准下都是完美的歌舞片，导演和编曲都无可挑剔，卡罗尔·里德也是我挚爱导演之一。《歌厅》《雾都孤儿》还有《屋顶上的小提琴手》[1]都是公认的杰作，但他们无法像之前提到的那些作品那样打动我。这纯粹是个人偏好，如果你在街上随便找一个人，也许他会说：“我就喜欢这些歌舞片，而不是你说的那几部。”我喜欢那种带有一点轻佻气息的电影，而这些作品缺乏那种感觉。歌舞片不一定要幽默，我并不觉得《金粉世界》幽默，它只是很美妙，那种氛围能感染我，作词和谱曲也更符合我的口味。

史提格：你看过雅克·德米的《瑟堡的雨伞》和《柳媚花娇》吗？

伍迪：看过，他的作品代表了另一种完全不同的歌舞片，我非常喜欢。但我最喜欢的还是那种过时的美国歌舞片，如今我们已经看不到了，因为音乐的风格已经改变，我喜欢的那种歌舞片也随之消失了。

1.《屋顶上的小提琴手》：诺曼·杰威森导演的作品，1972年获奥斯卡最佳摄影奖、最佳音响奖、最佳配乐奖。

史提格：在创作《人人都说我爱你》的时候，你是先写剧本，然后再挑选旋律和歌词的吗？

伍迪：我会在写作的过程中停下来，心想："我要在这里加一首歌，用哪一首好呢？"如果一时半会儿想不起来的话，我会拿出我的书，翻一翻过去喜欢的老歌，放到剧本里去。

史提格：你说"我的书"是指歌本吗？

伍迪：音乐公司通常都会寄歌本给我，里面有他们制作的全部歌曲，或是每一年的年度歌曲。我会查阅这些歌本，从1920年看到1955年，通常有几百首歌。

史提格：你拥有这些歌的版权吗？还是必须做一些改动？

伍迪：我们拥有所有那些歌曲的版权，这并不难办到。只要付钱，你就能得到几乎所有东西的版权，唯一困难的是欧文·柏林的版权，但只要出钱还是可以买到的。

史提格：你是不是在拍《安妮·霍尔》的时候就已有了这种引入唱词的想法？

伍迪：没错，我有好几回产生过这样的想法。20世纪70年代我和马歇尔·布瑞克曼合作《安妮·霍尔》和《曼哈顿》的时候，我就想："为什么不拍一部人们讲着讲着突然唱起来的电影呢？用唱来推动故事情节的进展，但不是那种大制作的集体歌舞，仅仅只是用对白和唱词串起整部电影。"他认为这也是一种可能性，但我们从来没有认真考虑过。

史提格：在文森特·明奈利、金·凯利和斯坦利·多南还有乔治·库克的经典好莱坞歌舞片中，摄影镜头往往被设计得和舞者一样

灵动多变，而在《人人都说我爱你》的歌舞桥段中很少有镜头切换，这是为了追求一种简洁的效果吗？

伍迪：当我在欣赏电影或电视中的芭蕾舞或其他舞蹈表演的时候，特别反感镜头的切换。我喜欢舞台前的那种视角，就好像我坐在观众席里欣赏台上的表演一样。我不喜欢这种体验被分割成很多个片段，镜头忽而切到舞者旁边俯视台下，忽而又切到舞者的脚部特写，我不喜欢这样。我不想看脚部特写和脸部特写，我想看到整个人，就像我看弗雷德·阿斯泰尔或是查理·卓别林那样。因此在拍《人人都说我爱你》的时候，我发誓要固定好镜头让演员跳舞，就像查理·卓别林和巴斯特·基顿那样，而不是在摄影上弄些花里胡哨的噱头，那只会破坏观众的情绪。在歌舞桥段里，我的镜头非常简单、谨慎，这些场景拍得非常快。有些人告诉我"拍一段歌舞场景就会花上你好几天工夫"。但实际上我只用了几个小时，布置好片场，然后开拍，仅此而已。我不会经常转换机位，偶尔遇到不得不转换的时候，我也会选择简洁的转换方式，就是从这一边切换到那一边。

史提格：珠宝店和医院内的歌舞桥段都是从两个角度拍摄的。

伍迪：没错，有些镜头切换非常隐蔽，我从不会为了制造效果而切换镜头，我只在必要时才切，而不是为切而切。也许是因为我是一名喜剧导演，你看那些伟大的喜剧，刘别谦、卓别林或是基顿的作品，在风格上都十分简洁。你需要这种简洁，因为每一个微小的镜头切换和角度移动，任何多余的东西都会影响到喜剧的效果，为了喜剧效果就必须牺牲其他的一切。但是当你拍了几部那样的喜剧之后，你会开始思索："噢，我想有点改变了，我希望能够感受到摄影机的存在，像马丁·斯科塞斯那样拍电影。"但如果你用那种方式来拍一部喜剧，只是在自找麻烦。如果你的笑话依然好笑，那只能说明你运气好，与你花样百出的执导方式无关。

史提格：我同意你的观点。卓别林、基顿和马克斯兄弟的作品，甚至杰瑞·刘易斯的电影，比如在《五福临门》和《差役》中，那些最有喜感的场景都是一气呵成拍完的，一旦切换到特写，就破坏了喜感。

伍迪：没错，那样一来，整个节奏就被打乱了，也分散了观者的注意力。对那些偏爱变换镜头的导演来说是很棘手的，像伯格曼那样擅长特写的大师的确能够仅仅通过眼神传递强烈的情感，但如果你在喜剧里那么做就完了。

史提格：《人人都说我爱你》是在你与歌蒂·韩的一段优美的共舞中结束的，这场戏是怎么拍的？

伍迪：我想充分利用巴黎的美景，而塞纳河边恰好是整个巴黎最美的地方之一。卡洛·迪·帕尔马在河边、教堂等任何你能想到的地方放了五千盏灯。这场歌舞桥段也十分简洁，拍摄只花了两三个小时，用到了威亚。

史提格：也就是说这场戏没有用特效？

伍迪：没错，我们拍了七条还是八条，就这样。我不记得有没有切换镜头了，歌蒂跑着跳起来的那个镜头可能切过。我们从头到尾只用了两台摄影机，尽可能追求简洁的效果。

史提格：你是怎么想到要拍这场戏的？

伍迪：之前的歌舞桥段呈现的是这样一些场景：像亡灵般起舞，在纽约的街道上高歌，或是橱窗里的人体模特突然跳起舞来，所以最后我与歌蒂之间的那一段需要有一点新意。我想到如果我一下子把她举起来，然后她直接飞到空中，效果应该不错。但我们想不出如何才能达到那种效果，直到我们意识到可以借助威亚达到那种效果。如果现在让我重拍那个场景，也许我会用特效。但我一直都不习惯特效，不是因为讨厌特效，如果特效能够帮助推进整个故事的话，那当然很不错，但大多数人都是为了用特效而用特效，在我看来十分无趣。我并不热衷于特效，因为太昂贵，我负担不起，而且大部分特效都是在加利福尼亚做的，意味着我们得请那儿的人来这儿看电影，然后我们讨论，讨论完他们再飞回去。六周后他们拿成果给我们看，如果我们不满意，就得再寄回去，这样会拖上几个月的时间，浪费一大笔钱，所以我宁愿不用特效。就好像有的人坚持要用那些堪称绝技的斯坦尼康[1]，但就我对斯坦尼康的了解——我与教我用斯坦尼康的人持相同的态度——它只是一个帮助你讲故事的工具，它本身并不是目的。很多导演总是本末倒置，以此向观众炫耀自己能拍多么复杂的长镜头，但根本没有人在乎这一点，他们只关心这对整个故事来说是否必要，否则毫无意义。

史提格：导演之间似乎存在着一种竞争，那就是看谁能拍出最长的固定镜头。马丁·斯科塞斯和布莱恩·德·帕尔玛都非常喜欢拍长镜头。

伍迪：我认为马丁的《好家伙》中的长镜头是非常精美、协调的。但从那以后，每个人都想像他那样拍长镜头。保罗·托马斯·安德森的《不羁夜》开场的那个长镜头也很棒。

史提格：在纽约、巴黎和威尼斯街头拍摄歌舞场景的时候有没有遇到什么困难？

伍迪：没有遇到什么大问题，大部分都是在纽约拍的。我们分别在威尼斯和巴黎待了一周。正如你所知，那是我喜欢的两个地方，非

---

1. 斯坦尼康：即摄影机稳定器。一种轻便的电影摄影机机座，可以手提。

常轻松，整个过程非常有意思。

史提格： 据我了解，最初的剧本中内容更多，电影的粗剪版本也要长得多，我还看到几个原本出现在电影中后来被剪掉的演员名字。

伍迪：没错。丽芙·泰勒原本饰演阿伦·阿尔达儿子的女朋友，她的表演也非常出色，但是我不得不删掉一些情节，不然电影至少要多出半个小时。

史提格： 有没有删掉歌舞桥段？

伍迪：有，删了两段。一段是饰演阿伦·阿尔达前妻的崔茜·尤玛唱了一首歌，但我不得不剪掉，非常可惜，因为她唱得很好。还有一段是阿伦·阿尔达和歌蒂·韩之间的一段歌舞桥段，我非常不愿意剪掉，但也没办法。

史提格： 后面这段是在电影的哪个部分出现的？

伍迪：在他们等待未来的儿媳和女婿上门吃晚餐的时候，他们一起唱了一首歌。还有一段是爷爷在回忆20年代与妻子相遇时唱的歌，类似地下酒吧的歌曲，还跳了一段舞，但也不得不剪掉了。

史提格： 当你面对剪辑过程的取舍时——正如你的其他作品同样也无法避免这种情况，你是怀着遗憾的态度，还是出于对整部电影的考虑，认为这种删减是合理的？

伍迪：当我在实际剪辑的时候，我感觉就像把肿瘤切除一样畅快，一点也不痛苦。但从长远来看，当我多年后重新回顾的时候，会觉得删掉那些东西很可惜。但当你直面电影的时候，为了能够顺利进行下去，就不得不卸除多余的东西，所以会有一种轻松感。

史提格：我想很多导演在这方面都会有顾虑吧？

伍迪：难以取舍？我无法理解。我认为他们会坐在这儿看着电影，心想："老天，进展得就像乌龟一样慢。"然后最有发言权的那个人说道："把那个扔掉！"没有人会意识到差别在哪里，但电影的进展速度提升了两倍。

史提格：现在我们有了"导演剪辑版"，那些被剪掉但尚未被遗忘的场景又得以重新回到电影中，比如《银翼杀手》《现代启示录》以及《驱魔人》等等。

伍迪：我从来没有这方面的问题，因为最终出来的作品就是我希望呈现的样子，我不会留下任何东西存到DVD里，剪掉的那些场景不会再出现。

史提格：《人人都说我爱你》拥有强大的演员阵容，在这些演员中，有没有谁对唱歌提出过特殊要求，担心唱得不好？

伍迪：有，我真的替德鲁·巴里摩尔找了一个代唱的人，但她是唯一的一个。其他人都说："我不会唱歌，但如果你要我唱的话我就唱。"但是德鲁说："我不会唱，也不想唱，我真的唱不了。"

史提格：甚至都没有尝试一下吗？

伍迪：没有，我不想让她为难，所以就找我妻子的一个朋友代她唱了。

史提格：你也在片中献声了，感觉如何？

伍迪：很别扭，因为我真的不会唱歌。

史提格：你喜欢跳舞吗？有没有为了社交跳过？

伍迪：我从没跳过舞，那让我不自在。但我是演员，角色要求跳舞。

史提格：总的来说，拍摄《人人都说我爱你》是一次愉快的经历吧？

伍迪：没错。拍摄过程非常轻松，就在我住的地方取景，非常顺利。

《狂人蓝调》

史提格：《狂人蓝调》由芭芭拉·卡颇执导，记录了你与爵士乐团的欧洲巡演之旅。你在电影的开头部分说道："我生活在纽约，我的生活轨迹是从我拍电影的地方，一直到剧院、电影院，再到麦迪逊广场花园。我从未想过要在周末的时候离开纽约。"既然如此，为什么还要答应参加巡演呢？

伍迪：问得好。我和班卓琴手曾经漫无边际地讨论过巡演的问题，想看看这会不会是一件有趣的事情。我无法想象自己会对这件事产生兴趣，但我们很快意识到欧洲音乐厅和歌剧院的门票肯定会抢售一空，于是忍不住开始寻思："也许这是个有趣的主意，我们可以去巴塞罗那、伦敦、巴黎还有维也纳演出。"然后简·道曼尼安提议道："不如干脆把它拍成一部电影吧？"

史提格：也就是说最开始是你和艾迪·戴维斯的主意？而不是因为欧洲那边的邀请？

伍迪：没错，是我们随口说起的一个主意。

史提格：你在开头谈到你的纽约生活，这是你业余时的日常模式吗？

伍迪：通常我都会写作。早晨起床之后我会晨练，吃早饭，陪孩子们玩一会儿，然后进屋写作。等到吃午饭的时候我出来和妻子、孩子们一起吃饭。到了下午，如果写作进展顺利的话我会再写一点，然后吹一会儿单簧管，再之后通常是和妻子散步，陪孩子们玩。然后我们可能会和朋友们出去吃晚餐，或者在家吃晚餐，看完棒球比赛或是别的什么，然后睡觉。非常平淡的生活。

史提格：也可以说是严格自律的生活。

伍迪：我并不觉得受到纪律的约束。对我来说雷打不动的是练习单簧管和锻炼身体，那是必须坚持的。写作对我来说并没有那么严格。

史提格：你每天都会练单簧管吗？一次练多久？

伍迪：如果没有别的事情，我会吹四十五分钟左右，仅仅为了保持乐感。如果要参加巡演之类的话，演出前几周会练得久一点——一个小时到一个半小时。

史提格：我对音乐并不在行，你在练习时是吹具体某一首曲子吗？还是仅仅练习一些基本技巧或者呼吸之类的？

伍迪：没错，练基本功。主要是练我的嘴唇和手指，呼吸我不会，我一直学不会正确的呼吸方法，所以只是练习嘴唇和手指。

史提格：所以说无论工作还是不工作，你日常的一天都没有太大的差异，区别仅仅是不拍电影的时候你会写作？

伍迪：没错。如果这一天有工作，早晨起来之后我就会出门拍电影，拍摄期间我会起得早一些，在出门前做会儿运动，然后吹半小时到四十五分钟单簧管。一天工作结束后，我回到家，和家人、朋友吃饭，如果累了就提前上床，只看半小时棒球赛或篮球赛就睡觉。

史提格：能谈谈你和爵士乐团的渊源吗？你是怎么认识艾迪·戴维斯并和他一起演奏的？

伍迪：我和爵士乐队合作了三十年还是三十五年吧。我和艾迪是在芝加哥认识的，我们在同一个乐队里演奏，十年后又在纽约重逢。当时他问我："你还记得我们在芝加哥一起演出过吗？"我说："没错，我记得。"然后我们开始一起在纽约演出。迈克尔的酒吧换人手的时候我参与的第一支乐队解散了，于是艾迪成立了我在卡利勒参与演出的这支乐队。

史提格：音乐给你带来了什么，不仅仅是你自己演奏的音乐，还包括你听的那些音乐？

伍迪：我是超级爵士迷，我喜欢所有类型的爵士。虽然我也喜欢古典乐和歌剧，但新奥尔良爵士是我的最爱，很多年前突然击中了我，然后一发不可收拾。我非常了解爵士，也很喜欢演奏爵士。好在爵士是一种简单的音乐，虽然要达到炉火纯青很难，但上手很简单。

史提格：你在电影里说，你对欧洲观众是否会欣赏新奥尔良爵士这种如此美式的音乐表示怀疑。

伍迪：让我惊讶的是爵士乐——当代爵士和现代爵士——在欧洲、日本和南美国家的流行程度远远超过其诞生地美国。也许是在流传的过程中产生了某种特殊的效应，但爵士乐在美国的处境非常艰难，尤其是新奥尔良爵士，很少有人感兴趣。

史提格： 你以前会去"蓝色音符"俱乐部这一类爵士酒吧吗？

伍迪：会，以前我经常去那儿听爵士，几乎每周都会去！但随着我年岁渐长，便再也听不到新奥尔良爵士了，这种音乐逐渐消失了。但我还是会去听现代爵士乐手的演出——塞隆尼斯·蒙克、约翰·柯川、迈尔斯·戴维斯等等。我会去"蓝色音符""二分音符""五点"俱乐部那些地方看爵士演出，但我最欣赏的还是杰利·罗尔·莫顿、金·奥利弗和威廉·克里斯托弗·汉迪。

史提格： 你有钟爱的现代爵士乐手吗？

伍迪：有，我和所有人一样喜欢塞隆尼斯·蒙克，也喜欢查理·帕克、约翰·柯川、欧涅·寇曼。他们都很棒，但我最喜欢的一直是巴德·鲍威尔。如果我能获得世界上任何一个人的才华的话，我希望拥有他的天赋。他太了不起了，他身上有我认为一个音乐人应该具备的所有品质。

史提格： 他的音乐和演奏在哪里吸引了你？

伍迪：我对他的欣赏，与我对伯格曼和玛莎·葛莱姆的欣赏是基于相同的理由。巴德·鲍威尔身上有一种悲情的东西，他的音乐敏感而天才，还有他那绝妙的节奏和技巧。他的感觉是高度情绪化的，但那些情感都来自生活的黑暗面，所以他才会创作出《飞越彩虹》——就是朱迪·加兰在《绿野仙踪》中唱的那首歌。整首歌从开场、停顿到氛围都是忧郁的，这就是巴德·鲍威尔的气质。他是那种让我感到有共鸣的艺术家，就像我看英格玛·伯格曼的电影和玛莎·葛莱姆的作品一样。你能感到他们才华的深度和精神的深度。巴德拥有这种深度。塞隆尼斯·蒙克和艾罗·加纳这样优秀的钢琴家是明亮的。艾罗·加纳的音乐就像一道美味的甜点，塞隆尼斯·蒙克是一个幽默、轻快的天才；但巴德是阴郁的，他的作品是严肃、黑暗的，同时也充满了布鲁斯的激情和摇摆乐的疯狂，他真的是一个无与伦比的大师。

史提格：你在看他表演的时候也能感受到这种悲剧的气质吗？

伍迪：我从来没有看过他演出。我看过几次蒙克的演出，但从来没有看过巴德。他在巴黎的时候我在纽约，他在纽约的时候我又去了巴黎。他的精神状况并不稳定，但有一位陪他度过黑暗期的钢琴家告诉我，每当巴德触碰到钢琴，弹出几个和弦，就是一种完全不同的感觉，那感觉就仿佛你正置身于一座大教堂。

史提格：你最喜欢他的哪一张专辑？他的哪一首歌是你最推荐的？

伍迪：蓝色音符唱片公司出的《神奇的巴德·鲍威尔》[1]第一辑和第二辑。

史提格：你现在还会在家听爵士唱片吗？

伍迪：会，我会听那些传奇性的爵士演奏家，比如现代爵士四重奏。但空闲的时候我最常听的还是古典和新奥尔良爵士，比如西德尼·贝切特和路易斯·阿姆斯特朗。

史提格：《狂人蓝调》这部纪录片全程跟拍了你的欧洲巡演之旅，你在这个过程中有没有受到镜头的干扰？

伍迪：没有，因为芭芭拉·卡颇非常擅长纪录片，懂得点到即止。那两三周中她从来都没有打扰到我。

1.《神奇的巴德·鲍威尔》：共三辑，都是蓝色音符唱片公司发行的。

史提格：在成为这部纪录片主角之前，你看过她之前的纪录片作品吗？

伍迪：看过一些，《美国哈兰县》，还有她拍的关于拳王阿里的以及其他一些纪录片。我认为她是最伟大的纪录片导演之一。她把一段枯燥无趣的旅程拍成了有趣的纪录片，这都是她的功劳，她并没有捏造任何东西，仅仅凭借直觉办到了。

史提格：这部纪录片最有意思的部分是你在威尼斯的时候，不仅要面对摄像机，还要应付意大利的狗仔队，这也是意大利独有的现象。

伍迪：在意大利的时候，我一直被狗仔包围。现在我处理这种状况的能力比当时强多了。很多年前我总是躲着狗仔队，但这些年来我发现，如果我大大方方地让他们拍，他们的态度就非常友善，拍完就走了。

史提格：非常有意思的是芭芭拉·卡颇在这里用了尼诺·罗塔[1]的音乐，因此当我们看到你和宋宜还有威尼斯市长站在一起的时候，就像在看一部费里尼的电影。

伍迪：没错，当时我们正准备到剧院外面去玩。

史提格：威尼斯剧院非常漂亮。

伍迪：没错，美得不可思议，但后来还是被烧毁了。我后来经过那儿的时候非常震惊，它居然就那样消失了。他们试图重建这座剧院，我也像很多人一样希望能帮上忙。我们还为重建举行了一场义演，但是到现在也没有建好。整个事件背后存在着一些政治冲突，并

1.尼诺·罗塔：意大利电影配乐大师，与费里尼合作二十五年。

不是每一个人都希望重建这座歌剧院。

史提格：你在威尼斯看到拥挤的人群时说了这样一句话——他们不去看你的电影，却喜欢用镜头对着你。

伍迪：我一直都是这么想的。如果你和我一起去纽约的街头，你会感觉我的电影一定场场爆满，仿佛人人都爱看我的电影，但实际上并不是这样。如果我从我家散步到派克大街，每走过一个街区都会有人拦住我，有时候甚至会有人从车里喊我的名字。这时你会忍不住想："天啊，他们看上去全都爱我！"但实际上他们并不看你的电影。

史提格：经常在纽约街头被人认出来是不是让你感到很困扰？

伍迪：我不喜欢这种情况，但也没有到恼怒的程度。人们都很友善，通常会对我说"你真棒"或者"我喜欢你的电影"，没有人说难听的话。如果他们不喜欢你，根本就不会理你，对你说话的人基本上都是友善的。我会对他们说："谢谢你。"年轻一些的时候，我最爱做的事情之一就是在街上写作，我会在城里散步，走很久，边走边想，设计我的故事情节，构思我的电影。现在我不能那么做了。

史提格：现在你已经不敢坐下来了……

伍迪：没错，我不能那么做了。即使是在走路的时候，我也没法集中注意力，因为总会有人和我说话。有时很不巧会遇上跟我相同方向的人走上来对我说："你好，你是我所知道的最伟大的导演，你很棒。"然后他们就跟着我一起走，他们希望表现得友好一些，我也不想表现得粗鲁，他们只是不知道如何在说完"我喜欢你的电影"之后走开。

史提格：所以你很少在家和办公室之间步行？

伍迪：我会步行，但只在有人陪同的情况下，比如宋宜或是某个朋友和我一起走的时候。我很想在散步回家的路上构思新戏或是手头正在写的剧本，但我没法这么做，因为经常会被认出来。如果换作麦当娜，她永远都别想从那儿走到这儿，因为会有成千上万的人拦住她。我可能只有八到十个，但也够我受的了。

史提格：你在威尼斯得了一个终身成就奖。各类奖项对你而言意味着什么？

伍迪：我知道威尼斯电影节是非常真诚的，因为我并不需要露面领这个奖。我的原则是不接受任何需要我出席的奖项。有很多人打电话给我，说想给我颁奖，前提是我必须到那儿去，所以我都拒绝了。但我觉得威尼斯电影节是真诚的，他们想给我这个奖，当我说"对不起，我无法出席"的时候，他们说"没关系，我们还是会把这个奖颁给你的"。我经常觉得那些颁给我的奖并不是我应得的，因为有许多人比我更有资格得奖，而且有些奖与其说是赞美，不如说是一种姿态和表示。这些年来我拍了很多电影，有一些人很喜欢我的作品，想表达一下对我的喜爱，但我仍然觉得让我得奖是一件可笑的事情。

史提格：我们以前讨论过奥斯卡金像奖，你举了何塞·费勒和马龙·白兰度的例子，他们分别凭借《风流剑侠》和《欲望号街车》提名1951年最佳男主角奖，最后是费勒获了奖。

伍迪：那时我还处于青春期，但我也知道有些不对劲。那些电影我全都看了，马龙·白兰度塑造的是一个改变电影历史的角色。但随着年龄渐长，现在我已经明白那些奖项背后是怎么回事了，充斥着钩心斗角、名利勾结和金钱交易。得奖不是荣誉的象征，只能说明宣传工作做得好罢了。

史提格：你把不少奖杯放在了你父母家，他们为你感到自豪吗？

伍迪：是的，但没有到夸张的程度，他们是很理性的人。

史提格：这些年来你与父母的关系怎么样？

伍迪：我们关系很好。他们都已经过世了。我父亲活了一百岁，母亲活了九十五岁。

史提格：你在《狂人蓝调》的结尾处，曾说道："我想拍的是我在成长的过程中看的那一类电影。"

伍迪：没错，西德尼·波拉克与我合作《丈夫、太太与情人》时曾对我说过这句话，我也是这么认为的。史蒂文·斯皮尔伯格也说过同样的话，甚至连伯格曼也经常提到维克多·斯约斯特洛姆。人总是希望能够拍出自己曾经欣赏的那种电影，这是很自然的。

《解构爱情狂》

露西："你怎么能写那本书？你怎么这么自私？你怎么能只考虑你自己，而不顾被你毁掉的人？你把我们的事全写出来了，所有的细节！你向我姐姐出卖了我，马文也离开了我，他走了。"

哈利："那只是大致上基于我们之间的事。"

露西："别给我胡扯，你这个卑鄙小人！你以为你在跟谁讲话？我可不是那些弱智的脱口秀主持人！我和你一起经历了这些事情，我很清楚这有多'大致上'。"

——《解构爱情狂》

史提格：你之前提到了维克多·斯约斯特洛姆和英格玛·伯格曼，看《解构爱情狂》的时候我想到了《野草莓》，虽然这是两个完全不同的故事，但似乎存在着某种亲缘关系。

伍迪：虽然我在拍这部电影的时候并没有想到这一点，但我可以理解为什么你这么说。我之所以拍《解构爱情狂》，是想用视觉化的形式表现一个作家的创作内容，通过他的写作可以了解他的性格。这并不是一部自传性质的电影，我只是想通过几个小故事来反映人物的性格。

史提格：你饰演的角色名叫哈利·布洛克，而他又恰好是一个正处于"瓶颈期"[1]的作家，所以说名字本身也反映了人物的状态。

伍迪：没错，正是如此。

---

1. Block 除了作为人名"布洛克"，也有"阻塞、停滞"的意思。

史提格：《野草莓》中维克多·斯约斯特洛姆饰演的主角叫伊萨克·博格，"伊萨克"（Isak）代表"冰块"，而"博格"（Borg）在瑞典语中的意思是"城堡"，于是这个人物可以被解读为一个冷漠的封闭内心真实感受的人，生活在与世隔绝的孤堡中。两部电影的主角都有一个符合其性格的名字。

伍迪：没错，哈利·布洛克就是一个处于瓶颈期的作家。

史提格：《解构爱情狂》是你最为复杂的电影之一，这种复杂性不仅体现在内容的丰富性上，还包括内容的表现手法。整部电影的快节奏充满了活力，但同时又是对活力的消解，不仅在现实与虚构、真实与幻想之间快速跳切，剪辑方面也不按常理出牌。你是怎么想到电影开头的那些分切镜头的？

伍迪：就像我说过的，通过一系列故事来深入了解一个作家在我看来很有意思。我要赋予这个人物生命，使他符合那些故事呈现出来的形象。我从那些故事倒推，建构起人物的性格，因为他是通往那些故事的线索。

史提格：你怎么想到要在电影开头运用快速的跳切镜头的？就是朱迪·戴维斯离开出租车的那场戏。

伍迪：我在《丈夫、太太与情人》中也用过这一招。在处理那些神经质的人物时，我偶尔也会用同样神经质的剪辑方法。我喜欢那种不协调的剪辑风格，所以在这部电影中我随心所欲地剪辑，保持这种快节奏的感觉，想什么时候跳切就什么时候跳切，因为这种节奏完全适用于神经质的角色。在拍摄那场戏之前，我就知道会用到这种跳切的方式，所以拍摄的时候非常自由，因为我知道不需要做无缝剪辑。我想通过这种毫无逻辑的跳切营造出焦虑的感觉。

史提格：我在开头的演职人员名单里注意到你更换了一些工作人员，比如服装设计师杰弗里·科兰德不在名单上了。

伍迪：他搬去加利福尼亚了。他有了两个孩子，因此他们夫妻俩觉得应该去加利福尼亚生活和工作。我们还是会联系，我上周末去加利福尼亚时还和他见了面。

史提格：电影开始于一个虚构的人物，理查德·本杰明饰演的肯是哈利的另一个自我。这让我想到菲利普·罗斯创作的剧本《波特诺伊的怨诉》，理查德·本杰明同样也是那部电影的主角。罗斯的作品也涉及颇具自传性的犹太背景，同时还带有强烈的性暗示。这些相似之处仅仅是一种巧合吗？

伍迪：让理查德·本杰明来主演是很自然的事情。我们相识多年，他又是一个才华横溢的演员，所以我认为让他饰演这个角色一定很有意思，事实也的确如此。至于菲利普·罗斯，我一直觉得他是一个天才作家，他的深刻见解是我难以望其项背的，我对犹太文化的见地也远远没有他那么深刻和丰富。我只是一个喜剧演员，利用我的犹太背景来插科打诨，制造笑点，而他在那些问题上要深刻和严肃得多，就像索尔·贝娄，而我只是用几句时髦话逗人一乐罢了。

史提格：你刚刚说电影中没有任何自传性的内容。我知道当你的其他作品遭遇相同的质疑时，你也是这样否认的，但肯定有一些内容是与你有关的吧？

伍迪：只有一些细节有关而已。有些先入为主的因素是与我有关的，比如电影中的人物都是犹太教徒，而不是天主教徒或新教徒。我知道还是会有人把主角当成我本人，就因为他也是一个作家，但我已经不在乎了。我已经否认过了，人们不愿相信也没关系。我从来都没有经历过瓶颈期，我也不会坐在家里喝酒，更不会邀请各种女人到家里来，也没有经历过混乱的婚姻。我的生活和我的角色根本是两码事，我不可能开着车到某个地方去接受荣誉，更没有想过要绑架自己的小孩。这根本不是我。

史提格：朱迪·戴维斯似乎是你最偏爱的气质型女演员，你经常让她饰演喜怒无常的角色。

伍迪：她是我最欣赏的女演员之一，非常擅于把握喜剧效果。她能胜任任何角色，很难找到像她这样的女演员。在我看来，朱迪最适合神经质的角色。

史提格：你和桑托·罗奎斯托总能把场景布置得很有真实感。开头和朱迪·戴维斯在家中争吵的那场戏，你看起来对整个环境非常熟悉，比如从柱子后面取出一瓶威士忌，这个动作并不起眼，但能让观众感觉到你真的住在这个公寓里——因为你知道有一瓶威士忌在那儿。当你在一个新的场地演戏的时候，会在拍摄之前四处观察熟悉环境吗？

伍迪：会。开拍前准备机位的时候，我会四处观察熟悉环境。在这场戏中，观众很快就能知道是在一个典型的公寓里。我住过很多类似的公寓，也拜访过很多这样的公寓，我知道纽约人就是这么生活的。

史提格：其他演员也会像你这样事先熟悉环境吗？

伍迪：我让演员自己决定，他们愿意的话可以到处走走，看看能不能找到些感觉。如果不愿意的话就不必那么做，我无所谓。他们来现场的时候，我的镜头都已经到位了，于是我就对他们说："进来，走到这儿，放下你的笔记本，再走到那儿，把桌上的书扔到地上。"如果他们有疑问，会向我提出来，如果没有就一切照常。

史提格：那场戏依旧延续着生硬的剪辑方式，这一秒我们看到你握着酒杯站在柱子边上，而下一秒镜头就直接切到朱迪·戴维斯站在相同的位置。这是十年或二十年前的传统剪辑方式根本无法容忍的。

伍迪：我在《丈夫、太太与情人》中也是这么做的，只要符合场景和人物的设定，就没关系。

史提格：这些年来你在技术层面越来越游刃有余。你有没有发现自己不仅在风格上日益成熟，同时在对待镜头设计和剪辑技术的态度方面也成长了不少？

伍迪：我一直以来都相信内容决定形式。我是作者，对我来说最重要的是如何讲好一个故事。尽管我一直都在拍喜剧片，但最令我头疼的是我无法真正随心所欲地享受电影这门艺术的乐趣，而不得不遵从严谨和简洁的原则。我希望能突破这一点，所以我很高兴能拍出《解构爱情狂》这样的电影。虽然是一部喜剧，但它具有严谨的结构，这一点给了我自由发挥的空间，因为我不必在每一个地方考虑笑点，可以按自己的设想拍电影。但是，一旦碰到那些有喜剧效果的桥段，就不能使用这种剪辑方式，否则会破坏喜感。我只能在拍摄人物现实生活的时候运用这种剪辑方式，如果在罗宾·威廉姆斯的那个故事里这么做的话，就会破坏喜剧效果。这种剪辑方式能够增强戏剧性，但会破坏喜感。

史提格：哈利的那些回忆故事，比如开头提到的死神敲响门德尔·伯恩鲍姆家门的那场戏，让我想到你早期在《扯平》和《副作用》里写的那些短篇小说。

伍迪：没错，那些小故事也可以写成散文式的东西。我希望哈利就是一个写短篇小说和散文的作家。

史提格：在"演员"这一节中，你是怎么想到让罗宾·威廉姆斯从头到尾都失焦的？

伍迪：我想这么做很久了，所以觉得这部电影是一次很好的机会。具体操作起来特别简单，我经常在片场听见摄影人员喊："失焦了！"因此很多年前我就想到如果问题不在相机，而是演员本人失焦了，会怎么样？这个人的一生都是失焦的。

史提格：饰演你第一任妻子的是柯尔斯蒂·艾利，我从未看过她如此精彩的表演。

伍迪：没错，她非常棒，能请到她非常幸运。我之前在电视上看到过她，既风趣又才华横溢。她对喜感的把握非常到位。我希望哈利虚构出来的前妻是一个更美艳的大众情人，所以小说中的第一任妻子是黛米·摩尔饰演的，她的感觉比柯尔斯蒂·艾利更浮夸，符合哈利的幻想，而柯尔斯蒂·艾利是现实中的人。

史提格：正如他虚构的自己是理查德·本杰明那样的人。

伍迪：没错，那是他理想中的自己。

史提格：黛米·摩尔饰演的角色，曾说过这样一句话："传统里存在价值。犹太教不仅存在着意义，还存在着真正的美。"整部电影都贯穿着对犹太传统的评论，哈利姐姐与姐夫之间的那些场景也是如此。你本人对于犹太教和犹太传统的态度是怎样的？

伍迪：我从小在犹太家庭长大，但我并不是一个宗教性的人。我对包括犹太教在内的任何宗教都没有兴趣。我认为所有的宗教都很愚蠢，无法令人信服。我也不认为犹太教徒和非犹太教徒之间有什么区别。如果你在一座荒岛上，身边有两个来自不同宗教信仰的婴儿，你并不能因此区分他们。宗教是人类创造出来的俱乐部，而我不是任何一个俱乐部的会员。传统在我看来并不都是沉重的，有许多令人愉快的传统，比如剧院中的传统、体育竞赛之类的传统就不是教条的。

史提格：就像哈利对他姐姐说的，"传统只是对于永恒的一种错觉"。

伍迪：没错。

史提格：之前我们简单地讨论过菲利普·罗斯，除了他以外还有哪些作家是你一直阅读的？

伍迪：从我这一辈来说的话，索尔·贝娄是最重要的作家，菲利普·罗斯也是。过去的作家中也有一些是我非常喜爱的，比如福楼拜、卡夫卡等等。但贝娄和罗斯是我最欣赏的当代作家。当然，和其他人一样，我也很喜欢塞林格，但他的作品很少。

史提格：索尔·贝娄和菲利普·罗斯在哪里吸引了你？

伍迪：他们才华横溢，同时又风趣幽默。他们的作品往往包含着深刻的见地，行文也妙语连珠。

史提格：你工作这么繁忙，有时间读小说吗？

伍迪：我读非虚构比较多，但也看了不少小说。没错，我有时间阅读，虽然没有我期望的那么多，但还是能挤出时间的。

史提格：《解构爱情狂》中有一个场景，你在这场戏里穿着一件汗衫，上面印着一个巨大的洞。这是你自己为角色搭配的衣服吗？

伍迪：没错，我喜欢在拍戏的时候穿自己的衣服，这样会比较放松。我饰演的角色在那场戏里穿着这件衣服等妓女上门，我想这件衣服能透露他的性格。

史提格：他看上去是一个不拘小节的人。那个名叫曲奇的妓女是你电影中少见的黑人女主演，为什么你电影中的黑人角色这么少？

伍迪：其实并不比别的电影少。老是有人质疑这一点，但只要去看看别的导演——我不想提任何一个名字——你会发现同样的结果。拍摄自己熟悉的东西是人之常情，而我所熟悉的是我的家庭和我的邻居，我周围的人是我写作的素材来源。我从来不考虑人种的问题，我只根据角色挑选演员，如果角色设定是黑人，我就找黑人演员。人们总是问我为什么《汉娜姐妹》中的女仆是黑人，但事实上百分之九十的那样的家庭都雇用黑人女仆。这些年来总是有人对此抱有疑义，在那些不喜欢我的电影或是不喜欢我本人的人看来，这一点代表我瞧不起黑人，但根本不是这样，我从来没想过这样的问题。选角的时候我也不会考虑社会慈善或平等机遇的问题，我只选适合角色的演员。一旦有人提到这个问题，关于我电影的议论就没完没了。我不想提其他导演的名字，但从来没有人议论过他们的电影，却总有人问我为什么出演我电影的黑人演员这么少。我的回答永远是："我只选我认为适合角色的演员。"如果我仅仅为了种族多样性而选黑人演员，那就意味着我还要选西班牙裔、华裔、日裔和韩裔。这种愚蠢的观念是反艺术的。

史提格：的确就像你说的，有一些评论总是针对你。你会阅读关于你电影的评论吗？

伍迪：我从来不读任何评论。要知道，你面对的是各种不同的观点和立场。有些评论家非常倾向某个人，有些评论家的立场是中立的，还有些评论家极力抨击某个人。如果给一个讨厌我的人看我的电影，那么无论电影多好，他都能找到瑕疵。如果给喜欢我的人看，他们就会挑好的说。还有一些人不褒不贬，因为他们对我既无好感也不反感。我不读评论并不是出于对评论家的蔑视，而是不想受那些纷乱的声音的干扰。

史提格：你会特别留意某些评论家的观点和看法吗？

伍迪：我会留意这些年来一直被谈到的那些观点。虽然我不读评论，但还是经常能从别人口中听到。我知道有些人认为我电影中的黑人演员不够多，有些人认为我的电影太过于自恋。这些都是在谈话时听到的。大概有三十本左右的书是关于我的，但除了校对你这本书和埃里克·拉克斯的书之外，我从没读过别的。二十五年来我没有读过任何一篇关于我电影的评论或任何关于我的文章。曾经有一段时间我什么都读，那是在我刚刚开始拍电影的时候，我常常去联美公司，他们那里有成叠的评论，我全部都读，大多数都是说好话的，但没过多久我就忍不住想："真是疯了，堪萨斯州的评论和底特律的评论简直南辕北辙……"于是我明白最好还是不要读了。我在早年悟出了一个道理，那就是如果你一心一意只关心如何把作品做好，而不被任何情绪和评论所左右，那么一切都会水到渠成。这些年我积攒了这么多作品，想要说的话都在那里面了，但愿一直都能遇到有共鸣的人。永远都不要考虑钱的问题。这些年来我经常遇到为了争取五天或十天的拍摄时间而把全部薪水还给电影公司的情况，也遇到过工作一整年颗粒无收的情况。但我发现只要心无旁骛，专注于工作，最终还是会有钱的。最好的办法就是持续工作，与世隔绝地工作，不被任何其他事情打断。我一直活得像一只鸵鸟，这种方式固然有它的缺点，但也有好处，对于作家尤其如此。我喜欢独处，享受独自工作，我不喜欢参与其他活动。比如有的人拍电影，他们享受拍电影的过程，然后在首映会之后举行派对。有的导演喜欢读评论，享受参加奥斯卡典礼受人瞩目的感觉，他和工作人员都是真心享受这个过程，他们并不是肤浅的人。我怀念那种乐趣，但我的感觉并没有那么强烈。当我完成一个作品，就会马上继续创作下一个，其他的我都不在乎。能够不断地产出，而不被任何表扬或批评所影响，我就觉得很快乐。我并不明白，成为一个万人簇拥的大导演，其中的乐趣何在。当然，作为群体的一员享受人与人之间的互动是美好的，但我不会和演员吃饭，不会说很多话，也不会社交，这就是我的处世方式。如果换作别人和海伦·亨特、查理兹·塞隆或是西恩·潘合作，也许会和他们吃饭，并成为朋友，频繁地社交，等等，但我不是这样的人。我这么说并不是在批判那些人。我的社交方式并不比他们高明，这只是性格使然。如果有一笔钱能保证我每年拍一部电影，无论票房好坏都不会影响我下一部电影的资金……我就会随心所欲地拍电影——就像我现在拍的电影一样——我不会在乎有没有人看，事实上我也没时间关心这个，这不是我能够决定的事情，除非我改变自己拍电影的初衷，我当然不会那么做。精神病院会让病人编竹篮或用手指画画，因为这些事情能帮助他们恢复健康，这也是我拍电影的目的。这些年来我发现各种奖项并没有给我带来任何成就感，真正使我快乐的是拍电影的过程。当我完成一部电影，在这个房间放给几个亲朋好友看的时候，我就觉得很快乐。真正的快乐在于拍电影，在于创作，在于试探自己能否达到预期目标的过程。虽然这些年来我的确说过一些希望人们来看的虚伪的话，但事实是我根本不在乎。要不是出于与投资人的契约，我根本不会宣传我的电影。因为如果我拍完电影就说"再见"，会伤害到这些人的感受，所以我才做一些违心的事情——尽管不多，但我无法否认——去帮助他们。

史提格：为了表示诚意？

伍迪：没错，因为他们一直对我很好，我也希望能为此做点什么。但我真的不在乎，明天《玉蝎子的魔咒》就要上映了，但对我来说那已经是过去的事情，不再重要了。我已经拍完下一部电影，所以这件事对我来说已经很遥远了。但我记得在我刚开始拍电影的时候，马歇尔和我在《傻瓜大闹科学城》首映的时候开着车去看那些在纽约的电影院门口排起长龙的观众，我们既自豪又惊喜："我的老天，看啊，现在是周六晚上十点，队伍居然排到了街角。太棒了！"后来我们忍不住想："那么然后呢？"我们还是得找个地方吃饭，然后回家洗澡睡觉。你的生活并不会因为电影的上映而改变，我的意思是，它并不像你想象的那样能为你的人生带来任何实质性的改变。

史提格：但你是幸运的，你已经拍完了另一部电影，还创作了一出戏剧，同时还在计划着一些新的东西。有些导演在拍完一部电影之后并没有接到新的合约，因此对他们来说，出席电影的开幕式、在公众面前抛头露面是很重要的。

伍迪：我在刚开始时也经历过这个阶段，你必须努力熬过这个时期。如果我的头几部电影失败的话，我的电影生涯肯定就完了。

史提格：你的态度似乎非常理性。

伍迪：没错……我记得有一次在波士顿宣传《呆头鹅》的舞台剧，我们不停地排练，然后迎来了首演夜，观众看起来都很喜欢这出戏，每个人都很高兴。结束后大家都去参加派对了，而我回到旅馆房间，开始为《纽约客》写文章。因为那出戏对我来说已经是过去了，我只想马上开始做下一件事，对我来说过程才是愉快的。我和伯格曼也探讨过这个话题，我们有过相同的经历——电影首映之后，制作公司的人打电话来说："第一场戏的票已经卖光了，我们预计票房可以达到九千万美元。"但过了两天他们又说要继续观望两天，因为观众不够多。电影公司永远在问我："你这个周末在哪儿？"因为大多数的首映式都安排在周五。"能不能告诉我们你家的电话号码？我们会把票房情况通知你。"但我根本不在乎票房，我不想每隔几小时接一通电话。他们总是坚持这种伪科学，打电话告诉你："《业余小偷》赚了两百万，这是七月份的周末，其他的电影票房是四百万，同一天另外一部电影又赚了多少。"他们把所有这些数据放在一块儿计算，但数据对我毫无意义。讽刺的是，今天我们坐在这间房间里说："电影上映了，大多数评论都不错，观众笑声不断，剧院老板也说这出戏棒极了，但实际上根本没有人看这电影。"

史提格："解构爱情狂"是你早就想好的题目吗？

伍迪：是的，这个名字我很早就确定了。

史提格：《解构爱情狂》和后来《名人百态》中的对白似乎比你之前的电影更粗俗一些，你认为这是整个社会习俗和用语习惯的变化所导致的一种必然趋势，还是仅仅出于情节需要？

伍迪：只是出于情节需要。如果你去看《名人百态》之后的《业余小偷》《玉蝎子的魔咒》还有《好莱坞结局》，就知道这种情况只是出于电影的情节需要。《非强力春药》《解构爱情狂》还有《名人百态》需要这些粗俗的对白，也有可能是我当时处于某种创作模式中，所以对这种说话方式感兴趣，但这之后的三部电影并没有延续这种风格。

史提格：你是否认为人们的日常语言习惯大体正在往这个方向发展？

伍迪：如果的确存在这种趋势的话，一定有它的理由。我对任何语言都没有偏见，对我来说不存在"粗俗"的语言，有些人好好说话，有些人不好好说话，仅此而已。有一对黑人兄弟拍过一部有趣的纪录片，叫《美国皮条客》，他们采访了很多黑人皮条客，里面的语言太美妙了，虽然是街头语言，但从组词到发音都美妙极了。这是过去那种愚蠢的审查制度永远无法企及的美感，但现在你可以这么说了。此外，你在电视上看到的喜剧演员都是"粗俗"的，对他们来说，使用禁用的语言变成一种制造笑点的工具，这是很愚蠢的。然而恰当地使用任何语言、任何词语都可以产生美妙的语感，我看到了越来越多的可能性，而不是衰退的趋势，所以我认为是一个好现象。

史提格：说唱和嘻哈音乐显然对我们的语言产生了影响，日常语言变得越来越粗俗，也更有想象力。

伍迪：没错，更有创造力，这是件好事。很多流行音乐，当代流行音乐——不仅仅是当代的，也包括过去三十年的流行音乐——被误以为是有诗意的东西，实际上并不是，只是垃圾。缺乏判断力的人认为那是纯粹的艺术，但其实并不是，那是对语言的滥用。在这一代年轻人当中这种现象并不罕见，我成长的那个时代也有很可怕的流行音乐，就好像我们想象电影的"黄金时代"一样，如果你真的回头去看20世纪三四十年代的电影，会发现大部分作品都是不太令人满意的，就像糟糕的肥皂剧一样，都是工业制造的垃圾，庸俗而愚昧。多亏了那些始终坚持自己的导演，多亏了种种巧合，才诞生出一部好电影。但放在成千上万的电影中，这只是凤毛麟角。所以我并不认为那是电影的黄金时代，反而是"黄金时代"之后的那批演员，比如白兰度、德尼罗、霍夫曼、尼科尔斯和帕西诺，比那个时代的演员要更出色。马丁·斯科塞斯、弗朗西斯·科波拉还有罗伯特·奥尔特曼也丝毫不比威廉·惠勒、乔治·史蒂文斯和约翰·福特差。三四十年代是非常浪漫主义的一个时期，我很欣赏这一点，如今明星与大众之间的那种联系已经不可同日而语了，也永远无法再现克拉克·盖博、亨弗莱·鲍嘉饰演的那些传奇角色。但是像加里·格兰特这样的个性演员并不比今天的布拉德·皮特、爱德华·诺顿或是莱昂纳多·迪卡普里奥更出色。加里·格兰特和亨弗莱·鲍嘉的演技固然出色，但如今的演员丝毫不逊色于他们。

史提格：说回《解构爱情狂》，我注意到有些批评的声音是关于女性的，有人在哈利对待女性的态度中发现了厌女倾向。你注意到这一点了吗？

伍迪：没有，我并不认为他厌恶女性。哈利在对待男人时也存在同样的神经质问题。电影中描写的男性角色和女性角色一样滑稽可笑。即便我搞错了，他的确得了厌女症，那又何妨？这是一个虚构的人物，而厌女症也许就是哈利·布洛克性格中的特点之一。也许他对女人有意见，或是害怕女人，或是内心讨厌女人，那又如何？对我来说这个人物是有趣的，我并不觉得他厌恶女性，因为他在对待男性的问题上也一样窘态百出。

史提格：这部电影的另一个特点在于你讲故事的方式是完全自由的。比如哈利与他虚构的人物相遇的那一场戏，你是怎么想到让虚构的人物和现实的人物相遇的？

伍迪：虚实交错一直是我的保留节目，在《开罗紫玫瑰》和我的短篇《库格尔马斯轶事》中都曾出现过这种桥段。我觉得虚与实的互动非常有意思，所以偶尔会在故事中安排这样的情节，尤其是像哈利这样具有创造性的人物。

史提格：影片中的"地狱"是在哪里拍摄的？片场又是如何布置的？

伍迪：我告诉桑托·罗奎斯托，我希望呈现的地狱是贝里尼[1]和

1.乔瓦尼·贝里尼：意大利威尼斯画派创始人。

乔托[1]那种为《神曲》配图的画家笔下的那种样子，但桑托和制片人问我能不能换成另一种更现代的"地狱"，因为我理想中的地狱成本太高了。但我坚持要那种燃着硫火、人们被吊在墙上的地狱，于是桑托就依样造了一个。我们去了新泽西州的一个军械库，他在那儿费了一番功夫。

史提格：这场戏的拍摄过程是不是很有意思？拍摄花了多久？

伍迪：布置场景花了很长的时间，拍摄并没有花很久。我从来没有真的花很长时间在实际拍摄上，因为我不是一个吹毛求疵的人。如果换作斯坦利·库布里克的话可能会花上两个月的时间拍摄，但我几天就拍完了，我没有那种强迫症。只要喜剧效果达到了，我就满足了。我不会追求其余的东西，但库布里克或是维斯康蒂[2]会精确到每一个细节。我想这可能是他们的性格使然，他们希望通过细节来打动人，但我相对来说比较随性，只追求喜剧效果，仅此而已。

史提格：哈利在电影的结尾处遇到了所有他虚构的人物，这场戏非常感人。哈利说了这样一段话："我爱你们每一个人，真的。我生命中最幸福的那些时刻是你们赋予的，甚至有好几次是你们拯救了我的生命。事实上你们教会了我许多东西，我真心诚意地感激你们。"你是否也认为艺术在某种程度上可以成为一个人的救命稻草？

伍迪：是的，我认为艺术能够成为一个人的救命稻草。从社会的角度来看，艺术是无用的，它的价值仅仅在于娱乐性，因为艺术家比不上革命家，无法变成社会改革的推动者，至多只能做一些小小的贡献，都是微不足道的。而革命家把生命作为筹码，勇敢地战斗，其贡献更大。

---

1. 乔托：意大利佛罗伦萨画派创始人，也是文艺复兴的先驱者之一。
2. 卢奇诺·维斯康蒂：意大利导演，代表作有《大地在波动》《豹》《洛可兄弟》等。

史提格：哈利是一个无神论者，你呢？

伍迪：我是不可知论者。我相信一个正直的人的确有可能会遇到一些他无法解释的时刻，在那些时刻他感到宇宙是有某种意义的，或是还有一些别的东西存在，那是一种真正的宗教体验，而非神父和牧师口中泛滥的那种。对此我表示尊重。这种情况也会发生在艺术领域，我能够从一首曲子或一本书中获得特别的意义，帮助我度过一段艰难的时光。或许有的人会说："我的童年非常糟糕，要不是艾米莉·狄金森的诗歌，我根本活不下去。"因此我认为艺术是有益于人的。就像我之前说的，编竹篮、做手工也能成为一个人的救命稻草，因为工作能帮助你。但从整个社会的层面来说，我认为艺术并没有那么大的作用，所有探讨种族关系和种族团结的戏剧和电影都不及一群黑人的实际行动，当他们说完"我们不会再忍受下去了，我们要联合抵制你的商店，把你的店砸了"这句话，马上就用实际行动实现了自己的想法。

史提格：整部电影是在积极的格调中结束的，哈利在打字机上打出这样一段话："关于一部小说的笔记。一种可能的开场：里夫金过着支离破碎、混乱无序的生活，他很久以前就得出了如下结论——所有人都知道同一个真相，而生活取决于我们如何扭曲这一真相。只有写作能使他平静，他的写作以这样或那样的方式拯救了他的生活。"这样的结尾可以和《曼哈顿》相提并论，在那部电影的结尾你饰演的角色正在考虑生活的可能性与乐趣之所在，这两个故事里的艺术家仍然继续着他们的创作……

伍迪：《解构爱情狂》比《曼哈顿》更严肃。《曼哈顿》的结尾是饱含情感的，而这里并没有，所以更绝望。哈利最后说的那一段话，讲的是每个人都知道同一个真相，但"生活取决于我们如何扭曲这一真相"。这句话是非常悲观的。我们都面临着相同的现实，也都知道同一个真相，但每个人都以自己的方式扭曲了真相，并说服自己相信这种扭曲是合理的。通过以某种方式扭曲了现实，我们才得以适应现实，因为我们心里都很清楚现实实际上并没有那么美好，而这一点是《曼哈顿》里没有的。

史提格：相比你的其他后期作品，《解构爱情狂》对你来说是不是具有更重要的意义？

伍迪：它和《丈夫、太太与情人》具有同等的分量。我欣赏的电影类型很多，比如滑稽但包含一些严肃内容的喜剧，还有歌舞片，《曼哈顿谋杀疑案》以及《业余小偷》那样的电影都是我喜欢的。我喜欢尝试不同类型的电影，有时也会连续几年钟情于其中某一种。《解构爱情狂》对我来说属于更严肃的那种喜剧电影。

《名人百态》

李："我才刚过四十岁，我不想等到五十岁的时候才发现我该死的人生只有一个咖啡匙的容量。[1]"

——《名人百态》

史提格：我在《名人百态》开拍之前就读了它的剧本，还为摄影师斯文·尼夫基斯特翻译成了瑞典语。这是我唯一一次以这样的方式接触你的作品。在看了最后的成片之后，我忍不住惊讶于这部电影竟如此忠实于剧本，因为之前你在谈话中说过你在台词方面赋予演员很大的自由发挥空间，但《名人百态》非常忠实于你的剧本。我原本想象剧本中的某些场景可能会以不同的次序呈现，但整部电影无论是结构还是分镜头都非常忠实于你的剧本。你的电影都是这么接近原始剧本吗？

伍迪：不，有时并非如此。《名人百态》相对来说更接近剧本，其中一个原因可能是主角由肯尼思·布拉纳饰演，而非我本人。如果是我演的话，我对台词可能会更随意，但他非常尊重我的创作。人们往往没有意识到我对结构其实是非常保守的，他们认为我的大多数电影都是松散的。在我刚开始拍电影的时候，人们大概会想："噢，

---

1. 这句话指涉艾略特诗作《普鲁弗洛克的情歌》中的诗句"我用咖啡勺量走了我的生命"。

《傻瓜入狱记》和《香蕉》是那么疯狂的电影！这个叫艾伦的如果懂得'结构'这东西的话会成为一个更好的导演。"他们没有意识到我的电影实际上都是结构紧密的。我记得赫伯特·罗斯在执导《呆头鹅》的时候曾经想加一些东西到电影里，我说"好的"。但后来他打电话来说："我不得不把那些加入的东西撤掉，因为我之前没有意识到这个故事具有如此严谨的结构。"当你想象这些场景以另一种次序呈现的时候，你会发现效果就没有那么好，看起来碎片式的电影其实具有真正意义上的结构。

史提格：但在《名人百态》中有两个例外，其中一个不太引人注意的场景是朱迪·戴维斯饰演的罗宾去向妓女请教性爱技巧。这场戏在你的原始剧本中并不是一个单独的场景，我记得出现了三四个妓女，罗宾先去拜访了一个妓女，然后又去拜访另一个，之后是和一群女人在一起的场景。

伍迪：那些场景加在一起太长了，但我的确全都拍了。

史提格：另一个从剧本中删掉的场景在我看来是非常关键的，那是在接近尾声的部分，李被邀请到老同学马丁·莫尔斯家中做客，后者在同学聚会的那场戏中就已经出现过。莫尔斯想和李探讨"人心"，他痛苦地表示自己和妻子"虽然身为人类学教授，却为人性的不断丧失而感到绝望"。他表达了自己对正变得越来越廉价、虚伪和邪恶的文化的绝望，并声称他和妻子已经达成了一项自杀契约，三个小时前她已在公寓中自杀身亡，而现在他却不敢履行自己的那一份职责，于是问李他应该怎么做。

伍迪：我的确拍了这场戏，但感觉怎么也不对。我还是希望能在未来呈现这场戏，也许是在另一部电影或是舞台剧中。我不想放弃它，因为我觉得这场戏很不错。

史提格：没错。这场戏很残酷，但感情真挚，非常具有感染力。

伍迪：整部电影为它停了下来。而且这场戏很长，打断了整个节奏，所以被我剪掉了。但那是一个很好的桥段。

史提格：我认为这场戏可以象征某种道德上的纠正，正如你在其他电影中所做的那样。

伍迪：没错，写剧本的时候我也觉得这场戏放在这儿应该不错，但在实际拍摄的时候，我感到整个故事一直在不断推进，而这场戏一出现就破坏了这种节奏，因为它太长了，我没法处理。

史提格：为什么想到要把《名人百态》拍成黑白的？

伍迪：我喜欢偶尔拍一部黑白电影，因为我喜欢漂亮的黑白摄影。纽约的街道拍成黑白的感觉非常好，于是我想到既然这么多年没有拍黑白电影了，不如拍一次。我只是觉得黑白的视觉效果不错。

史提格：不是因为你想赋予电影一种更纪录片式的风格吗？

伍迪：不，仅仅是出于审美上的考虑。

史提格：看《名人百态》的时候很容易令人联想到费里尼的《甜蜜的生活》。

伍迪：那真是我的荣幸。

史提格：你没有发现这两部影片的相似之处吗？主角都是记者，喜欢带着刚认识或是想引诱的女人穿梭于各种社交场合。那场被你剪掉的自杀场景也让我想到《甜蜜的生活》中阿兰·盖音饰演的知识分子作家，他在一场关于人生无意义的讨论之后自杀了。

伍迪：拍这部电影的时候我并没有想到费里尼。我与费里尼的区别也许在于我是一名喜剧导演。费里尼当然不乏喜剧性，但《甜蜜的生活》是一部严肃的电影，他的电影可以在那些沉重的段落停下来，观众并不会介意。但我的节奏更快，如果我放慢这种节奏，也许就能拍那样的场景，但一旦节奏已经事先确定，整部电影就得按照这种节奏不断推进，我没法让它停下来。

史提格：《甜蜜的生活》表达了费里尼对20世纪50年代末期至60年代初期欧洲某些大城市——不只是意大利——的都市生活的一种批判，《名人百态》是否也有同样的意图？你也希望通过这部电影对20世纪90年代末期的纽约表达一种类似的观点吗？

伍迪：拍摄这部电影的初衷是我意识到一股席卷纽约乃至全美的名人现象。仿佛每个人都成了名人，医生、牧师、大厨、妓女，全都一夜成名。我们的文化中充满了名人和各种享有特权的人。所以我想拍一部这样的电影，表现各种各样的名人，以及这个叫罗宾的女人如何从一个死气沉沉的家庭主妇和教师，变成一个家喻户晓的名人。这就是我拍这部电影的初衷：表现这种名人文化。我并没有多大的偏见，我只是想记录这种人人都崇拜名人的文化现象。这就是我的意图，至于我在多大程度上实现了这一初衷，我并没有把握，但至少我尝试过了。

史提格：当代社会显然非常推崇这种一夜成名的现象，那些未经检验、仅仅凭借肥皂剧一夜成名的演员可以说验证了安迪·沃霍尔[1]那则著名的每个人都能出名十五分钟的预言。

伍迪：《名人百态》中有一个场景，乔·曼特纳的母亲在谈到一个曾经当过人质的家伙时问道："他们凭什么成名？就因为被绑架

---

1. 安迪·沃霍尔：波普艺术的倡导者和领袖。

了？为什么他们是名人？"他们被绑架了，这是件糟糕的事情，但突然间他们又开始用自己的名字命名学校？我认为安迪·沃霍尔那句每个人都能成名十五分钟的话听起来不错，但事实并非如此，两亿美国人中只有极少数的一部分人能出名，而不是每个人，正因为如此，名人的地位才那么万众瞩目、令人垂涎。但美国文化中的名人实在多得有些泛滥成灾了。

史提格：电影的开头有一场戏是李和妻子罗宾在车里争吵。他告诉她，他想离婚，她对此感到非常震惊和愤怒。你在原始剧本中提到接下来的情节有如下几种可能：他们去了中央公园，或是去了海港，或是去了特里贝克的一条小巷，或是去了红灯区。你最后是如何做出决定的？

伍迪：这就是身兼编剧和导演的好处。如果剧本由另外的人来写，他就必须把细节描写得非常细致，但我只需记上一笔，然后和桑托一起讨论应该在哪里取景。比如，中央公园的戏份是不是太多了？然后桑托或是别人会说"我知道一个你从没用过的好地方，就在特里贝克"，或者提议"他们可以在哈莱姆[1]看烟花"。我只需表达一个大致的想法，但如果导演不是我的话，我列举再多的地名也仅仅只是列举罢了，会被别人改掉。

史提格：你会和摄影师一起去勘景吧？

伍迪：当然，但桑托和我会事先决定好地点，然后再把地点告诉摄影师，看他是否喜欢这个地方，如果他认为这个地方不适合做片场，我们就将其从候选名单上排除掉。

---

1. 特里贝克和哈莱姆都位于纽约曼哈顿区。

史提格：李和罗宾离婚后的人生轨迹非常具有讽刺意味，李这个野心家的事业一路下滑，而一向焦虑不安的罗宾却蒸蒸日上。然而当他们最终在戏中戏的开幕之夜相遇的时候却有一种和解的感觉，整部影片在一个非常乐观的基调中结束。

伍迪：没错。他们离婚后的第一次相遇也是在电影放映会上，罗宾的反应非常惊慌失措。但一年之后重逢的时候，她的反应发生了彻底的转变，不再紧张失措了，因为她婚姻美满，在某种程度上成为名人，于是能够非常从容地面对他，而不是像之前那样躲在桌子底下，我希望表现她这种自信的转变。

史提格：同学聚会的那场戏非常有意思，你有没有参加过同学聚会？

伍迪：没有，那肯定非常令人沮丧。

史提格：李参加同学聚会似乎是为了炫耀自己的地位和成就，想借此获得老同学的赞赏。

伍迪：这是大多数人出席那种场合的目的，攀比彼此在生活和事业方面的成就。小有成就的人想趁此机会炫耀一番。我相信毫无成就的人是不会去参加那种聚会的，参加的人通常都自我感觉良好。

史提格：也许都抱着自己比别人更成功的期望？

伍迪：是的，为了满足比较心理。

史提格：你怎么会想到让肯尼思·布拉纳饰演主角？

伍迪：我太老了，不适合这个角色，所以想找一个既年轻又有幽默天赋的演员，这样的演员并不多见，而肯尼思显然是其中之一。我唯一的担忧是他能否说美式英语，他显然没问题，于是就请他来演了。

史提格：我非常欣赏肯尼思·布拉纳，但他的表演在某种程度上秉承了英国典型的那种适用于舞台而非电影的表演传统，劳伦斯·奥利弗就是一个典型的例子。他们的演技固然无可挑剔，但我在观看的时候总有一种感觉，仿佛有一个黑影站在演员边上，说着："我是不是演得很棒？"

伍迪：有时候我也会有你说的这种感觉，但对丁肯尼思、阿尔伯特·芬尼或是伊安·霍姆这样的演员，我不会有这种顾虑。像奥利弗，还有老一辈的演员，比如吉尔古德[1]或是理查森[2]，我有时的确会有这种感觉，因为那一代演员的乐趣之一就是向观众展示无与伦比的演技。但肯尼思身上完全没有这种痕迹，他更接近普通人，那种在街头或是酒吧里常见的人物，没有杰克·尼科尔森和罗伯特·德尼罗身上的枪手气质。他正是我一直在找的那种演员，一个真实的人，而非牛仔或英雄。他的形象非常具有说服力，在这部电影中不乏幽默的气质。我一直非常欣赏他，而且我认为他和芬尼这一类演员已经摆脱了你提到的老一代英国演员身上的那种痕迹。

史提格：亚利克·基尼斯作为老一代英国演员，在早期也出演过许多杰出的喜剧，你觉得他怎么样？

伍迪：我认为他是一个非常优秀的演员，他身上也有某种耀眼的东西，不像一个平凡的人。他最出色的表演是在《鼓笛震军魂》中饰演的苏格兰军人，几乎可以与任何一个伟大的演员相媲美。他无疑是一个了不起的演员，既具有喜感，又不失严肃，就像奥利弗和吉尔古德一样。

---

1. 约翰·吉尔古德：英国著名多产演员，以擅长扮演莎士比亚剧中的角色闻名于世。
2. 伊恩·理查森：英国演员，擅长于演莎士比亚戏剧，因英国电视剧《纸牌屋》出名。

史提格：是谁想到要让肯尼思·布拉纳模仿你的表演方式和说话方式的？是他的主意还是你的？

伍迪：更多是基于他自己对角色的解读。我们有几回谈过这个问题，我对他说："你显然要冒着被人说模仿我的风险。"但这一点并没有妨碍到他，因为他就是这么看待角色的，这是他的诠释方式。这对我来说不成问题，我不会和像他这样有经验的演员争论，因为这是他认为最自然的表演方式，所以对我来说完全没关系。只要角色是令人信服的，我就无所谓。我知道有些不喜欢这部电影的人找不到理由，于是怪罪到演员头上，认为应该由我饰演主角，而不是让肯尼思模仿我。但我一直都认为肯尼思演得比我更好。

史提格：电影中第一个出现的女性角色是梅兰妮·格里菲斯饰演的尼科尔，自从她在《夜行客》中崭露头角后就成为我最爱的演员之一。她是那个角色的第一人选吗？

伍迪：她显然在茱莉叶·泰勒推荐的演员名单上。当时茱莉叶提到了她和另外两个女演员，我记不清是否当场就决定用她了，但有这个可能，因为她非常适合那个角色。她能答应出演我非常高兴。

史提格：你之前有没有考虑过请她出演电影？我经常觉得也许某一天她会出现在你的电影里。

伍迪：有。我在《非强力春药》中考虑过她，但她不太适合那个角色。她的演技显然毋庸置疑，出演喜剧也很有说服力。我非常欣赏她在迈克·尼科尔斯的《上班女郎》和《夜行客》中的表演，那么美丽性感，又才华横溢。

史提格：电影中那个年轻的摇滚音乐人是由莱昂纳多·迪卡普里奥饰演的，当时他还没有出演轰动全球的《泰坦尼克号》。你有没有

看过他之前的电影？

伍迪：我看过他和黛安·基顿还有梅丽尔·斯特里普共同出演的《马文的房间》，他的表现非常出色。我选他并不是因为他的名声，事实上为这部电影选角的时候他还没有声名大噪。我之所以选他，只是因为他适合这个角色，而且我认为他是一个优秀的演员，不是那种只能红几个月的帅小伙儿。如果他认真地对待他的工作，一定会有所成就。

史提格：现代生活有时会削弱电影的表现力，比如电影中有一场戏是法米克·詹森饰演的主角的新女友把他的手稿扔进了河里。如今的作家不再写手稿了，都把文档存在磁盘上，而且几乎人人都用上了手机。从这个角度来说，你认为现代生活是否会让电影显得更笨拙？

伍迪：现代生活会把人引入它自身的那一套模式中去，但我是一个只用打字机的作者，所以我把肯尼思的角色也设定为一个用打字机写作的作家。显然在现实生活中可能会换作一个电脑磁盘之类的东西。

史提格：也许她得把整台电脑摔到街上去。

伍迪：没错，她会做出一些极端的举动来销毁他的作品。

史提格：这部电影是斯文·尼夫基斯特最后一次担任你的摄影师，你如何评价你们之间的合作？不仅仅是《名人百态》这部电影，也包括之前的作品。

伍迪：斯文无疑是有史以来最伟大的摄影师之一，能与他合作我感到非常荣幸。我和一群真正的摄影大师合作过，包括戈登·威利斯、卡洛·迪·帕尔马，还有斯文。与斯文的合作过程和与其他摄影师合作并没有什么两样，他读我的剧本，遇到问题我们一起解决，这和与演员合作一样属于常识。通常我会设计好机位，然后由摄影师检查哪里有问题，或是有什么他个人讨厌的地方，提出一些修改意见，如果没有问题的话他会说"很好，我喜欢这个机位"，然后开始打光。通常在开拍之前我们就会商量好光线和色彩。拍完以后，我们就在这个房间里一起看样片，检查光线问题，讨论一番，随后做一些修改。这就是拍摄第一周的情况，然后一切就水到渠成了。

史提格：你选择让斯文担任《名人百态》的摄影师是不是因为他擅长拍黑白电影？

伍迪：并不是。斯文当然是最杰出的黑白电影摄影师之一，但当时我已经与卡洛·迪·帕尔马连续合作了很多年。卡洛不想每年都在罗马和纽约之间往返，他希望能给他几年时间放松一下，虽然未来我肯定还会与他合作，但近几年他不会再来纽约了，因此我不得不另寻摄影师。斯文与我有过合作的经历，当时他正好档期有空，而且又是他最擅长的黑白电影，于是我就联系了他。但就算是彩色电影，我也还是会找斯文，因为我们的合作相当默契。

《甜蜜与卑微》

女孩：“我从未遇到过如此封闭内心感受的人。”

埃米特：“我的感受都在我的音乐里。”

女孩：“如果你在现实生活中流露自己的感情，也许就能做出更好的音乐。”

——《甜蜜与卑微》

史提格：在本书第一版快要结束的时候，你曾提到过一些打算在未来实现的拍摄计划，其中之一是你认为预算过高的《爵士宝贝》。《甜蜜与卑微》和那个计划有关系吗？

伍迪：有，《甜蜜与卑微》是修改后的《爵士宝贝》，原本打算由我饰演主角。

史提格：你打算表演吹单簧管吗？

伍迪：不，我原本准备去上吉他课的，但修改了剧本之后我把角色设定得更适合西恩·潘和萨曼莎·莫顿了。

史提格：你在修改剧本的时候是为西恩·潘量身打造这个角色的吗？

伍迪：不是。在我修改剧本之后，茱莉叶·泰勒和我探讨了合适的人选，当时想到的是约翰尼·德普，但他没档期，然后她就提到了西恩。西恩当然是一个极佳的人选，但我一直听说他很难相处，因此有些顾虑。他的演技当然毋庸置疑。于是我打电话问了一些导演：
"和西恩合作怎么样？"他们告诉我："他非常友好，在片场也非常
专业。"于是我就和他见了面，我非常喜欢他，与他合作也很愉快。
他非常友好，演技又棒，全身心地投入，为这部电影做出了贡献。最
近他还问我是否愿意在他执导的作品中出演一个配角，只需要一周的
时间，我非常愿意，因为我喜欢他这个人，我相信他会是一个好导
演，因为他对待作品的态度是严肃的。

史提格：你看过他执导的电影吗？

伍迪：看过几部，他最新的作品《誓死追缉令》非常棒。

史提格：他会弹吉他吗？

伍迪：他之前没碰过吉他。我们雇了一个人在他旅行时教他弹吉
他，电影中的吉他部分就是那个人弹的。

**史提格：《甜蜜与卑微》是你第一次与摄影师赵非合作，怎么会
想到请他担任摄影师？你看过他与张艺谋合作的作品吗？**

伍迪：我看过《大红灯笼高高挂》和张艺谋的其他几部作品，都
拍得很美。赵非是个很有潜力的摄影师，虽然他一句英语都不会讲，
必须要有个翻译陪同，但这一点对我没什么影响。至今我们已经合作
了三部电影。

**史提格：在《甜蜜与卑微》的片头字幕出现之前，有一段关于埃
米特·雷的文字陈述（埃米特·雷：一位曾经活跃于30年代的鲜为
人知的爵士吉他手……）。这段话似乎是为了让我们相信他是一个真
实人物。然后你以一位爵士行家的身份出现，为我们讲述他的事业和
人生。这种伪纪录片式的风格在结构上赋予了这个故事一种高度的自**

由空间。

伍迪：的确，我喜欢这种看似松散，实则紧凑的故事，它能够让我把焦点放在那些感兴趣的点上，而不用顾及传统的情节线索。

史提格：这种结构在最初的《爵士宝贝》中就已经确定了吗？还是在修改的过程中想到的？

伍迪：不，在最初的剧本中就已经确定了。

史提格：埃米特·雷是一个有偷盗癖的强迫症患者，因此并不是一个非常值得同情的角色。对于大众难以认可的角色，他的故事讲述起来是不是难度更大？

伍迪：的确，因为观众必须在某种程度上与人物建立关系，如果他们认为这个角色不够可信的话，就很难真正关心在他身上到底发生了什么。因此我更多的是依靠西恩的天才演技来抓住观众的注意力，因为他的表演里有某种独特的个性，他的说话方式和他的眼神让角色变得更复杂，也让人更有共鸣。

史提格：电影中有一个女人告诉埃米特，她从未见过如此封闭内心感受的人，而他的回答是"我的感受都在我的音乐里"。你觉得这是艺术家的一种典型状态吗？

伍迪：我并不这么认为。我只是写了一句顺口的台词而已，也许是整部电影中最糟的一句（笑）。我并不认为这是一种普遍的现象。有的艺术家感情丰富，有的艺术家散漫无序，有的艺术家每天从九点工作到五点，有的艺术家是家庭主夫，比如勃拉姆斯，还有些艺术家风流不羁，比如高更和查理·帕克。在这个问题上没有规律可循。

史提格：萨曼莎·莫顿饰演的年轻女孩哈蒂是你电影中极少见的

哑角。你怎么会想到在电影中安排一个不说话的角色？

伍迪：我最初打算让她失去听觉，听不到埃米特弹奏的美妙音乐。但那样的话就太复杂了。我希望这个角色像哈勃·马克斯那样讨人喜欢，她身上具有埃米特所没有的一切特质。所以我决定让她有一点点残缺，你从头到尾都听不到她的声音。她是埃米特最需要的那种人，他可以不停地谈自己，而她就在一边倾听着，认为他是一个很不错的人。

史提格：你怎么会找到萨曼莎·莫顿的？

伍迪：茱莉叶·泰勒给我看了很多女演员的录像带，我在一部黑白的英国电影中看到萨曼莎，一下就认定"就是她了，我要见她"。于是她来了，见面的时候我对她说，我希望她来出演这个类似哈勃·马克斯的角色，她问我："哈勃·马克斯是谁？"我这才意识到她有多么年轻，于是向她介绍了哈勃是谁，她非常认真，回去看了我说的那些电影。

史提格：萨曼莎与哈勃拥有相同的纯真气质，她还让我想到艾德娜·珀薇安丝[1]。

伍迪：没错，她是那种卓别林式的女主角。萨曼莎天生具有那种气质，她在这部电影中饰演的哈蒂也的确像默片中的女主角。

史提格：西恩·潘和萨曼莎·莫顿都被提名了奥斯卡奖，就像你之前电影中的许多演员一样实至名归，比如黛安·基顿、黛安·韦斯特、米拉·索维诺、迈克尔·凯恩等等。作为导演，你的执导秘诀是什么？

---

1. 艾德娜·珀薇安丝：在查理·卓别林早期默片时期出演过多部影片，包括《从军记》《流浪汉》《有闲阶级》等。

伍迪：没有秘诀，只是因为我请来的这些演员都很优秀。西恩·潘获得奥斯卡奖提名并不是我的功劳，他每年都能被提名。我合作的其他演员也是如此，比如迈克尔·凯恩、黛安·韦斯特、杰拉丹·佩姬还有梅丽尔·斯特里普。我请到朱迪·戴维斯这样优秀的女演员来出演电影，她当然完全有资格被提名。如果你与优秀的演员合作，只要你不破坏他们的发挥，他们就会表现得非常出色。你随便挑一部我的作品，就拿《罪与错》来说吧，有哪些演员？马丁·兰道和安杰丽卡·休斯顿，要不就是米亚或是阿伦·阿尔达，他们之所以能够有完美的表现，那是因为他们本身就很优秀。

史提格：埃米特在电影中总是提到强哥·莱恩哈特，他说过这样一句话："我无法在听他的音乐时忍住不流泪。"有没有哪些导演的作品也让你忍不住落泪？

伍迪：有很多电影让我落泪，在某些点和某些结尾的部分。《偷自行车的人》《公民凯恩》还有《第七封印》的结局都令我忍不住落泪，看那些电影是一次情感的历练。

史提格：你如何评价强哥·莱恩哈特和他的音乐？

伍迪：他是一个了不起的天才。我有他的全部唱片，他的音乐伴随了我的一生。他和路易斯·阿姆斯特朗、西德尼·贝切特那些伟大而浪漫的早期大师级爵士独奏家在相同的高度上。

史提格：《甜蜜与卑微》的故事发生在芝加哥和加利福尼亚附近，拍摄也是在那些地方取景的吗？

伍迪：不，全部都是在纽约拍的，就在离我家四十五分钟的车程范围内，那场好莱坞片场戏也是在这儿拍的。

史提格：影片的最后，乌玛·瑟曼饰演的布兰奇走进了埃米特的生活，这个被宠坏的富家女最终成为他的妻子。她渴望成为一名作家，像一个生活观察家一样永远在做笔记，研究埃米特，记录他的外表和习惯。你觉得导演是否也是一位生活观察者，或者说必须成为观察者？

伍迪：我认为对生活的感受是自然流露的。有些导演可以非常敏锐地捕捉生活的细节，还有一些导演不依靠细节也能拍出伟大的电影，他们对生命也有自己的见解，也许不是视觉上的观察，而是智性上的、对整个人生过程的洞察。我的确认同所有艺术家和导演都在表达自己的感受。当我谈论电影导演的时候，我仅仅只是特指那些严肃的导演，而不是美国每周上映的那些生拼硬凑的流水线作品。好莱坞电影唯利是图，我对这种电影嗤之以鼻，我不会去看，也不会认真对待这些作品。

史提格：你有没有通过观察他人或是偷听他人谈话来获得灵感？比如说，你会不会对餐厅里遇到的陌生人产生幻想？

伍迪：当然会。

史提格：能否举出某个具体的例子，有哪些灵感最后发展为电影中的场景？

伍迪：我一直都在观察，并非下意识的，而且我喜欢观察大街上和饭店里的人，幻想他们的生活。曾经有一段时间，我每天早晨出去吃早餐的时候都会看见一个女人，大约七点左右。整个城市安静极了，我总是看到这个女人，从她一副盛装打扮的样子推测她一定是在回家的路上。

史提格：她穿着晚装？

伍迪：没错。我曾经想过这会是一个绝佳的电影开头。她显然正在回家的路上，也许刚从男友家回来。然后接下来的几天我开始跟踪她。我曾在超市见过一个非常有魅力的女人，当时我心想："这真是一种有趣的相遇方式啊！"类似的观察发生过很多次，我就像今天这样在家里度过夏日的周末，每个人都出城了，整个纽约成为一座空城。我独自在家工作，想喝啤酒或是吃三明治的时候就出门去商店。走过一个街区后我遇到一个人，一个女人，她也在买东西，仿佛我们是整个纽约城最后的两个人。我们的朋友全都不在。我注意到她，她很漂亮，我跟着她走了几个街区，看着她走进一栋房子。我快速地扫了一眼门铃，看到有五个不同的名字，于是我一个一个按门铃，直到找到她为止。我对她说："我是刚才商店里在你后面买了烤牛肉的那个人，你愿意和我一起吃午餐吗？"她回答道："我刚吃了三明治。"然后我说："你吃得真快，那是刚刚才买的。你想不想看场电影什么的？"这段经历最后变成了《非强力春药》中的一场戏，我和海伦娜·伯翰·卡特在电影中就是这么相识的，我在这个场景中把所有的细节都拍了出来，包括门铃的响声，我喊她，整个场景都是基于经历——当然是幻想的经历。但是这个场景太长了，我后来不得不把它剪掉，因为不需要呈现海伦娜与我的过去。这只是一个例子，我还能想到一些别的。

史提格：你经常会剪掉很多素材吗？

伍迪：没错。粗剪的版本通常在两小时左右，而最终的版本接近一个半小时、一小时三十五分钟，最多一小时四十五分钟。我的确会剪掉很多东西，而不是仅仅修剪，因为你剪着剪着就会剪掉一分半钟左右的素材。就像我刚才说的那样，大段的内容被剪掉，当然最明智的举动应该是在拍之前就料到这一点，这样就不用在那些场景上浪费钱了，但很难提前料到这种情况。

史提格：这正是我接下去要问的，你的制片人有没有对你说过："既然你总要剪掉几场戏，难道不能在写剧本的时候就删掉吗？"

伍迪：没有，从来没有人这样要求过我。他们的确给过我类似的建议，因为那样也能为我自己省点麻烦。但说起来比做起来容易，因为那些场景在剧本上看起来很不错，或者在拍摄的时候，甚至拍完之后都觉得很不错，然而一旦你把电影视为一个整体来看，就不是这么一回事了。整体的感觉很难去把握，因为很多时候那些看起来离题的场景本身并没有问题，于是就被保留了下来。制片人需要了解一个令人难以忍受的真相，那就是电影不是一门精确的科学，不管你拍过一部还是三十部，它仍然不是一门精确的科学。我在剪辑方面丝毫不会迟疑，我不是那种与素材难舍难分的导演，我可以非常轻松地去掉细枝末节。

史提格：《甜蜜与卑微》中最后一场加油站的戏非常有意思，你呈现了三种可能的事故起因，并对其他两位爵士行家表达了自己的看法。这部伪纪录片风格的电影在结构上赋予你一定的叙述自由，我想你肯定也喜欢这种虚实结合的叙事方式吧。

伍迪：这种叙事方式对这个故事而言是行得通的，因为爵士音乐家的传奇故事太多了，你能听到各种传言，有的是这个版本，有的是另一个版本。我想在电影中呈现同一个故事的不同版本，因为这种现象在爵士音乐史上屡见不鲜，爵士史就是一部口述的历史。

史提格：影片接近尾声的时候，埃米特最后一次与哈蒂相见，这一幕非常美好。他吹嘘着自己的事业，谈到他们应该重新在一起，在他滔滔不绝地说这些话的时候，你的镜头始终都在他一个人身上，但

我们仍然能强烈地感觉到哈蒂的存在。你有没有拍下她倾听的样子以备用于交叉剪辑？

伍迪：原本打算先拍一条埃米特的镜头，再拍一条哈蒂的，之后再决定取舍。但是西恩太棒了，整个场景只拍了一次，拍完我就说："没有必要再重来一次了，不可能比这一条更好了。"接着我开始犹豫要不要拍哈蒂的镜头，我想："最好还是拍吧，因为光线太棒了，但我不确定之后会不会用上她的镜头，因为西恩太令人叹服了。"于是我还是拍了，在剪辑的时候也尝试过插入她的镜头，但我发现影片的结尾并不需要，因为西恩的表演完全还原了当时的整个情景。

史提格：当你对某个场景非常有把握的时候会冒险一次通过吗？还是会出于保险起见拍一些备用镜头？

伍迪：不会补拍。极少数非常复杂的情况下，如果我没有十足的把握，我会说："以防万一，让我们再拍一次那个电话机或是别的道具。"但如果非常顺利的话我不会有任何疑虑，我从来不会做保守的选择。

史提格：《甜蜜与卑微》是你第一次与剪辑师艾丽莎·勒普瑟尔特合作，之前苏珊·莫尔斯已经和你合作超过二十年，为什么突然换人？

伍迪：桑迪[1]·莫尔斯是个非常优秀的剪辑师，人也很好。但斯威特兰电影公司作为制作公司接手后定下很多经济限制，桑迪感到不太适应，合作了几部电影后她心有不甘，于是决定不再留在团队里了，但我们的关系依然密切。

1."桑迪"为"苏珊"的昵称。

《业余小偷》

史提格：你是怎么想到《业余小偷》这个故事的？

伍迪：我读过一则新闻，讲一群在珠宝店旁边开店的人计划着实施一场完美的犯罪。他们在两间店铺之间挖了一条隧道，但在挖的时候被抓了，于是我就想到让这些角色也策划一起完美的盗窃案，还为此开了一家店。这家店肯定得卖点什么，于是我想到让他们卖饼干，然后我又想到如果最后这家饼干店一举成名，比他们原本计划的盗窃还要成功，这样一来故事就好玩儿了。之后的情节就水到渠成了。

史提格：这是一个典型的关于"成功与挫败"的故事。

伍迪：没错。

史提格：如此一来就可以生动地描绘不同的社会阶层了，你创作剧本的时候是这么想的吗？

伍迪：没错，之前讲的只是故事的一半。他们成功之后会发生什么？我心想："天啊，好戏要开始了，因为之后将会面对真正的阶层冲突。这些社会下层的人突然发了一大笔财，这将给他们的生活带来巨变。"于是就有了后面的情节构思。

史提格：这就像在马克斯兄弟的电影里，格劳乔总是针对玛格丽特·杜蒙饰演的那类角色一样。

伍迪：没错。

史提格：乌玛·瑟曼饰演的布兰奇既讲求现实又爱慕虚荣，一方面渴望知识，一方面又想巴结社会名流。在你看来，她唯一的出路是不是放弃这种纸醉金迷的生活，重新回到过去的人生轨迹上去？

伍迪：她应该避免生活的巨变，过一种适度的生活。这是我给彩票中奖者的建议。

史提格：你不认为这是她的弱点吗？

伍迪：算不上，尤其当她表现得这么明显的时候。她的确有一点疯狂，但动机并不坏。

史提格：在《业余小偷》和后来的《玉蝎子的魔咒》中，你放弃了所谓"伍迪·艾伦式的人物"，塑造了一系列个性鲜明的角色，这是出于巧合还是有意想突破自己？

伍迪：完全是出于巧合。我在《好莱坞结局》中就又回到了以往一贯的角色设定。其实我在《傻瓜入狱记》里也饰演过一个银行劫匪，也是那种社会底层式的人物，只要是符合剧本的、我能胜任的角色，都没问题。

史提格：伊莲·梅饰演的表妹梅是一个非常有意思的人物，我很久没看过她的表演了，你怎么会想到让她来饰演这个角色？

伍迪：她一直是我非常欣赏的演员。我的第一部电影《傻瓜入狱记》就想请她来演，但她当时没有答应。她一直都很出色，但她非常低调，很难请到她。拍这部电影的时候我寄了剧本给她，两天之后她就回复说"非常愿意"。一切都很顺利，她的演技毋庸置疑。

史提格：你是在单口喜剧演员时期就认识她了吗？当时她和迈克·尼科尔斯一起合作过著名的《尼科尔斯与梅之夜》。

伍迪：他们两个我都认识，虽然不算很熟，但也相识几十年了。他们从芝加哥来纽约的时候我就见过他们。杰克·罗林斯是我们共同的经纪人，是他发现了他们的才华，他带他们来纽约之后，全世界都知道了他们。过去我经常会在罗林斯和约菲的办公室或是城里的酒吧看见他们，那时我们常有交集。

史提格：现在你还会去看单口喜剧表演吗？你觉得现在的单口喜剧演员怎么样？

伍迪：他们全都比我强多了。

史提格：你认为男喜剧演员和女喜剧演员在风格和搞笑方式上有什么区别？

伍迪：通常来说，女喜剧演员都是在模仿男喜剧演员，除了崔茜·尤玛、伊莲·梅等一小批女演员。

史提格：《业余小偷》在某些地方让我想到《丹尼玫瑰》，这两部影片的人物之间存在着某种相似性。

伍迪：《业余小偷》中的人物更不真实，更接近漫画人物。

史提格：影片中有两场日落时的戏非常优美，一场是你和崔

茜·尤玛在屋顶上，另外一场是你与伊莲·梅的对手戏。这两场戏是怎么拍的？

伍迪：是在同一天晚上拍的，很快就拍完了。

《玉蝎子的魔咒》

"现实那丑陋的帷幕将笼罩我们。"

——《玉蝎子的魔咒》

史提格：《玉蝎子的魔咒》在纽约上映的时候我去看了，我非常喜欢这部电影。

伍迪：你在哪儿看的？

史提格：就在市中心，第二大道和三十一街的劳氏电影院。

伍迪：几点？

史提格：四点十五分。

伍迪：观众多吗？

史提格：大约五成的上座率。

伍迪：是周六还是周日？

史提格：周五。那天三点钟我们的会面结束后我直接去那儿看的。

伍迪：观众们有没有笑？

史提格：有，很多笑声，电影的对白逗极了。

伍迪：这就是这部电影的目的所在。

史提格：我觉得这部电影有一种强烈的漫画感。

伍迪：没错，甚至连电影名字也像漫画，这也是为什么我在开头放了那个巨大的"1940"，就像漫画书的封面一样，我希望营造这种不真实的感觉。

史提格：它让我想到另一部我认为不无关联的电影——《至尊神探》。虽然风格不同，但不乏相似之处。

伍迪：没错，它们都属于那种有帽子、大衣、香烟这些道具的漫画式电影，《至尊神探》的风格更强烈。

史提格：它还让我想到《无线电时代》里那种私家侦探式的故事。

伍迪：没错，电影的名字和对白都有那种感觉。整个故事的背景设定在那个人们抽着烟、大晚上开着车去偷珠宝的年代，偷完之后回到公寓，发现有一群性感女郎在等待自己。这不是现实生活中的东西，而是老电影或者漫画书里的故事，就像一道甜点。

史提格：《玉蝎子的魔咒》还让我想到鲍勃·霍普的《美艳亲王》，他恰好在其中饰演一名侦探，催眠师在那部电影中也扮演了重要的角色。之前你曾提到过鲍勃·霍普的才华被忽视了。

伍迪：我并没有说他被忽视了，只是没有得到应有的认可。他出演的电影虽然一般般，但他的表演一直非常出色。

史提格：电影中有一个角色，说过这么一句话："现实那丑陋的帷幕将笼罩我们。"

伍迪：你可以从这句台词窥探到我真实性格中的一面。事实上，我们并不是一直都处于那种催眠般的看什么都很美好的恍惚之中，现实一直在提醒我们，它并没有那么美好。

史提格：催眠是另一种制造幻想的方式，你通过催眠师创造了某种"电影中的电影"。

伍迪：没错，塑造了另一个现实。

史提格：你在其他作品中也表现出对催眠的偏爱，比如《俄狄浦斯的烦恼》。你的戏剧《悬浮灯泡》中也出现过催眠，你想过把它拍成电影吗？

伍迪：从来没想过，这个剧本是为林肯中心写的，只是为了好玩。这个戏来自我的一个灵感，我从来没想过要用它拍点什么，就随它去了。

史提格：《玉蝎子的魔咒》是一部介于黑色电影和神经喜剧[1]之间的电影，具有20世纪40年代电影所具有的那种特质。在那个年代里你最喜欢的电影是哪些？

伍迪：说来有趣，我从来都不喜欢神经喜剧，除了那种男人和女人从互相讨厌到最后结为欢喜冤家的电影——尽管这令人匪夷所思，因为他们话里的每一个词明明都是对对方的侮辱。这种情节在克劳黛·考尔白、罗伯特·蒙哥马利、威廉·鲍威尔、卡洛·朗白、凯瑟琳·赫本，以及斯宾塞·屈塞的电影中也经常出现。过去我常看

1.神经喜剧：介于高雅喜剧和低俗喜剧之间的喜剧类型，与闹剧有许多相似和重合处，但不等同于闹剧。

他们的电影，神经喜剧在语言的互动方面非常吸引人，这一点我非常欣赏。我觉得大部分黑色电影都算不上优秀，比利·怀尔德的《双倍赔偿》无疑是一部杰作，不属于我说的范围，因为它远超一般的黑色电影。最棒的黑色喜剧应该是雅克·特纳导演、罗伯特·米彻姆和简·格里尔主演的《漩涡之外》，那部电影妙极了。但对大部分黑色电影来说，我只喜欢那些特殊的时刻。黑色电影都是B级片[1]。

史提格：你提到了比利·怀尔德，我认为你们有许多共同点，比如你们都喜欢结合严肃剧和轻喜剧。你最喜欢他的哪些作品？

伍迪：《倒扣的王牌》是一部很棒的电影，我是他的影迷。

史提格：《玉蝎子的魔咒》从头到尾都贯穿着你和海伦·亨特针锋相对的对白。

伍迪：没错，这正是我期望达到的效果。

史提格：你是怎么写这些对白的？一气呵成，还是分几次写完的？

伍迪：一次写完的。写这样的对白很难，因为每一句台词都必须呼应之前的内容，还要在气势上盖过它。

史提格：你是通常先想出一句俏皮话，然后试着发展出一段对白？还是相反，写对白的时候自然而然就想到了这些俏皮话？

伍迪：都是自然迸发的灵感，偶尔也会围绕着以前想到的一个句子写，但那样写出来的对话通常都不太自然。

---

1. B级片：指低预算拍出来的影片，品质不是很好，通常没有大明星，多为牛仔、黑帮、恐怖题材。

史提格：这是你与摄影师赵非合作的第三部电影。《玉蝎子的魔咒》和《甜蜜与卑微》都营造了一种独特的氛围感。拍这两部电影的时候你有没有要求过摄影师去看20世纪三四十年代的美国电影？

伍迪：没有，我所做的只是把我的想法和要求告诉他。对赵非、斯文·尼夫基斯特或是戈登·威利斯这样的摄影师来说，拍摄有年代感的电影是他们的强项。我们有很棒的服装设计师，桑托作为美术指导很高兴拍这样的电影，摄影师也发挥出了极致水平。反倒是拍当代背景的电影难度更高，工作人员必须要保证房间和服装看起来漂亮，但一出门就能看到街上的停车计时器、出租车、卡车还有垃圾车，室内都是电视机柜，很难让这些东西看起来富有诗意和美感。然而当你对你的团队说要拍一部有年代感的电影时，每个人都很兴奋，服装设计师和摄影师都乐开了花。拍这几部电影的时候赵非也兴奋极了。

史提格：你需要向他解释这些故事背后的美国历史背景吗？

伍迪：不需要，我只需要告诉他故事的内容就行了，比如《玉蝎子的魔咒》是一个侦探喜剧故事，他就能理解了。如果我想拍一部黑白电影，就会给他看一些黑白照片，但在这部电影中我需要借助色彩和光线，这一点他在拍《甜蜜与卑微》的时候就适应了，当时我们两个都犯过一些错误，因此他也了解了我的喜好。也有一些时候他给我看某个场景，然后我说："完全不对，光线太亮，看起来像一个机场。"他很担心地说："太暗了，太暗了，我什么也看不见！"但实际上我一直在说："不，不，太亮了。"于是他就明白了。所以在拍《玉蝎子的魔咒》的时候他已经完全适应了。我们通过翻译交流，但完全没有问题，很快我们就不需要翻译了，因为永远是同样的几句话，我们主要都在讨论角度和光线，连续拍摄一个月后他就明白了，我说"太亮了"的时候他不需要再问翻译那是什么意思。

史提格：你还会再度与他合作吗？

伍迪：我非常愿意。但可能难以实现，因为他在中国拍那些大制作的电影耗时很久，因此拍《好莱坞结局》的时候我没能与他合作，而是与德国摄影师威德戈·冯·舒尔赞多夫合作的，威德戈偶尔会来这儿工作，但通常都待在德国，我找不到以往合作过的那些人，于是请他帮了我这一次忙。

史提格：你最近的两部电影都是梦工厂影业公司出品的，他们会参与电影的制作过程吗？

伍迪：不，梦工厂只负责发行，《业余小偷》和《玉蝎子的魔咒》都是由我自己的制作公司制作的。

史提格：《玉蝎子的魔咒》的制片人是你的妹妹莱蒂·阿伦森，她还担任过你之前一些作品的监制。她是怎么进入电影这一行的？

伍迪：她以前在电视广播博物馆工作，后来开始对电影的商业事务感兴趣，于是在斯威特兰电影公司工作了一段时间，学习发行和在欧洲推广电影，还有电影制作的具体细节。斯威特兰电影公司不再制作我的电影之后，她就来了我的制作公司，她负责与梦工厂的人还有欧洲那边打交道。

史提格：相比与其他制片人合作，与她合作是不是会让你感到更轻松一些？

伍迪：她不是通常意义上的那种制片人，她主要负责业务方面。我从来都没有遇到过传统的制片人，项目和剧本的决定权都在我手上，除我以外没有人知道剧本的内容。请谁来演、拍成什么样子也是由我决定，所以不存在"制片"这回事，只有一些业务方面的事务，所以由她负责我很放心。当然，这些年来与我合作的人都很好相处，但对于莱蒂，我完全放心，因为她知道应该怎么做，况且她是家人，所以我完全信任她。

《好莱坞结局》

艾尔维："我不想生活在这样一个城市，它唯一的文化优势仅仅在于你能在红灯亮的时候右转。"

——《安妮·霍尔》

"这部电影是关于 ·个生活在纽约的神经质导演的。你看，我就这么点能耐。"

——摘自伍迪·艾伦为《好莱坞结局》撰写的新闻宣传稿

史提格：你是怎么想到让一位双目失明的导演作为电影的主角的？

伍迪：我记不清了。

史提格：近几年的好莱坞电影是不是你拍这部电影的灵感来源之一？

伍迪：恰恰相反，近来的好莱坞电影都是些毫无意义的胡扯。

史提格：你在《好莱坞结局》的第一部分呈现了极其活跃的表演，给整部影片营造了一种轻快的节奏。你饰演的角色情绪多变，非常神经质，这与你早期做单口喜剧演员时的经历有关吗？

伍迪：很难说，我只是按照剧本里写的、看起来最合适的方式来演。

史提格：在你表演那些喜怒无常的戏份时，和你演对手戏的演员（比如在卡利勒咖啡馆与你演对手戏的蒂娅·里欧妮）有没有忍不住笑场过？

伍迪：从来没有。

史提格：理性与非理性的冲突一直是你作品的主题。其他导演通过非理性的行为制造笑点，但你喜欢对理性的行为进行研究，找出其中的荒诞所在……

伍迪：我主要是基于现实主义，即使是那些超现实的内容，我也不想完全脱离现实。

史提格：影片中紧凑有力的对白就像一部口头的手持摄影机。我以为在那些少言寡语的场景里摄影机的移动也许会更频繁，以便延续这种快节奏的叙事，但大多数场景都是用固定的长镜头拍摄的，这是因为新合作的摄影师还没有适应你的摄影语言吗？

伍迪：对喜剧来说——《好莱坞结局》是典型的喜剧形式，就像卓别林和基顿那样的喜剧——简洁是很重要的，否则只会破坏喜剧效果。

史提格：拍摄中国摄影师和翻译的那些场景的灵感是不是来源于你之前与赵非的合作经历？

伍迪：没错，我们合作的时候通过一个翻译交流，有时还挺有趣的。

史提格：乔治·汉密尔顿饰演的角色非常瞧不起"作者导演"这个称呼，但沃尔·瓦克斯曼的电影最后得到了法国评论家的一致好评。这可以视为你对那些喜爱你的欧洲影评人与欧洲观众的一声迟到的感谢吗？

伍迪：并非如此，我只是想描绘出我接触过的那些好莱坞发行人，瞧不起欧洲那种尊重电影文化的态度是他们的典型特征。

史提格：乔治·汉密尔顿从某种程度上来说就是那种典型的好莱坞演员——一个银幕英雄、花花公子。你是因为这些特质才邀请他出演这部电影的吗？

伍迪：没错，他是一个非常有创意的演员。

史提格：特里特·威廉斯也是一个出乎意料的选角，你怎么会想到请他来演的？

伍迪：他看起来很合适，而且我一直都很欣赏他的演技。

史提格：我觉得蒂娅·里欧妮非常适合出演希区柯克的女主角，尤其是她那一头温文尔雅的金发和那股自信的气质。

伍迪：我想不出有哪个导演会不喜欢她，她具备了一切优点。

史提格：自从《解构爱情狂》之后，你的作品主要都是喜剧题材。你认为以后还会回归心理题材吗？你想这么做吗？

伍迪：连续拍了几部喜剧只是巧合，我已经在处理不一样的题材了。

史提格：你在2001年执导了一部在电视上首播的短片，叫作《纽约之声》。拍摄这部短片是出于怎样的契机？

伍迪：这部时长五分钟的短片是为了"9·11"以后的慈善晚会拍的，我和其他一些导演参与了这场公益活动。

史提格：你是出于什么原因居然出席了2002年3月的奥斯卡颁奖典礼？

伍迪：只是为了帮助纽约。那一年的奥斯卡鼓励纽约电影，我参加颁奖典礼是为了纽约这座城市。

史提格：之后你又在2002年5月参加了戛纳电影节，《好莱坞结局》就是在那次电影节上正式公映的。

伍迪：没错，为了报答法国这些年来对我的支持和喜爱。

史提格：如今你的生活似乎透明度更高了，也经常外出旅行。对那些渴望与你探讨电影的人来说，你也不再那么遥不可及。我知道你不喜欢别人对你的私生活评头论足，但这种透明度的提升是否与你和宋宜及孩子们的生活有关？

伍迪：只是因为宋宜喜欢旅行罢了，我希望她开心。

著作权合同登记号：图字 18-2020-003

图书在版编目（CIP）数据

我心深处 /（美）伍迪·艾伦（Woody Allen），
（瑞典）史提格·比约克曼（Stig Bjorkman）著；周欣
祺译 . -- 长沙：湖南文艺出版社，2020.6
书名原文：Woody Allen on Woody Allen
ISBN 978-7-5404-9553-4

Ⅰ . ①我… Ⅱ . ①伍… ②史… ③周… Ⅲ . ①伍迪·
艾伦—访问记 Ⅳ . ① K871.257.8

中国版本图书馆 CIP 数据核字（2020）第 028771 号

上架建议：电影 访谈

WO XIN SHENCHU
我心深处

作　　者：［美］伍迪·艾伦（Woody Allen）
　　　　　［瑞典］史提格·比约克曼（Stig Bjorkman）
译　　者：周欣祺
出 版 人：曾赛丰
责任编辑：刘诗哲
策划机构：雅众文化
策 划 人：方雨辰
监　　制：简　雅　秦　青
特约编辑：赵　磊　包天添　张　卉　陈婷婷
营销编辑：刘易琛　吴　思
装帧设计：孙晓曦（pay2play.design）
出　　版：湖南文艺出版社
　　　　　（长沙市雨花区东二环一段 508 号　邮编：410014）
网　　址：www.hnwy.net
印　　刷：山东临沂新华印刷物流集团有限责任公司
经　　销：新华书店
开　　本：889mm×1194mm　1/32
字　　数：220 千字
印　　张：12
版　　次：2020 年 6 月第 1 版
印　　次：2020 年 6 月第 1 次印刷
书　　号：ISBN 978-7-5404-9553-4
定　　价：58.00 元

若有质量问题，请致电质量监督电话：010-59096394
团购电话：010-59320018